2018年度教育部人文社会科学研究青年基金项目“生态批评视域下的17世纪英国玄学诗歌研究”（项目编号：18YJC752035）资助成果

生态批评视域下的17世纪英国玄学诗歌研究

王卓　著

WUHAN UNIVERSITY PRESS
武汉大学出版社

图书在版编目(CIP)数据

生态批评视域下的17世纪英国玄学诗歌研究/王卓著．—武汉：武汉大学出版社,2021.11

ISBN 978-7-307-22625-8

Ⅰ.生…　Ⅱ.王…　Ⅲ.诗歌研究—英国—17世纪　Ⅳ.I561.072

中国版本图书馆CIP数据核字(2021)第200431号

责任编辑:李　琼　　责任校对:李孟潇　　版式设计:马　佳

出版发行:**武汉大学出版社**　(430072　武昌　珞珈山)

(电子邮箱:cbs22@whu.edu.cn　网址:www.wdp.com.cn)

印刷:武汉邮科印务有限公司

开本:720×1000　1/16　印张:18.5　字数:275千字　插页:1

版次:2021年11月第1版　2021年11月第1次印刷

ISBN 978-7-307-22625-8　定价:65.00元

前　言

英国玄学派诗歌出现于17世纪初期，是与古典主义文学平行发展的重要文学倾向和诗歌流派，也是世界诗歌史上最为杰出与辉煌的诗歌艺术成就之一，主要代表人物是约翰·邓恩(John Donne，1572—1631)、乔治·赫伯特(George Herbert，1593—1633)、安德鲁·马维尔(Andrew Marvell，1621—1678)、亨利·沃恩(Henry Vaughan，1622—1695)、罗伯特·赫里克(Robert Herrick，1591—1674)、理查德·克拉肖(Richard Crashaw)等。最早使用“玄学”这个词的人是17世纪英国著名诗人和剧作家约翰·德莱顿(John Dryden，1631—1700)，他在《论讽刺诗的发展》(*A Discourse Concerning the Original and Progress of Satire*)一文中评论邓恩的爱情诗时写道：“他喜弄玄学。”真正使用“玄学诗人”这个术语的却是18世纪的英国批评家塞缪尔·约翰逊(Samuel Johnson，1709—1784)。他在文集《英国诗人传》(*Lives of the English Poets*)的前言中写道：“大约在17世纪初，涌现出一批可以称之为玄学诗人的作家。”约翰逊肯定了玄学诗人的博学多才和玄学诗歌的独特艺术特色。玄学诗歌注重哲学思辨，善于表现思想矛盾，以“巧智”“奇喻”“悖论”等创作技巧而受到普遍关注，其独特的艺术风格和思想内涵风靡于17世纪，在18世纪和19世纪虽遭冷落，但在T. S. 艾略特等20世纪重要评论家的大力推崇下，玄学诗歌最终受到评论界的普遍赞誉。因此，玄学诗歌研究成为欧美文学界自20世纪初以来广受关注的一个研究热点，并且随着现代主义文学运动的深入和“新批评派”等文学观念的发展成为一个极受重视的研究领域。

在国内，17世纪英国玄学派诗歌研究也渐成气候。杨周翰的《十七世纪英国文学》在历史的背景下考察了17世纪英国文学在思想史和文学史上的独特意义。胡家峦在《历史的星空——文艺复兴时期英国诗歌与西方传统宇宙论》中提出了从西方传统宇宙论的视角赏析文艺复兴时期英国文学的方法，并对邓恩、马维尔等玄学诗人的宇宙观和宇宙意象进行了分析。在《文艺复兴时期英国诗歌与园林传统》一书中，胡家峦指出赫伯特、马维尔等玄学诗人的诗作中出现了大量的把园林作为主题的诗歌，称之为"园林诗歌"，并对各种园林意象所表现的政治、宗教、哲学和道德伦理进行了分析。李正栓的著作《英国文艺复兴时期诗歌研究》对16—17世纪英国诗歌的发展历程进行了梳理，并对代表性玄学诗作做了译评。在《邓恩诗歌研究：兼议英国文艺复兴诗歌发展历程》中，李正栓以邓恩的诗歌艺术及思想研究为主，对文艺复兴时期的诗歌理论进行了概要综述。吴笛在著作《英国玄学派诗歌研究》中对玄学诗歌的产生背景、主题思想、艺术风格与影响等进行了较为详实的论述。

除了以上提及的专家著作对玄学诗歌进行较为系统、宏观层面的研究外，更多的是以学术论文形式进行的多维、具体研究：胡家峦、李正栓、吴笛、刘立辉对邓恩、马维尔等诗人的代表性玄学诗作从发展历程、意象特征、修辞特色、陌生化思维、巴罗克风格、神圣性与世俗性等多维视角进行了研究。吴虹、邢锋萍、张敏、周厚娟、楼育萍、崔波、李珺、崔佳灿等从诗歌主题思想、诗作内容赏析、宗教属性、奇思妙喻等角度对一些玄学诗歌文本进行了分析。

进入21世纪以来，由于自然生态环境问题越来越严峻，人类的生存忧患意识愈发强烈，这种对生态环境的危机感在文学作品中逐渐展现出来，生态批评应运而生并逐渐推向世界，成为一种跨学科的新型文艺理论研究方法，是文学和文化研究领域最前沿的跨学科研究之一。在此背景下，对17世纪英国玄学诗歌的研究应突破单一的理论研究范式，研究重心也应由过去的单纯文本阐释深入思想和文化，关注玄学诗歌中对后来生态批评的构建起到奠基作用的生态文化思想。

17世纪处于英国的早期现代时期，是英国文化观念流变中的现代性和个体主义的源起时期，英国玄学诗歌正是在这样一个重要的时代诞生的。17世纪的英国，自然科学取得巨大进步、文艺复兴带来文化大繁荣，面对社会转型，玄学诗人积极思考人与自然的关系，体现了鲜明的生态意识和朴素的生态思想，开启了英国生态文学创作的先河。目前，国内外学者也尝试对英国玄学诗歌中的生态思想进行研究，但内容多限于对一些动植物自然意象的分析，仍停留于对邓恩、马维尔这两位玄学诗人生态思想的综述，并未从生态批评的理论高度深入挖掘玄学诗歌中人与自然、文学与自然、文化与自然的关系。

总体来说，国外对于17世纪英国玄学诗歌的研究成果颇丰，但目前尚未见使用生态批评这一新的文艺理论研究方法对其进行的研究。国内对英国玄学诗歌的研究重点集中在对个别玄学诗作赏析和“奇思妙喻”等诗学特色的挖掘上，仍停留在少数个案研究阶段，且理论视角单一，在生态文化思想研究方面仍有很大的拓展空间。而且，中国优秀传统文化对英国玄学诗人生态意识的形成起到了一定的影响作用，但迄今为止，很少有人从中西文化共通共融性的角度深入挖掘英国玄学诗歌在生态思想方面与中国优秀传统文化的契合与共鸣，还不能全面反映英国玄学诗歌的理论特色和风格特征，因此，笔者尝试在这些方面展开探索性的研究，力图取得一些创新性成果，并将研究成果进行分享，以达到交流、对话、提高的目的。

在研究方法上，本书主要采用跨学科的生态批评的研究方法，同时将文本细读与跨文化研究有效嫁接。把文本细读作为文本阐释的一种重要方法，从生态批评的视角阐释文本的内涵，并结合跨文化的分析方法，在历史文化语境中分析17世纪英国玄学诗歌蕴含的生态文化思想及其与中国优秀传统文化的契合，洞察中西文化的共通共融属性。

本书是笔者2018年度教育部人文社会科学青年基金项目“生态批评视域下的17世纪英国玄学诗歌研究”（编号：18YJC752035）和2019年安徽省高校人文社会科学研究重点项目“约翰·邓恩玄学诗歌的生态文化思想与中国生态智慧”（编号SK2019A0817）的研究成果，并受教育部人文社会科学项目基金的出版资助。笔者首先简述生态批评的历史渊源，重点探讨生态文学的概念、生态批评的理论内涵、生态文学的思想文化基础、英国生态文学的开端与文学基础以及英国生态诗学取得的成就。其次，对17世纪英国玄学诗歌的源起与发展进行介绍，分析了英国玄学诗歌产生的社会背景、文化背景及哲学渊源。再次，分别从主题、语言与思想、意象、巴罗克风格等几个方面较为系统地探讨了英国玄学诗歌理论体系的特点、风格特征及艺术特色。随后，笔者基于中西方文化具有共通共融属性的基本观点，以生态批评理论为指导，对邓恩、赫伯特、马维尔、沃恩、赫里克这几位代表性玄学诗人在诗作中体现的自然观、环境意识和生态思想进行尝试性研究，揭示其诗作反映的人与自然、文学与自然、文化与自然的相互关系。在此基础上，探索性分析了英国玄学诗歌在生态文化思想方面对中国优秀传统文化的接受，阐释二者之间的契合与共鸣。

由于水平所限，本书对17世纪英国玄学诗歌的研究算不上全面、系统，主要选取了邓恩、赫伯特、马维尔、沃恩、赫里克这些代表性较强的玄学诗人及其诗作进行探讨，未能涵盖所有的玄学派诗人，在英国玄学诗歌的生态文化思想及其与中国优秀传统文化的契合等方面还属于尝试性的创新研究，可能存在误解，观点也难免有不恰当或谬误之处，敬请读者发现指正并谅解！

王卓

2021年7月

目　　录

第一章　生态批评的产生、发展与成就

1873 年“生态”(ecology)一词第一次出现在英文中,① 但真正意义上的生态批评是在 20 世纪 90 年代开始逐渐萌芽并蓬勃发展起来的。② 什么是生态批评？美国学者彻丽尔·格罗特费尔蒂(Cheryll Glotfelty)认为生态批评是对“文学与现实世界关系的研究”(the study of the relationship between literature and the physical world)③，该定义扩大了文学批评的视野，从环境语境的视角打开了更加宽广的文学研究领域。

生态批评研究和评析的主要对象是生态文学，因此，在论述生态批评的产生及发展历程之前，我们先梳理下生态文学的源起及其概念的界定。

第一节　生态文学的概念

学术界对于生态文学内涵和外延的界定看法不一。要厘清“生态文学”的概念，首先要弄清楚它产生的原因。

生态危机是生态文学出现和发展的主要原因，清楚地认识人类面临的生态危机是客观理解生态文学的基本特征、成就与价值的关键。20 世纪 60

---

① Lynn White. “The Historical Roots of Our Ecologic Crisis”. *JASA*, 1969(21): 42-47.

② 南宫梅芳，魏文:《文学里的生态——英美生态文学赏读》，北京大学出版社 2015 年版，前言。

③ Cheryll Glotfelty & Harold Fromm. *The Ecocriticism Reader*. The University of Georgia Press, 1996: xviii.

年代以来，随着工业化进程的加快，生态危机愈演愈烈，人类对于生态环境保护的呼声也随之越来越高。外部生态环境的压力与生态灾难的忧患意识引起了文学家们的重视，促进了他们对人类自身行为的反思，一批富有生态责任感的文学家们将这种生态危机意识反映在了文学作品当中，通过意识引领和思想文化变革，倡导人们关怀自然，关注地球生命，防止生态灾难，引领了生态文学创作的历史性潮流，带动了生态文学的发展和繁荣。

同时，生态文学的产生也是文学发展过程中内部主题调适、变化的结果，遵循文学自身的发展规律，并与人类社会、科技、经济、文化等发展形成双向互动机制。

一、生态文学产生的原因

1. 主要原因

追本溯源，生态文学出现和繁荣的主要原因是现实世界中日益恶化的生态危机。进入20世纪以来，随着工业化进程的加快，不计环境代价的经济与科技发展引发了越来越多的生态问题，诸如环境污染、能源短缺、全球气候变化、动植物物种的加速消亡等，这些日益恶化的生态性灾难不仅危及当代人的生存环境，甚至对子孙后代的生命安全造成威胁。随着环境和生态压力的增加，人与自然的关系也变得越来越紧张，人类的生态意识渐渐觉醒，对于能否生活在一个健康、可持续发展的星球上这一问题萌生了越来越多的反思，正是因为认识到了生态危机的灾难性后果，人类征服自然的欲望逐渐为融入自然的希望所取代，这种新的意识不断激发了文学家们的生态关怀和创新精神，一些有忧患感的文学家们勇敢地承担起生态责任，以文学创作的形式为拯救地球、改善人类的生存环境而投身于生态保护的文学创作实践当中。他们以深沉的生态关怀亲近自然，重新认识并重构人与自然的关系。“生态文学的兴起和逐步走向繁荣，是人类减轻和防止生态灾难的迫切需要在文学领域里的必然表现，也是文学家对地球以及所有地球生命之命运的深深忧虑在创作上的必然反映。”①

生态保护不仅需要各行各业的人们在自己所从事的工作领域投身于社会实践，而且需要文学家们从深层次揭示生态危机出现的思想文化根源，从根本上阐释生态危机的本质，推动生态意识的普及，促进生态文明的建设。生态文学是一种重要的思想文化动力，是解决生态危机的有效途径，“生态文学不仅仅是创作活动，它更是一种救赎行动——拯救地球和自我拯救的行动！”②这正体现了生态文学存在与发展的重要意义与价值。

2. 次要原因

同时，我们也应该认识到，“生态文学的产生也有文学自身发展规律作用的原因，虽然并非主要动因。生态文学的出现，是文学表现日趋全面、平衡这一文学健康发展之内在动力作用的结果”③。完整平衡的文学形式应该包括人本身、人类社会和自然三个组成部分，④ 因此，自然描写是健康、平衡、完整文学形式的重要表现，忽视或抹杀这三要素中的任何一个都会使得文学的发展走向不健全、不平衡的畸形势态。

在人类文明的不同发展阶段，每个时期都有描写自然的文学作品，文学对自然的表现反映了人与自然的亲近或疏远程度，也反映了在社会发展的历史进程中人类自然文化观念从萌芽、发展到逐步走向成熟的演进历程。人与自然之间的亲疏关系主要取决于人类对自然的认识程度和科技的发展水平。随着人类对自然认识、开发、利用的能力越来越强，对自然的崇拜与敬畏也随之减少，人类自身的力量和重要性更加明显，人类中心主义的倾向也随之凸显，直到20世纪后半叶生态危机愈演愈烈，文学内部呼唤创作中心与主题思想的调整，回归原始时代人类与自然的和谐共存再次成为理想的文学主题。

---

① 王诺：《欧美生态文学》（修订版），北京大学出版社2011年版，第1页。
② 王诺：《欧美生态文学》（修订版），北京大学出版社2011年版，第7页。
③ 王诺：《欧美生态文学》（修订版），北京大学出版社2011年版，第8页。
④ 王诺：《欧美生态文学》（修订版），北京大学出版社2011年版，第8页。

可见，在人类历史的发展进程中，不同阶段文学领域不同主题的书写既是文学对人类社会真实状况的反映，也是文学内部发展规律的一种自我调适。人自身、人类社会和自然之间关系的动态调整保障了文学发展整体上的平衡。从人类自诞生以来对自然的崇拜与畏惧到人类因为自身力量的强大而对自然控制欲望的增强；从人与自然的亲密到人与自然的疏离再到人类的回归自然，人与自然的关系似乎在渐行渐远之后又回到了起点，文学的重心也随之出现了转向，从人类中心回归自然中心的初始生态情怀。

因此，生态文学的产生既有主要原因，也有次要原因；既受外部因素的影响，也有内部的自我调适。换句话说，生态文学的产生具有必然性，也具有必需性，既是人类应对生态危机、保障生态系统内部所有生命健康、持续存在的必需，也是完整、平衡的人类文学发展的必需。

二、生态文学的内涵

事实上，作为一种文学创作现象，广义的生态文学在中外文学史上早已存在。我国较早关注生态文学的厦门大学中文系王诺教授认为：“宽泛意义上的生态文学自古有之。它的历史与文学的历史一样久远。”①实际上，在神话、诗歌等人类最早的文学作品中，存在很多关于书写人与自然关系主题的生态文学作品。在中西文学发展史上，不管文学作品创作于什么时代，也不管作家属于哪个文学流派，自人类诞生起，就无法离开赖以生存的大自然，特别是在生产力水平低下、科技落后的时代，一些自然现象的难以捉摸让大自然在人类面前显得更加神秘和强大，这加深了人们对于自然的畏惧、崇拜等个体主观感受，这些成为早期文学作品关注的重要内容，人与自然的关系因此成为人类文学在初始阶段重点描写的主题。并且，这一主题随着人类社会文明程度的提高和对环境保护重要性的认识逐渐回归文学创作，在20世纪后半叶以来生态危机愈演愈烈的背景下，生态文学的重要价值和意义逐渐为人们所认识并接受，生态文学成为顺应文学

① 王诺：《欧美生态文学》（修订版），北京大学出版社2011年版，第131页。

发展态势的重要思潮，肩负着生态意识传播、生态美感培养、生态文明建设的重要使命。

从狭义的角度来看，生态文学是指以生态整体主义为思想基础的文学，以自然为主要表现对象，它产生于现代工业文明出现之后，与以“人类中心主义”为理论基础的文学有显著的区别。“简单来说，生态文学是一种反映生态环境与人类社会发展的关系的文学。”①

到底何为生态文学？迄今为止，对于生态文学的内涵学界仍有诸多看法和不同定义，但在以下几个方面已经基本达成共识：首先，生态文学主要关注人与自然的关系，其主体是自然与人。其次，生态文学以生态整体主义为思想根基，截然不同于以“人类中心主义”为理论基础的文学。再次，生态文学的一个重要任务是挖掘生态危机产生的社会根源与思想文化根源。

准确理解生态文学的概念还需要厘清生态文学与环境文学、自然文学以及绿色文学之间的本质的不同。环境文学、自然文学、绿色文学不仅仅是称呼不同，从根本上说它们是对生态文学的误区性理解，其本质是模糊了生态文学的概念。

首先，环境文学与生态文学有很大的区别。“生态”强调的是以一种整体思维为统领，生态系统无中心、无等级，是一个万物互联、交织的网。但是“环境”仍带有人类中心主义和“二元论”的意味。生态批评家彻丽尔·格罗特费尔蒂分析道：“环境”一词含有人类处于中心位置的所指，而“生态”则意味着彼此联系、整体化的共同体以及系统内部不同部分之间的紧密联系。② 也就是说，“环境”与“生态”具有不同的价值主体观，“环境”突出的是非中心的物质环绕，环境主义者倾向于将自然仅仅看作人类生存的一种外部环境，从深层次忽略了人与自然的共同体关系，进而将自然与人

① 南宫梅芳，魏文：《文学里的生态——英美生态文学赏读》，北京大学出版社 2015 年版，前言。

② Cheryll Glotfelty & Harold Fromm. *The Ecocriticism Reader*. The University of Georgia Press, 1996: xx.

放在彼此相对的另一元的位置，从是否有利于人类作为思维和行动的出发点和判断标准，这必然会强化人与自然的二元对立，导致价值中心向人类倾斜。而“生态”强调的是整个宇宙生命系统内部的联系、平衡与可持续性，没有“中心”与“非中心”之别，也没有“重要”与“不重要”之分。生态文学坚持整体论的哲学观，是对环境文学的一种超越。

其次，“自然书写”不同于生态文学。“‘自然文学’这一概念主要源于中国台湾，研究者倾向于以此指特定地区或国家聚焦自然书写的文学。”①国内外很多学者，如王诺、王光东、查尔斯·沃认为“自然书写”这一术语存在诸多缺陷。国内生态文学研究领域知名教授王诺在评述“自然书写”与生态文学的区别时说道：“‘自然书写’这个术语对写作对象的限制过于狭窄，在思想上和体裁上涵盖面太宽。”②“自然书写”多以单纯地描写自然、表现自然为对象，而生态文学主要是探讨和揭示自然和人之间的双向互动、共通关系。而且，“自然书写”只强调描写自然，漠视经济、科技、思想、文化等社会要素对生态危机产生的深刻影响，忽略了产生生态危机的深层次根源，即人类征服、控制自然行为的社会根源。“自然书写”甚至包括非生态、反生态的作品，而生态文学则侧重挖掘人类行为对自然的影响及其产生的后果，突出人的生态责任与使命，更加强调研究的文学性。

此外，一部分学者还提出了“绿色文学”的概念，童庆炳认为，绿色文学“是一种崇尚生命意识的文学，崇尚人与自然生命力活跃的文学，崇尚人与自然和解与和谐的文学”。③ 这一定义肯定了人与自然的和谐一致，推崇生命意识与活力，具有一定的进步意义，但从生态文学产生的特定历史语境和深层社会根源的角度来讲，这一概念似乎显得有些宽泛，具有一定的局限性。

与环境文学、自然文学、绿色文学这些术语的局限性相比，使用“生

① 王光东，丁琪：《新世纪以来中国生态小说的价值》，《中国社会科学》2020 年第 1 期。

② 王诺：《欧美生态文学》(修订版)，北京大学出版社 2011 年版，第 22~23 页。

③ 童庆炳：《漫议绿色文学》，《森林与人类》1999 年第 3 期。

态文学”可以更加突出这类文学的特点和主要使命，也更符合国际学界的“生态+”命名模式和惯例。21 世纪以来，国内学者王诺对这个概念进行了明确、清晰的界定，他认为：“生态文学是以生态整体主义为思想基础、以生态系统整体利益为最高价值的，考察和表现自然与人之关系和探寻生态危机之社会根源，并从事和表现独特的生态审美的文学。生态责任、文化批判、生态理想、生态预警和生态审美是其突出特点。”①上海社会科学院文学研究所研究员王光东认为生态整体利益价值观是生态文学的思想之魂，② 他表示，生态文学通过人与自然关系的描写，深入探寻生态危机的思想文化根源，是以树立生态整体观为价值目标、追求人与自然和谐共生为理想的独特审美形态。③ 广东外语外贸大学中日比较生态文学研究所所长杨晓辉认为，生态文学研究是生态视角的文学研究，具有跨学科性、现实性和文学性等特征。生态文学的跨学科性恰恰回应了当下新文科建设提出的问题。④

综合国内近三十年生态文学创作与批评实践，我们认为，生态文学诞生于现代工业文明造成自然生态和精神生态双重危机的历史背景下，通过对人与自然关系的描写，深入探寻导致生态危机的思想文化根源，是以树立生态整体观为价值目标、追求人与自然和谐共生为理想的独特审美形态。

第二节　生态批评的理论内涵发展

追根溯源，生态批评(或称生态文学研究)始于美国，出现于 20 世纪 70 年代，实际上，在 20 世纪 60 年代就已经显露端倪。1974 年，美国学者

① 王诺：《欧美生态文学》(修订版)，北京大学出版社 2011 年版，第 27 页。

② 王光东，丁琪：《新世纪以来中国生态小说的价值》，《中国社会科学》2020 年第 1 期。

③ https://www.sinoss.net/2021/0219/100464.html。

④ https://www.sinoss.net/2021/0219/100464.html。

密克尔出版专著《幸存的喜剧：文学生态学研究》①提出“文学生态学”（literary ecology）这一术语，首次从生态学角度评析文学。② 同年，另一位美国学者克洛伯尔公开撰文，将“生态学”（ecology）和“生态的”（ecological）概念引入文学批评。③ 1978 年，鲁克尔特发表了题为“Literature and Ecology：An Experiment in Ecocriticism”的文章，第一次使用“生态批评”（ecocriticism）一词，倡导“将文学和生态学结合起来”④。此后，倡导生态批评的学者越来越多，生态思潮日趋高涨，格罗特费尔蒂、洛夫等美国学者陆续撰文，公开倡导生态批评。有学者认为英国的生态批评始于 1991 年贝特教授出版的专著《浪漫主义的生态学：华兹华斯与环境传统》。贝特使用了“生态批评”这一术语，并使用生态学视角研究英国浪漫主义文学作品。

此后，英美文学界关于生态文学的研究不断升温，并于 20 世纪 90 年代开始盛行起来。1993 年，第一家生态批评刊物《文学与环境跨学科研究》出版发行；1995 年，首次关于生态文学研究的学术研讨会在科罗拉多召开。克洛伯尔、布伊尔、克里治、格罗特费尔蒂和弗罗姆、麦泽尔等英美生态批评专家纷纷著书撰文探讨生态文学研究问题，涵盖了生态批评的理论内涵、特征、使命、批评方法等诸多方面。进入 21 世纪以来，生态文学研究的著作、期刊如雨后春笋般出现，对于生态文学的理论研究越来越深入，实践分析也更为广泛，很多生态批评领域学者从生态的视角对一系列文学文本进行评论和阐释，生态批评在广泛运用中不断走向成熟。

生态批评作为一种新型文学研究方法，在世界范围内已经彰显了生机与活力，那么，什么是生态批评？

首先，从字面上看，“生态批评”是生态学与文学批评的叠加。事实

---

① 王诺：《欧美生态文学》（修订版），北京大学出版社 2011 年版，第 29 页。

② 王诺：《欧美生态文学》（修订版），北京大学出版社 2011 年版，第 30 页。

③ 王诺：《欧美生态文学》（修订版），北京大学出版社 2011 年版，第 30 页。

④ Cheryll Glotfelty & Harold Fromm. *The Ecocriticism Reader*. The University of Georgia Press，1996：114-115.

上，密克尔、鲁克尔特等早期生态批评的倡导者确实从生态学这一自然科学当中获得了很大的启发，他们都主张将文学研究与生态学结合起来，这一进步性对于生态批评概念的科学界定具有奠基性意义。随着对生态批评认识的深入，后来的大部分生态批评家批判性地评价了他们的观点，格罗特费尔蒂说道："鲁克尔特的定义尤其关注生态学，这过于狭隘。"①克洛伯尔认为："生态批评只是将生态哲学最基本的理念引入文学批评当中，并非将生态学等自然科学的研究方法用于文学分析。"②

此后，生态批评在不断发展中迈向更广阔的空间。生态批评家詹姆斯·汉斯、斯洛维克在 1990 年和 1994 年分别对生态批评这一术语的含义做了界定，明确了生态批评的研究视域，强调了生态批评的价值观诉求与表达，关注了自然描写的重要性。汉斯和斯洛维克对生态批评的定义无疑具有重要的进步意义，但也具有"明显的缺陷"③，都具有"弱人类中心主义"④特征。

在诸多"生态批评"的术语中，被大多数生态批评家所推崇和引用的是格罗特费尔蒂的定义："生态批评是探讨文学与自然环境之关系的批评"⑤。继而，格罗特费尔蒂进一步阐释了对于"生态批评"这一术语的理解，指出生态批评以自然与文化，尤其是自然与文学作品的交互联系作为主题。⑥ 她强调了文化与自然的关联，揭示了生态批评最重要的使命与主要诉求是通过文学来重新审视人类文化，挖掘导致生态危机的思想文化根源。格罗特费尔蒂认为生态批评的界定主要涵盖生态整体主义思想和生态

---

① Cheryll Glotfelty & Harold Fromm. *The Ecocriticism Reader*. The University of Georgia Press, 1996: 20.

② Karl Kroeber. *Ecological Literary Criticism. Romantic Imagining and the Biology of Mind*. Columbia University Press, 1994: 25.

③ 王诺:《欧美生态文学》(修订版), 北京大学出版社 2011 年版, 第 42 页。

④ 王诺:《欧美生态文学》(修订版), 北京大学出版社 2011 年版, 第 42-43 页。

⑤ 王诺:《欧美生态文学》(修订版), 北京大学出版社 2011 年版, 第 43 页。

⑥ Cheryll Glotfelty & Harold Fromm. *The Ecocriticism Reader*. The University of Georgia Press, 1996: xviii, xix.

审美两个方面，她坚持生态整体观，认为生态批评应立足于“大地”①，即以整个生态系统为视角，生态系统的整体利益为终极判断标准。这一界定容涵性很强，具有广泛且深刻的含义。

此外，威廉·豪沃斯、劳伦斯·布伊尔也以简洁的语言分别从词源学、环境批评的视角切入，定义了生态批评。

中国生态批评学者王诺教授认为：“生态批评主要吸取的并非自然科学的具体研究成果和研究方法，它吸取的是生态学的基本思想——主要是整体观、联系观、和谐观等。生态批评最主要的思想资源不是来自生态学，而是来自生态哲学。生态批评是在生态哲学思想指导下的文学批评。”②在综合评述欧美学者主要的、具有代表性的术语界定后，王诺认为生态批评这一术语还需要新的界定，并给出了如下定义：“生态批评是在生态主义，特别是生态整体主义思想指导下探讨文学与自然之关系的文学批评。它要揭示文学作品中所蕴含的生态思想，揭示文学作品中所反映出来的生态危机之思想文化根源，同时也要探索文学的生态审美及其艺术表现。”③这一定义明确了生态批评的思想特征、目的任务、研究范围和批评对象，同时，明确了生态批评研究和评论的对象，指出“生态批评既可以是对生态文学的批评，也可以是从生态的视角对所有文学的批评”④。这一界定丰富了生态批评的文本解读和评论，扩大了生态批评的研究对象，使生态批评脱离了“自然书写”的范围局限，更加关注生态危机产生的思想文化根源，明确了人与自然互动关系的生态意蕴。

因此，一些文学作品尽管从表面上看并未直接描写自然景观，甚至不涉及自然景物，但从思想文化的深层次视角来看，如果该作品揭示了生态危机产生的思想文化根源，表现了人与自然的关系，那么也属于生态批评

---

① Cheryll Glotfelty & Harold Fromm. *The Ecocriticism Reader*. The University of Georgia Press, 1996: xviii, xix.

② 王诺：《欧美生态文学》(修订版)，北京大学出版社2011年版，第41页。

③ 王诺：《欧美生态文学》(修订版)，北京大学出版社2011年版，第47页。

④ 王诺：《欧美生态文学》(修订版)，北京大学出版社2011年版，第48页。

探讨的范围，具有从生态视角解读的合理性与可行性。在此背景下，一些传统经典文学作品面临着重新审视和解读，以挖掘出其蕴含的却被人忽视的生态思想和生态审美，这对于重建生态系统平衡的生态主义价值观、提高和增强生态意识、协调人与自然之间的关系具有重要意义。同时，对于具有反生态思想的文学作品要从绿色的视角来审视，进行科学的批判和评价。实际上，很多公认的文学经典，包括培根、莎士比亚的作品在包含生态思想的同时，也有很多反生态的意识。甚至在西方文化的源流之作——《圣经》中也有自相矛盾的生态表述。因此，在重新审视和评价传统文学经典时，我们应该秉持历史的、客观的态度，将文本分析与文本所处的历史语境、社会大环境结合起来，以发展的眼光看待以往的作家作品，以免出现不公正的以偏概全的做法。

第三节　生态文学的思想文化基础

生态文学有着久远的思想文化根源。无论是基督教的宗教文化传统，还是古希腊的经典神话传说，都为西方生态文学提供了丰富的思想文化资源。

早在公元前6世纪，古希腊的阿那克西曼德就强调了自然规律能使世界上的诸多元素保持稳定，维持平衡，① 这种思想表明了自然规律的正义性和平衡性，它协调着万事万物之间的关系，无论人类具有多么强大的参与自然活动甚至是破坏自然的能力，最终都必须服从自然规律。古希腊哲学家毕达哥拉斯被认为是西方反对虐待动物的第一人。他指出："只要人还在残酷地毁灭低等生命，他就绝不会懂得健康与和平。只要人类还大规模地屠杀动物，他们就会相互屠杀。他播种了谋杀和痛苦的种子，就一定不可能收获欢乐和爱。"②毕达哥拉斯不仅将人与自然的命运关联在一起，

---

① 罗素著，何兆武等译：《西方哲学史》上卷，商务印书馆1963年版，第52~53页。

② 王诺：《欧美生态文学》(修订版)，北京大学出版社2011年版，第75页。

认为一味地屠杀动物只能为人类的健康与和平带来隐患，而且从人类对待自然的态度开始思索人与人之间的关系，指出仁善的本性对人类“收获欢乐和爱”的重要性。

另一位富有传奇色彩的古希腊哲学家，爱菲斯学派的创始人赫拉克利特也推崇自然规律，认为万物都处于不断变化之中，而决定万物变化的就是“逻各斯”，即自然规律，他主张人类必须遵循自然规律，并提出“万物是一”的基本生态理念。

此外，古希腊的其他先哲所倡导的思想观念，都为生态文学的发展奠定了思想文化基础。巴门尼德的存在论蕴含了自然整体观念，不仅关注整体性，也关注整体的内部联系与平衡。以狄奥根尼为代表的犬儒学派（the Cynic School）开启了远离社会文明、回归自然的实践之旅，他们蔑视名誉地位，追求自然纯朴，像动物一样自由自在地生活。19 世纪英国浪漫主义大诗人华兹华斯对于自然的态度与认知便清晰地反映了犬儒学派的影响。

公元前 4 世纪的古希腊哲学家和科学家泰奥弗拉斯托斯被誉为“生态学之父”，他反对老师亚里士多德关于动植物为人类而存在的观点，认为人与自然是一个紧密联系的整体。① 新柏拉图主义的先驱普罗提诺主张自然生命的整体统一性，他认为：“整个宇宙是一个有组织的、有作用的、复杂的、无所不包的、显示着深沉莫测的智慧的生命”②，普罗提诺融会了毕达哥拉斯和柏拉图的思想以及东方神秘主义，视太一为万物之源，人生的最高目的就是复返太一，与之合一。③ 其思想对中世纪神学及哲学，尤其是基督教教义，产生了很大的影响。

中世纪时期，一些神学家也提出了一些有价值的生态思想，如：圣弗朗西斯、林恩·怀特、阿赖恩，他们都主张人与自然生物平等的生态民主

① Donald Hughes. *Ecology in Ancient Civilization*. University of New Mexico Press, 1975: 64-65.

② 罗素著，何兆武等译：《西方哲学史》上卷，商务印书馆 1963 年版，第 372 页。

③ https://baike.so.com/doc/5847379-6060216.html.

思想，认为人应该遵循自然规律，按照自然规律行事。英格兰基督教神学家胡克也表达了类似的观点，他反问道："难道我们没有清楚地看到生物对自然规律的服从是整个世界的支撑点？"①到了文艺复兴时期，切萨尔皮诺、泰莱西奥等人文主义者也从人类应该尊重自然万物、按照大自然的规律办事等方面提出了人与自然和谐共存的观点。

"18 世纪是生态思想大发展的时期。"②17 世纪英国科学、哲学等各方面的蓬勃发展为"生态思想大发展"的 18 世纪奠定了坚实的基础。

17 世纪，欧洲科学取得了跨越式的突破性发展，英国的科学也取得了前所未有的进步。为英国科学哲学取得巨大进步作出杰出贡献的当属弗朗西斯·培根(1561—1626)。科学哲学的发展进步推动了人们意识观念的大胆创新。作为一名科学哲学家，培根清晰地认识并指出了中世纪时期占据主导地位的亚里士多德的旧哲学的弊病，他批判性的科学哲学思想和研究方法不仅对英国科学的全面发展，也对英国文学、文化的发展起了至关重要的作用。培根的两部力著《学术的推进》(1605)和《新工具》(1620)标志着英国现代哲学的开端。培根强调思想与事物之间的密切联系，重事实、重观察，认为结论应以充分的事实为依据、建立在实事求是的基础之上。他重视自然科学，认为自然科学与哲学密切相关，关注人与自然的互动与契合，这些理念在当时为培养人们的自然观、科学的探索精神和发现意识产生了积极的助推作用。

17 世纪的哲学家洛克承袭了毕达哥拉斯的观点，进一步探讨了摧残自然界中的生物与人类之间相互摧残的关联："那些在低等动物的痛苦和毁灭中寻求乐趣的人……将会对他们自己的同胞也缺乏怜悯心和仁爱心。"③洛克认为，人如果不能平等、友善地对待自然界中的动物就无法在社会当中建立起和谐的人际关系；一颗残酷、冰冷的心灵缺乏同情和仁爱，必将导致各种关系变得不和谐。

---

① 麦茜特著，吴国盛等译：《自然之死》，吉林人民出版社 1999 年版，第 14 页。
② 王诺：《欧美生态文学》(修订版)，北京大学出版社 2011 年版，第 79 页。
③ 纳什著，杨通进译：《大自然的权利》，青岛出版社 1999 年版，第 20 页。

“伟大的生命链”(the Great Chain of Being)是18世纪具有代表性的生态思想和概念。英国哲学家詹恩斯在《对自然和邪恶起源的自由追问》中表达了对于整体系统的关注，他认为蚂蚁、蜜蜂、蚊子等自然界中的低等生命是巨大生命链条上不可或缺的环链，应该具有属于自己的地位，与人类一起构成平等、有序的生命之链。詹恩斯强调整体价值和整体利益，将公平、正义纳入生态系统整体进行考察，进一步发展了自然整体观。沙夫茨伯里也坚持自然整体观，他提出了“万物是一”(all in one)的观点，认为世界上的所有物质都是一体的，共同拥有宇宙资源，因此，人类不能控制自然，而应该“服从自然规律，而不是人自身的规律”①。

对当代生态思想发展具有巨大影响的是马尔萨斯的人口论。他关于人口增长与食物供应链之间关系的论述为深层生态学的人口爆炸将引发的恶果提供了很大的启示，这种观念甚至影响了达尔文的生存斗争思想，是“英美生态思想史上一件最重要的事”②。霍尔巴克在《自然的体系》中阐释了大自然对人类幸福和健康的重要意义，认为自然可以约束人类的堕落和罪恶。这种观点可以在华兹华斯对于自然的论述上看到影子。

生物学家对于生态思想的发展具有重大贡献。布拉德利、林奈、吉尔伯特·怀特都从生物学、生态学的视角提出了不同自然生命之间互相依赖的关系。科学家洛夫乔伊提出了“生命链”(chain of being)的著名术语。布鲁克纳也提出了“生命网”(web of life)的观点，近一个世纪后，达尔文接受了生命网的观点，并在《物种起源》中多次提到“生命网”，指出自然如同一张复杂的关系网，所有物种都生存在这张大网内，无法脱离其他有机体而独立存在，尽管是最微不足道的生命对于与其相关的物种来说也具有重要意义。③

---

① Basil Willey: *The Eighteenth Century Background: Studies on the Idea of Nature in the Thought of the Period*. Chatto and Windus, 1940: 73.

② Donald Worster. *Nature's Economy: A History of Ecological Ideas*. Cambridge University Press, 1994: 149.

③ Charles Darwin. *On the Origin of Species, A Facsimile of the First Edition*. Harvard University Press, 1964: 3-4, 73.

1866年，德国科学家恩斯特·赫克尔首次提出“生态学”这一术语①，对其进行了定义，并明确指出人类是自然整体的一部分，与动物具有同等的自然地位。达尔文的进化论使人们认识到生态整体观的重要性，人类在为生存而斗争的同时，也为了生存而互相合作和依赖。达尔文重视人与自然的和谐相处，他指出：“植物和动物，哪怕在自然形态上有巨大的差异，都被一个复杂的关系网包在一起。”②达尔文认为生物具有多样性，但是不应该用等级概念进行区分。

英国哲学家边沁倡导对动物的道德关爱，德国哲学家叔本华也主张人对动物的伦理道德。尼采明确指出，人“根本不是万物之冠：每种生物都与他并列在同等完美的阶段上”③。另外一种引起当代生态思想家高度重视的是法国普鲁东的自然整体秩序思想。普鲁东反对国家、政府滥用权力剥削人民的自由，同时，他也谴责了人们对于土地的滥用与不敬，主张人与土地融为一体，他尊重自然，强调正义和公平，生态思想家马歇尔高度赞誉普鲁东为现代生态运动的重要先驱。

此外，马克思和恩格斯对人类生态思想的进步和发展作出了巨大贡献。马克思恩格斯严厉批判了资本主义以牺牲自然环境为代价换取的经济和社会的发展，马克思说道：“技术的胜利，似乎是以道德的败坏为代价换来的。随着人类愈益控制自然，个人却似乎愈益成为别人的奴隶或自身的卑劣行为的奴隶。”④马克思关于人与自然关系的论述对后世生态思想的发展产生了重要影响，他对于资本主义发展所带来的环境问题的分析为生态社会学和生态政治学理论奠定了基础。恩格斯在其著作《自然辩证法》中提出了“以遵循自然规律为前提”等重要的生态思想。恩格斯指出：“我们连同肉、血和脑都是属于自然界并存在于其中的；我们对自然界的全部支

① 王诺：《欧美生态文学》(修订版)，北京大学出版社2011年版，第83页。
② 王诺：《欧美生态文学》(修订版)，北京大学出版社2011年版，第85页。
③ 狄特富尔特等编，周美琪译：《人与自然》，三联书店1993年版，第90页。
④ 《马克思恩格斯全集》第12卷，人民出版社1965年版，第4页。

配力量就是我们比其他一切生物强，能够认识和正确运用自然规律。”①恩格斯强调了人与自然不可分割的重要关系，特别指出人应该认识自然规律，遵循和正确运用自然规律，这是人类统治自然和利用自然的前提，恩格斯的“这种通过理解和把握自然规律来支配自然的观点，与文艺复兴时期培根的看法是一致的”②。

20 世纪 60 年代以来生态思想空前活跃，人们称之为生态思潮。人文社会科学学科当中出现了很多与生态学相关联的分支学科，生态学的考察范围不断扩展到整个社会科学领域，一些新的思想不断出现，格林尼尔、埃尔顿、坦斯利、奥德姆等人相继提出了“小生境”(niche)、“食物链”(food chain)、“生态系统”(ecosystem)、“整体论思想”(holistic thought)等概念和术语，将生态学的研究又向前推进了一步，同时对从生态视角研究其他学科产生了重要的助推作用。

俄罗斯思想家奥斯宾斯基主张“地球是一个完整的存在物”③，后来，利奥波德受其影响，系统论述了生态伦理学说，明确提出了以是否有助于维持生命共同体的统一、稳定和美丽作为生态整体主义的价值判断标准。④“利奥波德的这种生态整体论思想，标志着生态学时代的到来。”⑤传统生态思想中遵循自然规律的准则得到了进一步的发展，人们对人与自然的关系有了更加科学、客观的理解和评价，认识到了只强调遵循自然规律而忽略整体生态利益的弊端和危害。自此，利奥波德备受推崇，其倡导的生态整体主义被认为是最重要的生态思想，原有的理论困惑不断得到解决，人类的生态思想被提升到一个新的高度。后来的生态学家怀特海、克鲁奇、拉夫洛克等都赞同这种生态整体主义的观点，肯定了生态系统的整体性和

① 恩格斯：《自然辩证法》，人民出版社 1984 年版，第 305 页。

② 王诺：《欧美生态文学》(修订版)，北京大学出版社 2011 年版，第 88 页。

③ 何怀宏：《生态伦理——精神资源与哲学基础》，河北大学出版社 2002 年版，第 450 页。

④ Aldo Leopold. *A Sand County Almanac*. Oxford University Press, 1949: 224-225.

⑤ 王诺：《欧美生态文学》(修订版)，北京大学出版社 2011 年版，第 93 页。

整体价值，大大拓展了生态思想理论体系的内涵。

从公元前古代文学中生态思想的萌芽开始，经过数世纪生态思想家、哲学家的不断努力，“发端于古希腊的自然整体观有了很大的发展和完善，并成为生态思想的核心内容”①。20 世纪霍尔姆斯·罗尔斯顿承袭并发展了利奥波德的土地伦理观，把生态系统的整体利益视为最高利益，强调系统整体价值至上，与生态学倡导的整体、联系的观点相一致。这种尊重生态整体价值及其内在自然规律的观点后来为贾丁斯、克里考特、马歇尔、齐默尔曼等生态哲学家、思想家所认同并接受，生态思想的内涵也不断延伸和发展。

麦克洛斯基认为生态危机源于人类无视生态地追求经济和技术发展的文化传统②，深层生态学理论主张从思想文化的角度审视造成生态危机的根源，批判征服、统治性的自然观和世界观以及经济至上等思想文化原则。其代表约翰·希德认为，深层生态学“更加重视的是对当代文明最基本的前提和价值的质疑”③。著名生态思想家唐纳德·沃斯特也指出：“我们今天所面临的全球性生态危机，起因不在生态系统自身，而在于我们的文化系统。要度过这一危机，必须尽可能清楚地理解我们的文化对自然的影响。”④因此，要想重建与恢复生态系统的平衡，从根本上消除生态危机，就必须从思想文化的根源来改变人类对于自然的态度和行为方式，通过文化批判和文化变革，从思想文化方面深刻认识人与自然环境的关系，才能从根本上消除生态危机的根源。

人类作为生态系统中最具智慧的生命存在，承担着重建生态平衡与稳定的责任与道义，如果人类不能超越个人主义、中心主义，不能在自然的承载能力和供给能力范围内满足或追求自身的物质需要，那么必将受到自

---

① 王诺：《欧美生态文学》(修订版)，北京大学出版社 2011 年版，第 97 页。

② Donald Worster. *Nature's Economy: A History of Ecological Ideas*. Cambridge University Press, 1994: 355.

③ John Seed: *Thinking Like A Mountain*. New Society Publishers, 1988: 9.

④ 王诺：《欧美生态文学》(修订版)，北京大学出版社 2011 年版，第 122 页。

然的报复。当今，人类无止境的欲望即将耗尽自然资源，并危及地球上的其他生命形式，为了保护地球多元生命的生存环境，人类必须观照生态整体价值，自我约束，培养自然责任心和生态保护意识，正确认识人类子系统在整个生态系统中的重要地位以及与其他多元生命共生生存的共同体关系，将自然看作生存伙伴，而不是人类控制、支配和任意改造的对象，不断认识自然规律，重视生态整体价值，进而将其作为一切观念、思想、行为的根本出发点和落脚点，为防止生态危机提供一种思维方式和思想根源，为生态思想体系的建构提供理论基础。

第四节　英国生态文学的开端与文学基础

“生态文学主要探讨和揭示的是自然与人的关系：表现自然对人的影响、人在自然界的地位、自然万物与人的联系、人对自然的破坏、人与自然的融合等”①，因此，自然与人是生态文学的两大主体要素。生态文学批评即以文学与自然环境之间的关系为研究主题，反映人类与自然之间的双向交流互动。

“宽泛意义上的生态文学自古有之。它的历史与文学的历史一样久远。欧美生态文学的发展有三个繁荣时期，它们分别出现在原始社会、19 世纪上半叶浪漫主义时期和 20 世纪 60 年代以后。”②英国生态文学与英国文学史的发展几乎同步，自萌芽、产生、发展以来，历经了中古、文艺复兴、古典主义、浪漫主义、现实主义以及现当代等不同阶段。由于每个阶段的历史背景、社会状况、哲学思潮、科技水平、文化思潮迥异，文学的形式与内容也呈现出了千差万别的态势，尽管如此，人与自然的关系贯穿历代各时期的文学作品的始终。自然作为人类赖以生存的必不可少的环境，与人类以这样或那样的方式发生关联，一方面，自然为人类生存生活提供物

① 李美华：《英国生态文学》，学林出版社 2008 年版，第 2 页。
② 王诺：《欧美生态文学》(修订版)，北京大学出版社 2011 年版，第 131 页。

质资源；另一方面，人类在自身发展的过程中也与自然产生了或近或疏、或保护或破坏的关系。所以，文学作品在展现人与自然的关系时不仅描绘了大自然的样貌和图景，也体现了人对自然的态度，反映了作者的生态意识。

在人类诞生之初，虽然远离现代文明，但在那时原始部落的生活方式下，初民与自然保持着和谐的生态关系，尽管物质并不丰富，但是人们并不奢求，很容易满足当下的生活状态和物质水平，他们将大量的时间用于消遣和祭祀活动，非常珍惜生态资源，尽管是猎杀动物也是在生态系统承载力许可的范围之内。作为反映人类生存与生活方式的文学作品正是诞生于这样的时代背景，而在这些以神话、史诗为主要形式的早期文学作品当中，生态文学占了相当大的比重。

"世界各国的神话都突出表现了自然与人密切的关系，神话可以说是生态文学的最早源泉。"①无论是基督教的上帝创世神话还是希腊神话中的宙斯造人，关于人类起源的神话故事都传递着人与自然休戚相关的重要生态思想内涵。因此，自原始时代以来，人与自然便形成了生命共同体的密切关系，这种关系随着人类参与实践的进程不断调适并发生变化。

英国生态文学的发展进程几乎与英格兰国家的发展史同步。英国文艺复兴之前的文学作品就已经关注了自然、环境等生态问题。英格兰岛的原始居民是凯尔特人和其他部落，但凯尔特时期并未留下任何口头或书面形式的文学作品。直至公元5世纪，盎格鲁、撒克逊和朱特三个日耳曼部族入侵英格兰，英国历史开始，英国文学也逐步走上了发展之路。盎格鲁、撒克逊人在7世纪末被基督教化之前是没有任何宗教信仰的日耳曼部落，他们相信宿命论，信奉民间传说，特别是北欧神话，这些成为长篇叙事史诗《贝奥武甫》的故事源头。

《贝奥武甫》(*Beowulf*)是古英语时期最早，也是最长的叙事史诗。这部作品展露了人类早期萌芽的生态意识，开始凸显人与自然的关系问题。它

① 王诺：《欧美生态文学》(修订版)，北京大学出版社2011年版，第132页。

主要讲述了英雄贝奥武甫与魔怪格兰道尔及其母亲战斗并最终获胜的英勇故事。在这部长篇史诗中，魔怪格兰道尔和他的母亲被描绘成一种非人、非兽、非神的生物，他们既有动物的特征，也有人的特点，还具备超自然的神力，他们是自然界中与人类为敌的邪恶势力的代表。这首三千多行的宏大叙事诗体现了早期人类文明与自然之间的矛盾。盎格鲁-撒克逊时期是英国中古的开始，当时人类以原始部落的形式生存，对自然的认识非常匮乏，在人类眼里，自然是神秘而又令人敬畏的，人类对自然充满了既恐惧又欲征服的矛盾心理。格兰道尔和他的母亲以人类为敌，多年来屡屡袭击丹麦国王赫罗斯兴建的宏伟的宴会厅，掠走并残忍地吞噬国王的武士，他们来自远离社会的大自然，是大自然的代表，是与人类疏远、对立的象征。《贝奥武甫》就是以这样一种原始、古老的方式讲述了人与代表大自然的魔怪之间的故事，将人与自然这两个生态文学主体要素联系在了一起，从此开启了英国生态文学创作的先河。

6 世纪末，基督教传入英国，英格兰逐渐被基督教化，英国文学也因此出现了世俗文学和基督教文学两个类别。此后，随着丹麦人的入侵，很多书籍随同寺院被焚毁。9 世纪末，韦塞克斯国王阿尔弗雷德在抗击丹麦人的同时，着力复兴学术，一批拉丁文著作被译为英文，在当时促进了英国文学的发展。1066 年，诺曼人入侵，欧洲大陆的封建制度随之传入英国，法语也融入英语当中，大大丰富了英语的词汇表达。12 世纪后古英语逐渐发展为中古英语。在文学领域出现了以韵文形式书写的浪漫传奇，主要描写骑士的传奇故事，讴歌他们对主人的忠诚和对高贵妇人的坚贞爱情。在这类浪漫骑士传奇中，最著名的当属《高文爵士与绿衣骑士》(*Sir Gawain and the Green Knight*)，它在讲述亚瑟王与圆桌骑士奇遇的故事的同时，也对英国本土的自然风光进行了描绘，具有原生态的写实特色。

总体来说，中世纪及中世纪以前，人类对自然缺少科学认知，对人类而言，自然既神秘又令人敬畏，人类既依赖自然又想征服自然，这种对自然的矛盾态度在长篇叙事史诗《贝奥武夫》中得到了充分体现。

此后，具有生态意蕴的文学创作贯穿了整个英国文学的发展进程，从中古时期到现当代文学作品，涵盖了诗歌、小说、戏剧等不同文体。综观英国文学史，从中古英语文学最伟大的代表——英国诗歌之父杰弗里·乔叟(Geoffrey Chaucer)开始，众多作家在书写个人情怀，反映社会现实的同时，也把自己对自然的态度、人与自然的关系等写入了作品当中。人无法脱离自然而单独存在，自然也无法屏障人类活动的介入，于是，在英国文学史上的各个发展阶段，众多诗人、小说家和戏剧家都以不同的形式展现了这样或那样的生态联系，尽管很多作家并未形成系统的生态思想，也没有成熟的生态文学理论作为创作指导，但无可争辩的是这些作家作品为英国文学的发展，特别是生态文学的发展作出了不可磨灭的贡献。

第五节　英国生态诗学的成就

“生态批评的发展经历了三个阶段。第一阶段出现在90年代初。……生态文学批评的第三阶段，批评家们则试图创建一种生态诗学，通过强调生态系统的概念，加强生态文学批评的理论建设。”①尽管生态文学批评出现较晚，发展也相对缓慢，但因为人与自然是生态文学的主体，其历史与文学的历史一样久远，而诗歌作为人类最早的文学形式，先于小说、戏剧等其他文学形式而存在，也就是说，人与自然关系的主题首先出现在诗歌这一文体当中。

在英国文学史上，最早的生态思想出现在古英语时期的长篇史诗《贝奥武夫》中，随着古英语逐渐发展成为中古英语，人与自然关系的描写也逐渐成为诗人在作品中不断挖掘和探讨的主题。作者或多或少地涉及自然环境和生态环境描写，尽管这些文字描写的初衷与生态诗学并不存在任何交集，但这种文字描写为生态诗学提供了难能可贵的资料。很多诗作对于生态环境的描写，成为早期英国生态诗学的雏形。诗人一方面描写自然，另一方面通过自然描写抒发内心对外部世界的感悟。从古英语到中古英语

① 李美华：《英国生态文学》，学林出版社2008年版，导言第2页。

再到浪漫主义、现实主义、现代主义文学，这种融自然景物于诗人情怀抒发与反映社会现实的写作手法贯穿了英国文学史的始终，并最终使生态诗歌素材更加丰富，生态诗学理论更加完善与成熟。

一、中世纪时期乔叟《坎特伯雷故事集》的生态意蕴

英国诗歌中的生态思想萌芽于古英语时期，以诗歌《贝奥武甫》为代表，到了中古英语时期，主要以杰弗里·乔叟(Geoffrey Chaucer，1343—1400)为代表。乔叟精通多种语言，阅历丰富，是中古英语文学最伟大的代表，被誉为英国诗歌之父、英国文学之父。乔叟最著名的代表作是《坎特伯雷故事集》(即《坎特伯雷故事》，1476)，该部文学巨著由一批去坎特伯雷大教堂朝圣的形形色色的人讲述的故事组成，这些故事之间并不是孤立存在的，在乔叟巧妙的构思与安排下，它们构成了一个有机整体。

包括乔叟本人在内的31位朝圣者从伦敦一家客栈出发，踏上前往坎特伯雷大教堂的漫长旅程。客栈老板提议朝圣客每人讲四则故事，以排遣旅途时光，作为奖励，讲得最好的人归来后可享用一顿免费的晚餐。以这样的一种文学创作手法，乔叟描绘了一系列生动鲜活、社会各个阶层的人物形象，有武士和女修道士、有木匠和厨师、有嫁过五个丈夫的巴斯妇人、有淫秽的磨坊主——这种行当在乔叟的时代是狡猾和欺诈的代名词。乔叟在描绘他笔下的朝圣者人物性格时，将讽刺与写实互相融合。这些故事格调各异，既有虔诚的，也有滑稽的，并包含在博学的智慧和诚实的俗话之间迸发的幽默。这些故事是对14世纪晚期英格兰风土人情入木三分的精彩刻画。在故事讲述的过程中，读者在领略当时英国中古英语时期的社会风貌和人们的生活状况的同时，也可以感受在自然环境的描写过程中乔叟的生态意识。

在《坎特伯雷故事集》一书的开头，在引言中，乔叟用规整的韵律模式，以现实主义的写实手法描绘了一幅生机勃勃、春意盎然的生态图画：

当四月带来它那甘美的骤雨，
让三月里的干旱湿到根子里，
让浆汁滋润每棵草木的茎脉，
凭其催生的力量使花开出来；
当和风甜美的气息挟着生机，
吹进树林和原野上的嫩芽里，
年轻的太阳也已进入白羊座，
已把白羊座一半的路程走过，
而小鸟小雀唱着各自的曲调——
整夜里它们都睁着眼睛睡觉——
(这是大自然拨弄出它们心声)；
这时候人们也就渴望去朝圣，
……①

春天雨水丰沛，树木、花草生机盎然，小鸟小雀欢声歌唱，大自然充满了一片生机，正是人们朝圣的理想季节。在这幅春景图中，人与自然构成了统一体，建立了密切的生态联系。气候、季节等自然环境和自然条件为朝圣者的朝圣行为提供了必要的环境和条件，各种生物和谐共生，人与自然统一于和谐的宇宙生态系统。

除了引言外，《坎特伯雷故事集》中的一些故事也可以从生态的视角进行解读。在骑士的故事中，骑士帕拉蒙和阿塞特同时爱上了忒修斯的妻妹艾米莉，为了争夺心仪的爱人，这两位有血缘关系的表兄弟在小树林中进行比武一决胜负。为了兴建比武场，大量的树木被砍伐，这正体现了人类对自然的破坏。帕拉蒙和阿塞特在树林中激烈厮杀不仅危及对方的生命，

① 杰弗里·乔叟著，黄杲炘译：《坎特伯雷故事》，译林出版社 1999 年版，第 3 页。

而且对树林中植物的生命构成威胁，在比武之后，很多树木失去生命，树林遭到了破坏。不仅如此，在阿塞特翻身落马，重伤丧命后，在他的葬礼上，一批树木又被砍伐，乔叟对人类这一破坏自然的行径发出了遗憾与惋惜的声音：

那木堆绿色的顶端高可攀天，
它的每一边伸到二十寻之远——
我是说那些树大得令人叫绝。
那里先堆好许多许多车麦秸。
至于那些树如何堆成这样高，
还有，树的各种树名又怎么叫——
例如橡枞榛桤柳，杨榆和圣栎，
梣栗枫山楂紫杉，悬铃木和柏树——
有关它们的砍伐，我不想叙述。
我不讲神祇们如何上下奔忙：
水神、林仙和树精所住的地方
在此之前是多么地清幽安谧，
可现在他们失去了这处住地。
我不讲鸟兽纷纷地逃往他乡，
它们怕的是树被砍倒时遭殃；
树中的地面长年看不见太阳，
如今在阳光下显得如何惊慌。①

可以看出，尽管乔叟生活在14世纪的英国，但他已经表现出了超前的

① 杰弗里·乔叟著，黄杲炘译：《坎特伯雷故事》，译林出版社1999年版，第105~106页。

生态思想和环境保护意识，面对人类对自然破坏的行径，他很苦恼，并表示不愿意叙述这一心痛的经历："有关它们的砍伐，我不想叙述。"在这里，乔叟表达了小树林的生态因为人类的行为遭到了破坏，原本静谧、和谐的自然乐园因为人类的欲望遭到了灭顶之灾，鸟兽们失去了长久以来的栖息地，逃往他乡，甚至连水神、林仙和树精也失去了原本的居所。以巧妙的故事讲述的形式，乔叟表达了自己的生态关切，流露了对人类破坏自然的不满与谴责。在另外一则讲述阿维拉古斯和道丽甘夫妇的忠贞爱情故事中，乔叟以大自然中的礁石坚不可动来暗示自然规律不可违背的生态思想。

二、英国生态诗学的进一步发展与成就

自乔叟之后，英国生态诗学的发展与繁荣经历了文艺复兴、17 世纪、启蒙运动、浪漫主义、现实主义和现代主义等不同时期。在每一阶段，都有一批诗人以不同的方式呈现人与自然的主题，描写人与自然的关系。从文艺复兴时期的莎士比亚、弥尔顿，到 17 世纪以邓恩为代表的玄学派诗人，再到 18 世纪彭斯、布莱克的前浪漫主义诗歌，19 世纪以写实手法创作的反映社会现实的诗歌和 20 世纪以乡村为题材的诗歌，可以说，英国的生态诗歌发端于古英语时期的长篇史诗《贝奥武夫》，从这种萌芽的生态意识开始，随着人类历史进入社会大变迁的 20 世纪，工业化进程加快，自然科学迅猛发展，生态整体主义、生态正义论等生态思想空前活跃，生态学越来越受到人们的重视，生态学家批判人类征服、控制、破坏自然的欲望动力论，主张人与自然的平等、和谐相处，提倡培养生态责任感和生态保护意识。英国诗歌中的生态表达也逐渐由无意识或潜意识发展成为自主、自觉的生态思想，并形成较为系统的生态思想理论框架。

第二章　英国玄学诗歌的源起与发展

英国玄学诗歌发端于16世纪末，勃兴于17世纪，在17世纪末逐渐走向衰落，发展历程历经百年之久，深刻反映了文艺复兴末期与资本主义时期两个时代的矛盾，人文主义思想遭遇了利己主义、专制腐败思想的残酷挑战，以人为本的博爱、友善与黑暗、冷峻的社会现实形成了鲜明的对照。英国玄学诗歌代表了英国诗歌史和世界诗歌史上最为辉煌的文学艺术成就之一，以奇思妙喻著称，重视理性与激情、世俗与宗教的结合，其新奇的意象、悖论的语言、独特的哲理思辨、巧妙的构思一度成为17世纪英国诗坛上一朵独放异彩、绚烂瑰丽的花朵，但在18世纪和19世纪却遭遇了古典主义和浪漫主义的排挤和攻击，默默无闻，甚至被视为“异端”。但是，随着20世纪现代派诗歌的兴起和现代主义文学运动的发展，玄学诗歌中的现代元素逐渐得到艾略特(T. S. Eliot，1888—1965)等诗坛巨匠的承认和大力宣扬，并最终确立了其在英国文学史上的重要地位。

从英国玄学诗歌与英国文艺复兴的关系来看，英国玄学诗歌诞生于文艺复兴晚期，受到文艺复兴思想体系的核心——人文主义的深刻影响，以人为本的博爱、友善，积极进取，享受现世的欢乐等生活理想融入以邓恩为先锋的玄学诗人的思想观念当中，并成为他们诗歌创作的重要指导原则，因此，从这一角度来说，17世纪英国玄学诗歌是文艺复兴精神的延续。与此同时，17世纪资本主义的发展、自然科学的进步、航海探险的热潮等赋予了英国玄学诗歌以时代性的内涵。英国玄学诗歌承上启下，深刻反映了文艺复兴末期与资本主义时期两个时代的特征，代表了英国诗歌史和世界诗歌史上最为辉煌的文学艺术成就之一。

生态批评作为文学批评的一个分支和研究维度，为我们提供了赏析文学作品的一个崭新视角。生态批评倡导生态整体内部的多元共生，而不是一元独大。“生态文学不仅在思想意识方面有自己的特性，而且在审美和艺术表现方面也有自己的特征。生态文学有独特的审美目的、审美观念、审美特性和审美方式。”①英国玄学诗歌以奇思妙喻著称，在众多久负盛名的奇思妙喻当中，很多是与自然相关的新奇而又充满玄思的比喻。英国玄学诗歌重视理性与激情、世俗与宗教、自然与艺术的结合，其新奇的意象、悖论的语言、独特的哲理思辨、巧妙的构思都反映了玄学诗歌独特的审美和艺术风格，它的自然审美观不仅表现了玄学诗人对自然的内在感知、对自然本身的美的赞颂，也反映了玄学诗人将自然作为审美对象，与自然结合成一个共同体，借以抒发内心情怀和传达思想。因此，17 世纪英国玄学诗歌应该被列入生态文学之列，至少，它的生态文学特征是无可否认的。

第一节　社会背景

17 世纪英国玄学诗歌的源起、兴盛与衰落历经近百年的时间，是在特定的社会背景下，顺应历史潮流和时代发展的产物，有其深刻的社会背景和文化根源。

首先，政治上的动荡不安。

在英国历史上，17 世纪，特别是 17 世纪的前 60 年，是一个伟大且动荡不安的时代。17 世纪又被称为资产阶级革命和王政复辟时期，在这期间，英国爆发了资产阶级革命和王政复辟。16 世纪鼎盛一时的君主专制制度严重阻碍了英国资本主义的发展，新兴资产阶级力量不断壮大，封建主义和资本主义之间的矛盾迭起并不断加剧，最终导致了 1640 年英国资产阶级革命的爆发。1649 年革命取得胜利，建立了以议会为核心力量的资产阶

① 王诺：《欧美生态文学》(修订版)，北京大学出版社 2011 年版，第 52~53 页。

级共和国。英国资产阶级革命是欧洲封建制度统治危机的深刻反映，英国资产阶级革命的爆发与胜利促进了欧洲范围内资产阶级反对封建主义革命的进一步发生和发展。

资产阶级革命取得胜利后，英国国内人民群众争取民主权利的呼声也随之高涨，致使资产阶级感到畏惧，害怕自身统治权利的丧失，于是在1660年资产阶级与旧贵族妥协，革命政权坍塌，在法国流亡的查理二世回到英国，继任英国国王，这就是英国历史上的斯图亚特王政复辟。直到1688年，英国资产阶级和新贵族发动了推翻查理二世的继承人詹姆士二世的非暴力、无流血政变，威廉王子登上王位，史称“光荣革命”，英国封建王朝的专制统治结束，君主立宪政体建立，从此，国会在政治上享有了真正的权威地位，这对英国政治、历史、社会、文化等各方面的发展以及欧洲其他国家的政治都产生了重要而深远的影响。

其次，经济形势的发展变化。

17世纪影响并促进英国经济形式发展变化的主要因素包括：航海探险与地理大发现、圈地运动、商业活动和殖民扩张。航海探险与地理大发现拓宽了人们的视野，增长了人们的见闻，激发了人们的冒险精神，使17世纪的英国人转变了思想观念，以一种更加开放的态度接受新鲜事物，进而促进了英国对外商业活动和海外殖民扩张的进一步发展。

“新大陆”的发现、世界贸易中心从地中海到大西洋的转移，促进了英国海外贸易的发展。英国位于从欧洲到美洲的通道上，占据有利的地理位置，海上扩张速度加快，对外贸易发展迅速。东印度公司(1600)、弗吉尼亚公司(1606)等股份贸易公司的建立，不仅极大地促进了英国的对外商贸活动，还刺激了英国的海外殖民扩张，成为英国从封建社会过渡到资本主义社会的有利助推因素。

同时，圈地运动促进了资本主义的发展。许多资产阶级新贵族适应了17世纪新的社会发展形势，他们把土地圈占起来，改变了经营方式，或者出租土地，收取地租。圈地运动致使很多英国农民失去土地，迫使劳动者与生产资料分离，变成了雇佣工人，这加速了封建社会主要以农民耕种土地为主的生产生活方式的变革，为资本主义的发展提供了廉价的劳动力，进一步促进了资本主义生产方式的转变。

再次，宗教改革的影响。

宗教改革是17世纪重要的时代特征之一。在这一时期，继马丁·路德宗教改革之后，清教兴起，清教徒势力不断壮大，他们主张进一步“净化”英国国教，剔除其中的天主教残余，反对天主教的腐败，倡导清苦、节约、克制，抵制享乐、情感和自由。在这一复杂的时代背景下，宗教思潮和宗教改革运动在一定程度上影响和塑造了17世纪英国文学多元化的形式和内容。

宗教观念的改变和文学思潮的发展密切相关，在英国17世纪长达百年的文学创作中，以倡导准则与理性、克制情感与想象为主要特征的古典主义文学，以清教革命精神为核心特质的资产阶级革命文学，和以奇思妙喻、巧智而著称的玄学派文学平行、并存发展，三足鼎立，成为英国17世纪主要的文学思潮与倾向。

最后，自然科学的进步。

在17世纪以前，相比宗教神学和人文学科，自然科学是一个备受冷落的学科，并没有引起人们的重视。文艺复兴运动兴起以后，其强调的“人本主义”精神促进了人们思想的解放和观念的更新，激发了人们接受新鲜事物、勇于探索未知领域的好奇心和求知欲，人类在自然科学领域的探索活动也随之出现了繁荣的景象。科学革命兴起，自然科学领域取得巨大成就成为这一时期的重要时代特征。

17世纪在天文学、化学、力学等自然科学领域都取得了惊人的成就。新的科学理论、新的思维方式与旧有的传统思想观念的矛盾冲突在17世纪的文学作品中也有深刻的体现。自然科学激发了17世纪英国玄学诗人丰富而奇特的想象力，对玄学诗歌的创作产生了深远的影响，这一点已经受到西方学界的关注。

综上所述，17世纪英国社会的动荡不安、政治冲突的不断发生、经济形势的变化发展、宗教纷争的此起彼伏，以及自然科学的繁荣发展，促进了文学创作形式、技巧以及内容的革新。复杂的时代背景促成了17世纪多元化的文学倾向，资产阶级与封建专制王权的妥协催生了古典主义文学；资产阶级高涨的革命热情与如火如荼的宗教改革促进了以约翰·弥尔顿(John Milton，1608—1674)为代表的资产阶级革命文学的诞生。也正是在这一多变、复杂的社会背景下，16世纪伊丽莎白末期英国社会歌舞升平的盛世景况下歌颂爱情的甜腻诗歌已不再适合詹姆士一世、查理一世统治时期动荡的社会格局，时代的变迁号召新的诗歌流派的出现以反映当时的各种社会矛盾，表达人们对新时代的迷惑不解与矛盾心理。与此同时，自然科学的不断发展刺激了人们思维方式的转变。正是在这样一个新旧更替、时代变革的宏观时代背景下玄学派诗歌出现，并取得了辉煌的发展成就，在诗歌艺术领域获得了重大的突破。

第二节　文化背景

以上所分析的政治动荡、经济发展、宗教改革以及科技革命是17世纪英国玄学诗歌的源起与发展所离不开的社会背景，此外，玄学诗歌的繁荣与兴盛更离不开当时社会思想文化氛围的渲染与烘托，既受到文艺复兴时期奔放、热情、大胆的诗风的影响，也不能脱离中世纪时期的思想文化背景，是顺应时代文化发展潮流的产物。

中世纪时期黑暗的封建主义教会神学统治人们的思想、约束人们的行为，禁欲主义被尊奉为美德，人类丧失了自己的人生追求和幸福，盲目信仰上帝，是上帝的奴隶，甘愿承受因“原罪”而招致的上帝的惩罚，在尘世间忍受各种苦难和不幸，以期获得救赎并能在死后升入天堂。这种封建的蒙昧主义思想长期以来一直占据统治地位，禁锢人们的思想，否定个人的主体价值，并成为人们的一种思想文化观念和一种时代文化特征。

中世纪后期，文艺复兴运动在意大利兴起，并于十五十六世纪传入整个欧洲，16世纪繁荣于英国。英国的文艺复兴运动不仅是发生在文学、文化领域的一场复兴运动，更是一场深刻的思想变革，促进了英国整个国家在各个领域翻天覆地的变化。虽然文艺复兴运动在17世纪淡出了历史舞台，但其影响深远，推动了英国，乃至整个西方社会文化的全面改造。

人类思想的解放促进了自然科学的发展和伦理价值观的变化。在自然科学领域，伽利略的动力学说动摇了自亚里士多德发展而来的神学气质浓郁的传统托勒密宇宙论；哥白尼的"日心说"有力地打破了长期以来居于宗教统治地位的"地心说"，实现了天文学理论的根本性变革。这些自然科学领域取得的伟大成就动摇了封建神学的腐朽统治基础，激发了人们崇尚科学文化、追求创新变革的思想观念。在社会伦理领域，基督教价值体系的统治地位遭遇信任危机，固有的传统思想观念受到了强烈的冲击，无神论和唯物主义思想传播迅速，渐入人心，反封建、反教会的进步资产阶级文化思想逐渐兴起。

历经了中世纪黑暗的教会神学统治和16世纪文艺复兴时期的人文主义思想，在17世纪，人们长期以来受束缚的思想不断得到解放，个性逐渐变得张扬，反对宗教的黑暗统治、宣扬人文主义精神、倡行革新的文艺形式，这些成为17世纪英国社会的主要思想文化思潮。

种种迹象表明，一种全面的文化振兴已经在17世纪的英国悄然发生，并改变着旧有的文化传统和社会秩序。英国玄学诗歌正是在这样的文化背景下出现、发展并繁荣起来的。而17世纪政治局势的动荡不安、革命力量与复辟势力的反复较量、经济形势的剧烈变更以及一系列的宗教改革等复杂的社会语境势必使文学创作出现多元化的发展局面，正是在这样的时代背景下，玄学诗歌出现、发展、繁荣，并与古典主义文学和资产阶级革命文学平行存在于17世纪这样一个多元发展的、繁荣的世纪。

第三节 哲学渊源

17世纪，欧洲科学取得了跨越式的突破性发展，英国的科学也取得了前所未有的进步。而为英国科学哲学取得巨大进步作出杰出贡献的当属弗朗西斯·培根(Francis Bacon，1561—1626)。科学哲学的发展进步推动了人们意识观念的大胆创新，激发了玄学诗人无限的想象力，促进了17世纪英国文坛玄学诗歌与古典主义诗歌、资产阶级革命诗歌齐头并进发展局面的形成。

作为一名科学哲学家，培根清晰地认识并指出了中世纪时期占据主导地位的亚里士多德的旧哲学的弊病，他批判性的科学哲学思想和研究方法不仅对英国科学的全面发展，也对英国文学、文化的发展起了至关重要的作用。培根的两部力著《学术的推进》(1605)和《新工具》(1620)标志着英国现代哲学的开端。培根的科学哲学观强调知识的力量，他倡导的尊重知识、反抗权威、积极探索的精神在很大程度上影响了以邓恩为代表的17世纪英国玄学诗人的诗歌创作理念，激发了玄学诗人的科学探索精神、认识事物的洞察力和文学想象力。

首先，培根强调思想与事物之间的密切联系，善于使用比喻等文学修辞手法。“道德犹如宝石，素饰最美。书经提炼犹如水经蒸馏，淡而无味”等名句闪耀着培根无限的智慧光芒和丰富的文学想象力，这种对看似毫无内在关联的事物之间联系的架构为玄学诗歌的“奇思妙喻”和玄学诗人独特的艺术创作构思具有一定的启示意义。

其次，培根重事实、重观察，认为结论应以充分的事实为依据，应建立在实事求是的基础之上。培根的这种“事”重于“言”的观点和严谨的科学研究方法也体现在了文学创作方面，他提倡务实、实用的文风，反对虚妄、浮夸的旧文风。17世纪英国玄学诗歌正是对16世纪伊丽莎白后期甜腻的爱情抒情诗的一种反驳与背弃，是对动荡不安的17世纪时代背景的真实反映。

再次，培根重视自然科学，认为自然科学与哲学密切相关，关注人与自然的互动与契合，这些理念在一定程度上对英国玄学诗人“天人合一”的自然观、科学的探索精神和发现意识产生了积极的助推作用。

此外，古希腊形而上学的哲学思想、新柏拉图主义的哲学思想也都为17世纪英国玄学诗歌的出现奠定了重要的哲学基础。邓恩等玄学诗人巧于使用悖论的哲学辩证思维，关注宇宙万物的对应现象，善于在看似毫无关联的事物之间发现内在的关联性，这与形而上学的哲学思想具有诸多的相似性。而新柏拉图主义哲学思想赋予了玄学诗歌以浓厚的神秘主义色彩。因此，无论是从“玄学”(形而上学)这一词语的源头追溯上，还是从哲学与宗教的内在关联上，古希腊形而上学的哲学思想和新柏拉图主义的哲学思想都是具有强大影响力的精神理念，构成了 17 世纪玄学诗歌的基本特色和哲学基础。

第四节 玄学诗歌——17 世纪英国诗坛的奇葩

在 16 世纪末 17 世纪初，英国诗坛上出现了一幅崭新、靓丽的风景图画——玄学派诗歌。作为英国诗歌史上最为辉煌的艺术成就之一，英国玄学诗歌是对 16 世纪文艺复兴时期诗歌的发展，也被打上了特殊的时代烙印，具有鲜明的艺术特色和风格特征。

在 17 世纪的英国诗坛，出现了玄学诗歌和古典主义诗歌、资产阶级革命诗歌平行存在的文学发展局面。古典主义的文学思潮是 16 世纪文艺复兴时期封建王权专制统治在文学领域的反映。古典主义者宣扬理性和规范，维护封建专制制度，是资产阶级向王权妥协的一种表现。资产阶级革命文学是 17 世纪宗教改革的产物，以诗人约翰·弥尔顿为杰出代表，其诗作体现了强烈的清教革命思想和反抗精神，也表达了对腐败教会的憎恶之情。

而玄学诗歌以“奇思妙喻”和“巧智”著称，注重哲学思辨，善于表现思想矛盾，其出现是 17 世纪英国社会、历史、文化发展的必然。伊丽莎白时期(1558—1603)甜腻的爱情诗歌风格已经与 17 世纪英国资产阶级革命与王政复辟的时代背景不相适宜，玄学诗歌应运而生，并以其独特的艺术风格和思想内涵风靡于 17 世纪，在 18 世纪和 19 世纪虽遭遇误解和冷落，默默无闻，但由于时代的发展、社会的变迁以及人们审美观念的改变，加之 20 世纪著名评论家、诗人 T. S. 艾略特的极力推崇和新批评派诗歌理论的传播与渐入人心，玄学派诗歌最终得到复兴，受到普遍认可和赞誉，并对后世现代主义诗歌产生了深远的影响。

17 世纪英国玄学诗歌的主要代表者有约翰·邓恩(John Donne，1572—1631)、乔治·赫伯特(George Herbert，1593—1633)、安德鲁·马维尔(Andrew Marvell，1621—1678)、理查德·克拉肖(Richard Crashaw)、亨利·沃恩(Henry Vanghan，1622—1695)等十来位诗人。最早使用“玄学”这个词的人是 17 世纪著名诗人和剧作家约翰·德莱顿(John Dryden，1631—1700)，他于 1693 年在著作《论讽刺诗的发展》中评论邓恩的爱情诗时写道：“他(邓恩)爱弄玄学”。此处，德莱顿似乎毫无夸赞之意，贬义语气明显。但是真正使用“玄学诗人”这个术语的却是 18 世纪的英国批评家塞缪尔·约翰逊(Samuel Johnson，1709—1784)，他在《英国诗人之作》的前言中写道：“大约在 17 世纪初期出现了一派可以称之为玄学诗人的作家。”①然而，约翰逊所定义的“玄学诗人”也含有不赞许的口吻。之后，1779 年约翰逊在《科雷传》中最终肯定了玄学派诗人的博学多才：“玄学派诗人是一群有学问的人，他们的全部努力即是要表现他们的学问，他们习惯作哲理性的争辩诗，并且喜欢用大量牵强附会的意象。”自此，“玄学”作为一种诗歌潮流的名称得以真正确立，大放异彩，并因其独特的艺术风格和诗学思想而成为 17 世纪英国诗坛的一朵奇葩。

① Johnson. *Lives of the English Poets*. “Life of Cowley”(1779-1781). Everyman's Library, 1925：11.

第三章　英国玄学诗歌的主题

17 世纪英国玄学诗歌在英国诗歌史上具有不容忽视的重要地位，虽然经历了 18、19 两个世纪的沉寂，但其独具特色的诗歌风格与艺术特色终于在艾略特、格里尔逊等著名评论家的大力推崇下获得再发现和兴起。玄学诗歌以“奇思妙喻”而著称，诗歌重哲理思辨，口语化强，内容奇特，思想深刻，智慧与热情融为一体，在诗歌创作上开创了一条新路，使英国诗歌更为丰富且富有生机，为英国现代派诗歌提供了灵感与启示。

英国玄学诗歌涉猎的题材广泛，主题内容丰富多彩。玄学诗人善于在多个不同领域和学科中探究各种不同事物之间的内在关联，在诗歌创作主题方面进行了深入的挖掘，特别是在宗教主题、爱情主题和“及时行乐”主题的诗歌创作方面独具特色，展现了玄学诗歌别具一格的艺术风格和思想内涵。

第一节　宗 教 主 题

自古以来，宗教与诗歌密切相关。一方面，诗人借助诗歌这种艺术形式来表达个人的宗教倾向与宗教情感；另一方面，宗教赋予诗歌以文学创作的主题，为诗人提供启迪与灵感，拓宽了诗歌创作的范围，成为诗歌主题中的一个重要构成要素。

在 17 世纪英国玄学诗人当中，有一些诗人以自己的宗教实践经历为创作基础，如邓恩在晚年担任圣保罗大教堂的教长，赫伯特和赫里克多年从事牧师职业，宗教是他们人生生涯当中不可或缺的重要组成部分。因此，这些诗人将自己的宗教实践与诗歌创作密切地结合起来，在玄学诗歌的创作中抒发内心复杂的宗教情感，智性地融合了他们的宗教信仰和情感世界，沉思和冥想基督教经典之作《圣经》，在宗教中找寻心灵的慰藉与满足，从追寻圣爱、渴望救赎等不同方面探讨宗教主题，创作出了优秀的玄学宗教诗篇。这些诗人当中，首屈一指的当属约翰·邓恩(John Donne，1572—1631)。

约翰·邓恩是17世纪英国玄学诗人中的领军人物，他创造性地开启了玄学诗歌宗教主题的写作传统。邓恩的追随者，如赫伯特、赫里克、克拉肖、沃恩等都是进行宗教主题玄学诗歌创作的典范人物，他们一起开创了17世纪英国诗坛宗教抒情诗歌创作的鼎盛时期。

邓恩一生经历复杂坎坷。他出生于伦敦一个信奉罗马天主教的富商家庭，自小是个天主教徒，他的外祖母是英国文艺复兴时期著名的人文主义思想家托马斯·莫尔的侄女，优越的家庭背景使邓恩获得了接受良好教育的机会，他曾经在牛津和剑桥两所名校读书，又学习过法律，可谓才华横溢。邓恩青年时期野心勃勃，生活放荡，个性不羁，追求享受和冒险，却因为天主教的宗教信仰背景未能取得任何学位，也很难谋得一个职位，仕途发展希望渺茫。从另一方面而言，这也使得邓恩有更加充裕的时间去阅读书籍，去思考人生，去赏剧，去和身边各种不同行业的人打交道，其中不乏来自不同阶层和地位的各种类型的女性。这一系列的生活实践都对邓恩的诗歌创作产生了重要的影响，成为他诗歌主题内容的重要组成部分。

为了更好地发展自己的仕途，邓恩参加过航海探险活动，甚至参加过对西班牙的海战。在参加对西班牙海军的作战过程中，邓恩与英王的掌玺大臣托马斯·伊格顿的儿子结交，在他的推荐下，邓恩后来成为托马斯·伊格顿的私人秘书，谋得一个很好的职位。但在此期间，邓恩与伊格顿年仅17岁的外甥女安妮·莫尔私奔并秘密结婚，这激怒了莫尔的父亲，他迫使伊格顿解雇邓恩，并将邓恩投入监狱。出狱后，邓恩天主教的宗教信仰使得邓恩仕途不顺，他的政治梦想几近破灭，因为伊丽莎白女王时代国教盛行，迫于生计，穷困潦倒的邓恩在16世纪90年代放弃天主教而改信国教，并公开发表了两篇反对天主教的辩论文，至此与天主教彻底决裂，他的仕途也因此出现了转机。1615 年，邓恩改信英国国教，担任神职，成为国王的私人牧师，事业慢慢有了起色。1621 年，邓恩出任圣保罗大教堂的教长，直到他于 1631 年逝世。在此期间，邓恩一直坚持从事宗教诗歌的创作，书写自己的宗教生活和人生反思。

邓恩的诗歌创作生涯与人生经历密不可分，如果说邓恩的早年、晚年两个人生阶段可以分为世俗生活阶段和宗教生活阶段的话，那么邓恩早年的诗歌创作以世俗爱情诗歌为主，而晚年诗歌创作的主题则是宗教。邓恩曾经自己做过如此的评价："我青年时代的情妇是诗歌，老年时代的妻室是神学。"①这也正是邓恩戏剧性一生的精要概括与真实写照。诚然，我们也不能断然地将邓恩的这两个人生阶段与诗歌创作完全等同起来，因为这似乎否认了邓恩诗歌内涵的复杂性。

有学者认为，邓恩在皈依英国国教之前就已经开始了宗教诗篇的创作，与世俗爱情诗歌的创作很可能处于同一个时期。事实上，邓恩的一些诗篇融合了爱情和宗教这两个人生中至关重要的因素，在世俗爱情诗歌里也渗透了邓恩本人复杂的宗教情感和宗教经历，如：在书写爱情的诗篇《歌》(*Song*)中，邓恩强烈地批判了女子对爱情的不忠，实际上他用意深刻，另有所指，邓恩在暗示自己对宗教信仰的不忠，为了仕途而背弃了自幼信奉的罗马天主教。"但是无论爱情诗或宗教诗都有一些共同的特点，如感情炽热，思想开放，手法奇特，充满了怪诞的比喻，总起来说就是新奇。"②可见，宗教主题与爱情主题并不是孤立存在的，在邓恩的诗作中二者紧密地融会在了一起。

邓恩早年生活阶段描写世俗爱情的诗作以《歌与短歌集》(*Songs and Sonnets*)为代表，而宗教主题的玄学诗歌主要是邓恩的后期作品，收录在诗集《神圣十四行诗》(*Holy Sonnets*)中。《神圣十四行诗》是一部宗教诗集，

① 杨周翰：《十七世纪英国文学》，上海人民出版社 2016 年版，第 123 页。

② 王佐良：《英国诗史》，译林出版社 1997 年版，第 128 页。

反映了邓恩对宗教持有的特殊且复杂的情感，表达了邓恩对宗教主题中人神关系、救赎等问题的深层次探究与感悟。这部诗集共包含 26 首十四行诗，其中的第 10 首和第 14 首皆堪称邓恩宗教诗的典范。

神圣十四行诗(第 10 首)

死神，你莫骄傲，尽管有人说你
如何强大，如何可怕，你并不是这样；
你以为你把谁谁谁打倒了，其实，
可怜的死神，他们没死；你现在也还杀不死我。
休息、睡眠，这些不过是你的写照，
既能给人享受，那你本人提供的一定更多；
我们最美好的人随你去得越早，
越能早日获得身体的休息，灵魂的解脱。
你是命运、机会、君主、亡命徒的奴隶，
你和毒药、战争、疾病同住在一起，
罂粟与符咒和你的打击相比，同样，
甚至更能催我入睡；那你何必趾高气扬呢？
睡了一小觉之后，我们便永远觉醒了，
再也不会有死亡，你死神也将死去。①

（杨周翰　译）

这是一首杰出的玄学派宗教主题诗歌。邓恩在晚年的时候常常想到死亡，但他并不惧怕死亡，而是把死亡比作休息和睡眠，他以惯常的辩论口气斥责死亡，认为死神不可怕，死亡是短暂的，因为死后人们可以得到身

① 王佐良:《英国诗史》，译林出版社 1997 年版，第 135 页。

体的休息和灵魂的解脱。这种“生死观”是基督教教义的一个常见议题，基督徒认为死亡并不是人生的终结，而是更美的复活，一个人只要依靠、敬仰耶稣基督，虔心悔改，死后必定会同基督一起同居天堂，获得永生。在这首十四行诗中，邓恩抒发了自己的宗教信念，表达了自己的死亡观，同基督教的死亡观相契合，即“肉体死亡，精神永生”。

在弥漫着怀疑与变革气息的年代里，邓恩诉诸宗教，以获得内心的安定，他信仰上帝、依赖上帝，热情满怀地呼唤上帝：

神圣十四行诗(第14首)

撞击我的心吧，三位一体的上帝；
迄今你只轻扣、吐气、照射，设法修补；
为了让我能站起，推翻我吧，鼓足
你的气力打碎我，吹我，烧我，使我成为新体。
像一座应效忠另一人却被侵占了的城池，
我努力让你进来，但结果毫无用处，
理性——你在我心里的总督——应将我保护，
可他也成了俘虏，证明他或是不忠或是无力。
我非常爱你，也非常希望能为你所爱，
但是我却已和你的仇敌订了亲，
让我和他离婚吧，或把那个结扯碎或解开；
把我拉到你身边，把我囚禁起来，只因
除非你奴役我，我永远不会自由，
永远不会贞洁，除非你把我强行占有。①

(胡家峦　译)

① 胡家峦：《英国名诗详注》，外语教学与研究出版社2003年版，第101～102页。

“三位一体”指的是上帝，是圣父、圣子和圣灵的集合体。在这首十四行诗中，邓恩饱含激情地高声呼唤上帝，请求上帝对他“打、吹、烧”，只有这样他才能“成为新体”，与过去的自我彻底决裂，使灵魂实现彻底的救赎。邓恩以炽热的情感向上帝呼吁，表达了他对上帝的爱慕之情，同时，邓恩也希望自己能为上帝所爱，这种对上帝的爱慕、依恋之情加深了邓恩对上帝高度虔诚的宗教情感。邓恩的宗教诗写得特别，他敢于想象，更敢于用炽热的语言直白地表达自己对上帝的无限向往与渴望，“除非你奴役我，我永远不会自由，永远不会贞洁，除非你把我强行占有”。

在这首诗里，邓恩向上帝敞开心扉，诉说衷肠，表达自己经历了叛教的痛苦后在努力探寻一种新的人神关系，在这一过程中，邓恩经历了一种苦闷、复杂、矛盾的心理。邓恩来自一个具有虔诚宗教信仰的天主教家庭，但是由于在邓恩所处的时代，英国国教受到推崇，反天主教的情绪高涨，天主教徒遭到宗教迫害，邓恩的仕途发展也因此遭遇了层层阻碍，不得志的邓恩被迫放弃了自幼信奉的天主教的宗教信仰，于1615年正式皈依英国国教，后来又当上了伦敦圣保罗大教堂教长，从此，命运才得以转变，生活才真正安定下来。但是，背叛天主教的痛苦和精神忧虑却伴随了邓恩的余生。在天主教教义中，叛教的人要面对终身的精神审判。因此，邓恩通过大胆赤裸的语言，语不惊人誓不休，用强烈的性暗示来求得上帝的同情，以期获得彻底的救赎，表达了内心强烈的精神渴望。

在《神圣十四行诗》的第18首中，邓恩再次将宗教情感与爱情并置融合。他哀叹基督教会的分裂：

让我看，亲爱的基督，你的闪光的新娘！
什么，她会是在海的彼岸
涂脂抹粉的那位？还是遭劫而身穿破烂
在德意志和这里哭泣的姑娘？①

① 王佐良：《英国诗史》，译林出版社1997年版，第134页。

“闪光的新娘”指真正的基督教会；“涂脂抹粉的那位”指的是罗马天主教会；“哭泣的姑娘”则指路德派新教会。邓恩以这样的比喻来感叹基督教会分成了三派，完整的统一体不复存在。邓恩未能从一而终地坚持自己从小信奉的宗教，因此，他的内心一直处于一种矛盾与挣扎的状态当中。在感叹之声当中，我们能够感受到来自他内心和来自社会的冲突与挣扎，这种情感与理智的张力几乎贯穿了邓恩所有的诗歌。

尽管充满怀疑，邓恩还是把最真挚和虔诚的情感献给了上帝，他把教会当作恋爱的对象：

> 亲爱的丈夫，把你的新娘出卖给我们眼睛，
> 让我的多情灵魂追求你温柔的鸽子，
> 她对你最忠实最愉快的时候，
> 正是她被众人拥抱对众人开放的关头。①

在17世纪英国资产阶级革命与王政复辟这样一个不稳定的时代，宗教信仰可以让人保持一种平静的心态、一种坚定的生活信念，因此，邓恩对宗教怀有深厚而又特殊的情感，后期作品宗教色彩浓厚。在创作宗教抒情诗歌的时候，因其复杂的宗教情感经历和感悟，邓恩常常将宗教主题与爱情、天文、地理、自然等内容融合在一起，以一种独特的方式对一系列宗教问题进行思索和探究，这也是邓恩个人传奇一生和特殊宗教经历在文学创作中的反射。

在宗教主题的玄学诗歌创作中，如果说约翰·邓恩的宗教情感既复杂又矛盾，那么乔治·赫伯特(George Herbert，1593—1633)的宗教情感则是最强烈和炽热的。赫伯特被一些评论家赞誉为最杰出的玄学宗教诗人，他的宗教诗歌更富有创新性和陌生化特质，凸显了玄学诗歌别具一格的诗歌风格和艺术特色。

---

① 王佐良：《英国诗史》，译林出版社1997年版，第134~135页。

赫伯特宗教主题诗歌的一个鲜明特色是“陌生化”特质。“陌生化”是20世纪初俄国形式主义文论的核心理念，它的诞生标志着艺术审美观念的转变，传统的诗学观被颠覆，现代诗学理论体系初步建立。虽然时空远隔，但乔治·赫伯特在其诗歌创作中前瞻性地运用了这一理论，特别是在宗教诗歌主题的创作上面。“上帝和人的关系”是赫伯特诗歌的永恒主题，赫伯特在其宗教抒情诗中描绘了多种多样的人神关系，其中以朋友关系、父子关系和爱人关系最具创造力，凸显了赫伯特反传统的诗风，创造性地实践了“陌生化”的诗学理念。赫伯特对人神关系的全新处理和表达颠覆了以往人们对人神主仆关系的常规性认识，将原本人们熟悉的事物陌生化，增加了读者感知的难度和长度，实现了诗歌艺术审美的目的，给英国文学留下了耐人寻味的诗篇。

“陌生化”是俄国形式主义文学理论的要旨，是俄国形式主义大师维克多·什克洛夫斯基(Victor Shklovsky)于1917年在其论文《作为艺术的技巧》中首次正式提出的文论术语。作为一种艺术表现手段，“陌生化”意指文学创作中作者所刻意采用的陌生的、新奇的艺术技巧，这种技巧应当适用于任何形式的文学创作。其目的是打破常规生活给人造成的“意识的自动化”，恢复人们对世界的敏感度，使人们更深刻地感受到日常生活中的事物。从诗歌创作的角度而言，其核心是诗人把熟悉的事物非熟悉化，让读者产生陌生感，使形式变得难懂，增加难度和感知的长度，因为感知的过程本身就是一种审美目的并且必须被延长。因此，形式主义文论认为诗歌语言不同于一般语言，其传达的意象也应该给人以陌生感和奇异感。

虽然形式主义的文学理论是20世纪才提出的，但实际上，早在17世纪，以乔治·赫伯特等为代表的英国玄学派诗人已经在诗歌创作中践行着“陌生化”的原则，他们的诗风独特，标新立异，一改伊丽莎白时代浪漫主义爱情诗甜腻而空泛的辞藻，以“巧智”(wit)和“奇喻”(conceit)而著称。因此，可以说，以赫伯特为代表的玄学派诗歌反传统的诗风与形式主义文论“反自动化”的“陌生化”特质有着异曲同工之妙。

玄学派诗歌以“奇思妙喻”而著称，也就是说其诗歌中的比喻和意象都是既“玄”又“妙”的思想，或者称之为“玄思妙想”。正是这些“奇思妙喻”使得玄学派诗歌表现出了“陌生化”的特质，其最显著的特征就是把一些毫无内在关联的事物牵强地、生拉硬拽地联系在一起。在这方面邓恩被大多数人认为是佼佼者。诚然，作为玄学派诗歌的领军人物，邓恩的诗作代表了英国 17 世纪玄学派诗歌艺术成就的巅峰。而赫伯特则突破了 17 世纪英国文艺复兴时期以前宗教诗歌创作的传统模式，使用了反古典主义的诗歌表现手法来表达他细腻、丰富的宗教思想和宗教情感体验。他把“陌生化”原则运用到了诗歌创作的各个方面，包括诗歌的主题、形式、结构、意象、叙述方式等，其中尤为显著并最具代表性的便是赫伯特宗教诗歌主题的陌生化特质。

赫伯特的宗教抒情诗集《圣殿》(*The Temple*)自 1633 年出版以来便以其内容虔诚、语言简练、形式严整、结构独特而受到普遍赞誉。赫伯特也因此被 17 世纪抒情诗人尊为楷模，与约翰·邓恩、本·琼森并称为 17 世纪英国三大抒情诗人。诗集《圣殿》共包括三个组成部分，分别是：“教堂门廊”、“圣堂”以及“教堂斗士”。其中，“圣堂”是这部诗集的主体部分，共收录 160 多首宗教抒情诗歌，这些诗歌都表达了同一个永恒主题——上帝和人的关系。

在文艺复兴这一既彰显人文主义又重视宗教精神的时代背景下，赫伯特突破传统的束缚，摒弃了上帝居高临下而诗人垂耳恭听的自上而下的传统人神关系，把上帝构想成一个犹如父母或朋友的关系密切的人，甚至独具匠心地把上帝描绘成自己的爱人，成功地实现了“玄学”与“陌生”的理想化嫁接，以独特的方式表达内心对上帝虔诚、炽热的宗教情感。

什克洛夫斯基的“陌生化”理论强调保持人们对语言艺术的新奇感受，恢复日常事物原有的新鲜魅力；艺术表现手法的创新和读者审美感受的延长是文学创作的终极目标。形式“陌生化”是为了使读者对作品内容有更好的、更全面深刻的认识。赫伯特突破了常规宗教诗人关于上帝与人之间主仆关系的传统思维模式，运用了陌生化的艺术手法，对上帝与人之间关系的刻画遵循了朋友—父子—爱人这种依次递进、逐渐加深的发展变化模式。通过这一模式，读者可以领略赫伯特对17世纪文艺复兴时期宗教文化的准确捕捉与鉴赏能力。

(一)朋友关系

赫伯特只歌颂上帝之爱或基督之爱，这种爱远远超出了基督徒对上帝的虔诚与敬畏的崇拜之情。事实上，赫伯特的这种思想源于他对《圣经》的感悟与冥想。赫伯特认为在古代，上帝曾经与人类非常亲近，但因为赫伯特生活在17世纪，时间的遥远使他无法获得与上帝的这种亲密关系，此外，空间上的阻隔也让赫伯特无法实现与上帝的亲近，但在诗歌的理想王国里，赫伯特展开了想象的翅膀，流露出了与上帝近距离亲近的无限渴望与焦虑之情。正如赫伯特本人在诗中所说："也许诗是无用的东西，但是，诗是让人类和上帝生活在一起的方式。"①在赫伯特看来，"太阳光线、流星可以是连接他和上帝的桥梁……他梦想和天使手拉手飞向天堂，但他更想要的是与上帝进行没有中间人或媒介的直接交流"②。

赫伯特创造性地运用了"陌生化"的思维模式，打破了基督教传统的线性时间观，把上帝构想成了一个与他具有时空一致性的心有灵犀的亲密朋友。在这种平行的关系中，上帝的神圣之爱与人类的世俗之爱交叉并逐渐重合。上帝作为赫伯特的一位密友，以基督的身份出现在他的宗教抒情诗歌中，甚至成为赫伯特理想自我形象的代表。

在其代表作诗集《圣殿》的很多诗歌中，赫伯特都以极其细腻的笔墨触及了基督与人之间的友情这一话题。诗作《鼓掌》表达了赫伯特与上帝之间的这种亲密如朋友的关系。穿越了时空的界限，上帝从天堂来到人间，作为基督的化身，上帝犹如一个与赫伯特生活在同时代的朋友，他们和谐共处，相互沟通，彼此依赖，什么都不能干扰他们之间的友谊，什么都无法

① 王敖：《诗人与谁对话——海伦·文德勒的〈看不见的倾听者〉》，http://www.poemlife.com/libshow-1613.htm.

② 王敖：《诗人与谁对话——海伦·文德勒的〈看不见的倾听者〉》，http://www.poemlife.com/libshow-1613.htm.

将他们分开。在这里，上帝成了赫伯特最好的朋友，没有上帝，赫伯特会迷失自己，在生活中失去向导，甚至无法生存。他们各自就如同一个半圆，只有联合在一起才能构成一个完整的圆，你中有我，我中有你。

实际上，赫伯特的这种人神之间朋友关系的思想源自《圣经》。在《圣经·出埃及记》中，上帝不仅是一个权威的统治者，同时，也如一个朋友般地与摩西进行面对面的对话。上帝曾经对摩西说："我要照你所求的做；因为我了解你，也喜欢你。"赫伯特的诗歌以书写诗人的宗教经历与体验而见长，整部诗集《圣殿》都是他沉思《圣经》的产物。在整个《圣经》中，上帝与人的关系是一个基本问题。因此，人神关系也就相应成为赫伯特宗教抒情诗歌创作的永恒主题。并且，赫伯特对这一主题进行了淋漓尽致的发挥和创造性的运用。

在《无名的爱》中，上帝化身为基督来到人间，赫伯特不知道他的真实身份，向基督倾诉了他内心的苦楚甚至是对上帝的不满。基督像一位朋友一样，认真、耐心地倾听着赫伯特的诉说，并向他解释上帝的所作所为是出于对他的爱。之后，赫伯特对他与上帝之间的关系进行了重新审视，通过一系列反思，他逐步意识到了自己的错误，并对人神关系有了新的认识，领会到只有上帝才能让他获得"重生、柔韧和睿智"。

在赫伯特这一思想转化的过程中，他运用了陌生化的艺术手法，对《圣经》内容进行了更深层次的阐释和发展。根据基督教的观点，上帝是三位一体的，是圣父、圣子和圣灵的统一体，圣父是万物之源的造物主，圣子是降世为人的耶稣基督，圣灵是圣父与圣子的精神复合体。赫伯特笔下的上帝超越了《圣经》中上帝的形象，不仅被赋予了世俗性，化身为耶稣基督从天堂降临到人世，并且与人类建立了诸如朋友等的亲密关系。

（二）父子关系

赫伯特生活的16世纪末至17世纪被一些学者称为欧洲艺术史上的巴罗克时代，以德国波恩大学莱森尼奇教授为代表的当代欧美文学史家倾向于将英国玄学派诗歌归类为欧洲巴罗克文学，并将之称为“英国巴罗克文学”①。西南大学刘立辉教授认为巴罗克文化的两大特征是“内视性”和“主体性”②，“在诗歌创作方面，巴罗克诗人不遵守古典主义美学原则，力求最大限度地发挥主体创造性”③。

赫伯特敏锐、准确地捕捉到了这一时代的文化精神，偏离了古典主义的诗歌创作原则，突破了传统宗教诗歌创作理念的束缚，非常规性地感知上帝形象，在他的宗教抒情诗歌里大量运用陌生化思维，创造性地书写人神关系，把上帝刻画成生活在他身边的一个关系亲密的人，甚至是父亲的角色。

诗作《项圈》就形象地描绘了赫伯特创造性构想的与上帝之间的父子关系。但赫伯特对上帝(父亲)并不是毫无怨言、百依百顺的。赫伯特内心充满了激烈的冲突，他拍桌高声叫骂，感到自己的生活受到种种义务和要求的束缚，指责造物主造成了他的悲惨命运。“项圈”实际上象征基督教教义对赫伯特的精神束缚，以至于让他感觉到了一种负担，剥夺了他的自由，因此他牢骚满腹，甚至发狂。正如一个孩子向父亲发泄自己不满的情绪，诗中的赫伯特越说越气，反叛的情绪也变得越来越激烈。

正当赫伯特处于焦虑绝望之中，渴望挣脱束缚，然后他的生活就可以变得自由自在和无拘无束的时候，却忽然听到来自上帝的召唤：“孩子!”在这里，“孩子”暗指《圣经》中保罗的话：“我们是神的儿女。既然是儿女，当然有继承权了。”想到此，赫伯特内心愤怒的风暴立即平息了，因为他认识到上帝与他的关系远远超越了主仆的关系，赫伯特感受到了上帝父亲般的慈爱与关怀，因此，他“应声答道，我的主”。实际上，诗中的“我”

---

① 屈薇，刘立辉：《马维尔诗歌中的巴罗克时间主题》，《外国文学评论》2009年第3期。

② 刘立辉：《英国巴罗克时期诗歌的时间内在化构建》，《外国文学》2014年第3期。

③ 刘立辉：《巴罗克文化与17世纪英国诗歌的文体生成》，《西南大学学报》2013年第6期。

(赫伯特)在不满与绝望中内心也一直期盼着上帝的眷顾。

如果说《项圈》这首诗表达了赫伯特对上帝的疑虑和他内心的矛盾的话，那么在另一首诗《教堂音乐》中，赫伯特向读者展现了他的这种精神斗争的最终结果——屈服于宗教情绪，放弃世俗的追求。这首诗刻画了赫伯特在上帝(父亲)的保护之下获得了精神上的宁静与慰藉。当赫伯特情绪低落时，上帝如一个父亲般地安慰他，不仅从肉体上抚慰他的伤痛，从物质上给他提供爱的居所，更从精神上对他进行鼓励与慰藉。《项圈》里世俗生活和宗教生活的冲突给赫伯特带来的精神矛盾最终得到了解决，诗人的困惑与疑虑消失，更加坚定了对上帝的信仰。

(三)爱人关系

赫伯特创造性地运用陌生化的艺术技巧，对人神关系的刻画层层深入，他已不满足于把上帝刻画成自己的朋友、父母，最后赫伯特把他对上帝的爱进一步升华为了男女之爱，这种大胆的想法超越了以往所有的宗教诗人，因此，也最具“陌生化”特色。在《渴望》和《爱(三)》中，赫伯特以温婉、抒情式的口吻抒发了他与上帝之间的“爱情”。

根据什克洛夫斯基的陌生化理论，人们通常对生活中大部分熟悉的事物已经出现感受的钝化，觉察不到其艺术性和独特性；诗歌的艺术手法就是要将熟悉的事物变得不熟悉，实现“陌生化”。赫伯特在《渴望》和《爱(三)》这两首宗教抒情诗歌的创作上巧妙地运用了陌生化的手法，给读者带来了一种全新的、“陌生化”的感觉。

首先，这两首诗的陌生化表现在诗人对上帝的称谓上。赫伯特抛弃了以往宗教诗人对上帝垂直向上呼告的关系，从称呼上帝为“我的主”“我的神”到呼之为“我的爱”“我的甜爱”“爱人”“亲爱的”。此时此刻，读者已无法再将上帝与那个威严的统治者的形象联系在一起，她宛如一位触手可及、善解人意的爱人。赫伯特通过对上帝称谓的改变把他与上帝之间的关系无限地拉近，用一种全新的表达方式大胆地颠覆了人们心目中上帝的传统形象，从一个不同的角度去看待上帝，产生一种陌生感和新奇感，从而阻止了人们自动化的思维意识，增加了诗歌艺术的审美价值。

其次，口语化的语言是这两首诗歌陌生化的另一特色，特别是《爱(三)》中戏剧性的人神对话增强了诗歌的艺术表现力。赫伯特以其直白、简洁、箴言般洗练的语言而闻名，他反对世俗诗歌的浮夸，摒弃了伊丽莎白时代诗人甜腻的辞藻和空泛的文风，主张朴实无华的风格。这两首诗歌语言浅显易懂，毫不晦涩，充分体现了赫伯特口语化的语言特色，是对同时代舞台演出戏剧语言的一种革新和陌生化，读者能够轻而易举地理解诗中的“我”和“你”之间的关系。

值得一提的是，赫伯特所构想的与上帝的理想亲密方式是抽象的、神圣的、非世俗化的，他拒斥了与上帝亲密关系中的性爱因素，完全是一种宗教化的精神之爱，因此，赫伯特的诗歌中尽管把上帝刻画成一个爱人的形象，赫伯特本人也如世俗中坠入爱河的人一样忍受爱情的煎熬和折磨，但他在诗歌的叙述中丝毫没有任何性爱的幻想与表达。

在另外两首诗《阴郁》和《探求》中，赫伯特同样创造性地运用了陌生化的艺术手法，强烈表达了自己与上帝之间好似爱人的关系。他亲密地称呼上帝为“爱人”，在《阴郁》中他甚至直呼上帝为“美人”。赫伯特放弃了对名誉、地位等世俗之物的追求，还放弃了世俗的男女之爱，他将之神圣化，升华为了对上帝的精神之爱。综观宗教诗歌发展史，宗教诗人沉思上帝，书写对上帝的冥想一直是宗教诗歌普遍涉及的一个主题，但从来没有一个宗教诗人如赫伯特这般把自己满腔的热忱全部倾注到上帝身上，把上帝视为自己的爱人，把上帝之爱看成自己的全部。

“人神关系”是宗教诗歌经常涉及的一个普遍性主题，但在以往的宗教诗歌创作中，“神”的形象通常是神圣、遥不可及的，人对神永远充满了敬畏之情。但是赫伯特突破了常规宗教诗人的思维界限，运用了“陌生化”的艺术手法，刻画了一种全新的人神关系，即上帝不仅是统治者和造物主，同时也是人类的朋友、父亲，甚至是爱人。赫伯特颠覆了传统宗教诗歌中的上帝形象，对人神关系进行了全新的处理和陌生化表达，增添了其宗教抒情诗歌的魅力，实现了诗歌艺术审美的目的，让读者在欣赏诗歌的同时也进行了情感体验，真切感受到了作者所处文艺复兴时期的精神风貌与宗教文化价值。

除了约翰·邓恩和乔治·赫伯特，其他玄学宗教诗人，亨利·沃恩、罗伯特·赫里克、理查德·克拉肖等也都以自己特有的方式书写宗教主题的玄学诗歌。沃恩的主要作品包括宗教主题的诗集《燧石的火花》和描写自然之美的诗集《尤斯克河上的天鹅》。沃恩的宗教抒情诗歌有自己独特的风格，也受到了赫伯特的深刻影响。在宗教主题的玄学诗篇中，沃恩热情地颂扬上帝的光辉和荣耀，记述了他灵魂回归天国的心路历程。从事过宗教事业的罗伯特·赫里克深化了玄学诗歌的宗教主题，其诗作使用高度夸张的修辞手法，赞颂国王的神圣。在赫里克的诗集《咏圣集》中，有很多诗篇，如《星光之歌》《致上帝》等，描写国王的光辉与神性。理查德·克拉肖的宗教诗歌主要收录在他的诗集《通往圣殿的台阶》中，克拉肖善于书写关于女性主题的宗教诗篇，其作品中有很多是献给16世纪天主教圣女特蕾莎的。克拉肖把宗教情愫与个人情感融会在了一起，神圣与世俗统一起来，创作了别具一格的宗教抒情诗篇，以技巧性、音乐性、节奏感为其主要诗歌艺术特色。

第二节　爱情主题

古往今来，“爱情”一直是诗人们热衷于吟诵且经久不衰的主题。自文艺复兴时期以来，英诗的爱情传统连绵不断，从斯宾塞（Edmund Spenser，1552—1599）的《爱情小唱》到莎士比亚（William Shakespeare，1564—1616）著名的154首十四行诗，男子始终是爱情诗的抒情主体，从爱情的被动求乞者到主动追求者，随着文学传统和审美情趣的流变，诗歌中男子的地位也在发生不断的变化。到了17世纪玄学派诗歌盛行时期，以邓恩为首的玄学诗人更加大胆地抒发爱情，拓展了诗歌的爱情主题，表达了享受当下爱情的欢愉、追求现世生活中的快乐的思想，淋漓尽致地书写自己对爱的感悟和思考。玄学诗人的爱情观反映了他们人文主义的处世原则、生活态度和文艺理念，这也正体现了他们对文艺复兴时期人文主义精神和文学思想的传承。

17 世纪英国玄学诗人与文艺复兴时期诗人笔下的爱情既有相似之处，也有很大的差异，也可以说前者是对后者的继承和发展。首先，文艺复兴时期的爱情诗在主题内容和表现形式上多沿袭了意大利著名十四行诗诗人、“文艺复兴之父”彼特拉克(1304—1374)爱情抒情诗的美学观念，乐于歌颂和描写精神之爱，诗中的女性代表了一种理想化的形象，高不可攀，超越了现实中平凡的女子，我们依然能够清晰地看到彼特拉克笔下的劳拉的影子。而玄学诗人书写的女子，具备了浓郁的现实主义色彩，她们的情感更加多变。抒情诗人本人的思想也更加复杂，如邓恩的爱情诗歌，除了对所钟情女子的一往情深之外，还增添了爱恨交织的复杂矛盾情感。赫伯特则是在宗教抒情诗里“谈情说爱”，将自己炽热的情感指向上帝。马维尔使用极度夸张的巴罗克修辞手法，无限拉伸时间的跨度，夸赞恋人之美。

玄学诗人笔下的爱情世界是丰富多彩、绚烂多姿的，既是两条平行延展的直线，又是两个半球的合二为一，既充满超越月下世界爱情的渴望，又充满对世俗生活的热切欲望。他们以丰富多彩的艺术手法展现了内心独特的情感世界。

邓恩玄学爱情诗歌中的女性形象不仅具有“凡性”，也具有“神性”，这种神化的女性形象是理想化、精神化的，是智慧、慈善、美德的象征，其传统可以追溯到著名意大利诗人但丁(Dante，1265—1321)和彼特拉克。邓恩不仅歌颂世俗爱情的美好，艳羡世俗女子的曼妙身姿，渴盼男女性爱的美妙，书写了经典传世的世俗爱情诗歌名篇，同时也继承了将女性神化的传统描写方法，赞美理想化、精神化的女子形象，将世俗爱情进一步升华，留下了耐人寻味的神圣爱情诗篇。世俗与神圣这两种元素看似对立，却在邓恩的爱情诗作里实现了有机统一，邓恩的这种悖论式的爱情观念正是巴罗克文化传统与玄学诗歌风格特色完美结合的艺术体现。

邓恩爱情主题的诗歌中描写的女性世界是复杂的，甚至是矛盾的，他对爱情持有“正反”两种截然不同的态度，即对立又统一，既矛盾又和谐，因此，邓恩的爱情诗篇大致可以分为肯定爱情的诗歌和否定爱情的诗歌两类。在这两类诗歌中，邓恩勾勒了两个不同的女性世界，描写了两种不同的女性形象，反映了两种不同的男女关系，既有《早安》中男女两个半球的平等、依偎、相爱，也有《歌》中女性对男性的不忠、不贞。

邓恩在皈依英国国教之前，早年的生活特立独行、放荡不羁，《歌与短歌集》(*Songs and Sonnets*)便是邓恩创作的一部以爱情为主题的短诗诗集，共包含55首爱情短诗。在这部诗集中，邓恩巧用玄学思维，使用奇思妙喻，用晦涩、讥嘲的语言表达了他对世间女子善变且不忠于感情的戏谑。与此同时，邓恩也毫不避讳、大胆地表达了自己对肉欲之爱的渴求，对忠贞爱情的向往。可以说，邓恩的爱情诗是对传统爱情诗的挑战，一方面，他一反伊丽莎白时期爱情诗的甜腻辞藻，摒弃了彼特拉克爱情诗的精神之恋，弱化了女性神化、理想化的形象，转而强调现实中的爱，更加贴近地触及了现实生活；另一方面，邓恩颠覆了以往爱情诗中男子渴求得到女子之爱的被动地位，他不再情愿成为爱情软弱的俘虏和忠实的信徒，相反，邓恩以一种超然的姿态变被动为主动，从爱情的乞讨者变为爱情的评论者和驳斥者，以犀利的笔墨抨击了世俗女子的善变与不忠，也悖论性地表达了对忠贞女子的褒赞、对完美爱情的渴盼。

歌

去，去抓住一颗陨星，
让人形草也怀孕胚胎，
告诉我，过去的岁月哪里去找寻，
是谁把魔鬼的脚劈开，
教教我如何听美人鱼歌唱，
或如何躲开嫉妒的刺伤，

去弄清
什么风
能将老实人提升。

如果你天生长有奇特视力，
能把无形的东西看见，
那你就骑马奔驰一万个夜与日，
直到你头发如雪成老年，
你归来时就会给我讲
你遇到的奇事一桩又一桩，
你会咒骂恶语
天下无一地
住着女人，忠实又美丽。

假如你真的找到，就让我知晓，
这样的朝圣还算甜蜜；
但你还是别说，反正我不会去，
尽管我们隔壁而居，随时相遇；
假如初遇时她还有真情，
忠实到你把情书写成，
她却已还没等我送过去
就将两三个人抛弃。①

（李正栓　译）

① 李正栓：《英国文艺复兴时期诗歌研究》，河北大学出版社 2006 年版，第 94~95 页。

这首《歌》(*Song*)是邓恩的一首驳斥、否定爱情的诗歌。邓恩不相信这世间存在“忠实又美丽”的女人，因此，纵然“你”用余生去找寻，直到“头发如雪成老年”也不可能找到。邓恩直抒胸臆，毫不掩饰地抒发了他对不忠女子的不满和怨恨的心理状态。

在第一个诗节，邓恩列举了一系列不可能发生的事情，诸如：流星无法被抓住、人形草不能怀孕、过往的时光无法追逐……但这些“不可能”都只是为下面的诗节陈述作铺垫，不是邓恩的最终意旨。

因此，在接下来的第二个诗节，诗人以口语化的语言直接表达了自己的爱情观，即对忠贞爱情的怀疑与否定。纵然“你”“骑马奔驰一万个夜与日”，经历了世间的各种奇闻轶事，仍不可能找到一位既忠实又美丽的女子。

随后，在第三个诗节，诗人强化了假设，即使找到了忠实又漂亮的女子，让人为之倾心，可她的忠实却是短暂的，还没等把情书送给她，她就已经抛弃了两三个男人。此处，邓恩以高度夸张的艺术手法抨击了女性对爱情的不忠，抒发了自己否定的爱情信念与价值观。

邓恩生活的17世纪的英国虽然是资产阶级革命的时代，资本主义发展迅速，新的文化思潮不断涌入，科技发展日新月异，但封建主义思想仍然盛行，对女性的坚贞、忠实等传统品质持有源来已久的要求。因此，邓恩笔下的女性也必然受到这些传统价值观念的影响。邓恩对待诗中女子的态度也恰好反映了当时所处时代的男性在爱情问题上对女性的严格的评价标准，男性容不得女性对爱情的任何不忠和背叛。另外，17世纪是一个动荡不安的年代，新的科学精神开始流传，与旧传统和旧信仰之间产生了激烈的冲突，因此，邓恩不相信“永远忠信”等看法，他对社会、人生产生了各种质疑和不惑，对恋爱、婚姻中男女是否能够从一而终持有怀疑的态度。因此，也可以说，邓恩笔下这种“不忠的女性”是特定时代的必然产物。

邓恩抒写否定爱情观点的诗篇还包括《樱草花》《无分别的人》《爱的

炼金术》《女人的忠贞》《受限制的爱》等。在这些诗作中，邓恩表达了对女性忠贞的怀疑、对爱情的消极否定态度。如在《女人的忠贞》中，邓恩谴责了女人"蓄意的变卦和虚假"；在《爱的炼金术》中，邓恩将女人比作毫无生机甚至充满恐怖色彩的"木乃伊"；在《受限制的爱》中，邓恩以鸟雀等动物类意象作为对照，批判了女性善变的自然属性和特征；在《幽灵》中，邓恩抨击了女性的虚伪与不贞，甚至诅咒她的生命之光如同烛光一样瞬间熄灭；在《无分别的人》中，邓恩指出女人根本就没有"真心实意"。

笔者认为，事实上，除了时代背景外，邓恩创作的否定爱情的诗篇有着更深层次的原因，与邓恩个人的生活经历密不可分，是邓恩一生精神矛盾的真实写照。诗歌作为一种艺术形式，来源于生活，高于生活，是一种艺术化的现实，与现实无法脱离联系。邓恩否定爱情的诗篇看似在谴责女性的不忠、不信、不贞，实际上，邓恩在批评自己的叛教。作为一名宗教教徒，邓恩未能从一而终地坚持自己从小信奉的天主教，背离了祖辈们的宗教信仰，迫于无奈改信了英国国教，这一过程中邓恩充满了痛苦，经历过疑惑与不安。因此，邓恩借诗篇中抒情主人公之口，表面批判女性对爱情的善变与不忠，实则谴责自己对天主教的背信弃义。

邓恩的爱情观充满了正与反的悖论、肯定与否定的冲突，他在否定真爱的同时也渴望真爱，在谴责女性不忠的同时也在歌颂女性的忠信和贞洁，讴歌男女之间高尚的精神之恋。现实生活中的邓恩与妻子虽历经爱情的波折，生活一度十分拮据，但是他们十分恩爱，共育有 12 个孩子，邓恩曾创作多篇诗歌赞颂爱妻，表达对爱情的肯定与褒扬。《早安》《告别词：莫伤悲》等便是邓恩肯定爱情、赞颂女子忠信的诗作典范。

《告别词：莫伤悲》创作于 1611 年，是邓恩诗集《歌与短歌集》(*Songs and Sonnets*)中的一篇杰作。根据 Isaac Walton 传记的记录，当时邓恩即将随其恩主罗伯特·特鲁里爵士出访法国巴黎，在临行前创作了这首诗歌献给当时正有孕在身的妻子安妮。在这首诗中，邓恩别出心裁地使用了"圆规”的意象，刻画了一个忠贞、坚定的女性形象，书写了一段美满的精神之恋。

就好像有德人安详辞世，
只轻轻对灵魂说一声：走，
悲哀的朋友正纷纷论议，
有的说气断了，有的说没有。①

（傅浩 译）

在上面的第一个诗节，邓恩以描写死亡的场景作为开头，看似与爱情毫无关联，但实际上用意深刻，是一种玄奇的比喻。通过描写两类人对待死亡的两种截然不同的态度，诗人意在告诉读者：“生离死别”都不重要，灵魂与精神的结合才是最弥足珍贵的。把“死亡”与恋人之间的“分离”联系起来，表面上看有些夸大其词，甚至是恐怖，但细细品味起来就会发觉其中的道理和意义所在。

恋人之间的分离如同死亡，对待分离的态度也就如同对待死亡的态度。德高的人珍视灵魂，因此能够平静、安然地对待死亡；而聚在一起的悲伤的朋友们则意见不一，惶恐不安，争论不休，因为他们在意的是肉体是否存在。世俗恋人禁不起肉体的分离，而诗人与爱人之间是纯粹的、高尚的精神之恋，看重的是精神与灵魂在一起，忽略肉体的分离。

接着，在第二个诗节，诗人进一步指出爱人分离时不需要过度悲哀，只需静静地融化一切伤感：

让我们如此融化，不声张，
　无叹息风暴，无泪水洪波；

① 约翰·但恩著，傅浩译：《约翰·但恩诗集》（修订版），上海译文出版社 2016 年版，第 136 页。

把我们的爱向外人宣讲
　　就等于亵渎我们的快乐。

(傅浩 译)①

邓恩别出心裁地使用了“泪水洪波”(tear-floods)和“叹息风暴”(sigh-tempests)这两个新词，生动形象地烘托了世俗恋人在分离时的悲伤情感和氛围，相比之下，他与爱人之间的爱情如宗教般神圣，非凡夫俗子之爱所能比拟，因此，一切伤感都可以融化，可以悄无声息，只要心心相通，精神与灵魂在一起，肉体的分离也就无足轻重。

在第三至第五个诗节，诗人以天体的运动来喻指爱人之间分离的无害属性。诗人指出，地动虽然是发生在地面的较小运动，但却是有害的，会“带来伤害和恐慌”，而天体的震动“虽然大得多，却毫无害处”。邓恩的这一观点反映了希腊天文学家托勒密关于天体运行规律的理论。根据亚里士多德—托勒密传统宇宙论，地球位于宇宙的中心，天体运行的轨道分九圈，诗中提到的“trepidation”是发生在第八或第九重天的天体的震动，通常被认为是对人类无害的。

邓恩借助托勒密宇宙论，从中汲取了丰富的天体意象，为自己的爱情诗歌创作增添了一抹浓重的新奇、玄妙的色彩，突出地表现了他独特的诗歌风格。他把爱人间的分离比作天体的震动，想要表达的意思是：如果爱人之间精神高度一致，灵魂合二为一，那么尽管分离，也会像天体的震动一样不会带来任何伤害。

在接下来的三个诗节，邓恩区分了世俗男女爱情与他和爱人之间精神之恋的不同，指出前者以“感官”为基础，不能容忍分离；而后者是经过提炼的爱情，能够禁得起肉体的分离：

---

① 约翰·但恩著，傅浩译：《约翰·但恩诗集》(修订版)，上海译文出版社2016年版，第136页。

世俗恋人的乏味爱欲
　(其灵魂即感官)不能忍受
别离，因别离使他们失去
　那些构成爱情的元素。

而我们被爱情炼得精纯——
　自己竟不知那是何物——
更注重彼此心灵的相印，
　不在乎眼、唇，及手的接触。

我们的灵魂是一体浑然，
　虽然我人必须走，灵魂却
并不分裂，而只是延展，
　像黄金槌打成透明薄叶。①

(傅浩 译)

邓恩不拒绝肉体之爱的欢愉，但更推崇柏拉图式的精神之恋，注重灵魂的合一、精神的相通。有了圣洁的精神之爱，情侣之间的离别便不再让人难以容忍，尽管肉体不在一起，精神依然相偎相依，感情并未破裂，“而只是延展”，正如金子具有延伸的特性一样，他们的爱情也具有延伸性。邓恩将情侣间的精神之恋比作黄金，不拘泥于某一固定的形态，可以身远离而心在一起。

在最后三个诗节，邓恩引出了久负盛名的奇思妙喻——圆规：

① 约翰·但恩著，傅浩译：《约翰·但恩诗集》(修订版)，上海译文出版社 2016 年版，第 136~137 页。

即便是一分为二，也如同
　僵硬的圆规双脚一般；
你的灵魂，那定脚，不动，
　倘若另一脚移动，才动弹。

虽然定脚稳坐在中心，
　但是另一脚在外远游时，
也侧身倾听它的足音，
　等那位回家，就把腰挺直。

你对我就将如此，我不得
　不像另一脚，环行奔跑；
你的坚定使我的圆正确，
　使我回到起始处，终了。①

（傅浩　译）

邓恩把夫妻双方比喻成圆规的两只脚，从而赋予了无生命的事物以丰富的人的感情色彩，初看起来很难发现圆规与夫妻之间的关联性和相似性，但细细思量，才能领会两者之间内在的逻辑关联。妻子是圆心定脚，坐定中心不动，此中心即为家庭；丈夫是圆周脚，以圆心脚为中心旋转，并且当圆周脚旋转时，圆心脚也随之在原地旋转。只有圆心脚坚定不移，才能画出一个美满的圆。也就是说，婚姻中的夫妻双方只有互忠互信，思想、行动才能够达到真正的和谐一致，才是完美、圣洁的精神之恋。

邓恩引领了玄学派奇思妙喻诗歌风格的潮流，开创了17世纪抒情诗歌

① 约翰·但恩著，傅浩译：《约翰·但恩诗集》（修订版），上海译文出版社2016年版，第137页。

创作的新局面，他的诗歌具有无可争议的创新性，与此同时，邓恩也是传统诗风的承继者，从这首爱情诗中我们依然能看到传统爱情诗歌对邓恩的某种影响。但是邓恩并未拘泥于传统写作手法，他突破了传统、超越了传统、创造性地革新了彼特拉克抒情诗中完美女神的形象，赋予了诗篇中的女性更加贴近现实的凡世气息，从遥不可及走向触手可及，从理想化走向现实化，从神圣化走向世俗化，读者们隐约可见一个具有神性的理想女性走进了邓恩的现实世界，演绎了一段“妻子坚定忠贞如圆心脚，丈夫远游四方如圆周脚”的完美爱情。

《告别词：莫伤悲》是一首爱情主题的诗歌，表达了邓恩积极、肯定的爱情观，实际上这首诗歌也是邓恩复杂人生经历，特别是爱情生活在文学作品中的反映。邓恩曾因天主教的宗教信仰仕途发展不顺，后又因与掌玺大臣年轻的外甥女安妮·莫尔的秘密结婚而被捕入狱。出狱后，随着儿女数量的不断增多，邓恩难以维持这个大家庭的开支，因此，在艰难的生活中邓恩与妻子相互扶持、彼此信赖。邓恩也常为了家庭的生计而奔波在外、远游四方，而此时静待家中、等待丈夫归来的妻子也就成为邓恩诗歌中忠贞女性形象的代表。

邓恩注重精神之爱，他传承并创新了彼特拉克和新柏拉图主义精神之恋的书写传统。一方面，邓恩续写了恪守妇道的传统女性形象，她们忠信、贞洁，以丈夫、家庭为生活中心；另一方面，邓恩凭借玄学诗人特有的智慧摒弃了传统爱情诗歌的意象，创造性地采用了诸如本诗中“圆规”等经久流传的奇思妙喻，其大胆的思维、生动的描写，超越了传统，具有鲜明的玄学诗歌风格特色。

总之，邓恩在爱情主题的诗歌中表现出来的“正反”爱情观正是他复杂人生经历的真实写照，影射了邓恩背叛天主教之后在精神上遭受的深刻不安和高度忧虑，是邓恩痛苦人生经历与诗歌艺术创作的巧妙结合。

17世纪英国玄学诗人当中应属赫伯特对爱情的诠释最为独特，也最为神圣。他把内心至深的爱、至真的情，都献给了心中至高无上的上帝。赫伯特以一种特殊的方式表达自己对爱的别样理解。

赫伯特的代表作诗集《圣殿》共收录了160多首诗歌，所有诗歌构成了一个连续的整体，在几乎所有的诗歌中他都采用了内心独白或对话的形式探讨了“人神关系”这一永恒的诗歌主题，为我们提供了一幅丰富多彩的人神画卷。赫伯特认为上帝完成了为人的拯救所必需的一切。赫伯特不同于一般宗教诗人之处就在于他不满足于把上帝仅仅刻画成是高高在上的统治者和权威者，他改变了以往普通的诗人们对上帝的垂直向上呼告的远距离敬畏、膜拜和赞颂的关系，赫伯特在诗歌中表现出了一种异于普通人的奇特的爱，他把上帝构想成自己生活中的一个亲密人物、一个类似父母和朋友的角色。最后他已不满足于此，大胆地把上帝构想成他的情人。上帝的形象实现了一个由上至下、由远及近的发展变化。上帝和人的关系层层递进，赫伯特把上帝作为倾诉爱的对象，上帝之爱和人类之爱在赫伯特的想象中由平行逐渐达到了重合。人与上帝的这种类似情人(或新郎与新娘)的关系展现了上帝对人类之爱的一种特殊的表现形式，上帝对人的无限仁爱以及人对上帝的至高无上的精神之爱。

赫伯特对上帝的这种特殊的情感诉求在他青年时代(1610)创作的两首十四行诗中已经有了清晰的表露，他毫不掩饰地表达了自己对爱的独到见解：上帝之爱胜过妇人之爱。他写道：

难道诗歌
都穿上维纳斯仆人的制服？只为她服务？
为什么十四行诗不为你写出？并放在你那燃烧的圣坛上？①

(胡家峦　译)

上面几行诗很明显是赫伯特反对传统爱情诗人的宣言。诗行中的“你”

① 胡家峦：《圣经、大自然与自我——简论17世纪英国宗教抒情诗》，《国外文学》2000年第4期。

指的是上帝，赫伯特直抒胸臆，表达了他对上帝炽热的情感。他摒弃了世俗诗歌甜腻的辞藻和比喻，反对传统的爱情诗人，特别是十四行诗诗人把创作十四行诗当作歌颂世俗爱情的工具，在赫伯特看来，十四行诗应该为上帝而作。赫伯特放弃了世俗之爱，把上帝作为倾诉爱的对象，表现出一种与上帝无限亲近的渴望。

在一些诗歌中赫伯特形象生动地表现了上帝与他的关系犹如情人的关系。在《历史的星空——英国文艺复兴时期诗歌与西方传统宇宙论》一书中，胡家峦教授阐述了17世纪英国文艺复兴时期的爱的概念，它包含两种：一种是男女之间世俗的爱，另一种则是与世俗的爱情相对的，精神化、宗教化和神圣化的爱。胡家峦教授还认为前者是后者的基础，世俗之爱可以升华为人对上帝的精神之爱。世俗之爱可以被理想化、精神化、宗教化。① 换言之，在赫伯特等玄学宗教诗人看来，世俗之爱最终会被导向上帝，是通向最高的上帝之爱的第一步。在诗集《圣殿》中，赫伯特所抒发的对上帝的爱属于第二类，是一种精神化、宗教化和神圣化的爱。他把世俗男女爱情的描写升华为了对上帝的精神爱情的讴歌。下面就以赫伯特的一些诗歌为例来说明他诗歌中展现的人与上帝的情人关系。

在《爱(三)》一诗中，赫伯特把人与万能的上帝之间的关系描写成了情人的关系，他一改以往对上帝的称呼，从称呼上帝为“我的主”“我的神”(“My Lord”或“My God”)，到称呼上帝为“我的爱人”“我亲爱的”(“My love”或“My dear”)。

爱人欢迎我：而我的灵魂却退缩
因为沾染了尘世的罪恶
从我刚举步进门
目光敏锐的爱人，便发现我颓丧不安

---

① 胡家峦：《历史的星空——英国文艺复兴时期诗歌与西方传统宇宙论》，北京大学出版社2001年版，第140页。

靠近我，温柔地询问
我有何不安。
“一个，”我回答道，“配呆在这里的客人”：
爱人说，“你就是那个人”。
“我，一个丑陋、不知感恩的人吗？啊，亲爱的，
我不忍再看你。”
爱人牵过我的手，微笑着回答，
“除我之外还有谁能点亮你的双眸？”
“是的；不过我玷污了它们：让我蒙受耻辱
承担应受的惩处。”
“那你知道，”爱人说，“又是谁来替你承担罪责？”
“亲爱的，那我会留下来。”
“你必须坐下，”爱人说道，“尝尝我的肉”。
因此我坐下品尝。①

戏剧性的人神对话的形式贯穿了赫伯特的这一整首诗。上帝，如同一位触手可及的亲密爱人，热情地欢迎旅途劳顿的情人的归来。当她“发现我颓丧不安”便“靠近我，温柔地询问”其中的原因。在这里，上帝不再是那个高高在上、遥不可及的统治者，她好像是一个温柔体贴的情人，深情地邀请爱人与她共享爱的大餐。作为一个虔诚的基督教诗人，赫伯特巧妙地引用了《圣经》典故来表现人神和谐统一的关系。根据基督教的经典——《圣经》所记载，上帝是造物主，上帝不仅创造了世界万物，也创造了人类，并赋予了人类统治世界的权利。可是人类却违背了上帝，偷吃了智慧树上的禁果，从此具有了智慧和分辨是非的能力，人类放弃了伊甸园，犯

① 杜一鸣，李瑾：《对乔治·赫伯特诗歌中人神关系的解析》，《河北青年管理干部学院学报》2006年第2期。

了原罪甘愿堕落，因而“我”感觉自身充满罪恶，成为了“丑陋、不知感恩的人”，深感卑微而不相称，觉得自己不配与上帝——高贵的爱人，呆在这里，所以不敢与上帝共进“爱的大餐”，“灵魂却退缩”，而应该离开去接受惩罚，承担罪责。但仁慈的爱人说他已经因为忏悔而赎了罪，并坚持请他共进“爱的大餐”。于是“我”的矛盾心理一扫而空，坦然接受了爱人的慷慨。

根据基督教的理论，上帝是三位一体的，是圣父、圣子和圣灵的结合体。为了替人类赎清罪恶，上帝派圣子耶稣基督来到人世。当上帝问“是谁替人类承担的罪责”时，实际上是在暗指耶稣被钉在十字架上，替人类赎罪的事件。在诗的末尾，赫伯特还用圣宴暗指了基督教教堂中的圣餐仪式。“爱的大餐”即指圣餐仪式中耶稣自己的身体，也象征着《圣经》中所描绘的天国盛宴：神“束上腰带，请他们上座，亲自侍候他们”。

通过把上帝描写成爱人，上帝与“我”一进一退的态度对比，赫伯特向我们充分地展示了上帝对人的鼓励与深爱，上帝的慈爱之心、宽容态度和自我牺牲精神。这种和谐统一的人神关系还体现在上帝那句问话“除我之外还有谁能点亮你的双眸?”，这句诗行除了极具韵律之美以外，还富有深刻的内涵：首先，它表现了上帝是创世主，人是受造物；其次，“eyes”一语双关，一是指眼睛，即是说只有上帝才能点亮人的双眸，为人类指引前进的方向；又因为“eye”与“I”同音，“eyes”即为“Is”，所以它又体现了上帝的“我”(I)是存在于很多个“我”(Is)之中的，因为基督教的观念认为人是具有上帝的形象的。全诗在形式上和内容上都体现了人神和谐统一的主题。

在另外一首诗《阴郁》中赫伯特强烈地表现了自己与上帝的关系犹如情人的关系。他把炽热的爱转向上帝并深情地呼唤：“你就是我的美人，我的生命，我的光阴。”整首诗充满了赫伯特对爱人(上帝)真挚的爱的语言。上帝的神圣之美已经征服了赫伯特。这表明赫伯特放弃了如荣耀、名誉、地位等各种世俗之爱，把他全部的爱集中在了上帝身上，并把世俗的男女之爱精神化、宗教化和神圣化，升华为了对上帝的爱。相比世俗之爱，文艺复兴时期诗人更强调精神之爱，但几乎没有人能像赫伯特这样，通过人与上帝精神上的接近乃至完全结合而达到人神和谐统一的境界。

在《探求》一诗中，赫伯特也表达了渴望与爱人(上帝)相聚的炽热情感。在诗歌的开头赫伯特就建立了上帝与人之间的情人关系。他热烈地呼唤："你去了哪里？我的上帝，我的爱人！"他终日寻找爱人，并把自己对上帝的探求比作每日的面包，这实在暗指一种精神食粮。正如一个没有精神追求的人很容易会感到无比空虚一样，对赫伯特来说，上帝就是他的精神慰藉与依托。他屈膝跪地，望眼欲穿，却始终不见上帝的影踪，诗人真切地呼唤，盼望与爱人相聚。

赫伯特摒弃了传统爱情诗人甜腻的辞藻和世俗的比喻，试图召唤诗人们直接把《圣经》作为爱情诗的典范和灵感的源泉。赫伯特把上帝作为倾诉爱的对象，突破了常规诗人的思维界限，把人与上帝之间的关系描绘为情人关系，用自己独特的方式表达对上帝的一腔热忱，使人神关系的刻画达到了极致，从而展现了赫伯特独特的诗歌见解，他的人神观，以及他对上帝特殊、强烈和炽热的情感诉求。

爱情是玄学诗人诗歌创作过程中探究的一个重要主题内容。邓恩、赫伯特等玄学诗人创作的爱情诗篇不仅具有强烈的个性化艺术特色，也有很浓厚的宗教意蕴。这些玄学爱情诗篇不仅是英国抒情诗歌的瑰宝，也为世界诗歌艺术作出了卓越的贡献。透过这些玄学爱情诗篇，读者可以很好地了解玄学诗人的心灵轨迹，感受他们对爱情的独到理解和感悟。

17 世纪英国玄学诗人摒弃了古典主义重理性轻情感的艺术创作原则，继承和发扬了文艺复兴时期的人文主义精神，大胆探究爱情主题，展现了丰富多彩的艺术风格和思想内容，创作了很多优秀的玄学爱情诗篇。在玄学诗人当中，除了邓恩、赫伯特外，马维尔、赫里克、卡鲁等也在爱情主题的诗歌书写上进行了大胆的探索，他们都以自己独特的方式抒发内心深处的爱情体验，突破了文艺复兴以前人们思想上的禁锢，为英国玄学诗歌的发展和繁荣作出了不朽的贡献。

第三节 “及时行乐”主题

“及时行乐”来源于拉丁语“Carpe Diem”，古罗马诗人贺拉斯(Quintus Horatius Flaccus，前65—前8)在其所著的《颂歌》中首次提及这一术语，后来被广为流传，为英国诗人的诗歌创作提供了很大的主题借鉴意义，成为抒情诗的一个常见主题。“及时行乐”英译为“seize the day”，汉语翻译为“珍惜时光”“把握今天”或“只争朝夕”。在这类主题的诗歌创作中，诗人多强调人生苦短，光阴易逝，人们应该抓住大好时光，享受当下现实生活中的快乐。

据吴笛教授考证，贺拉斯并不是最早在文学作品中表达“及时行乐”这一思想的诗人，在作为古罗马文学先驱的古希腊文学作品中，“及时行乐”这一主题就已经出现。① 这说明“及时行乐”是一种具有普遍意义的思想，反映了人类在不同历史发展阶段对生命意义的感悟和对人生的思考。实际上，我国早在唐代，著名绝句《金缕衣》中的诗行“花开堪折直须折，莫待无花空折枝”也表达了类似的主题思想。这也表明了人类文明在发展进化过程中相通的精神文化实质和价值诉求。

在16世纪文艺复兴时期，一些英国诗人受到贺拉斯“及时行乐”诗学主题思想的影响，便开始了“及时行乐”主题的诗歌创作。伟大诗人埃德蒙·斯宾塞和威廉·莎士比亚都以生动、优美的诗行触及了这一主题，他们抛开了对天国的幻想，反对封建君主专制和教会神学，追求现世生活的意义，表现出了鲜明的人文主义的处世信念和生活态度，具有浓厚的个性解放色彩。

斯宾塞在其著名的宗教、政治长篇史诗《仙后》、十四行诗集《爱情小

① 吴笛：《英国玄学派诗歌研究》，中国社会科学出版社2013年版，第31页。

唱》(由 89 首十四行诗组成)等诗歌作品中都屡次谈及了“及时行乐”这一诗歌主题。

在下面这首十四行诗中，享有“诗人中的诗人”美誉的斯宾塞以温婉、舒缓的口吻劝诫诗中的“她”趁着大好春光，“把时光在手中抓牢”，尽快地找到“意中的人儿”，以免受到爱神的严惩。

新春啊，君临万方的爱神的先驱，
你的制服上富丽堂皇地展现出
世间的繁花万种，不胜枚举，
它们的绚丽色彩，光辉夺目：
去我的爱人那里吧，她满不在乎，
还躺在她那冬天的深闺里睡觉：
告诉她欢乐的时光不会永驻，
除非她能把时光在手中抓牢。
嘱咐她赶快把一切准备做好，
前往丽人群中去迎候爱神：
谁要是还没把意中的人儿找到，
爱神就必定给她以应有的严惩。
赶快吧，亲爱的，趁着春天尚在，
逝去的时光，谁也不能召回来。①

(胡家峦　译)

根据基督教的观点，“上帝之爱首先表现在他以自己的形象为人类创造了美丽、和谐、井然有序的宇宙，其次他又以自己的形象创造了世界的

① 胡家峦：《英国名诗详注》，外语教学与研究出版社 2003 年版，第 18~19 页。

主宰——人。不仅如此，在人类堕落之后，他又牺牲自己的儿子为人类赎罪”①。上帝是一切爱的源泉，男女之爱是上帝之爱的摹本。没有爱心是一种罪孽，应以苦行赎罪。因此，诗中抒情男主人公抒发了“欢乐的时光不会永驻”的感慨，劝说爱人珍惜光阴，大胆表达内心之爱。

与斯宾塞的十四行诗诗集《爱情小唱》一起构成了文艺复兴时期十四行诗的亮丽风景的当属莎士比亚的154首十四行诗组诗。其中在第1~126首十四行诗中莎士比亚歌颂了一位不知名男子的崇高美德和俊秀外表。同时，作为这名男子的朋友，莎士比亚以友好的口吻提醒他岁月具有无坚不摧的破坏力量，因此，他应该珍惜光阴，抓紧时间结婚生子以延续他的崇高德行。

“及时行乐”并不是一个断代、孤立的文学主题，有学者认为该主题广泛流传于所有的时代，是一个具有普遍意义的概念。② 继16世纪英国文艺复兴之后，17世纪的邓恩、赫里克、马维尔等杰出的玄学诗人敏锐地捕捉到了文艺复兴时期斯宾塞、莎士比亚等前辈诗人“及时行乐”的诗歌主旨与美学观念，延续了16世纪英国文艺复兴的人文主义思想，继承并发展了“及时行乐”这一诗歌创作主题，摒弃了中世纪宗教神学来世主义的观念，他们使用各种玄奇、新颖的艺术表现手法，在诗作中号召人们珍惜光阴、享受生活、“及时行乐”，抒发了对生命意义的哲学幽思，赋予了“及时行乐”以新的时代精神，创造性地拓展了玄学诗歌的写作主题。

邓恩诗作《跳蚤》可谓是玄学派诗歌奇思妙喻最负盛名的佳作，其主题也离不开“及时行乐”的时代旋律。邓恩以玄学派独特的诗歌技巧，表达了“及时行乐”的思想。

① 胡家峦：《历史的星空——英国文艺复兴时期诗歌与西方传统宇宙论》，北京大学出版社2001年版，第141页。

② 吴笛：《英国玄学派诗歌研究》，中国社会科学出版社2013年版，第30页。

跳蚤

光看这跳蚤，看看它体内，
你拒绝给我的东西微乎其微；
它先咬了我，现在又咬你，
在这跳蚤里，我俩的血液混一；
你知道，这并不能够叫做
一桩罪过，或耻辱，或丧失贞节，
　　可是这家伙不求爱就享用，
　　腹中饱胀两种血混成的一种，
　　这，哎呀，比我们要弄的分量重。

住手，且饶过跳蚤里三条命，
在其中我们近乎，更胜过结婚：
这跳蚤既是你和我，又同样
也是我们的婚床，和婚庆殿堂；
父母怨，你不从，我们仍相会，
隐居在这活的墨玉般四壁之内。
　　出于习惯你总是想杀我，
　　但是，别给这加上自我毁灭
　　和渎圣——害死三命的三重罪孽。

残忍而突然，你是否从此刻
染红了你的指甲，以无辜的鲜血？
这跳蚤有什么可以罪咎，
除了它从你身上吸取的那一口？

然而，你得意洋洋，声称说
不觉得自己，也没发现我变虚弱；
　　的确；该知道恐惧有多不真；
　　你委身于我时，就这点童贞会耗损，
　　一如这跳蚤之死取走的你的命。①

（傅浩　译）

以跳蚤为题材的爱情诗曾经风靡16世纪的欧洲。诗人们大多表达了对跳蚤的羡慕甚至是嫉妒之情，因为跳蚤可以自由接近爱人的身体，或者能够在一种极乐状态下死于所恋女子之手。邓恩笔下的跳蚤既融合了传统之意又具有创新之处，在他看来，跳蚤不仅仅是男性征服女性的欲望的象征，同时也是渴望与女性结合的象征。

在诗的开头，邓恩以生动的口语对话体展开全诗，诗中的“我”(一位男子)正欲向他倾慕的佳人表达爱意。邓恩一反传统，并没有使用任何与浪漫爱情相关的如“玫瑰花”“云朵”等抒情意象，却巧妙地利用玄学思维构建了跳蚤和爱情之间的关系，把看似毫无关联的两个事物联系在一起。表面上看，跳蚤与爱情毫无干系，是令人不快甚至作呕的血吸虫，但在邓恩的笔下却变成了爱情的化身。跳蚤具有融合不同人血液的本领，它吸取了这对青年男女的血液后，在体内融合，这象征着男女性爱的合为一体。因此，诗中的男性说话者规劝女子不要掐死这只跳蚤，因为无论她怎么冷漠与置之不理，都无法否认她与男子之间的结合，他们已经共同走进了“婚姻的殿堂”，度过了“花烛温床”。诗人意在劝说女子放弃矜持、不屑的态度，因为连跳蚤都在享受着他们的爱情，所以，“你”也不要再羞怯了，趁着青春韶华，“及时行乐”，赶快和“我”相爱吧，一起享受爱情的快意和美妙。

---

① 约翰·但恩著，傅浩译：《约翰·但恩诗集》(修订版)，上海译文出版社2016年版，第121~122页。

如果说约翰·邓恩的“及时行乐”主题诗歌充满了大胆、奇特的想象和睿智的说理论辩，那么安德鲁·马维尔的同类主题诗歌则更体现了极度夸饰的玄学艺术风格与古典主义相融合的个性特色。

安德鲁·马维尔受过良好的高等教育，是剑桥大学的高材生，毕业时获文学学士学位，颇有才华。马维尔在17世纪英国玄学诗人当中属于有独特艺术风格的诗人，他的诗歌具有浓厚的个性特色，这与马维尔丰富的生活阅历和政治生涯紧密相关。马维尔青年时期曾去过法国、意大利、西班牙等欧洲多个国家游历，见闻甚广，在英国资产阶级革命与复辟期间又凭借卓越的多国语言能力和广博的知识担任国务院的拉丁文秘书和议会议员等要职。除政治活动，他还乐于参与公益事业，得到人们的尊敬。因此，马维尔与其他玄学诗人以及同时代的诗人之间似乎少了很多的闲暇交往时光，具有更加独立和个性化的风格特色。

马维尔的玄学诗歌创作以抒情诗和讽刺诗见长。他抒情诗的题材广泛，“及时行乐”便是其中的一个常见主题。马维尔将玄学色彩与古典主义元素巧妙地结合在一起，在玄学爱情诗歌中融入了伊丽莎白时期的田园风格。

《致他的娇羞的女友》(*To His Coy Mistress*, 1681)是一首优美的“及时行乐”主题的诗篇。在这首诗中，马维尔寓哲学式说理与抒情为一体，劝诫人们趁青春年少，把握时光，享受当下爱情的甜蜜，体会生活的美好。

致他的娇羞的女友

我们如有足够的天地和时间，
你这娇羞，小姐，就算不得什么罪愆。
我们可以坐下来，考虑向哪方
去散步，消磨这漫长的恋爱时光。

你可以在印度的恒河边
寻找红宝石，我可以在亨伯之畔
望湖哀叹。我可以在洪水
未到之前十年，爱上了你，
你也可以拒绝，如果你高兴，
直到犹太人皈依基督正宗。
我的植物般的爱情可以发展，
发展得比那些帝国还寥廓，还缓慢。
我要用一百个年头来赞美
你的眼睛，凝视你的娥眉；
用二百年来膜拜你的酥胸，
其余部分要用三万个春冬。
每一部分至少要一个时代，
最后的时代才把你的心展开。
只有这样的气派，小姐，才配你，
我的爱的代价也不应比这还低。

　　但是在我背后我总听到
时间的战车插翅飞奔，逼近了；
而在那前方，在我们面前，却展现
一片永恒沙漠，寥廓、无限。
在那里，再也找不到你的美，
在你的汉白玉的寝宫里再也不会
回荡着我的歌声，蛆虫们将要
染指于你长期保存的贞操，
你那古怪的荣誉将化作尘埃，
而我的情欲也将变成一堆灰。

坟墓固然是很隐蔽的去处，也很好，
但是我看谁也没在那儿拥抱。
　　因此啊，趁那青春的光采还留驻
在你的玉肤，像那清晨的露珠，
趁你的灵魂从你全身的毛孔
还肯于喷吐热情，像烈火的汹涌，
让我们趁此可能的时机戏耍吧，
像一对食肉的猛禽一样嬉狎，
与其受时间慢吞吞地咀嚼而枯凋，
不如把我们的时间立刻吞掉。
让我们把我们全身的气力，把所有
我们的甜蜜的爱情揉成一球，
通过粗暴的厮打让我们的欢乐
从生活的两扇铁门中间扯过。
这样，我们虽不能使我们的太阳
停止不动，却能让它奔忙。①

（杨周翰　译）

在这首诗中，马维尔以浪漫的笔触描绘了一个大胆的求爱者试图说服他所爱恋的女子接受自己的求爱，和他一起尽情享受爱情的美妙。马维尔饱满的激情、思辨的语言、磅礴的气势、浪漫大胆的意象和极度夸张的表现手法赋予了这首情诗以不同于传统爱情诗的别具一格的玄学特色。诗中的说话人训诲和告诫他所爱恋的女子容颜易老，年华纵逝，与其被动成为时间的猎物，不如主动去吞噬时间、战胜时间。

① 胡家峦：《英国名诗详注》，外语教学与研究出版社 2003 年版，第 123 ~ 124 页。

马维尔极度夸张的玄学巴罗克式艺术手法的运用增强了这首情诗恢宏浩大的气势。一系列表示时空变迁的数字词汇(如“十年”“一百个年头”“二百年”“三万个春秋”)的强度逐渐递增，并无限扩张，更突出了该诗“及时行乐”的主题意义。既然岁月匆匆，年华易逝，人们更应该珍惜当前的美好光阴，诗中被追求的女子应该与青年男子一起趁着青春韶华享受爱情的欢愉。因为只有这样才不至于被蛆虫染指，不枉青春年少、激情四溢一场。最后，诗人呼吁“把所有我们的甜蜜的爱情揉成一球”，“从生活的两扇铁门中间扯过”，意指爱情的力量是神圣而伟大的，如果恋人们把浓厚的真情集结在一起，它就可以冲破生活的藩篱和羁绊，获得快乐。这样，虽然不能阻止时光的变迁，但是可以“使我们的太阳奔忙”。纵使生命的长度不能无限延展，爱情的甜蜜却可以拓宽生命的宽度，使生命更有意义。

中外诗歌发展史上，以时间为主题的诗篇不胜枚举。文艺复兴时期的大文豪莎士比亚曾把时间比作“镰刀”，在其他诗作中时间也被形容长有双翼，这主要来源于西方神话中关于时间的描写。此处斯宾塞把时间描绘为“插翅飞奔”的战车，扩展了原有关于时间的传统比喻，虽表面看来有些夸大其辞，但其奇特的构思，巧妙、生动的比喻强化了对时间具大摧毁力量的描绘，让人为之震撼，甚至产生心有余悸的感受，增加了全诗“及时行乐”主题的说服力。时间由抽象变得具象化，读者似乎看到了时间化身为了战场上插翅飞奔的战车，气势浩大，无法阻挡，正欲碾压那些行动缓慢、反应滞后的人们。

作为一位享有重要地位的玄学派诗人，马维尔融合了玄学风格与伊丽莎白时代的田园特色，创作出了一首首脍炙人口的经典诗作，流传至今，逸动着智慧的光芒，让人久久流连于诗海，难以忘怀。

罗伯特·赫里克(Robert Herrick，1591—1674)是一位多产的玄学诗人，他一生艺术成果丰硕，他的宏大诗集《金苹果园》(*Hesperides*)共收录了一千多首诗歌，其中很多是英国诗歌史上流传已久、脍炙人口的名篇，如

《给少女们的忠告》《咏花》等。《金苹果园》中的诗歌大致分为两类，第一类是世俗抒情诗，第二类是宗教诗。其中世俗抒情诗的一个重要主题便是“及时行乐”。

赫里克在《劝少女们利用好时光》这一抒情诗中，通过利用“玫瑰花”“太阳”等客观对应物作为喻体衬托，来强化时光易逝、及时行乐的道理。

劝少女们利用好时光

花开堪折直须折，
旧时光阴总飞驰；
今日花笑同一朵，
明日笑容会消逝。

太阳华灯天上悬，
越近高处路越短；
路程终点越临近，
越见匆匆向西沉。

青春年华最美好，
血气方刚热情高；
青春年华若虚度，
剩余时光失美妙。

故抓时间别羞怯，
能得悦时及时悦；

一旦错过好年华，
千古遗憾悔成河。①
（李正栓 译）

第一个诗节的主要意象是“玫瑰花”。玫瑰花象征着浪漫和爱情，玫瑰虽美，但花朵绽放的时间短暂，终有一日会枯萎、凋零，因此，诗人借“玫瑰花”的意象意在规劝妙龄少女们，“花开堪折直须折，莫待无花空折枝”，韶华易逝，抓紧时间享受今日生活的美好和爱情的甜蜜。

在第二个诗节，诗人把“太阳”比喻为天堂的华灯，尽管太阳照耀大地，光芒万丈，但当它午日最辉煌的时间过后，也终究会日落西山，走向终点。从朝阳到夕阳的运行过程恰似人一生中生命的运行轨迹，错过了最美好的青春时光，只能离死亡的终点越来越近。

接着，在第三个诗节，诗人直抒己见，认为青春是人生中最美好的年华，“血气方刚热情高”，正如含苞待放的玫瑰和初升的太阳。但是，青春年华转瞬即逝，如果虚度了青春，也就错过了人生中最宝贵的时光，接下来的日子只会“一天不如一天好”，留下的只有遗憾，面临的只有未来的衰败和死亡。

因此，在最后一个诗节，诗人点明了“及时行乐”的诗歌主题，他呼吁少女们“故抓时间别羞怯”，大胆追求并享受生活中的欢愉，千万不要错过青春年华，否则只会“千古遗憾悔成河”。

这首诗的译者李正栓教授非常巧妙地利用互文性，借用了中国唐代著名七言诗《金缕衣》中的名句“花开堪折直须折，莫待无花空折枝”，传递了中西方文学在“及时行乐”这一人类普遍性的诗歌主题上共通共融的文化属性。

① 李正栓：《英国文艺复兴时期诗歌研究》，河北大学出版社2006年版，第64~65页。

金缕衣

劝君莫惜金缕衣，劝君惜取少年时。
花开堪折直须折，莫待无花空折枝。①

通过这首唐诗，我们可以看出，中国唐代的诗歌作品已先于英国17世纪玄学诗歌谈及了“及时行乐”的文学创作主题，这不得不让我们感慨中国文化的博大精深和源远流长，同时，也让我们感受到17世纪英国玄学诗歌“及时行乐”主题的中国文化渊源和智慧，以及中西方文学在互鉴、共享中体现出来的人类文化同一性的本质属性。

除了《劝少女们利用好时光》这首享誉盛名的诗作外，赫里克还创作了很多“及时行乐”主题的抒情诗篇，如：《最好保持心情愉快》《享受时光》《致青春》《咏花》等。在17世纪英国玄学诗人中，赫里克无疑是抒写及时行乐主题最多的诗人。

在《咏花》这首诗中，赫里克以鲜花的短暂盛开和凋落来隐喻美丽事物的短暂易逝，说明“及时行乐”的哲理思想。

咏花

结实累累果树的美丽保证，
为什么你们落得这样迅速？
你们的日子不能这样飞渡；
你们可以在这里停留一会，
羞羞答答，轻笑微微，
最后才走自己的道路。

① https://baike.so.com/doc/3544622-24858301.html.

什么！难道你们生来只为
一点钟或半点钟享乐，
于是说声晚安走脱？
可惜大自然使你们来到人世，
只是为显示显示你们的价值，
然后你们就完全没有下落。

但是你们是可爱的书页，
在那里可以读到，美丽的事物
怎样很快就会到了终途：
同你们完全一模一样，
它们闪耀过片刻荣光，
它们就滑进坟墓。①

（李霁野　译）

在这首诗中，赫里克咏颂了鲜花乐观的生命态度，这就是把握时光、活在当下、不畏未来的鲜花精神。鲜花还未来得及享受果树硕果累累的成果便已迅速凋零，在短暂的“一点钟或半点钟享乐”之后，鲜花完成了大自然赋予它们的使命，实现了自己的价值，便走向了生命的终点。

咏颂鲜花，就是讴歌生命绽放美丽的瞬间，生命的价值不在于天长地久，也不在于自始至终，而在于把握今朝、享受当下，在于像鲜花一样持有及时行乐的生命价值观。通过赞颂这种积极向上的鲜花精神，诗人也在强调现世生活的意义，具有鲜明的人文主义精神的生命观。在完成大自然赋予鲜花的使命、彰显美丽生命的价值之后，鲜花便“完全没有下落”了，诗人实际在意指鲜花的彻底消失，否定并批判了封建宗教神学关于来世主

① 飞白：《世界诗库》第2卷，花城出版社1994年版，第169~170页。

义的旧观念，鲜花没有来世，其他生命也是一样，根本不存在来世主义，唯有抓住今生。

在最后一个诗节，诗人使用了“坟墓”这一象征死亡的意象，与“荣光”构成了张力，形成了鲜明的对比，加强了美丽的事物短暂易逝的残忍现实，这就是鲜花无法逃避的“终途”。那么，如何让这种绽放短暂生命、积极乐观的鲜花精神不巧呢？如何让这“片刻荣光”永远闪耀呢？“书页”是短暂易逝的美丽事物的见证者和记录人。笔者认为此处的“书页”具有一语双关之意，一是与“树叶”谐音，树叶相比鲜花而言具有更强的生命力和更长的存活时间，因此，树叶能够见证鲜花短暂的生命，从花蕾初开到鲜花盛开，再到残花凋零的整个生命历程；二是“书页”暗指用诗歌这种文学形式来颂扬鲜花精神，记录鲜花绽放美丽的短暂生命历程。最后，诗人通过“荣光”与“坟墓”的张力关系来突出对比关系，强化了珍惜今朝、及时行乐的生命哲理观念。

此外，在其他“及时行乐”主题的诗歌中，如在《最好保持心情愉快》一诗中，赫里克强调了保持愉快的心情、享受当下现实生活的重要性；在《致青春》中，赫里克认为“未来的生活太遥远”，人应该“活在今朝”。在“及时行乐”主题的诗歌创作中赫里克抒发了独特的见解和个人感受，他“及时行乐”的生命观具有强烈的人文主义精神内涵，为17世纪“及时行乐”主题的英国玄学诗歌创作贡献了不巧的诗作名篇，作出了无可替代的重要贡献。

综上所述，邓恩、赫里克、马维尔等英国杰出的玄学诗人敏锐地捕捉到了17世纪的时代文化精神，继承并发展了“及时行乐”这一诗歌创作主题，进行了创新性的探究，延续了16世纪英国文艺复兴的人文主义思想，摒弃了中世纪宗教神学来世主义的观念，强调现世生活的意义，他们使用各种奇思妙喻，在诗作中激励人们珍惜光阴、享受生活、“及时行乐”，抒发了对生命意义的哲学幽思，赋予了“及时行乐”以新的时代文化精神，创造性地拓展了玄学诗歌的写作主题，为熠熠生辉的英国诗坛增添了浓墨重彩的一笔。

第四章　英国玄学诗歌的语言和思想

英国文艺复兴时期的文学在整个英国文学史上占有极为重要的地位。17 世纪玄学派诗歌成为文艺复兴时期英国文学上的一朵奇葩。换句话说，玄学派诗歌是英国文艺复兴文学，乃至整个英国文学史上不可或缺的一环，为英国文学屹立于世界文学之林、彰显英伦民族文化特色作出了卓越的贡献。

玄学派诗歌语言充满智慧，蕴含哲学、宗教、天文学、地理学、自然科学等多门学科知识，艺术思想丰厚，文化底蕴浓郁，比喻奇妙、新颖，是一个具有创新性语言和思想的诗歌流派。约翰·邓恩被学界公认为玄学派诗歌的领军型代表人物，其他著名玄学诗人，如乔治·赫伯特、亨利·沃恩、安德鲁·马维尔、罗伯特·赫里克等，虽然他们人生经历迥异，诗歌亦富于多元化和个性化特征，但是他们的诗歌语言却具有非常相似的风格，反映了内在艺术思想的一致性，他们的作品是知识与智慧相结合的一派创新型诗歌的代表。

第一节　悖论语言

悖论(Paradox，或译为佯谬法)通常是指表面上看似自相矛盾，而实质上却包含着灼见真知、远见卓识的陈述，即似非而是、似此而彼的陈述。诗歌语言是悖论的语言，悖论是巴罗克艺术及文学的最主要修辞手法。悖论一反传统诗歌的表现方式，超越了理解上的陈规旧矩，追求一种新奇、震撼的艺术表现效果，着力表达诗人内心的复杂，甚至是相互矛盾、对立的思想情感或对世界的认识与感悟，避开了诗人直接表达内心所感的直白式抒情及论述，属于一种委婉、巧妙的艺术表达方法，因此，在世界诗歌发展史上，悖论曾为各国不同风格、流派的诸多诗人所钟爱，在诗歌各个不同的发展阶段，受到诗人不同程度的关注。

悖论并非17世纪英国玄学诗人的专利，但在邓恩等智慧的玄学派诗人的笔下，悖论这一语言艺术技巧得到了更加成熟的锤炼与完善。其实，早于邓恩等17世纪英国玄学诗人之前，古希腊诗人萨福(Sappho，约前630—约前560)、古罗马诗人卡图鲁斯(Catullus，约前87—约前54)等都在诗歌写作中使用了悖论的艺术手法。萨福的“甜蜜的痛苦”和卡图鲁斯的“既爱又恨”都以悖论的方式表达了诗人对世界、人生、爱情等重大问题的感受与体验，揭示了丰富、复杂、矛盾的心灵状态。意大利诗人彼特拉克也曾在诗作《爱的矛盾》中使用悖论的语言艺术来描写内心对爱情的复杂情感体验与矛盾的特殊心理感受，展现了多种交织在一起的相互对立、冲突的情感。英国的莎士比亚、弥尔顿也曾使用著名的悖论修辞语言来表达富有哲理性的诗歌内涵。到了17世纪，玄学派诗人智性地思维，灵活、创造性地运用悖论，拓展了悖论的使用空间，并使之成为玄学诗歌语言风格特色的一个突出特征。

悖论这一语言艺术手法闪烁哲理的光芒，逸动正反(或曰是非)双重思维的智慧，摒弃了因循守旧的因果关系的思维传统，重视思想中的矛盾和对立，惟妙惟肖地表达诗人复杂的心理活动与状态。英国玄学诗人喜用、善用、巧用悖论的语言艺术写作手法，抒发内心深邃、复杂的思绪和情感活动。

17世纪英国玄学诗歌先锋人物约翰·邓恩在其所著散文集《悖论及其问题》中创造性地提出了很多悖论艺术技巧，提倡通过悖论表达抒情主人公内心深处的心灵活动与复杂思绪，这一艺术观念指导了邓恩一生的诗歌创作实践。邓恩是一位善于运用悖论语言的玄学派大师，他不仅从理论上扩展了悖论语言技巧的内涵，还在诗歌创作实践中通过丰富的艺术想象力创造了众多语言悖论的实例，引领了玄学派诗歌语言悖论表达方式的潮流。

诗歌语言为写作主题服务，诗歌主题通过艺术化的语言来表现。以邓恩为例，他的诗歌主题丰富多样，其中在宗教和爱情主题的诗歌创作中，邓恩悖论语言的使用尤为别具一格，构思精巧。在宗教主题的玄学诗歌创作中，邓恩智性地使用悖论语言来抒发内心丰富却又充满矛盾的复杂宗教情结。

在《神圣十四行诗》的第十首《死神，别得意》(*Death*, *Be Not Proud*)中，邓恩以悖论的语言艺术表达了“生命—死亡”的宗教主题。邓恩大胆坦言了自己对死神的蔑视与不屑，整首诗看似对死神的宣言书，对死神发起了无所畏惧的挑战。他认为，人的死亡并不可怕，不足以让人心生畏惧之感，因为死亡意味着肉体的安息、灵魂的解脱和再生。诗人认为，死亡之后便是灵魂的永生，此后，也就不存在死亡，因此，在诗歌的末尾，邓恩发出了“死神，也终将死去”的感慨言论，这是一个语出惊人的悖论，虽然乍看起来显得不合情理，甚至有些荒谬，但细细体味却让读者感受到其中隐含的逻辑性、哲理性以及鲜明的宗教内涵。可谓“言悖论，道真理”，通过使用生与死的悖论，邓恩形象地传递并强化了人死后灵魂得到解脱与再生的宗教思想。

邓恩关于“生”与“死”的语言悖论还在其他宗教主题的诗歌中具有形象生动的论述。如在诗作《遗产》中，邓恩凭借丰富的想象力和智性的哲学思辨，以时间感受与意识为主线，在生与死的悖论中让读者感受到了邓恩卓尔不群的语言艺术天赋和诗学才华。

我上回死去时(亲爱的，我死亡
　像与你离别一样频繁)，
　虽说那只是一小时以前，
恋人的每小时都仿佛地久天长，
但我还能记得，我当场

说过什么话，赠送过什么物件；
虽然我已死，但我派自己来，将身兼
本人自己的遗嘱执行人暨遗产。①

（傅浩 译）

死亡只有一次，这是众所周知、亘古不变的事实，但此处，邓恩却将死亡描写成如同人与人之间的离别一样，可以频繁地发生，这极度夸大甚至是歪曲了死亡的"唯一"属性特征。接着，邓恩阐述了"一个小时"对于不同的人具有不同的感知意识和心理感受这一道理，恋人的一个小时不同于普通人眼中的一个小时的概念，是"天长地久"的。更为带有"荒谬性"悖论的是诗中说话人在死去之后尚能清晰记得在世时曾经"说过什么话，赠送过什么物件"，仿佛仍然活着一般，而且，还将"派自己来"，身兼遗嘱的执行人和遗产的继承者双重身份。可见，正是通过这些关于生命与死亡的悖论，让邓恩更深刻地思索生命的意义，更真切地感受时间的存在意识。

除了"生与死"这一传统性宗教内容外，邓恩还从诸多视角，使用悖论的语言阐述了宗教主题的丰富含义。在《神圣十四行诗》的第十四首，邓恩别出心裁地使用了"奴役"与"自由"、"占有"与"贞洁"两对具有鲜明对比特色的悖论，以表达对上帝神圣、崇高之爱的热切渴盼与真挚期待。

除非你奴役我，我永远不会自由，
永远不会贞洁，除非你把我强行占有。②

（胡家峦　译）

① 约翰·但恩著，傅浩译：《约翰·但恩诗集》（修订版），上海译文出版社2016年版，第89页。

② 胡家峦：《英国名诗详注》，外语教学与研究出版社2003年版，第102页。

此处，邓恩超越了传统宗教诗歌中直抒胸臆式的对上帝之爱进行颂扬或祈祷，采用了悖论的语言艺术，以“反”佐“正”，以“非”写“是”，借以抒发内心强烈的宗教情感及对上帝的无限虔诚。悖论语言的使用突出了诗歌的思辨性特征，增强了诗歌宗教主题的深奥性和哲理意蕴。邓恩甚至在悖论语言中融入了具有明显性爱特色的词汇，并且通过对话体使得诗歌的口语化文体风格更加浓郁，增强了宗教主题诗歌的诙谐与戏谑性，即使是无宗教信仰的读者也能体味到诗中说话者对上帝之爱的强烈渴望：只有“奴役”才能“获得自由”；只有“强行占有”才能保持“贞洁”。悖论语言的使用强化了诗歌宗教主题的表现力，取得了更为理想的艺术化效果，也彰显了邓恩作为一代玄学先锋人物的语言智慧。

邓恩发挥想象力，摒弃传统因果直接关系的思维模式，讲求“双重思维”，注重哲学思辨，对生命发出感慨，书写生与死的悖论，表达对上帝的虔诚。此外，邓恩还在生命价值的思索中探寻爱的真谛，在爱情主题的诗歌中以悖论的语言，淋漓尽致地抒发了内心对爱情复杂的情感体验与认知。

在诗作《告别词：莫伤悲》(*A Valediction: of Weeping*)中，邓恩创造性地发挥艺术想象力，把情人伤心哭泣的泪滴描绘成一枚硬币、一弯明月、一个地球、一颗星球等一系列大小不一且看似毫无关联的事物。在诗歌的末尾，邓恩大大扩展了玄学派诗人独特的智慧想象与思想空间，运用悖论的诗歌语言与思维模式，大胆地将伤心情人苦涩的泪珠比喻为洪波，具有淹没整个世界的摧毁性力量。一方面，泪珠具有强大的超自然力，能转化为钱币、明月、地球、星球等多种具有圆形意象的事物，能转化为世界，另一方面，泪珠也具有浩大洪潮的破坏力量，可以将整个世界淹没，这体现的正是玄学派大师邓恩悖论的语言智慧与独特的思维方式。用悖论的语言进行矛盾对立与统一的哲学式辩证思考与说理论辩，充分体现了玄学诗人的聪明才智。

在诗篇《夜祷，作于圣露西节，白昼最短的一日》(*A Nocturnal Upon St. Lucy's Day, Being the Shortest Day*)中，邓恩凭借悖论的语言智慧描写了死亡与再生之间的辩证关系："他的技艺竟至于/从虚无，从萧条匮乏，和贫瘠空虚，/压榨提炼出一种纯粹的元素：/他毁灭了我，我又再次化生自/空无、黑暗、死亡，不存在的东西。"①在提到爱情时，邓恩又以似非而是的技巧说道："我，经爱情蒸馏，则变成/一切的坟墓，即虚无。我们俩/常哭出洪水来，就这样/淹没了全世界，我们俩"②。邓恩此处似乎在以悖论的语言表明：爱情能够给予恋爱双方以欢愉的情感体验和无限的力量，同时也是痛苦的根源，甚至能将人毁灭。但是，世界的本源就是矛盾对立与合和共生并存的，在万事万物中蕴藏着相生相克的力量，死亡孕育生命的希望，在死亡中人又可以获得再生，实现精神的不朽与永生。可见，诗歌的悖论语言能够揭示世界的矛盾本源性，能够反映诗人内心复杂的情感世界，在看似矛盾的外表下，蕴含着深邃的人生哲理。

在另外一首抒情诗歌《封圣》(*The Canonization*)中，邓恩同样以悖论的语言艺术书写了爱情与死亡、再生之间的关系："对一个中性的事物两性都适合，/我们同样死复生，且以/这份爱证明神秘。"③意在表达尽管恋人们失去了物质的一切，甚至是生命，他们仍将拥有彼此，精神上相偎相依，获得再生。邓恩以"死亡意味着新生"的悖论来表达对恋人之间精神之恋的赞美。

在诗歌《梦》(*The Dream*)中，邓恩把"梦境"与"现实"这一对矛盾组合并置，以"梦境"衬托"现实"，突出表现现实的深沉与厚重。在《禁令》(*The Prohibition*)一诗中，邓恩将"爱"与"恨"这对悖论既对立又统一起来，并最终得出"让我活下去，但既爱又恨我"④的终极悖论。

---

① 约翰·但恩著，傅浩译：《约翰·但恩诗集》(修订版)，上海译文出版社 2016 年版，第 127 页。

② 约翰·但恩著，傅浩译：《约翰·但恩诗集》(修订版)，上海译文出版社 2016 年版，第 127 页。

③ 约翰·但恩著，傅浩译：《约翰·但恩诗集》(修订版)，上海译文出版社 2016 年版，第 81 页。

④ 约翰·但恩著，傅浩译：《约翰·但恩诗集》(修订版)，上海译文出版社 2016 年版，第 164 页。

可见，在宗教和爱情两大常见主题的诗歌创作中，邓恩都匠心独运，通过悖论的语言艺术，升华了诗歌主题，深化了诗歌内容，拓深了诗歌内涵，充分展现了邓恩的诗学才智和艺术天分及其与众不同的思维方式和独到的玄学智慧。

在先锋人物邓恩的影响下，玄学诗人巧妙地运用悖论的语言艺术，对大千世界进行哲理性辩证思考，在诗作中表达内心既矛盾又统一的复杂情感，传递了时代文化精神，反映了17世纪人们在新科学兴起、旧信仰危机这样一个转折时期人们内心真实的心灵状态。

乔治·赫伯特在玄学诗歌流派中占有重要地位，以宗教抒情诗歌的创作而闻名，被盛赞为“圣赫伯特”。赫伯特也酷爱悖论，是运用悖论语言的高手，表现出了娴熟的语言使用技巧。通过悖论的语言，赫伯特表达内心丰富的宗教情感体验，抒发与上帝之间构筑的各种人神关系，阐述朴素的人生观与艺术观。

在《生命》(*Life*)一诗中，赫伯特描绘了一幅鲜花绽放的短暂灿烂与即将面对的消亡相对照的画面，形成了生命与死亡、短暂与永恒的辩证对比关系。在诗歌的末尾，赫伯特甚至将自己的人生与鲜花的生命进行对比：

> 别了！亲爱的花朵，你度过了甜美一生：
> 有生之时，你给予人们美丽和芬芳，
> 生后更能救死扶伤。
> 我将随你而去！毫无怨言，毫无悲伤，
> 如果我也能够散发芬芳，我不在乎
> 我生命的短与长。①
>
> （张剑　译）

① 张剑等编著：《英美诗歌选读》，外语教学与研究出版社2008年版，第69页。

在哲学的辩证思考中赫伯特探寻生命的价值，最终得出了生命的意义不在于长度，而在于宽度，不在于永恒存在，而在于是否“能够散发芬芳”的结论。尽管人生短暂，亦会如鲜花般凋谢，但只要实现了生命的价值，也不愧对人生，终将无怨无悔。

在《美德》(*Virtue*)一诗中，赫伯特再次用生与死的矛盾对立来突出美德的永恒与不朽这一主题内容。赫伯特甚至将生与死的矛盾贯穿诗歌始终。“美好的白天清爽、宁静、明朗”，“芬芳的玫瑰色泽绯红，光华灿烂”，“美好的春天充满美好的白天和玫瑰”，但他们都逃不脱死亡的厄运，只有“美好而圣洁的心灵”(美德)永远万古长青。悖论语言艺术的使用突出了诗歌的主题，深化了赫伯特对美德的富有哲学意义的沉思与冥想，增强了诗歌浓郁而真挚的抒情性特征。

除了“生与死”的悖论，赫伯特还在诗作中描述艺术与信仰之间的矛盾。赫伯特倡导朴实、真诚的文风，反对虚浮、矫饰的诗风。在虚假繁琐与坦直朴素之间，赫伯特选择了后者。他以独特的方式表现出了与当时主流诗学界不同的文艺观，通过悖论的语言艺术，表达了对上帝之爱由衷的深情，在题为《约旦》(*Jordan*)的诗篇中由衷地发出了感慨：“我不羡慕别人的夜莺和春天，/随他们骂我不懂格律吧，/我只坦白地说：我的上帝，我的国王。”①

综上所述，悖论是17世纪英国玄学诗歌的一个重要语言风格特征。17世纪英国玄学诗歌的语言是一种充满了悖论的语言，是一种智慧、巧妙的语言，是一种看似充满矛盾实际却蕴含真知的语言。玄学诗歌悖论的语言及其所反映的艺术思想展现了17世纪英国玄学诗人独特的艺术才华和别出心裁的思维方式，表达了他们对世界矛盾本原真知灼见的理解和认识，传递了他们内心幽深、复杂的情感体验。

---

① 王佐良：《英国文艺复兴时期文学史》，外语教学与研究出版社2006年版，第248页。

第二节　巧智与奇喻

“巧智与奇喻”是玄学诗歌语言与思想最大的特色。奇特的构思、严密的逻辑、智慧的联想、巧妙的比喻使玄学诗歌成为一个别具一格的诗歌流派。玄学诗人思想敏锐，才华横溢，知识渊博，他们大多曾就读于剑桥、牛津大学，接受过世界一流的高等教育。良好的教育背景让邓恩等玄学诗人在宗教、哲学、天文学、地理学等各科学领域有着深邃的感悟力和洞察力，对艺术有着不同于常人的理解力，他们能够从各个领域、各个不同学科中发掘创作素材，获得艺术灵感，并深入探究看似毫无关联的诸多事物之间的内在联系，突破了传统意义上的诗歌创作，以巧智、奇喻为语言与思想特色的核心，表现出了非凡的想象力与创造力。

“巧智与奇喻”这一独特的玄学诗歌艺术特色，不仅体现在玄学诗人睿智的思维力、强大的想象力上，还体现在玄学诗作的巧妙构思与多种艺术技巧的创造性运用上。邓恩等玄学诗人凭借深邃的智性，注重哲学思辨，善于异中求同，开启了 17 世纪英国玄学诗篇辉煌的创作历程，谱写了宗教、爱情、及时行乐等多个主题诗歌创作的新篇章。

在西方文学批评史上，最早论及“巧智”的是英国的萨缪尔·约翰逊(Samuel Johnson，1709—1784)。约翰逊在《考利传》中首次提出并阐释了“巧智”(wit)这一术语的含义，他赞扬了玄学诗人的博学多才，肯定了玄学诗歌的风格特色，为欣赏、评价玄学派诗歌奠定了批评的基础。可以说，约翰逊开启了玄学诗歌批评的历史。

自文艺复兴之后，西方很多学者和评论家从各个角度评述“巧智”，并尝试对“巧智”的内涵进行界定，但是，因为巧智既是一种艺术创作手法和技巧，又是一种思维习惯和方式，因此，很难对巧智下一个准确的定义，巧智体现了玄学诗人别具一格的风格特色与艺术才华。

20 世纪以来，西方学者，包括乔治·威廉森(George Williamson)、史密斯(A. J. Smith)、萨门斯(Claude J. Summers)和珀博沃思(Ted-Larry Peb-

worth)等对玄学"巧智"进行了多角度阐释与评价，并一致赞扬玄学诗人的智性思维与艺术创造力，充分肯定了巧智这一玄学诗歌独特的艺术特色。当然，这些评论者当中也有的对"巧智"持有褒贬各半的态度，如萨门斯和珀博沃思也认为巧智是一种滥用和狡猾的智性。

不过，无论是正面的褒赞还是负面的批驳，没有人能否认玄学诗歌"巧智"的诗学技艺和玄学诗人匠心独运的创新想象力。玄学诗歌的哲理论辩精神与智性思想值得文学研究者和爱好者去深入探究，挖掘其中丰富的内涵与精神实质。

约翰·邓恩作为玄学派诗歌的领军人物，毫无疑问是"巧智"这一艺术手法运用的佼佼者。无论是在爱情为主题还是在宗教为主题的诗篇中，邓恩都发挥超群的想象力和创造力，通过智性的思考，架构了看似毫无关联的意象之间的联系，表现出了卓越的语言与思想的天赋和艺术才华。

在《告别词：莫伤悲》中，邓恩出人意料地将"泪珠"和"硬币""地球""月亮"等各种大小不一的圆形意象联系起来，它们看似毫不相关，但细细思索，我们不得不为邓恩巧妙与智慧的想象力所折服。通过智性思维，邓恩将这些表面看起来风马牛不相及的意象联系起来，并使之具有了内在的统一性，它们环环紧扣，形成了一种科学的逻辑和辩证关系，使得原本抽象的概念和情感变成了具体化可感知、可触碰的事物，增强了诗歌的内涵深度与可读性。

在《告别词：莫伤悲》一诗的开头，最突出的一个意象便是"泪珠"。在邓恩的巧妙构思下，抒情主人公的一滴滴泪珠被比喻为一枚枚硬币。"泪珠"与"硬币"看似毫无关联，一个是宣泄感情的液态物质；一个是冷冰冰的固态钱币，却在诗人的智性思维和创造性想象下变成了具有共性特征的相似事物。恋人彼此的泪珠相互映照，泪珠映含着对方的形象，与爱人的肖像合而为一，因此，泪珠具有了宝贵的价值。恋人的脸庞将抒情主人公纵情倾洒的泪珠铸造成了硬币，硬币与恋人的形象叠合为一。诗人通过这些出奇制胜的意象，以巧妙智慧的语言、清晰的逻辑和形象的哲理思维，表明了我的"泪珠"与你的"形象"二者之间的内在关联。

紧接着，在第二个诗节，诗人创造性地发挥想象力，使用巴罗克式夸张的修辞手法将“泪珠”的形象进一步扩展，任其无限成长与蔓延，以至于最后发展成为浩瀚的地球和在地球上纵意泛滥的浩大洪波。

随后，在诗歌的第三节，诗人以一环紧扣一环的哲学构思将圆形意象的范围进一步扩大，由“泪珠”“硬币”“地球”拓展到“月亮”。抒情主人公眼中的恋人比月亮更为耀眼夺目，甚至拥有超乎自然的神奇力量，可以“吸起海水”，“激起风暴”。因此，抒情主人公祈求恋人在她的球体空间将自己湮没。

玄学诗人具有超乎常人的想象力，他们能突破常规思维模式，展开想象的羽翼，运用哲理思辨和逻辑推理，把看似毫无关联的意象巧妙地融合在一起，传递内心丰富的艺术想象和玄学奇思。

托马斯·卡鲁是17世纪宫廷爱情诗歌的创始人和杰出代表，其作品的一个重要主题是夸赞女性。与赫里克书写朱丽叶的赞美诗篇一样，卡鲁在很多诗作中表达了对一个名叫西莉亚的女子的由衷赞美之情。卡鲁打破了当时流行的夸饰修辞，运用玄学奇思，在看似没有关联的事物当中寻找内在的一致性和相似点，通过巧智的诗歌语言和生动的意象传递了他内心深处对恋人的赞美与欣赏之情。

在诗作《唇与眼》中，卡鲁围绕着“西莉亚的脸上哪里最为美丽”这一问题展开，通过西莉亚脸上嘴唇和眼睛两个器官的口语对话，卡鲁生动刻画并赞美了西莉亚的非凡脱俗之美。首先，卡鲁称赞了西莉亚的眼睛，为了突出她眼睛的美，卡鲁夸张地形容西莉亚眼睛散发的光芒犹如利剑一样能够射穿人的心灵。接着，卡鲁赞美西莉亚的嘴唇，夸赞说她的嘴唇有着惊人的魔力，让人感觉狂喜，超出了普通人所能理解的欢愉感受。随后，卡鲁又对西莉亚整个面容的美丽典雅进行了赞美。卡鲁甚至别出心裁地设想了一个生动的情节，讲述了眼睛和嘴唇之间的互动。当眼睛看到嘴唇的美丽而感觉自己略逊一筹时流出了珍珠般的液体，嘴唇看后激动地回以微笑。晶莹的泪珠被比喻为剔透无邪的珍珠，不但没有给读者带来忧伤之痛，反而让读者更加真切地感受到了一个实实在在的、美丽端庄、楚楚动人的女子形象。

无论是将令人作呕的跳蚤与甜蜜、神圣的爱情联系起来的邓恩，还是把恋人的目光比作利剑、把液态的泪珠比作固态的珍珠的卡鲁，这些玄学诗人在诗歌创作过程中都展现了独特的艺术才华。玄学诗歌的“巧智”也正是通过玄学诗人使用哲理思辨、运用比喻，在一系列看似毫无关联而实际上蕴含内在逻辑联系的意象中挖掘相似性的过程。

第三节　女性思想

17 世纪英国玄学诗歌以奇思妙喻著称，虽然很多诗歌，特别是宗教和死亡主题的诗歌，显得冷峻、严肃，但对女性的态度或赞美或批评，自古以来始终是诗人青睐的诗歌表达内容和重要思想，对于英国玄学诗人来说也不例外，他们所展现的女性思想甚至更加复杂，因为邓恩等玄学诗人常将这种女性思想与宗教情感融合在一起。在以爱情为主题的诗作中玄学诗人对女性倾诉衷肠，通过文字表达了内心复杂的心理活动和对女性独有的情感体验。

总体来讲，以邓恩为代表的玄学诗人对女性持有一种丰富且复杂的情感，甚至有时展现出了相互对立或截然相反的女性思想。他们的爱情抒情诗歌可以分为两类，一类是肯定女性的诗歌。在这类诗歌中，诗人极尽能事地赞美女性，对女性持有近乎完全肯定的态度，大力赞扬女子的忠贞、善良和贤淑。另一类是否定女性的诗歌。玄学诗人们在这类诗歌中，对女性的态度完全逆转，讽刺、批评女子的善变和不忠。值得注意的是，这两类抒情诗歌都体现了不同程度的男权意识，这可能与英国玄学诗人性别以男性为主体的事实有着不可分割的内在联系。

女性思想是 17 世纪英国玄学诗人在诗歌，特别是以爱情为主题的诗歌中着力表达的重要思想。这种思想在诗歌中主要表现为男性说话者占据话语权，从男性的角度对女性形象进行刻画。实际上，玄学诗歌中的这种女性思想有着深刻的历史文化根源。在 17 世纪的英国，男尊女卑等封建残余思想仍然根深蒂固，男女之间的关系正如本·琼森在其诗作《影子》中所隐喻的人的本体与自己的影子之间的关系。女性丧失了自己独立自主的主体性意愿和人格尊严，是男性的附属品和“影子”。同时，人们对女性的贞洁与忠实有着严格的要求，寄寓了至高的期望。但对立统一是事物的固有属性，“忠实”的对立面是“不忠”，对“忠实”渴盼的同时便是对“不忠”的斥责。心理认知的矛盾性导致了行为方式和意识形态的矛盾性，也使得玄学诗人在对待女性的问题上表现出了复杂、矛盾的思想和立场。

玄学诗人笔下的女性被赋予了两种截然不同的形象，或忠实，或不忠。这两种完全相反的女性形象反映了玄学诗人对女性复杂的心理状态与矛盾认知。在诗篇中，邓恩等玄学诗人大多忽视了女性独立的人格要求与自我意愿，表现出了男性占主导地位的男权思想。抒情男主人公与自己倾慕的女子进行对话，对其进行言语的规劝，意在说服女子放下矜持，接受求爱，与该男子一起“及时行乐”。在邓恩的《跳蚤》、马维尔的《致他的娇羞的女友》以及赫里克的《给少女们的忠告》等诗篇中都在不同程度上体现了这种男权思想。

玄学诗歌的女性思想是一种复杂、矛盾的思想，这种思想集中体现为玄学诗人对女性“忠”与“不忠”两种矛盾对立的形象刻画上。以邓恩的《早安》和《歌》两首名作为例，我们可以清楚地感知玄学诗人对待女性的复杂思想和态度。在《早安》一诗中，邓恩以两个半球之间的关系来比喻情人之间平等、相互依赖、缺一不可的密切关系。而在《歌》中，邓恩则猛烈地批判女性的善变，谴责女性的不忠不信，将满腔怒火直接喷向诗中的女子。

《早安》是邓恩早期诗歌的杰作，也是玄学诗歌中的名篇。在这首诗中，邓恩以拓新的精神和开放的胸怀抒发了对爱的追求、发现和拥有。他将欧洲中世纪传统文学“破晓歌”的形式与浓郁的玄学色彩熔为一炉，同时，戏剧独白的诗歌特质又为该诗平添了几分真实、动人的氛围。邓恩的独到之处就在于他超越了欧洲“破晓歌”的传统，巧智地使用多重思维，将地理、天文、航海等多学科知识融入《早安》的创作当中，赋予了该诗更深层次的内涵和更宽厚的意蕴，极大地丰富了玄学诗歌的语言艺术和思想内涵。

《早安》全诗共有三个诗节，在主题思想的表达上是层层深入的。第一个诗节描写了抒情主人公与爱人相恋前的人生状态：生活一片单调和虚无，毫无意义和价值可言。邓恩并没有平铺直叙地表达他的观点，而是使用了一系列具有强烈对比意义的词汇，如“没有断奶”“吸吮”等来突出抒情主人公未成熟前的稚嫩与无知，接着又借用了“七个睡眠者”的典故暗喻恋爱前的生活如睡梦般虚无。

在第二个诗节，邓恩展示了自己卓越的玄学诗歌才华，将宏观世界与微观世界并置，并通过二者鲜明的对比体现了这一时期英国玄学诗人所具有的独特的宇宙观。爱情让青年男女从虚幻中醒来，他们发现并拥有了爱情，懂得了人生的意义，故而“小房间”被“变成无限区域”。两个人的微观爱情世界似乎比宏观宇宙更有价值、更为重要，因此，“让天体图向别人展示重重天国，/让我们拥有一个世界，各一个，同一个”。对于抒情主人公而言，他和爱人自成一个世界，又彼此拥有对方的世界，这样的微观“小宇宙”毫不缺乏宏观宇宙的诱惑力，因此，尽管别人向往新世界，探究新世界，“向新世界远游”，但是这对恋人因为发现了爱，感受到了爱的力量的强大，拥有了彼此而感到自豪。微观世界的意义和价值在与宏观世界的显著对比中得到了强化。

在第三个诗节，邓恩描绘了一幅恋人间彼此默默凝视的温情画卷：

> 你我的脸庞在彼此的眼中遨游，
> 　真诚坦白的心停歇在脸面上；
> 哪里我们能找到更好的俩半球？
> 　没有凛冽的北极、没落的西方？
> 凡是死亡者，都没有平衡相济；
> 我们若爱成一体，或者，我和你

爱得正相等，谁也不松懈，谁都不会死。①

（傅浩　译）

此处，邓恩将诗歌内容进一步深化，表达了对真挚、平等爱情的渴望，也是对男女平等思想的一种书写。只有相互“真诚坦白”，双方的爱才能合二为一，爱得和谐一致，达到“俩半球”的境界。恋人的世界远远胜过宏观世界，因为它“没有凛冽的北极、没落的西方”。“北”和“西”本为方位名词，邓恩此处借用方位名词来强化恋人的世界与宏观宇宙的对比：“北”代表北方、北极，意指严寒、冰冷；“西”象征西方，代表西沉、黑夜、下降、死亡。恋人的世界才是最好的世界，最好的半球，因为和谐的爱可以产生神奇的力量，可以超越一切，甚至是死亡。邓恩展现了玄学诗人的思想深度，将宇宙球体的意象与恋人“俩半球”的意象联系起来，更加衬托了真挚爱情的伟大与永恒。

邓恩在该诗中运用多重思维，将航海、地理等科学知识与玄学巧智、奇喻融合起来，表达了对真挚、和谐爱情的渴望与向往，对基于平等思想的纯真爱情的赞美，对女性忠贞、专一的美好品质的颂扬。字里行间流露出来的玄学诗人的炽热情感、富有浓厚哲学意味的女性思想以及睿智的玄学思维力都使这首诗散发经久不衰的独特艺术魅力。

玄学诗歌的女性思想不是千篇一律的，而是集中于对两种矛盾对立的女性形象的刻画上。如果说《早安》表达了玄学诗人对平等、和谐的男女情爱的追求，对“俩半球” 的理想境界的向往，对女性忠贞等美好品质的赞美，这是对女性的肯定，那么以《歌》为代表的诗歌则表达了对女性的否定和怀疑，讽刺了女性的不忠不贞。

去，抓一颗陨落的星辰，

① 约翰·但恩著，傅浩译：《约翰·但恩诗集》（修订版），上海译文出版社 2016 年版，第 67 页。

　　让曼德拉草根怀上孩子，
告诉我，过去岁月何处寻，
　　又是谁把魔鬼蹄子劈开，
教我如何听美人鱼唱歌，
或如何躲避嫉妒的刺蜇，
　　　并弄清
　　　什么风
有助于把诚实心灵提升。①

（傅浩　译）

这是《歌》的第一诗节。在诗歌的开头，邓恩一口气列举了一系列不可能发生的事情：流星抓不住，曼德拉草根无法怀孕②，流年不能寻，魔鬼的双蹄无人敢劈，美人鱼的歌声没人敢倾听……但所有这些"不可能"都是铺垫，最终目的是为了烘托一个"最不可能"，那就是"女性的忠贞"。

在接下来的第二、第三个诗节，邓恩以直白的语言和愤怒的语调，抒发了对女性忠贞的否定看法。纵使"你"天生具有奇特的眼力，能够看见别人看不见的东西，骑马找寻上万个日日夜夜，经历了人间种种经历，直到发白如雪也不会找到一个既忠实又美貌的女子。假使"你"找到时她还可信，可一眨眼的工夫，她就会背叛"你"。此处，生动形象的口语化表达、丰富炽热的情感、夸张的措辞，无一不体现了邓恩对女子不忠不信的强烈谴责。

女性是不可靠的、善变的、不完美的。与男性相比，女性总是处于非主导的弱势地位，这似乎是女性的原始属性和天生特质。这些对女性的

① 约翰·但恩著，傅浩译：《约翰·但恩诗集》(修订版)，上海译文出版社 2016 年版，第 69 页。

② 据说曼德拉草根具有男性身体的形状，其果实被古人认为有治疗女性不孕不育的功效。因此，使具有人形的曼德拉草根怀孕是不可能的事情。

否定思想和消极态度在邓恩的《樱草花》《空气与天使》《受限制的爱》等诗作中都有明确的表述。在《爱的炼金术》一诗中，邓恩甚至夸张地将女性与冷漠、毫无感情可言的木乃伊做类比，表达了对女性不忠不贞的消极思想。

实际上，这些表达负面女性思想的诗歌反映了17世纪英国的社会现实。诗歌作为一种艺术形式，犹如一面镜子，反映真实的现实生活，也是诗人宣泄内心情感的一种方式。以邓恩为例，他的一生在信教与叛教的矛盾中煎熬，由于身份、地位、宗教等社会性因素的制约，内心的真实情感无法直接吐露，于是，女性就成为邓恩艺术创作中的一种媒介和手段。通过表达充满悖论的女性思想，描绘色彩斑斓的女性世界，邓恩抒发了内心深处对爱情、艺术、宗教等重要人生命题的思考与感悟。

玄学宗教诗人乔治·赫伯特的一生以宗教抒情诗歌创作闻名，诗歌中体现的虔诚宗教思想一直以来为世人所称道。赫伯特将自己内心最炽热的情感献给了上帝，他沉思《圣经》、感悟宗教，在诗歌中书写各种各样的人神关系，甚至将上帝比喻为自己的爱人，这不仅是赫伯特宗教观的集中反映，也是他女性思想的一种艺术化体现。赫伯特认为爱情应该是神圣的，正如上帝对人类的爱是神圣、无私的一样。通过上帝之爱与情人之爱的类比，赫伯特意在指出世俗之爱可以被神圣化、宗教化，最终通向神圣之爱。爱情本身是世俗的，与宗教无关，但在赫伯特看来，人类只要心存感恩，不忘上帝的恩典，牢记救赎的使命，最终世俗之爱可以导向神圣之爱，实现爱的升华和超越。

此外，其他玄学诗人在诗作中也以不同的形式，通过各种巧妙的比喻来架构不同事物之间的联系借以抒发对女性或褒奖或批评、或赞颂或讽刺的思想。这种思想常常是比较复杂的，和宗教等内容交织融合在一起，体现了玄学诗人独特的诗学思想和艺术才华。马维尔在《花园》中描绘了一个理想的花园境界，在展现独特的自然观的同时，也表现出了男性占话语主导权，女性处于被支配的弱势地位的男尊女卑思想。赫里克在表达“花开堪折直须折，莫待无花空折枝”的及时行乐思想的同时，实际上也漠视了女性的自主独立意识。

综上所述，女性思想是17世纪英国玄学诗歌中表现得十分突出的思想内容。玄学诗歌先锋人物邓恩诗歌中的女性形象以“忠实”和“不忠”两种悖论性的特征为主，表达了既对立又统一的女性思想。其他玄学诗人也在诗篇中以各种不同形式，使用巧智和奇喻等玄学诗歌特有的艺术手段来表达丰富多彩的女性思想，塑造立体、丰满的女性形象，展现内心对女性复杂的心理状态，同时，也彰显了玄学诗人卓越的诗学技艺与才能。

第四节　巴罗克文化思想

巴罗克(Baroque)源自葡萄牙语，意为“新奇、特别”。作为一个术语，“巴罗克”指从16世纪末至18世纪中期的一种求异追新、背离传统，而在思想内涵上又复杂多元的文化现象，表征着多重文化意义，首先在建筑、雕塑、绘画、音乐等艺术领域内流行，之后延伸到文学理论和文学批评领域。巴罗克文化思潮和审美风尚以偏离正统古典主义的风格及艺术形式为主要特征。“评论家常用悖论、奇喻、意象堆砌、夸张等来描述巴罗克文学风格。”①

在学术发展史上，国内外诸多研究者对英国玄学派诗歌与欧洲巴罗克文学之间的内在关系进行了探讨。在20世纪30年代之前，英国学术界普遍认为巴罗克是“大陆货”，不那么赞成使用巴罗克一词来描述英国文学②，认为二者是独立存在的文学表现形式，没有内在关联可言。但实际上，丹麦学者和德国学者于20世纪10年代便开始关注英国16、17世纪文学中的巴罗克文化因素。1962年，韦勒克在其所著《批评的概念》之“后记”中说，“法国存在一种既不是文艺复兴时期风格又不是古典主义，最好

① 刘立辉：《巴罗克文化与17世纪英国诗歌的文体生成》，《西南大学学报》(社会科学版)2013年第6期。

② 刘立辉：《艾略特与英国文学巴罗克传统》，《英语研究》2011年第1期。

称之为巴罗克的优良诗歌传统"①，并指出这种传统正逐渐渗透到英美学术界。德国波恩大学莱森尼希教授的论文《玄学派诗人：英国巴罗克文学语境》(2007)明确将英国玄学派诗歌称为"英国巴罗克文学"，可见，英国玄学派诗作具有普遍性的巴罗克文化思想内涵。

目前，对于17世纪英国玄学诗歌与欧洲巴罗克文学之间内在关系这个有趣话题，学界基本已达成共识："将英国玄学派文学视为整个巴洛克文学的一个组成部分，应该显得更加科学合理。"②中国知名学者，如：杨周翰、叶廷芳、朱维之、金琼、刘立辉等都普遍认同17世纪英国玄学派诗歌中的巴罗克文化思想因素。17世纪英国玄学派诗歌属于巴罗克文学，是英国文化的一个重要组成部分，在整个英国诗歌发展史上占有十分重要的地位。

17世纪英国玄学诗歌在创作技巧上迎合了欧洲巴罗克文学的创作理念，在表现方法上追求形式、讲究辞藻、重视修辞、擅长夸张，旨在通过这些手段取得在建筑、绘画等视觉艺术中所得到的相同效果。玄学诗歌对18世纪具有"宗教的崇高风格"的诗歌，19世纪浪漫主义诗歌，甚至对20世纪现代派诗歌都提供了创作灵感与启示。玄学诗歌中所彰显的巴罗克文化思想因素反映了玄学诗人与当时社会大环境之间的动态适应关系。

17世纪英国玄学诗歌的巴罗克文化思想内涵主要体现在奇崛的语言、奇特的意象和巧妙的修辞手段等诸多方面。邓恩等玄学派诗人具有超越常人的哲学思辨力和敏锐洞察力，能够透过事物表象抓住事物的本质，并以科学的逻辑演绎和玄学奇智书写与众不同的情感经历，充满了新奇、浓厚的玄学色彩。

理查德·克拉肖是一位玄学宗教诗人，其诗歌以夸张、怪诞而闻名，具有浓厚的巴罗克文化思想特征。在《哭泣者》(*The Weeper*)一诗中克拉肖

① 雷内·韦勒克著，张今言译：《批评的概念》，中国美术学院出版社1999年版，第115页。

② 吴笛：《英国玄学派诗歌研究》，中国社会科学出版社2013年版，第14页。

用极度夸张的意象这样描绘情人玛丽哭泣的眼睛：

如今不论他走向何处。
在加列利的山区
或者更不受欢迎的地方，
他总有两座喷泉忠实相随，
两个能走的浴池，两个哭泣的动体，
两个可以手提的简要海洋。①

（吴笛　译）

此处，尽管怪诞奇崛，但不难发现，克拉肖对情人玛丽流泪的双眼的描绘在极度夸张的同时具有无可争辩的合理性，无论是“能走的浴池”、“哭泣的动体”，还是“简要海洋”，都与哭泣的眼睛具有极为相似的特征。

一些评论家曾猛烈抨击克拉肖诗歌的巴罗克式怪诞风格，一方面因为其诗歌过于荒诞、夸张、怪异，另一方面也因为克拉肖虽是宗教诗人，但其诗歌缺少宗教诗歌的圣洁感，带有强烈的世俗味道，并常与两性之爱混杂在一起，以男女之爱表达自己对宗教的复杂情感。在与宗教的关系中，克拉肖倾向于将自己刻画为被动的受支配者，他对宗教的笃信、虔诚与顺从正如温柔的妻子对待丈夫一样。这种通过世俗之爱表现痴狂精神之恋的方式遭到了诸多评论家的否定和谴责，正因为此，虽同为宗教诗人，赫伯特有“圣赫伯特”之美誉，而克拉肖却受到了很多人的质疑和攻击。

在所有玄学派诗人当中，克拉肖诗歌的巴罗克文化思想可谓是最富有代表性的，他通过离奇的比喻、怪诞的意象、奇特的构思和夸张的语言将内心炽热的宗教情感表达出来。克拉肖也是一位教士，受赫伯特虔诚宗教思想和诗风影响较深，不过后来他从英国国教改信了罗马天主教，因此，

① 吴笛：《英国玄学派诗歌研究》，中国社会科学出版社 2013 年版，第 143～144 页。

他的主要诗篇是敬奉给16世纪天主教圣女特丽莎的。克拉肖极致地发挥奇特想象力，抒发内心真挚的宗教情感，表达对宗教的至高崇敬之情。

如果说理查德·克拉肖的巴罗克思想是溢于言表，离奇，甚至是可笑的，主要通过夸张的意象来传递，那么安德鲁·马维尔的巴罗克思想则显得更加文雅与浪漫，同时不乏古典主义的风范和气息，他将哲学思辨的理性精神与世俗感官的罗曼情爱巧妙地结合起来，在玄学爱情抒情诗中传递了浓郁的巴罗克文化思想。

在《致他的娇羞的女友》(*To His Coy Mistress*)一诗中，马维尔以智慧玄思的笔墨向读者传授了战胜时间的妙法，以极度夸张的修辞抒发了对女子形体美的高度夸赞与艳羡。在诗歌的开头，诗人就采用了高度夸张的巴罗克式修辞手法，对时间、空间进行了无限制夸饰的处理，引领读者在漫无边际的想象中随同恋人的脚步周游世界的各个国度——从遥远的印度“恒河岸边”到英国的“亨柏之畔”。不仅空间上极度夸饰，时间上也穿越了从“洪水未到之前十年”的亘古时代到“犹太人皈依基督正宗”的遥不可及的未来。

马维尔超越了古典主义的创作原则，偏离了人们常规的时空观念，营造出一个巴罗克式气势恢宏的时空，成功建构了这首诗歌开篇提及的“足够的天地和时间”，表达了独特的艺术审美观念和对爱情的独到见解。下面这一诗节是英国文学爱好者和评论家们经常援引并评析的，从艺术创作手法来看，该诗节惟妙惟肖地展示了马维尔巴罗克文化思想影响下的唯美世俗爱情。

我要用一百个年头来赞美
你的眼睛，凝视你的娥眉；
用二百年来膜拜你的酥胸，
其余部分要用三万个春冬。
每一部分至少要一个时代，

最后的时代才把你的心展开。
只有这样的气派，小姐，才配你，
我的爱的代价也不应比这还低。①

（胡家峦　译）

在此诗节中，马维尔毫不吝惜对该女子的赞美之词，其独特之处在于并不直接描写她的曼妙身姿、万千仪态，而是通过对时间的极度夸饰来反衬该女子的无法言传之美，充分体现了巴罗克式的时间冲击力：用“一百个年头”赞美她的眼睛，凝视她的娥眉；用“二百年”膜拜她的酥胸；用“一个时代”来赞美其他的每一部分。马维尔用词大胆，丝毫不避讳肉体与情欲的意象，通过对时间的高度夸张直白地传递了对诗中女子的倾慕之情，意在劝说该女子放下矜持，珍惜光阴，同诗人一道与时间赛跑，战胜时间，及时行乐，享受爱情带给人们的精神与肉体的欢愉和快乐。

巴罗克艺术的共同特点是炫目、华丽和夸饰。当代美国艺术史学家米奈指出，巴罗克风格的两个关键词是“奢华”和“宏大”。② 与其他类型的巴罗克艺术相同，巴罗克诗歌重视表现手段的夸饰效果，常常通过独特的形式、华丽的辞藻和多样化的修辞等手段来取得在绘画、建筑、雕塑等艺术中所追求的巴罗克奇崛效果。马维尔在该诗中利用对时空的假设与夸饰，让读者随同诗中恋人的脚步在想象的时空王国中漫步畅游，从印度到英国、从远古到未来，时空概念被无限度地拉伸与延展。诗歌气势之壮阔宏伟，场景之华丽炫目，时空之变幻莫测，都尽显巴罗克文化的风范。

马维尔的玄学抒情诗体现了传统花园式爱情的浪漫元素与巴罗克文化的完美结合。与之相比，约翰·邓恩的巴罗克文化思想则显得更加开放、大胆与赤裸，不仅映射了17世纪的时代价值观，也体现了时代精神与个人

① 胡家峦：《英国名诗详注》，外语教学与研究出版社2003年版，第123～124页。

② 屈薇，刘立辉：《马维尔诗歌中的巴罗克时间主题》，《外国文学评论》2009年第3期。

情感体验的交融，这一特殊的美学效果也正是巴罗克文化所倡导的“奢华”和“宏大”。

爱情和精神拯救是邓恩诗歌的两大主题，同时也是他戏剧性一生的总结和概括。以爱情为主题的诗歌为例，邓恩笔下的爱情诗歌充满玄学式悖论，他时而称颂爱情的永垂不朽和坚贞不渝，时而怒斥爱情的多变不忠和难以为信。物质世界的爱情与精神世界爱情的性质迥然不同，邓恩将现世性的世俗爱情与宗教领域的精神爱情糅合起来，但更倾向于精神爱情的神圣与崇高。这种悖论体现了邓恩本人宗教思想与人文主义思想的冲突，也反映了文艺复兴时期人文主义思想对邓恩宗教经验与爱情体验的深刻影响。精神与世俗的矛盾集中体现为永恒性和现世性的矛盾，邓恩的爱情观也因此具有“正反性”的悖论特征，他笔下的爱情一方面具有世俗的现世性意味，短暂易逝、善变无常，同时又圣洁崇高，能够超越时空，实现永恒。正是这种既对立又统一的悖论爱情观赋予了邓恩的爱情诗以深邃的巴罗克思想内涵。

在以爱情为主题的诗篇中，邓恩常以一种宏大的气势，用令人惊叹的意象构建奇喻，巧妙地将自身的智性与激情融为一体，阐释爱情的真谛。

邓恩的《跳蚤》(*The Flea*)是玄学诗歌奇思妙喻运用的经典之作。在该诗歌中，邓恩摒弃了彼特拉克式精神爱情诗传统，强调现世性的世俗爱情，突出赤裸裸的性爱描写，但更加令人震撼的是邓恩将世俗男女之间的性爱与令人作呕的跳蚤意象联系起来，这种偏离常规、发兴无端的巴罗克式审美情趣恐怕非邓恩莫属了。

你看看，你瞧瞧这跳蚤，
你否认我的成分能有多少？
它先咬了我，此刻又咬了你，
我俩的血已在它里边融为一体；
要承认，这件事不能被说成是羞耻

或罪过，也算不上你贞操的损失，
而它却未求婚就先得快意，
合我俩的血为一体，涨大它的肚腹，
唉，它做得远远超过我们自己。

啊，住手，饶过这跳蚤里的三个生命。
在它体内，我们不止是结了婚，
它是你是我，是我们花烛温床，
是我们婚姻的殿堂；
尽管父母和你都不愿意，我们还是聚在一起。
同居于这乌黑的活墙里。
尽管习俗使你轻易杀我，
但不要把三个生命剥夺，
不要再加上自杀和渎圣的罪过。①

（李正栓　译）

全诗共三个诗节，以上是前两个诗节。邓恩以生动的口语对话体展开全诗，诗中的“我”(一位男子)正在向他倾慕的女子表达爱意，却遭遇了女子矜持和不屑的态度。但任凭女子怎么冷漠与置之不理，都无法否认她与男子之间的结合，他们已经共同走进了“婚姻的殿堂”，度过了“花烛温床”，而跳蚤正是两个人之间爱情的见证。邓恩以巧妙的玄学思维构建了跳蚤和爱情之间的关系，把看似毫无关联的两个事物联系在一起。表面上看，跳蚤是令人作呕的血吸虫，与爱情毫无干系，但在邓恩的笔下却变成了爱情的化身。跳蚤吸取了这对青年男女的血液，在体内融合，“涨大它

① 李正栓：《英国文艺复兴时期诗歌研究》，河北大学出版社 2006 年版，第 43 页。

的肚腹”象征着男女性爱的融为一体。从以上两个诗节可以看出邓恩饱含了对世俗爱情的期盼、对肉欲之爱的渴求。

跳蚤意象的构建是巴罗克式的。邓恩凭借对事物敏感的洞察力和哲学思辨精神，捕捉到了两种不相干事物(跳蚤与爱情)之间的内在关联，这是巴罗克诗人独有的、异于常人的特质与智慧，是巴罗克文化思想的典型表现。塞缪尔·约翰逊曾批评邓恩是“在毫不相似的事物中寻找‘玄妙’的相似之处，把最不伦不类的思想勉强结合在一起”①。但经过18、19世纪的沉寂，邓恩的奇思妙喻终于得到了评论家们的再次认可和青睐，这些奇思妙喻别具一格且恰到好处，其中蕴含的文化思想备受称道。

邓恩渴求神圣的精神之爱，但也企盼世俗肉欲之爱，在17世纪怀疑论的影响下，又对爱情持有怀疑的观点和悲观的态度，他不相信女子会永远忠诚于爱情，这种对世俗真爱的极度怀疑甚至是否定的思想在诗作《歌》(*Song*)中得到了淋漓尽致的宣泄。邓恩直言：“天下无一地/住着女人，忠实又美丽。”②

如果“你”不相信，并执意去找寻这样的女子，那么邓恩还是不愿一同前往，因为他对自己的爱情观深信不疑，邓恩告诫对方：纵使“你”用余生去寻觅，直到“头发如雪成老年”也不可能找到，并道出了自己的理据，他说：

假如你真的找到，就让我知晓，
这样的朝圣还算甜蜜；
但你还是别说，反正我不会去，
尽管我们隔壁而居，随时相遇；
假如初遇时她还有真情，

① Samuel Johnson. *The Lives of English Poets*. Reprint Services Corp, 1992：22.

② 李正栓：《英国文艺复兴时期诗歌研究》，河北大学出版社2006年版，第47页。

忠实到你把情书写成，
她却已
还没等我送过去
就将两三个人抛弃。①

（李正栓　译）

邓恩直抒胸臆，以现实主义写实的手法摒弃了彼特拉克式理想化和神化的女性形象，毫不掩饰地抒发了他对世间不忠女子的不满和怨恨，表达了他对月下世界忠贞不渝爱情的怀疑。一方面，邓恩渴求爱情，希望找到“忠实又美丽”的爱人，另一方面，他又对爱情高度怀疑，这种悖论式的修辞手段、对话语体的表达方式、矛盾共存的思想特征和张力美的艺术效果，无一不是巴罗克文化思想与玄学诗风的巧妙结合。

诗歌的巴罗克文化风格在很大程度上源于诗人独特的思维方式和艺术想象力。17 世纪英国玄学诗人多精通哲学，善于辩证思维，喜欢通过论辩的方式来探求真理。这种对真理的探究在邓恩的爱情诗歌中也具体表现为对男女之间情爱关系的探讨。邓恩爱情诗歌中的女性或嬗变或忠贞，或传统或现代，或现实或理想，但无论是哪一种女性形象，都可以在邓恩独特的生活经历和精神世界中找到相应的根源。由男女肉欲之爱升华到精神之爱，由世俗到神圣，邓恩表现出了理性的哲学思辨和智慧以及独特的巴罗克文化思想。

在爱情主题的诗歌描写方面，如果说邓恩踯躅于世俗与神圣两个爱情世界，描绘了自己对女性相互矛盾的两种复杂感受与情感体验，那么乔治·赫伯特的爱情诗歌则体现了完全宗教化了的神圣之爱，迥异于邓恩具有双重属性的爱情诗作。个人宗教经历和宗教情感体验是赫伯特宗教抒情诗歌的精神实质。他创作的很多诗作都是宗教抒情诗中的名篇，这些诗作

① 李正栓：《英国文艺复兴时期诗歌研究》，河北大学出版社 2006 年版，第 47～48 页。

表达了一个共同主题：基督教和基督教经验。

赫伯特被誉为“神圣的赫伯特先生”、英国六位“天国歌手”之首、“英语语言界最杰出的宗教诗人”，其作品主要包括一部宗教诗集《圣殿》和一部散文集《乡村牧师》。以往国内外评论界对赫伯特的高度评价主要源于他诗歌中虔诚的基督教信仰以及由此体现出来的精神信念与美德传统，但随着对玄学派诗歌研究的深入，越来越多的学者逐渐认识到赫伯特宗教抒情诗歌独特的诗歌艺术与风格特色，钦佩他的卓越诗学才智，诗歌中流露的赫伯特真实自然的心灵状态和情感历程也吸引越来越多的读者细心地去研读他的诗歌。美国当代著名文学评论家海伦·文德勒认为赫伯特的诗歌不仅对基督徒，而且对于那些没有宗教信仰的人来说，同样具有重要价值。①

中世纪时期宗教诗人诗作中刻画的上帝形象多以冷峻、权威为主要特质，诗人对上帝的情感取向非常单一，对上帝充满了敬畏与无条件的服从。而赫伯特却以自己亲身的宗教经历书写了一种独特的宗教情感体验，他在保持谦卑自制，对上帝高度忠诚的同时，还借以书写自己对上帝的丰富情感体验以及各种人神关系。赫伯特痴迷于宗教抒情诗歌，对世俗爱情诗歌发起了挑战，把炽热的爱转向上帝，将对世俗女性的爱指向了上帝，书写了多种多样的人神关系，这种精神渴望直接反映在赫伯特的宗教抒情诗歌里，体现了赫伯特独特的宗教经历、世界观和爱情观，彰显了赫伯特虔诚宗教思想与巴罗克文化思想的贯通交融。

赫伯特的宗教抒情诗歌主题广泛，内容丰富，包罗了青年人的教育问题、身体疾患及治疗问题、个人才能发挥的问题以及赫伯特在对上帝的冥想中构建的各种人神关系问题等。在所有这些主题中，赫伯特对人神关系的探讨反映了他内心深处作为一个虔诚的基督徒与上帝之间的互动，但与中世纪宗教诗表现的基督徒的灵魂对上帝的主动接近不同，乔治·赫伯特的宗教抒情诗歌反映的是上帝对基督教徒灵魂的主动靠拢，并进而对其进行救赎。

① Helen Vendler. *The Poetry of George Herbert*. Harvard University Press, 1975: 4.

因此，这种人神关系是双向的、动态的、充满了人文主义精神与感情色彩。赫伯特不喜欢当时英国流行的甜美诗风，而将他内心厚重且真实的情感体验通过对上帝的歌颂、对基督教的虔诚表达了出来，赫伯特选择了一条异于常人的诗歌之路，这给文艺复兴时期的英国巴罗克文学注入了一股圣洁与清新的活力。

张力美是一个重要的巴罗克风格特征，巴罗克艺术强调事物内部正反力量矛盾对立所形成的张力美，这种张力既维持了事物整体的平衡性，同时也形成了一种震撼性的冲击力。赫伯特的宗教诗歌充满了这种张力美，他着力书写的人神关系主题便是巴罗克张力的一个具体体现。人与上帝是一个二元对立的概念，他们之间存在张力，因为人是具体的、真实的，存在于世俗世界当中，而上帝是抽象的、精神的，是基督教信仰冥想的产物与对象，是基督徒的精神寄托与心灵慰藉。赫伯特对世俗爱情诗歌的贬斥与不屑，使他专心致力于探究人类灵魂深处的自我与上帝之间的各种关系。

在赫伯特对各种人神关系(如主仆、朋友、父子等)的书写中，最引人注目并为世人所津津乐道的当数人与上帝之间的情人关系。赫伯特完全摒弃了中世纪宗教诗歌对上帝的无限神化与膜拜，拉近了人与上帝之间的关系，甚至将上帝的形象女性化，把他对世俗女性的爱宗教化、理想化，转化为了对上帝的爱，书写了他与上帝之间的特殊“爱情”，这种爱情完全是巴罗克式的玄学爱情，充满了张力美与神秘感，中世纪时期上帝那种至高无上的权威形象顿失，变得更加婉约、温柔，虽本质上是神化的，却被赋予了世俗和人性的特征，方式独特、思维玄学、思想巴罗克。

赫伯特将自己的宗教情感体验与对女性的复杂心理情感认知结合了起来，在赫伯特看来，“上帝之爱胜于妇人之爱”。他用情人间嗔怪、愠怒、温情的口吻表达了上帝(情人)带给他的情感上的欢愉和忧伤。在一些宗教抒情诗歌中，赫伯特以世俗爱情诗歌中的爱情关系来描写人类的灵魂与上帝之间的爱情关系，他突破了中世纪宗教诗歌和早期基督教诗歌的羁绊，无限拉近人与上帝之间的关系，运用奇思妙喻构筑了一幅幅人与上帝之间神圣爱情关系的生动画面。赫伯特大胆地运用世俗爱情中男女之间的称谓来称呼上帝，在《爱(三)》一诗中他已不再满足于称上帝为“我的主”，而是充满激情地称呼上帝为“爱人”。

《爱(三)》这首诗为我们展示了一幅“天国圣宴”的景象。诗人在“赴宴”领取圣餐时由于内心深处的原罪感而惴惴不安。但善解人意的爱人说他的忏悔之意已经赎清了罪恶，邀请他共进“爱的大餐”。因此，诗人惶惶不安、颓唐局促的矛盾心理一扫而空，坦然地接受了爱人的盛情与慷慨。上帝此处具有双重身份：一是圣宴的主人，欢迎客人与他共享“爱的大餐”；二是圣宴中的食物，即指圣餐仪式中道成肉身的耶稣自己的身体。赫伯特从未放弃过心灵深处的“人神对话”，此诗中，上帝不再是那个令人敬畏的、高高在上的统治者，而是居住在诗人心里的、真真正正、有情有义的爱人。上帝的伟大荣耀、仁爱之心、宽容态度和自我牺牲精神都在戏剧性的“人神对话”中淋漓尽致地表现了出来。这种陌生化的诗歌书写巧妙地传递了诗人内心的快乐与痛苦，突出了爱的主题，体现了文艺复兴时期诗歌追求的和谐之美，更淋漓尽致地表达了赫伯特深邃的巴罗克文化思想。

在《阴郁》《探求》《渴望》等一些诗歌中，赫伯特以炽热的情感，强烈地抒发了人神之间的情人关系，他热情地直呼上帝为“我的爱人”。在《阴郁》中，他深情地呼唤上帝：“你就是我的爱人、我的生命、我的光阴/你的美就是我的唯一。”赫伯特放弃了如荣耀、名誉、地位等各种世俗之爱，因为上帝的神圣之美已经完全征服了赫伯特。他把世俗的男女之爱精神化、宗教化和神圣化，升华为了对上帝的爱，上帝就是他的精神慰藉与依托。相比世俗之爱，文艺复兴时期诗人更强调精神之爱，但通过人与上帝精神上的接近乃至完全结合而达到人神和谐统一的境界的唯有赫伯特。

综上可见，17 世纪英国玄学派诗歌之所以被称之为巴罗克文学，是因为玄学诗歌自身的巴罗克思想文化特质。邓恩等玄学诗人通过奇喻、夸张、张力等修辞手法的巧妙运用彰显了丰富的巴罗克文化思想，折射出了玄学派诗人动态的、充满张力的世界观、人生观、宗教观和爱情观，充分展现了玄学诗人所处时代的政治文化背景，这种对动态性的追求正是巴罗克艺术的理想境界，正如西方学者所评论的，巴罗克艺术最本质的特征是关注事物的动态性，倘若不拒绝古典传统的静态性，巴罗克就不复存在了。

第五章　英国玄学诗歌的意象

17 世纪英国玄学诗人在诗歌意象方面进行了深入的摸索与拓新，他们不拘泥于传统的诗歌意象，延展了意象的使用范围，从天文、地理、自然等不同领域和学科中获取诗歌创作灵感，内容丰富、意象多样。以约翰·邓恩和安德鲁·马维尔为代表的爱情诗篇、以乔治·赫伯特和约翰·邓恩为代表的宗教诗篇、以安德鲁·马维尔为代表的自然诗篇，都是玄学诗歌的重要组成部分，代表着玄学诗歌卓越的艺术成就。在这些诗篇中，玄学诗人以细腻的笔触、丰富的想象，为读者绘制了一幅绚烂多姿的诗歌画卷，让读者在各种意象的引领下，悄然进入一个色彩斑斓的诗歌世界，身临其境地领略其中的无限韵味。

第一节　天 文 意 象

15 世纪和 16 世纪的文艺复兴时期，科学、哲学和天文学在大学教育中占有十分重要的地位，其中，天文学是一门必修的课程。在 17 世纪，英国相继爆发了资产阶级革命、王政复辟及光荣革命等剧烈变革，这一系列的政治事件最终促成了英国君主立宪制政体的诞生。政治动荡、经济矛盾以及宗教冲突造成了人们心灵上的不安与恐慌，同时也刺激了人们的人生意识，推进了人们在科学领域的探索精神与求新理念。

1543 年 5 月，波兰教士兼天文学家哥白尼出版的《天体运行论》推翻了中世纪“地球位于宇宙中心”的传统信念。根据哥白尼的天文学理论，地球以及其他行星都以太阳为中心运转。无疑，哥白尼的天文学说是一个巨大的历史性革新，它推翻了长时间以来《圣经》中“地球中心论”的观点，瓦解了“上帝创世界”的神学理念。继哥白尼之后，一些天文学家在天文学领域相继取得了巨大发现，并最终改变了人们的观念，建立了对时间和空间的科学认识。自然科学领域的发展激发了人们探求宇宙的奥妙，促进了人们观念的改变、探索意识的增强。

与此同时，其他科学领域的探索也在不断进行并取得进步。1543 年 6 月维萨里的著作《人体结构》出版，为解剖学等医学学科的发展奠定了研究基础，同时也刺激了人们对于人体奥秘的探索。在哥白尼和维萨里的著作出版的同时，也有很多出版物问世，物理学、生物学、地理学、数学等一些新兴学科开始出现，并且，这些学科的内涵逐渐被界定。在这一大背景下，探索、创新的时代精神激发了人们勇于尝试新鲜事物的求知欲和尝试态度。

英国玄学诗人追新求异，喜爱冒险，乐于尝试与接受新鲜事物，在内心深处具有异于常人的主观能动意识和探索创新精神，天文、地理、航海学等自然科学启发了他们对自然事物超常敏感的洞察力与领悟力，他们超越了对外界事物的直观与表象认知，将无形且强大的内在隐性精神寄附于有形的自然物象之中，借自然界中的景物言说内心的各种感触与情感，将各种天文意象融入诗歌创作，并智性地利用这些意象作为隐喻，抒发自己对 17 世纪这一动荡不安时代的认知与感悟，传递了特定的时代文化精神，也在一定程度上反映了 17 世纪人们所处时代的真实生活样貌。

浙江大学的吴笛教授这样定义天文类自然意象，他说道：“天文类的自然意象，是指宇宙空间与大地相对的意象，主要包括天空、太阳、月亮、星辰、雷电、彩虹、云雾等意象。”①17 世纪英国玄学派诗人大多具有良好的大学教育背景（如邓恩曾就读于剑桥和牛津两所名校、赫伯特是剑桥大学三一学院的高材生），他们具有丰厚渊博的天文学知识，善于将天文意象与诗歌创作有机融合起来，是使用天文意象的高手。

---

① 吴笛：《英国玄学派诗歌研究》，中国社会科学出版社 2013 年版，第 176 页。

从古至今，文学作品中的天文意象都是随着人类文学的发展、成熟以及自然科学的进步不断发生内容与形式等诸多方面的变化。在科学知识严重匮乏的蒙昧时代，人类缺乏对自然的科学认识，对宇宙中的天文现象难以理解，因此，早期文学作品中的天文意象反映了人类对于大自然威力的无比茫然、对未认知世界的极度恐惧。正是这种恐惧与挑战的复杂矛盾共存激发了玄学诗人内心深处独特的想象力与创造力。玄学诗人具有丰富的哲学知识，善于说理论辩，持有鲜明的宇宙观，天文知识广博，他们期盼超越传统与现实，主张标新立异，渴求与自然的融通交汇，巧智地使用各种天文意象来反映 17 世纪的时代特征及个体心理感受。

中世纪之后，重建宇宙秩序成为人类文化的一个基本主题，也是贯穿整个 17 世纪的基本主题。① 在这一时代文化精神的感召下，以邓恩为代表的玄学诗人着力于人生意识的追寻，自我价值的认识，以及人与宇宙关系等问题的探究，其目的之一便在于在无序中重建秩序，在混沌中恢复一统，在不一致中寻找和谐。

1624 年，邓恩曾在《突变诚念》的小册子里谱写了“没有谁是座孤岛”的名言，以表达他对人与自然、人与世界、人与宇宙等关系的感悟。邓恩认为，人是自然、社会、宇宙的有机组成，是其中的一个分子、一个部分，表达了整体一致的全局观念与和谐统一的哲学思想。加之 17 世纪新旧科学之间的冲突，即柏拉图的理念世界、亚里士多德—托勒密的宇宙论与哥白尼的日心说之间的矛盾也促使以邓恩为代表的 17 世纪玄学诗人进一步思考人与世界之间的关系。正如格瑞厄森对邓恩的评论：“据我所知，17 世纪诗人中没有一人能像邓恩一样对旅行、天文、生命等领域的新发现如此之敏感。”②因此，在其玄学诗作中，邓恩常常使用圆形、球体等各式各样的天文学意象来重构人与世界的关系，阐释人在整个宇宙之链中的位置

① 晏奎：《论多恩的宇宙人生意识》，《云南师范大学学报》(哲学社会科学版) 2001 年第 3 期。

② Herbert J. C. Grierson (ed). *The Poems of John Donne*. Clarendon Press, 1912: 189.

及其价值，表达内心独到的玄学宗教冥想与爱情奇思。

在中西方诗歌创作史上，以歌咏爱情为主题的诗歌不胜枚举，其中不乏以爱人之间离别为内容的伤情却优美的诗篇。亘古不变的爱情主题在邓恩的笔下实现了别样的情感释放，他以智性思维为模式，在爱情诗歌里畅写天文学，玄思奇想地把爱人之间的离别与天体的运行联系起来，突破了事物的表象，深入发掘事物之间的本质相似属性，建立了两个表面看似毫不相关的事物之间的联系。

当时盛行的亚里士多德—托勒密宇宙论虽然后来为哥白尼的日心说所逐渐取代，但作为盛行已久的天文学理论仍然为邓恩提供了丰富的天文意象，成为邓恩诗歌创作的一大灵感源泉。根据希腊天文学家托勒密的观点，地球位于宇宙的中心，各天体分别以地球为中心在九重天轨道上运行。邓恩在《告别词：莫伤悲》中便以这一天文学现象为知识背景，利用"天体的震动"这一天文意象与地理意象"地动(地震)"的对比来强调精神之爱与肉体之爱的不同。邓恩坦言，"天体的运动"发生在空中，是第八重天或第九重天的天体运行，规模较大但却并无危害，而"地动"却发生在地球表面，因为是人类熟悉的生存环境而减少了人们内心的恐惧，看似危害较小实则相反。邓恩通过"天体的震动"与"地动"的对比来强调他与爱人之间的别离有别于世俗情侣。天文意象的运用突出了邓恩对精神之恋和神圣之爱的珍视、对"世俗之爱"的不屑，因为世俗之爱以恋人的"眼睛、嘴和手"等肉体感官为基础，而神圣之爱是经过提炼的、纯净的心灵之爱，是圣洁和高尚的。

在该诗末尾，邓恩使用了一个极具玄学派诗歌艺术特色且经久流传的诗歌意象——圆规。离别的一对情侣被比喻为圆规的圆心脚和圆周脚。邓恩将代数中简单常见的圆规绘图过程与天体运动同行并论，把大宇宙的广博泛在与内心小世界的微妙复杂联系起来，宏观大宇宙与微观小世界在"圆形"这一意象及其蕴含的深刻内涵上得到了内在统一。

中西文化中，"圆形"都是完美的象征，天体的运行与情侣的分离看似两种相距甚远的事物，无任何相关性，但邓恩的智性思维赋予了他一双慧眼，让他拨开事物繁杂的外表，洞察事物的本质属性，从而建构了看似毫不相关的事物之间的联系。天体的运行和情侣的别离都遵从一定的规律，并具有规律的相似性。在爱情中，倘若妻子能够坚守忠诚与贞洁，如圆心脚一样坐立不动、坚定不移，那么丈夫就会如同圆周脚一样，尽管会游走四方，但最终会返还在出发的起点，完成一个完美的圆的运行轨迹，这恰如天体会遵循自己的运行规律，不会偏离轨道一样。天文意象的运用彰显了 17 世纪特定的时代文化精神，也体现了邓恩渊博的天文学知识，富于哲理思辨的诗歌创作理念以及异于普通人的卓越诗学才能。

天体运行、宇宙浩瀚，日月星辰、万物寄情，邓恩不仅拥有胸怀天地的博大情怀，也有细腻入微的精妙心智。他把宇宙大世界与个人小世界结合起来，通过一系列天文意象的妙用来描绘内心丰富的情感世界，抒发真挚的心理感受。

邓恩多次在诗篇中使用“太阳”这一天文意象，但与众不同的是，邓恩对太阳不再仅仅充满了前人的膜拜与赞美，他主张辩证、一分为二地看待太阳这一辉煌的生命之源，更加具有科学的超前意识和前瞻性。邓恩突破了传统诗歌中太阳的正面形象，体现出了人类对大自然的无畏的探索精神和强大的征服意志。《诱饵》和《日出》等诗篇便是这类诗歌的代表。

在《诱饵》中，邓恩直抒胸臆：“在那里，河水将汩汩流淌，/你目光温暖下，胜过阳光。”①在邓恩看来，恋人胜过日月，恋人的目光胜过太阳光，比太阳光更耀眼夺目，比月光更皎洁明亮，甚至对照之下还可以把太阳和月亮变暗。在《旭日》一诗的开头，邓恩便大胆地指责太阳，称之为“忙碌的老傻瓜”“没礼貌爱训人的家伙”②，抱怨太阳无礼地闯入他与爱人的私人空间，干扰了他们甜蜜、舒适的睡眠。邓恩明确地表达了自己肯定的爱情观，他认为爱情具有超越日月等宇宙天体的巨大力量，太阳纵然威力无

① 约翰·但恩著，傅浩译：《约翰·但恩诗集》（修订版），上海译文出版社 2016 年版，第 131 页。

② 约翰·但恩著，傅浩译：《约翰·但恩诗集》（修订版），上海译文出版社 2016 年版，第 74 页。

比，但仍无法与爱情相抗衡。因此，“我可以一眨眼就把它(太阳)蚀亏、遮蔽”①。邓恩采用了极度夸饰的巴罗克艺术修辞手法，赋予了人类爱情以太阳无法企及的强大力量。邓恩眼中的“太阳”这一天文意象颠覆了传统，突破了陈规，一改以往人类无法战胜太阳这一守旧思想，大胆地发挥主观能动性，表达了在探索自然，及其与自然力量较量的过程中，人所具有的强大力量与创造精神。

在邓恩玄学诗风的影响下，其他玄学诗人也表现出了使用天文意象的文学风格倾向与偏好，他们融合了玄学派的巧智与巴罗克等艺术手法，在科学新发现的时代精神的启迪下，探究科学与宗教、宏观与微观、人与自然、宇宙与地球等事物之间的关联。马维尔在诗作《爱的定义》(*The Definition of Love*)中，以“天庭”“地球的两极”“星星”等宏大天文意象入诗，以巴罗克式夸张的艺术手法，表达了抒情主人公的爱情经历与感悟。与邓恩类似的是，马维尔也极度地夸大爱情的力量，甚至认为，爱的力量无可匹敌，虽然命运残酷，无情地将一对恋人分开，但这是出于命运对真爱的嫉妒之情与畏惧心理。

此处，马维尔极具想象力地将命运拟人化，认为命运之所以将他与爱人残酷地阻隔在“地球的两级”，遥望却不可及，是因为命运害怕爱情的强大力量对自己统治世界构成威胁。抒情主人公和爱人被分隔在“地球的两级”，除非“天庭崩坍”，“世界被挤压成一个平面”，地球的两个极点才有重合的可能，他和爱人才能相聚。在诗歌的最后，诗人通过深切反思后得出了一个带有悖论性质的结论：一对恋人虽彼此相爱，却只能遥相守望，犹如两颗遥遥相对的星辰，注定了“只能是精神的相互交缠”。

马维尔对抒情主人公失败爱情的描述不仅体现了“小我”的悲观情绪，也反映了17世纪复杂的时代文化背景。17世纪新旧科学的冲突给人们带来了真理与知识、经验与科学等的矛盾冲击，地心说的危机和日心体系对

① 约翰·但恩著，傅浩译：《约翰·但恩诗集》(修订版)，上海译文出版社2016年版，第74页。

地球以及人的位置的重新定位让人的内心世界充满了惶恐与不安定，与此同时，詹姆斯一世、查理一世时代的政治斗争、经济危机以及宗教纷争使得悲观主义情绪与失落感受四处蔓延，人们不得不重新思考和构建人与世界的关系、人与上帝的关系，并试图从宇宙重建中获得答案和解释。在这一时代背景下，17 世纪英国玄学诗歌呈现出了鲜明的时代特质。

在以爱情为主题的玄学诗歌中，邓恩、马维尔以宏大的天文意象来表达对爱情的思考和感悟，对宇宙、人生的认识。他们高度夸赞爱情的精神力量，进而表达对人的价值的颂扬。在整个宇宙生物链中，人处于至高无上的位置，比太阳的力量强大，为具有支配力量的命运所嫉妒，实际上，这也是 17 世纪社会动荡与变革给人们心灵所带来的巨大冲击在文学作品中的反映。在内心深处，人们渴求摆脱当时充满斗争与冲突的社会现状，在主体意识上，倾向于突破旧有的传统思想，以各种方式表达对新秩序、新生活的渴望与追求，因此，世间万物，无论是物质的、精神的、世俗的还是神圣的、有生命的、无生命的，都成为玄学诗人用以重建秩序、抒发情感与诉求的材料与手段，反映了玄学诗人对人生真谛的执着追求，对世界和谐的殷切渴望。

17 世纪，基督徒对基督教信仰的认知发生了巨大变化，在对人神关系的认知方面，他们把重点从对神的畏惧转移到了对“人”的认知，强调上帝对“人”的爱。作为一名虔诚基督徒的赫伯特，融合了虔诚的宗教情愫与创新的科学探索精神，将传统宗教抒情诗歌的内容与富有时代特质的天文学知识结合起来，不再拘泥于宗教诗歌固有的写作模式，以跳跃的思维和大胆的想象生动地传递了对上帝的赞颂之情、虔诚之心和与上帝无限接近的渴望。赫伯特突破了 17 世纪英国文艺复兴时期以前宗教诗歌创作的传统模式，使用了反古典主义的诗歌表现手法来表达他细腻、丰富的宗教思想和宗教情感体验，更为引人注目的是赫伯特以天文意象为媒介，在神圣宗教诗歌里书写人神关系的新篇章。

在诗篇《大炮》中，赫伯特巧妙地将天文意象放置基督抒情诗的意境当中，使诗歌具有了传统与现代、科学与宗教、知识与信仰的悖论统一，赋予了诗歌以持久的艺术魅力。赫伯特把上帝的爱比作从大炮中射出的一颗“星辰”，坠入他的怀抱。赫伯特心怀感激，虔诚回报给上帝的“泪水和祈祷”也似星辰般发射。在《晨祷》一诗的末尾，赫伯特把“一缕阳光”看作通往上帝的灵魂阶梯，只要人类沿着这一阶梯不断地向上攀爬，信仰上帝，坚守伦理道德价值，就可以获得最后的救赎。在《约旦》一诗中，赫伯特将自己的思绪比喻成火焰，气势磅礴地向天空升腾。“火焰”成为架构诗人和上帝之间关系的桥梁，而“天空”则是诗人内心向往的最终归宿。“星辰”、“阳光”、“天空”等天文意象烘托并加强了全诗传递的时代科学精神氛围，彰显了赫伯特对自然科学发展的关注和对人神和谐关系的向往。

赫伯特被尊誉为“圣赫伯特”，他一生倡导虔诚，践行美德，凭借朴实的话语、谦逊的语言、低调的文风，在诗歌中表达了对上帝之爱的执着与向往、对社会丑陋现实的批判和对美德的赞颂。他的诗歌既具有浓厚的基督精神，也富有深切的教诲意味，人们通过他的诗歌语言能感受到他思想的纯洁和灵魂的神圣。

在《陪衬》一诗中，赫伯特称地球为“溢满美德的球体”，这表明了赫伯特追求高尚美德的决心和对世间美德的关注与渴望。美德是基督教留给人们最大的道德准则，也让赫伯特的诗歌具有了放之四海而皆准的基督教核心价值理念与经久不衰的艺术魅力。

在《美德》一诗中，赫伯特又将清爽、宁静、明朗的美好白天比作“天空和大地的婚礼”。“天空和大地的婚礼”意指天与地的相交。“天、地相交之处，是世界的中心”①。根据传统宇宙论的观点，地球位于宇宙的中心，而人类是地球的主体力量，即人位于宇宙的中心，在整个宇宙之链中处于中间位置，而在赫伯特看来，道德选择决定一个人的终极命运和在宇宙中的最终位置，是获得救赎重回上帝身边或是坠入低级的动物世界，甚至是堕落至与撒旦同在的地狱。17 世纪的英国，文艺复兴以人为本精神的影响

① 胡家峦：《圆规：终止在出发的地点——文艺复兴时期英国诗人宇宙观管窥》，《国外文学》1997 年第 3 期。

仍然持续存在，人的力量被大力倡导，以期消解中世纪时对人性的禁锢与压抑所造成的心灵阴翳，所以这一时期的文学创作仍体现了对美德等人类高尚品质的大力颂扬。

《美德》一诗在宁静的外表下蕴含着“生”与“死”、“永恒”与“短暂”、“内在”与“外在”等多维张力，突出展现了一种圣洁、无瑕的单纯，这种“单纯”意即“美好而有德的灵魂”。赫伯特将对美德的赞颂放在“天空和大地的婚礼”这一宏大的宇宙框架内，以天文意象入诗，从天空和大地在自然界中的结合到美好白日的消失，以短暂烘托永恒，以自然美的必死性强化道德美的永生性，托物言志，充满了智性的玄学奇思和浓郁的宗教氛围。

综上所述，17 世纪英国玄学诗人以宏大的天文意象入诗，充满玄学的巧智和深邃的哲理思辨，通过强烈的知觉感受，在营造恢宏的诗歌氛围的同时，达到了令人惊诧的艺术效果。

第二节 园林意象

17 世纪英国玄学诗歌以新颖、奇特的意象而闻名，玄学诗人通过丰富的想象力和艺术创造力，独辟蹊径，不仅革新了诗歌的形式，在诗歌内容的书写方面也进行了大胆的尝试。玄学诗人通过在诗作中采用不同的意象，反映生活中的自然、人生的喜怒哀乐。在缤纷多彩的意象中，园林意象是邓恩等玄学诗人所热衷于书写的又一大意象内容，他们以色彩纷呈的园林意象来展现内心强烈的情感体验，抒发内心世界与外部世界的互动与关联。

胡家峦教授认为英国文艺复兴时期的园林诗歌或采用园林意象的诗歌并不是一种十分确定的文学类型，但是园林诗歌具有某些特定的标准。在园林诗歌当中，园林意象具有重要意义，在诗歌的主题内容的表达和结构方面起着重要作用。① 换句话说，园林意象在园林诗歌中占有主导性的地位，具有主题意义的引领和结构上的承启作用，而不仅仅是流于表层内容的叙述与描绘。

园林诗歌的产生具有特定的社会历史背景。17 世纪的英国充满了政治和宗教纷争，社会动荡不安，“有多少不同的社会阶层，就有多少不同的教派，从天主教一直到教友派，形形色色，但主要的斗争是在国教和清教之间展开的”②。为了逃避残酷的社会现实，很多诗人退隐乡间，寻找灵魂的慰藉和内心的平静，这种远离现实、渴盼理想的心灵状态在很大程度上助推了园林意象在诗歌中的广泛使用。正是这种把花园作为逃离政治、宗教动荡与经济矛盾的退隐之地的思想促进了园林诗歌的创作，园林诗歌因此获得了强劲的发展动能，涌现出了很多园林诗人。他们在诗歌中或描绘有形的现实园林(或称为世俗的爱情园林)或赞美无形的精神园林(或基督教乐园)。

邓恩等玄学派诗人有着异于常人的敏感性和洞察力，他们善于捕捉时代文化精神，超前反映人们的文学审美情趣，巧妙地使用园林意象，实现了诗歌园林与现实园林的互动，架构了理想的天国乐园与现实的世界园林之间的联系。

胡家峦教授在评述爱情的种类及其与园林诗歌的关系时这样说道：“爱情既有世俗之爱又有神圣之爱，两者形成对照。不过，描写世俗之爱的诗歌远远多于描写神圣之爱的诗歌。在文艺复兴时期英国园林诗歌中，与爱情相联系的园林意象几乎俯拾即是。”③以此类推，描写有形的现实园林的诗歌要多于描写无形的精神园林的诗歌。而宗教诗人的作品多以描写精神园林为主。

---

① 胡家峦：《文艺复兴时期英国诗歌与园林传统》，北京大学出版社 2008 年版，引言。

② 杨周翰：《十七世纪英国文学》，上海人民出版社 2016 年版，“小引”第 3 页。

③ 胡家峦：《文艺复兴时期英国诗歌与园林传统》，北京大学出版社 2008 年版，第 40 页。

安德鲁·马维尔是玄学派诗人当中风格特征较为显著的诗人，他将伊丽莎白时期的浪漫主义传统与古典主义的理性特色熔于一炉，通过现实园林与精神园林的冲突与融合展现了一幅反映时代精神风貌的园林风景图画，这幅多姿画卷及其蕴含的丰富的园林思想在马维尔的一些著名诗篇中都有栩栩生动的描绘。

花园是园林诗歌的一个典型意象。在脍炙人口的《花园》(*Garden*)一诗中，马维尔凭借玄学奇思与智慧，构想了一个和谐、甜美、自然的花园境界，描绘了一个花木林泉的园林圣地，表达了对人间、社会的深刻思索和对爱情、理想的渴盼与追求：

> 我过的这种生活多美妙啊！
> 成熟的苹果在我头上落下；
> 一串串甜美的葡萄往我嘴上
> 挤出像那美酒一般的琼浆；
> 仙桃，还有那美妙无比的玉桃
> 自动伸到我手里，无反掌之劳；
> 走路的时候，我被瓜绊了一跤，
> 我陷进鲜花，在青草上摔倒。①
>
> （杨周翰　译）

此处，马维尔描绘了一个幸福的“花园境界”，一个色彩斑斓的、甜美的精神乐园，他主张远离尘世的喧嚣与黑暗，走进静谧、美丽的自然园林，过上一种沉思、幽静的生活。

在被誉为“造诣最深的诗歌”②——《阿普尔顿的房子》(*Upon Appleton*

① 杨周翰：《十七世纪英国文学》，上海人民出版社2016年版，第191页。
② 李美华：《英国生态文学》，学林出版社2008年版，第18页。

House)中，马维尔表现出了对理想的绿色森林的向往，他渴望接近自然，与自然融为一体，成为自然的一分子，与动植物等世间其他生物一起在自然界中找到属于自己的位置和自由。马维尔表现出了对17世纪社会发展所带来的环境恶化的忧患意识，抒发了“把我变成一棵树”的内心渴望，也表达了强烈的对自然森林资源的保护思想。在马维尔眼中，南阿普尔顿的森林犹如一个避开世俗纷扰与破坏的“圣所”、一条“绿色的却还在生长的方舟”：

> 可我，从洪水中退了出来，
> 在树林中找到这个圣所，
> 只要它，我自己就登陆这条
> 绿色的却还在生长的方舟；
> 在这里，第一个木匠也许
> 将找到合适的木材来做船的龙骨。
> 而所有的动物将有自己的一席之地，
> 虽然是大批量的，而不是只有一对。①

因此，马维尔的诗是一处树林中的“圣所”，不仅是人类，所有的动物也都“有自己的一席之地”。马维尔运用园林意象，增添了诗歌清晰、静谧的氛围和生态气息，抒发了对大自然的热爱，同时，马维尔也表达了对理想生活的向往，流露了他的政治观点。作为一名清教徒，马维尔反对当时斯图亚特王朝的专制统治、教会制度的黑暗以及社会伦理道德的堕落。以理想的自然园林反观黑暗的现实社会，马维尔向我们揭示了最美好的生活理想和精神憧憬。

乔治·赫伯特是一位宗教抒情诗人，以诗歌中体现的对上帝的虔诚宗

① 李美华：《英国生态文学》，学林出版社2008年版，第18~19页。

教思想而闻名，但很少有人意识到他著名诗集《圣殿》中的很多宗教诗歌同时也是园林诗歌，充满了各种园林意象。赫伯特巧妙地把虔诚的基督教思想与生态园林意象融合在一起，达到了世俗与神圣、物质与精神的统一。在园林诗歌中赫伯特并没有描绘世俗园林带给人们的感官愉悦，他认为现实园林带给人的愉快感官生活是通向上帝的阶梯，拉近了人与上帝之间的距离。赫伯特通过园林意象表达了他对上帝虔诚的感恩之情。

"花园是园林诗歌的一个典型意象。一方面，花园是一个可以让人得到感官愉悦的地方，但是，另一方面，在文艺复兴时期英国诗人们看来，花园也是一个学习的地方，更是一个对人生、社会、自然、宇宙和造物主等诸多方面进行沉思的地方。"①赫伯特的图形诗《乐园》就是一首非常典型的园林诗歌，更确切地说，是一首宗教园林诗歌，因为它具有感官和精神的双重含义，既带给人们世俗花园的愉快感官感受，同时又蕴含了基督教的思想与精神。

《乐园》全诗五节，每节三行，诗人从内容和形式两个方面把他对上帝虔诚的宗教思想融入园林意象中，以表现神恩的伟大。下面我们以第一和第二诗节为例来分析赫伯特诗歌中园林意象运用的独特表现手法。

我祝福你，主啊，因为我　　生长
在你的树木间，这些树木排列　成行
并长出果子和秩序，感谢你的　荣光。

有什么隐秘的魔力或公开的　　力量
能使我的果子干枯，或把我　　损伤？

---

① 胡家峦：《文艺复兴时期英国诗歌与园林传统》，北京大学出版社2008年版，第59页。

那圈起的篱墙是你的　　　　　　臂膀。①

首先，这首诗从形式上表现了乐园中的对称和秩序。英文原诗中每个诗节每一诗行末尾押韵的单词字母数量依次递减，从生长(GROW)到成行(ROW)，再到荣光(OW)；从力量(CHARM)到损伤(HARM)再到臂膀(ARM)，英文字母数量有规律地递减是诗人根据所要表达的主题思想特意安排的，用来“暗示作为园丁的上帝为园中的树木(基督徒)‘整枝’的恩典”②，从而象征性地体现了作为园丁的上帝对园中的树木(基督徒)做了必要的修剪，以便在诗人和所有其他基督徒身上结出更好的果子。

其次，从内容方面，该诗充满了诸如“树木、果子、篱墙”等的园林意象。通过“乐园—教堂”这一类比，诗人实际暗示着基督徒们的灵魂和精神都受到了教会和上帝的保护。上帝的“臂膀”犹如乐园的“篱墙”一样将诗人围在墙内，保护着诗人，使他与外界的一切危险相隔绝。花园与旷野形成鲜明的对照，篱墙把园内的树木和花草与旷野上的野草分开，野草在旷野上因为受到自然界各种力量的攻击终将枯萎，而园内的树木和花草则因为得到了神恩的保护而不会遭受任何损伤。在这里，“乐园”就是教堂的象征，而圈起乐园的“篱墙”或上帝的“臂膀”则暗指教堂的围墙。作为基督教徒的赫伯特则把自己比喻成树木，把上帝比作园丁。

这首诗歌的内容与形式相互作用，相得益彰，内容通过形式表现，同时，形式也加强了内容的表达效果。通过形式与内容的紧密结合和相互作用，诗人赫伯特巧妙地通过园林意象把他对上帝虔诚的基督教思想和对上帝恩典的感激之情表现得淋漓尽致。

《乐园》这首诗中的“上帝—园丁；基督徒—树木”这一隐喻其实来源于

① 胡家峦：《文艺复兴时期英国诗歌与园林传统》，北京大学出版社 2008 年版，第 177 页。

② 胡家峦：《文艺复兴时期英国诗歌与园林传统》，北京大学出版社 2008 年版，第 159 页。

《圣经》，以上帝创造伊甸园的故事为基础，在伊甸园中亚当修剪和维护树木和花草，但同时他也是花园的一部分，也是造物主上帝修剪的对象。在包括赫伯特在内的文艺复兴时期的英国作家看来，一切花园都是对伊甸园的模仿，在广义上可以说是一种乐园式花园。

花园在园林诗歌主题意义的表达上起着至关重要的作用，并且，在花园里面我们通常能够看见花、草、树木等意象。在其他诗歌中，我们也可以看到赫伯特的这一“植物属性”。比如在《花朵》的最后一个诗节中赫伯特说，人不过是“转瞬即逝的花朵”，主则建了一座永恒的“乐园”让人居住：

　　爱之主，这一切都是您的奇迹，
让我们看到自己不过是转瞬即逝的花朵：
　　我们曾经找到并且证实，
您有一所花园给我们居住，
　　　　我们会因此而变得人数众多，
　　　　通过贮藏而膨胀，
　　因为傲慢而丧失天堂。①

赫伯特在另外一首宗教诗歌《雇佣（二）》（*Employment II*）中也运用了同样的隐喻——“上帝—园丁；基督徒—树木”，通过园林意象来表达他对上帝虔诚的基督教思想和感恩之情。例如，在第五个诗节诗人表达了他对橘子树的羡慕，他写道：“啊，我希望自己是一棵橘子树，/那种一树繁华的植物！”赫伯特表达了想要变成一株植物的强烈愿望，因为在基督教传统中，结满果实的树象征着人类灵魂的提升，因此他希望自己能像橘子树那样硕果累累，达到既开花又结果的理想状态，永不缺少果实，以献给为他“修剪枝条者”的上帝。

① 吴虹：《赫伯特宗教诗歌研究》，浙江大学2014年博士学位论文，第33页。

实际上，17 世纪英国玄学园林诗歌有着悠久的圣经文化传统。《创世纪》中的伊甸园可以理解为是人类理想精神园林的原型。伊甸园中和谐的人神关系、人与自然的关系为诗人提供了丰富的想象空间与思维原型。随着历史进程的推进，经过中世纪、文艺复兴时期，人们的思想进一步解放，心理认知也由对神的绝对崇拜发展为对人本主义的宣扬，诗人的想象力和创造力得到了更淋漓尽致的发挥，采用的意象也更加广博多彩。到了玄学诗歌兴盛的 17 世纪，在邓恩、马维尔、赫伯特等人的玄学诗作中，大量使用具有生态意蕴的园林意象，表达了人与自然和谐相处的美好愿景与渴望。

第三节　圆 形 意 象

圆形是 17 世纪英国玄学诗人思考世界、探索宇宙的方式，因为“根据基督教传统，神原来是用圆规设计宇宙，并完成创世这一壮举的”①。神以自身的形象创造了圆形的宇宙，并使之做圆形的运动，这是一切圆形象征的起源，也成为以邓恩为代表的英国玄学诗人思考世间万物的方式和诗歌创作的重要灵感源泉。

同时，对于圆形意象的青睐反映了当时盛行的亚里士多德—托勒密宇宙论对 17 世纪英国玄学诗人的深刻影响。以天文学、地理学、哲学等多学科理论为知识背景，是英国玄学诗歌的一个鲜明特色。正是这种多学科的诗学理念与创作风格，使得玄学诗歌具有了更加丰厚的意蕴，达到了更加深广的境界。

根据托勒密传统宇宙论，圆形是宇宙的重要特性之一，位于宇宙中心的地球是圆形，位于地球外围的众星体和数重天都环绕地球在各自圆形的轨道上运转，可见，圆形是亚里士多德—托勒密传统宇宙论中占主导地位

① 胡家峦：《历史的星空——英国文艺复兴时期诗歌与西方传统宇宙论》，北京大学出版社 2001 年版，第 74 页。

的一种形状和概念。这种天文学理论为17世纪英国玄学诗歌提供了丰富的意象源泉，以邓恩为代表的玄学诗人将圆形融入玄学诗歌诗学理念当中，以圆形的思维模式展开想象，思考人生，观察世界，创造了丰富的圆形意象。

在玄学诗歌众多的圆形意象中，最负盛名的莫过于约翰·邓恩在《告别词：莫伤悲》(*A Valediction: Forbidding Mourning*)中描写男女之间真挚情爱的"圆规"意象了。

告别词：莫伤悲

有德之人逝世，十分安详，
　　对自己的灵魂轻轻说，走，
有些悲伤的亲友则高声讲，
　　他的气息已断，有些说，还没有。

让我们熔化吧，默默无语，
　　不要泪流如洪水，叹息似风暴，
那将会亵渎我们的欢愉——
　　要是让我们的爱情被俗人知道。

地震带来恐惧和灾祸，
　　人们谈论它的含义和危害，
天体的震动虽然大得多，
　　对人类却没有丝毫的伤害。

世俗的恋人之爱

（它的本质是肉感）不允许
离别，因为离别意味着破坏
凡俗之爱的基本根据。

但我们经过提炼的爱情，
它是什么连我们自己也一无所知，
我们既然彼此信赖，心心相印，
对眼、唇、手就漠然视之。

我们俩的灵魂溶成了一片，
尽管我走了，却不会破裂，
这种分离不过是一种延展，
像黄金打成了轻柔无形的薄页。

我们的灵魂即便是两个，
那也和圆规的两只脚相同，
你的灵魂是圆心脚，没有任何
动的迹象，另只脚移了，它才动。

这只脚虽然在中心坐定，
如果另只脚渐渐远离，
它便倾斜着身子侧耳倾听，
待到另只脚归返，它就直立。

对于我，你就是这样；我像另只脚，
必须倾斜着身子转圈，

你坚定，我的圆才能画的好，

　　我才能终止在出发的地点。①

(胡家峦 译)

这首诗写于1611年。当时，邓恩即将随同恩主罗伯特·特鲁里爵士出使法国巴黎，而邓恩的妻子此时正有孕在身。邓恩不能违背恩主之意，又恋恋不舍家中的爱妻，因此，在出行前邓恩写了数首离别诗赠与妻子，表达自己对妻子的牵挂和爱恋，本诗便是其中之一。

圆规本是一种金属材质的物化几何工具，毫无生机和感情色彩可言。邓恩发挥自己独特的玄学思维，将圆规赋予了人的精神和感情，形象而生动。诗人把自己比喻成圆周脚，在外奔波，为家忙碌；把妻子比作圆心脚，在圆心(家中)坐定，守望远行的丈夫。妻子和丈夫好似圆规的两只脚紧密相依、不离不弃，静则都静，动则都动，静不离，动不分。无论丈夫走多远，最后终归回到起点，与妻子一起共同画成一个完美无缺的圆形。诗人意在告诉我们，他与妻子之间的爱不同于世俗之爱，因为世俗之爱的“本质是肉感”“不允许离别”，而诗人和他的爱人是永远合一的精神整体，因为他们的“灵魂溶成了一片”，这种精神之爱是“经过提炼的爱情”，更具不可分割性。

邓恩在表达爱情时，惯于采用富于想象力的意象，从科学、自然、宇宙中探寻能够表达心里所感、意味深长的新奇意象，延长了读者的感官反映和认识过程，但是却引起了读者更加广阔的想象空间，焕发了读者的阅读兴趣，刺激读者去探究看似毫不相关的两个事物之间的关联。在这首《告别词：莫伤悲》中，邓恩通过富有哲理的辨析揭示了一对恩爱的夫妻与“圆规”之间的相似之处。“圆规”的意象远远超过了传统爱情诗歌关于“玫瑰花”等意象与爱情之间的神似和形似，超越了两种事物之间的表层联系，探究了两种看似毫不相干的事物之间内在的、深层次的联系，因此更能打

---

① 胡家峦：《英国名诗详著》，外语教学与研究出版社2003年版，第94~96页。

动读者，引起共鸣，产生一种更加新奇的效果，创造一种耐人寻味的意境，这种阅读效果也正是邓恩玄学诗歌的永恒艺术魅力的体现。邓恩的奇思妙喻也让中国读者为之耳目一新，产生了一种陌生化的文学赏析效果。因为在中国文学史上，作家更惯常以蝴蝶、鸳鸯等为意象，咏唱爱情，抒发内心深处炽热的情感。

“圆”象征圆满，代表和谐。“圆形”是邓恩最为青睐的诗歌意象之一，他运用巧妙的玄学构思，通过“圆形”的丰富联想意义，赋予读者无限的想象空间，激发读者进行创造性思维，这也得益于邓恩良好的教育背景和渊博的学识。邓恩曾在牛津和剑桥两所大学学习六年，虽未获得任何学位，却也涉猎广泛，深谙科学、神学、医学、法律等诸多学科知识，这些知识无疑为邓恩的想象力插上了腾飞的双翼，构思了“圆规”等一系列经久流传的奇思妙喻。

在《早安》一诗中，邓恩将自己和爱人比喻成两个半球，它们合二为一，构成一个世界，一个温暖、美满、和谐的世界。在《告别词：莫伤悲》中，邓恩把爱人的泪滴比作一个地球、一个世界。

实际上，邓恩很多关于圆形意象诗歌的创作都植根于对妻子的浓厚感情，用艺术化的“圆形”代表邓恩与妻子之间美满、和谐的爱情。邓恩的妻子安妮于 1617 年去世，邓恩备受打击，这也促进了邓恩内心的自省和忏悔，他将这种深厚的情感寄托于宗教，诗歌创作也因此出现了主题的转变，从爱情诗转向了宗教抒情诗歌，这是邓恩坎坷人生经历的映射。

邓恩诗作中的圆形系列意象可谓构思奇妙，意蕴丰富，耐人寻味，充满了玄学智慧和创造力。邓恩的诗歌具有经久不衰的艺术魅力，吸引着一代又一代的中外诗歌爱好者，成为他们生命中欢乐的源泉。

除了玄学大师邓恩，马维尔也是一位使用圆形意象的高手。在《花园》一诗中，马维尔使用“葡萄”“苹果”“玉桃”“仙桃”等一系列圆形水果意象来象征臻于完美的花园境界，犹如伊甸园般浪漫美好。“宁静”和“天真无邪”的花园与世俗社会形成了鲜明的对照，成为诗人理想的世外境地和心灵净土。

我过的这种生活多美妙啊！
成熟的苹果在我头上落下；
一串串甜美的葡萄往我嘴上
挤出像那美酒一般的琼浆；
仙桃，还有那美妙无比的玉桃
自动伸到我手里，无反掌之劳；
走路的时候，我被瓜绊了一跤，
我陷进鲜花，在青草上摔倒。①

（杨周翰　译）

此诗节充满浓郁的感官之美，不禁让人联想起《圣经》中的伊甸园。诗人把自然之美与浪漫情怀融会在一起，读者在不知不觉中随着一系列自然世界中的"圆形"意象步入了一个仿佛与世隔绝的世外花园，这里遍布"成熟的苹果""甜美的葡萄""美妙无比的玉桃""鲜花"和"青草"。马维尔是智慧的诗人，他将古典风情、浪漫基调与玄学特色巧妙地结合起来，既有伊丽莎白时代的田园风光色彩，充满浪漫主义性情，又有玄学诗歌的理性说理和哲学思辨，通过一系列圆形意象的描绘把机智与诗歌的主题紧密结合了起来。

第四节　音乐意象

17世纪英国玄学诗人博学厚识，才思敏捷，在诗歌中善于使用多学科知识，以丰富的意象表达独特的情感和深邃的思想。除了上述提到的几种意象类型外，音乐意象也受到乔治·赫伯特等玄学诗人的钟爱，成为他们

① 杨周翰：《十七世纪英国文学》，上海人民出版社2016年版，第191页。

诗歌创作的另一重要灵感源泉。

对玄学诗歌音乐意象的探讨离不开对音乐起源的追溯与分析。据胡家峦教授研究考证，古希腊哲学家毕达哥拉斯是最早发现音乐的人。毕达哥拉斯认为尘世间的一切声音都源自宇宙天体运行过程中发出的声音，他还曾经亲自做过铁锤实验来验证并测量宇宙中的各个天体环绕地球在各自轨道上运行时所发出的各种不同声音，并以阿拉伯数字的形式记录下其音量的大小。① 毕达哥拉斯铁锤实验所得的数据为后来弦乐器的乐调和乐音提供了原始的数据参数，也为宇宙"天体音乐"理论奠定了基础。

英国文艺复兴时期诗人埃德蒙·斯宾塞曾据此在史诗《仙后》的第四卷中描写了六个铁匠手抡巨大铁锤捶打铁砧的情景：

> 他们围成了一圈，站在铁砧旁，
> 手抡巨大的铁锤，不停地干活，
> 一锤接一锤，重重地打在铁砧上：
> 六个大汉，一个比一个强壮；
> ……②

西方历史上，对于音乐的发现者也存在不同的看法。《圣经》基督教传说中该隐的后人犹八，及其同父异母的兄弟土八也曾被中世纪的神学家们认为是音乐的最初发现者。中世纪的神学家们认为毕达哥拉斯进行的铁锤实验不过是一种民间流传的传说，无实据可考，是对基督教《圣经》真理的扭曲和误传，因此，他们称犹八为"弹琴吹箫的祖师"（《创世纪》4：21）；而土八"铸造铜铁利器"（《创世纪》4：22），是铁匠和铜匠的祖师爷。著名

① 胡家峦：《历史的星空——英国文艺复兴时期诗歌与西方传统宇宙论》，北京大学出版社2001年版，第112页。

② 胡家峦：《历史的星空——英国文艺复兴时期诗歌与西方传统宇宙论》，北京大学出版社2001年版，第112页。

玄学诗人安德鲁·马维尔便是这种音乐起源说法的支持者，他曾在《音乐的王国》中表示相信这一观点："犹八首先使杂乱的音调和谐一致"。①

罗马哲学家波埃修、西班牙神学家伊西多都赞同毕达哥拉斯关于天体运行过程中会发出"音乐"，即天体音乐的观点，并认为天体音乐是一切可感音乐的原型。柏拉图也曾在《理想国》中对天体音乐展开过想象，描绘了"八个塞壬"一道共奏天体音乐的宏大宇宙场景。后来，希腊神话传统又融入柏拉图"八个塞壬"的天体音乐当中，演变为九位"缪斯"女神共奏和谐天体音乐。后基督教的"九级天"逐渐取代了希腊神话中的九位缪斯，天使成为坐在天体上演奏天体音乐的主角。英国文艺复兴时期莎士比亚、弥尔顿都曾在作品中描绘过这种天体音乐。在《失乐园》(第四卷)中，弥尔顿说道："天人的声音，或独唱，或互相应和，歌颂伟大的造物主"②。

天体音乐存在于人的抽象概念当中，反映了人类对于宇宙的理解和认识，是一切音乐的原型，尘世间的万事万物都融入并参与到天体音乐当中。罗马哲学家波埃修在天体音乐的基础上，进一步提出了"三种音乐"的理论，即"宇宙的音乐"、"人的音乐"和"器乐"。③ 在17世纪英国玄学诗人的笔下，这三种音乐意象时常被和谐地交织在一起，熔于一炉。

邓恩在《病中赞上帝，我的上帝》一诗中便以"三种音乐"意象融会的场景作为诗歌的开头：

既然我就要来到那神圣殿堂里，
　从此与您的圣徒唱诗班长相伴，
我就将被造成您的音乐；到来时，

① 胡家峦：《历史的星空——英国文艺复兴时期诗歌与西方传统宇宙论》，北京大学出版社2001年版，第113页。

② 胡家峦：《历史的星空——英国文艺复兴时期诗歌与西方传统宇宙论》，北京大学出版社2001年版，第118页。

③ 胡家峦：《历史的星空——英国文艺复兴时期诗歌与西方传统宇宙论》，北京大学出版社2001年版，第113~121页。

在这里，我在这大门前调理丝弦，
且此刻先考虑，到时该怎样表演。①

（傅浩 译）

在该段诗歌描述的场景中，邓恩病情加重，生命之旅即将到达终点，他感觉到自己将要离开尘世而到达天堂，并加入神圣天堂的天使合唱队当中，成为天体音乐的一部分。天堂音乐是美妙和谐的，天使歌唱队奏响的乐曲充满了和谐的乐音和优美的乐调。灵魂的本质是和谐的，但邓恩却深感自己灵魂的音乐充满了不和谐，与天堂音乐不相适宜，因此，在天堂门口他将自己的乐器调整好，意指将原本封闭在肉体之中的灵魂进行净化，擦拭掉其沾染的世俗的尘埃，让自己的灵魂重新变得圣洁、忠贞，恢复灵魂和谐的状态，做到内心的平静，做好进入天堂的准备。

“音乐被认为是一种宇宙的原则，永恒的力量，它渗透一切，联结一切，把多元的世界构成一个和谐的整体。在这个意义上，天体音乐是宇宙秩序与和谐的象征，也是一切音乐的原型，它再现于器乐之中，再现于人体，尤其是灵魂之中。”②因此，理解了“三种音乐”之说便是找到了一把打开玄学大师邓恩这首诗歌大门的钥匙。

有着“玄学派诗圣”美誉的赫伯特著有宗教抒情诗集《圣殿》(*The Temple*)，其中的大部分诗篇体现了赫伯特对《圣经》的冥想和沉思，表达了赫伯特对上帝典范性的虔诚宗教情感，这点广为人知，但很少有人意识到赫伯特诗歌内在的音乐性特征以及蕴含的丰富的音乐意象。“音乐”不仅是作为基督徒的赫伯特宗教生活中必不可少的一部分，而且是他诗歌创作的灵感源泉。赫伯特的诗歌不仅具有音乐般的旋律和节奏，具有音乐的可唱性，还充满了各种丰富的音乐意象和音乐词汇，与音乐有着“千丝万缕”的

① 约翰·但恩著，傅浩译：《约翰·但恩诗集》，上海译文出版社 2016 年版，第 246 页。

② 胡家峦：《历史的星空——英国文艺复兴时期诗歌与西方传统宇宙论》，北京大学出版社 2001 年版，第 125 页。

联系。赫伯特凭借“音乐”来表达他内心虔诚的基督教思想、对上帝炽热的情感、对美好生活及和谐社会的向往。

《圣殿》代表了赫伯特作为17世纪英国玄学派诗歌重要代表的巅峰艺术成就，这与赫伯特良好的教育背景、深切的宗教经验、纯熟的艺术技巧以及丰富的语言表达等密不可分，此外，还有一个重要因素也不容忽视，那就是音乐对赫伯特思想转变及诗歌创作的影响。甚至可以说，赫伯特宗教抒情诗歌承载的音乐性诗学特征赋予了其诗歌永恒的艺术魅力。

赫伯特的一生与音乐有着极深的渊源。除了赫伯特的母亲对赫伯特选择牧师这一神职的人生抉择以及虔诚宗教抒情诗的创作有着重要的影响外，音乐对赫伯特一系列的人生重大抉择也起着潜移默化的影响和作用。赫伯特的人生经历与音乐密不可分，在剑桥大学学习期间，赫伯特学习之余的最大爱好就是音乐。对赫伯特来说，音乐可以提升他低沉的情绪、集聚他分散的思维、振奋他疲惫的灵魂，给予他最大的快乐。在赫伯特成为牧师后，他仍然深爱音乐。据史料记载，赫伯特通常每周去两次萨尔兹伯里的大教堂倾听教堂音乐。正如沃尔顿所说，除了宗教，音乐是赫伯特最大的乐趣所在。

赫伯特的宗教抒情诗集《圣殿》是一部歌唱上帝的赞美诗，赫伯特也因此被称颂为“圣殿的甜美歌唱者”①。诗作《教堂音乐》(*Church Music*)刻画了赫伯特在上帝的庇佑下不仅从物质上获得了爱的居所，从肉体上得到了上帝对他的抚慰，而且从精神上得到了上帝的慰藉。如果说诗歌是赫伯特和上帝居住在一起的方式，那么教堂音乐正是连接赫伯特与上帝的桥梁。当赫伯特情绪低落时，他选择倾听教堂音乐，音乐带着他飞升，让他与上帝进行面对面的交流与沟通，让他们“同在一起相爱生活”。音韵和谐的诗歌形式使赫伯特的诗歌具备了音乐般动人的韵律和节奏；无处不在的音乐意象增添了诗歌的音乐联想；丰富多彩的音乐词汇强化了诗歌的内在音乐

① Thomas N. Corns. *The Cambridge Companion to English Poetry*: *Donne to Marvell*，上海外语教育出版社2005年版，第183页。

性特征。

根据朱光潜先生的考证，诗歌与音乐、舞蹈是同源的，而且在最初是一种三位一体的混合艺术。抒情诗起源于古希腊酒神祭典中的歌舞，这是最早关于歌、乐、舞同源的证据。① 因此，在这三种艺术逐渐分化并分别发展成为一种独立的艺术形式之后，也必然留有某些共性特征。赫伯特在创作过程中，正是通过巧妙构思，使诗歌“形神兼备”，诗歌不仅内涵深刻，而且充满和谐悦耳之音，真正做到了“妙思”与“趣味”的奇妙嫁接。

“文艺复兴时期的诗人们常用音乐的意象来表达他们对于人间友爱、社会和谐的渴望与追求。”②英国著名戏剧家莎士比亚、诗人斯宾塞等都曾使用音乐意象来渲染诗歌氛围、强化诗歌主题，表现他们对高尚品德的渴望，对和谐政治、社会统一的理想。赫伯特继承了文艺复兴时期伟大前辈诗人的创作传统，灵活运用音乐意象表达他对上帝虔诚的宗教情感。诗作《雇佣》(*Employment*)就是赫伯特巧妙运用音乐意象的一个典型例子。在这首诗的最后一个诗节，诗人写道：“我与你缔造的伟大生存之链失去了联系，/惟有杂草与我做伴。/主啊，把我放在你的乐师当中；给我可怜的芦笛一个音调吧。”因为与上帝缔造的“伟大生存之链”(植物—动物—人)“失去了联系”，赫伯特丧失了与上帝交流的机会，“惟有杂草”相伴。赫伯特请求万能的上帝把他放在上帝的“乐师”当中，与他们同奏，一起歌唱上帝。赫伯特以“乐师”“芦笛”这些音乐意象为手段抒发他对上帝的虔诚之心和炽热情感，使诗歌内容更加形象生动、富有趣味。

除了用音乐意象隐喻各种事物外，在《亚伦》(*Aaron*)一诗中赫伯特甚至直接用“音乐”意象来暗喻基督，把他自己则比喻为《出埃及记》中专门服侍神的祭司亚伦。亚伦是《圣经》中以色列历史上最伟大民族英雄摩西的兄长，是古以色列祭司职位的创始人。据说亚伦有一套礼服装，包括礼冠、

① 朱光潜：《诗论》，安徽教育出版社2003年版，第7页。

② 胡家峦：《历史的星空——英国文艺复兴时期诗歌与西方传统宇宙论》，北京大学出版社2001年版，第126页。

胸牌、外袍等，并且外袍下端挂着许多金铃。诗人这样写道："基督是我唯一的头，/我唯一的心和胸，/我唯一的音乐，敲打着我，直到死亡……"赫伯特不仅把基督比作他"唯一的头、心和胸"，也比作他"唯一的音乐"。仿佛金铃被撞击后发出悦耳动听的音乐，基督也敲响赫伯特内心的音乐，"直到死亡"。

赫伯特对音乐的主观想象看似遥远虚幻，但仔细斟酌，不难发现，赫伯特用音乐意象暗喻不同事物，甚至直接把基督比作他"唯一的音乐"，融音乐与诗歌创作于一体，这种艺术创作手法不仅充满诗意，迎合了读者的审美需求，也蕴含丰富的哲理，实现了诗歌美学意义和哲学意义的统一。

在著名图形诗《复活节的翅膀》(*Easter Wings*)中赫伯特丰富多彩的音乐词汇的运用巧妙地诠释了"音乐体现了宇宙万物的统一性"这一观点。

造人的上帝给人丰裕生活，
但愚蠢的人把它丧失，
就因为日益堕落
最后竟至于
极落魄；
让我像
婉转的云雀
和你呀同上天堂
并歌唱今日你的胜利：
于是堕落更促我奋飞向上。

我尚未成热便已开始忧愁；
而你还用病痛和羞耻
把罪孽如此惩处，
最后我终于

极消瘦。
哦请让
我同你一起
把你这胜利分享；
因为我倘把翼附于你，
痛苦磨难更促我奋飞向上。①

（黄杲炘 译）

从形式上看，这一节诗就像是一只振翅翱翔天空的大鸟的一对翅膀。图形诗的一个显著特点就是借助图形的视觉象征意义来表现主题。“堕落—再生”是这首诗的主题，也反映了文艺复兴时期占主导地位的一种诗歌创作类型。音乐意象是这首诗主题成功传达的一个有力手段。“婉转的云雀”的“歌唱”（即云雀的音乐）是连接人与上帝的纽带，它协调着人的“愚蠢”与上帝的“智慧”、“堕落”与“腾飞”、“肉体”与“精神”、“死亡”与“不朽”等对立事物的矛盾，是人类与上帝最终实现和谐统一的媒介。正是“音乐”把人与上帝联系起来，使得“堕落—再生”这一诗歌主题得以成功实现。

此外，赫伯特还运用丰富多彩的音乐词汇来表达他深切渴望自己的灵魂也充满音乐这一诗歌内涵。罗马哲学家波埃修将音乐分为三种，他称第一种为“宇宙的音乐”，即毕达哥拉斯所说的天体音乐；第二种音乐就是“人的音乐”，或“灵魂的音乐”；第三种是“器乐”。赫伯特继承了前辈灵魂音乐的思想精髓，也强调“灵魂的音乐”。

在诗作《否定》（*Denial*）中，赫伯特虔诚地向上帝祈祷，可上帝对此却保持沉默，这让赫伯特的心碎了，因此，赫伯特的“灵魂不见了”，它既没有了“音调”，又没有了“琴弦”，赫伯特“灵魂的音乐”消失了。赫伯特的

① 黄杲炘：《从英语“象形诗”的翻译谈格律诗的图形美问题》，《外国语》1991年第6期。

灵魂因为经历了肉体的生活而变得不和谐了，内心也因此无法保持平静了。赫伯特把罗马哲学家波埃修所划分的三种音乐形式(即"宇宙的音乐""灵魂的音乐"和"器乐")精炼地融合在了一起。在《圣诞节》(*Christmas*)的最后一个诗节，赫伯特把自己的灵魂比喻成牧羊人。"我的灵魂也是牧人，他喂养/思想、言语和行为的群羊。/牧场是你的话语；溪流是你的恩典，/使这里肥沃异常。/牧人和羊群将歌唱，我用全部力量/来歌唱，超出白日的时光。"①赫伯特意指他的灵魂应如牧羊人一样充满音乐，虔诚地歌唱上帝。只有灵魂充满音乐，心灵才会充满阳光，才会有和谐的心态和美好的品德，才能实现与上帝灵魂的碰撞与交融。

可见，音乐是赫伯特生活的重要组成部分，对他人生一系列的重大抉择起着潜移默化的重要影响。诗歌是赫伯特与上帝生活在一起的方式，而音乐是连接赫伯特与上帝的纽带与桥梁。音乐调和了赫伯特内心的冲突，化解了他在服侍上帝过程中内心的不坚定，使其灵魂重新回归和谐的音乐状态。音乐是赫伯特诗歌创作的重要灵感源泉，赫伯特凭借"音乐"来表达他内心虔诚的基督教思想、对上帝炽热的情感、对和谐社会和美好生活的向往；读者通过"音乐"可以领悟他独特的诗学见解。因此，"音乐"是一把打开赫伯特诗歌世界之门的宝贵钥匙，将为读者理解赫伯特诗歌提供一个崭新的视角。

具有古典主义美学风格的玄学诗人马维尔也善于使用音乐意象来表达他内心对和谐社会的向往与赞美。在《克伦威尔政府一周年颂》中，马维尔以希腊神话中安菲翁吹箫管的音乐意象来赞颂克伦威尔的政绩：犹如安菲翁吹奏箫管兴建了一座和谐的城市一样，克伦威尔也吹起支配一切的乐器，创造了令人惊奇的"秩序与和谐"。

"音乐把有形宇宙或感知宇宙与无形宇宙或概念宇宙联系起来；把物质与精神、具体与抽象联系起来；把世间万物联系起来，把存在之链上的

① 胡家峦：《文艺复兴时期英国诗歌与园林传统》，北京大学出版社2008年版，第208~209页。

人与天体联系起来，也把人与动物和植物联系起来；把人的肉体与灵魂联系起来。”①正是通过丰富多彩的音乐意象，英国玄学诗人建构了宇宙万物之间的关联，特别是在看似毫不相关的事物之间找到了内在的联系和相似之处，为17世纪英国宗教抒情诗的繁荣乃至英国诗歌的发展作出了卓尔不群的贡献。

① 胡家峦：《历史的星空——英国文艺复兴时期诗歌与西方传统宇宙论》，北京大学出版社2001年版，第125页。

第六章　英国玄学诗歌的生态文化思想

17 世纪英国玄学诗歌是英国生态文学和世界生态文学的重要组成部分，包含丰富的生态文化思想和智慧。邓恩、赫伯特、马维尔、沃恩、赫里克等玄学派诗人在诗作中表现出了鲜明的自然观、环境意识和朴素的生态思想。他们在歌颂上帝、赞美爱情、沉思宗教的过程中强调人与自然的和谐相处，认为人是大自然的一部分，与自然融为一体。

17 世纪是崇尚科学和理性的时代，受到文艺复兴精神的启迪，玄学诗人以更加开放的心态去了解自然、亲近自然，在享受大自然的清新和美丽的同时，诗人与自然构成了一幅天人合一的画卷。玄学诗人具有异于常人的敏锐洞察力和领悟力，他们前瞻性地觉察到了英国近代早期经济发展给环境带来的各种弊端，因此，他们寄情于山水之间，在大自然中感受自然生命律动的旋律，思考人与自然、宗教、艺术、社会之间的多维关系，表现出了强烈的生态意识。这种朴素的生态思想是难能可贵的，对英国生态诗学和生态文学的发展产生了不小的影响，为英国乃至西方生态文学的发展奠定了基础。

第一节　邓恩的自然观、环境意识和生态思想

作为 17 世纪英国玄学诗歌领军人物，邓恩的诗歌一直以来备受国内外学界的关注。自生态批评诞生以来，一些学者也把敏锐的目光投向邓恩，开始思考邓恩诗作的生态内涵及价值。邓恩一生创作成果广泛，诗歌、散文、布道文等形式多样、主题丰富，反映的思想也纷繁复杂，但从生态视

角综观邓恩的作品，不难发现，虽然身处英国文艺复兴晚期，但是邓恩已经开始对人类的生存环境、人与自然、人与社会、文学与自然等多维关系进行思考，虽未形成具有逻辑性的生态思想理论体系，但立足当时，邓恩已经开始反思人类的生存发展方式，思考经济发展对环境带来的影响，并试图重建人与自然的关系。人与自然的生命共同体理念已经在邓恩的作品中开始萌芽，并对生态批评理论以及英国生态诗学的发展起了重要的奠基性作用。人与动植物和谐共存的自然观、环境意识和生态思想深深植根于邓恩的诗歌艺术理念当中，也正是这种前瞻性的生态理念赋予了邓恩的诗作以超凡的艺术魅力和价值。

一、人与自然的"合一共生"

曾繁仁在《生态存在论美学论稿》中提出了人的生态本性理论，包括人的生态本源性、生态环链性与生态自觉性。① 人与自然的关系是人的生态本性理论的基础，自人类诞生以来，人与自然便相赖相依，大自然是生命的起源，是人类赖以生存的母亲。人类只是地球生态环链上的一个"链点"或"一环"，"环境性"是人类的一个基本属性，而自然正是人类赖以生存的重要环境，人类不在自然之外，而是自然的一部分，人类必然与自然发生这样或那样的接触和联系，无法超越自然而生活在一个独立的空间。

邓恩曾在《沉思录》中以直白易懂的语言阐释并肯定了人与自然、世界之间的联系：没有人能自全，没有人是座孤岛。这与曾繁仁提出的"人的生态本性理论"具有异曲同工的精神契合性。邓恩的这种生态自然观和生态世界观是对中世纪宇宙"存在之链"理论的继承。"存在之链"将世界自上而下分为五个层级：上帝、天使、人类、动植物、矿石等无生命的物质，这五个层级密不可分，共存于"存在之链"这一宇宙框架内，任何一个层级的缺失都会造成"存在之链"的断裂，导致混乱无序的状态，这与生态学所

① 转引自韦清琦：《绿袖子舞起来：对生态批评的阐发研究》，南京师范大学出版社2010年版，第29页。

倡导的整体性、联系性的基本原则是一致的。在邓恩看来，人类在存在之链上虽然所处的等级比自然界中的动植物高，但是人类与动植物共存于宇宙共同的生态系统内，是合一共生的关系。

1. 变成一株曼德拉草的渴望

在诗作中，邓恩经常与自然界中的动植物进行换位和易位，《退可南园》(*Twicknam Garden*)便是这样的一个范例。抒情主人公带着一颗受伤的心灵来到理想中的“乐园”，继而表达了想要变成一株曼德拉草、一处石泉的渴望：

被叹息吹蔫，又被泪水淹没，
　我来到这里寻找春季，
　用我的眼睛，用我的耳朵，
接受能治愈其它一切的药剂；
　可是，呵，我背叛了自己，
带来蜘蛛之爱，使一切变质，
　能把甘露化作毒汁；
为使此地可以完全被看作
　真正的乐园，我还带来了毒蛇。①

（傅浩　译）

“叹息”与“泪水”表明了诗中说话者此时伤感、忧郁的心境，因为心灵受到伤害而“来到这里寻找春季”，在象征伊甸园的大自然中企盼能够治愈心灵的创伤。为了使这里更具有伊甸乐园的特征，“我还带来了毒蛇”。对

① 约翰·但恩著，傅浩译：《约翰·但恩诗集》(修订版)，上海译文出版社 2016 年版，第 102 页。

自然的依赖与信任之情从内心深处到溢于言表，这种渴望与自然无限亲近的意识正是邓恩生态思想的流露。邓恩不但没有贬低自然界中动植物的地位，反而表达了自己想要成为他们中一员的愿望：

要是冬季使此处明媚变得晦暝，
　严霜禁止这些树木
　当面大笑，把我嘲弄，
那就会对我身心更有益处；
　但是，为了可以不受这耻辱，
也不放弃爱，爱神呵，就让我做
　此处某个无知觉的角落；
把我变成曼德拉，我可以在此
　呻吟，或一处石泉，终年饮泣。①

（傅浩　译）

邓恩对自然的眷恋之情流于字里行间，即使是冬季逆境也不会让他放弃，反而会让他越挫越勇，身心变得更加坚强，哪怕是化作一棵曼德拉草或是一处石泉，也不会离开这可以带给他心灵慰藉的自然花园。

据考证，该诗题目“退可南园”本是邓恩资助人露西女伯爵在 1607 年至 1618 年居住的房宅。邓恩在创作该诗期间，正值人生低谷，经历了家庭变故、仕途浮沉等一系列事件，特别是 1617 年爱妻的离世给邓恩带来了沉重的打击，他失去了生活中最大的安慰。因此，除了宗教信仰外，大自然便成为邓恩寻求心灵抚慰、逃离伤感的重要途径，这同时体现了邓恩不以“人至上”的地位自居，摒弃了人类中心主义的思想束缚，肯定了自然与人

① 约翰·但恩著，傅浩译：《约翰·但恩诗集》(修订版)，上海译文出版社 2016 年版，第 102 页。

平等的地位，甚至认为植物作为自然界中的一种卑微生物具有优于人类的天然属性，它的芬芳可以帮助人类抚平在现实社会中所承受的心灵伤痛。

在文艺复兴时期涌现了很多类似于邓恩创作的这种以自然为主题，以花草树木、乐园等为主要意象的诗歌，胡家峦教授将其归类为“园林诗歌”，如马维尔的《花园》、马洛的《多情的牧羊人》、锡德尼的《阿卡迪亚》，这些诗歌以各式各样的花园或乐园为主题，通过描写田园世界的自然风光来反映诗人对人与自然、艺术与自然之间相互关系的思索，也体现了诗人对现实社会或赞美或批判的态度，对纯洁、质朴的理想花园的向往和憧憬，这恰恰也是诗人们生态世界观的一种初始表达，是人类中心主义向生态中心主义过渡的标志。尽管“田园主义中的自然还不是真正的自然，自然的权力还未得到完全承认，自然依然是人类的意识形态工具。但是，对田园主义的憧憬依然展现出包括邓恩在内的诗人们对自然的肯定。”①

2. 化身为一只“飞蛾”的愿望

邓恩关注人与自然的和谐共存，反思人与动植物在宇宙中的位置关系，通过奇思妙想，智慧地运用各种动植物意象表达内心独到的自然观、环境意识和生态思想。无论是在玄学爱情诗还是在玄学宗教诗中，邓恩经常换位思考，以动植物作为思维出发点，显示出人与动植物共生、并存、平等与包容的生态精神，在《封圣》中邓恩甚至表达了想化身为一只“飞蛾”和“不死鸟”的愿望：

任你们怎么骂，我们被爱造就；
　　骂她是一飞蛾，骂我是另一只；
我们也是蜡烛，自付代价而死；
　　并且在自身发现鹰隼与鸽鸠；

① 李正栓，孙蔚：《邓恩诗歌中动植物与人类的和谐》，《外国文学研究》2012年第6期。

不死鸟之谜因我们有更多
含义；我们俩合一，就是它。
对一个中性的事物两性都适合，
我们同样死复生，且以
这份爱证明神秘。①

（傅浩　译）

邓恩摒弃了人类中心主义，并未以“人至上”的生存之链等级自居，而是用一种平等的生态整体观看待自然界中的动植物，哪怕是一只不起眼的小飞蛾，在他看来也是一种生命存在形式，应该享有与人类平等的生命权。这种解构人类中心主义的“非中心化”意识正是邓恩生态思想的一个重要表现，也是生态整体观的基本前提。生态整体观强调一个整体的内部联系，整体内部的任何一个部分都不能主导、支配或控制其他部分。

澳大利亚著名生态学家希德认为：“各种生命形式并非构成一个金字塔，人类居于最高端；实际上，它们的关系是一个生物圈，各种不同物种之间有着密切联系。”②在邓恩的诗中，人与动植物就是处在这样一个平等、相互联系的“生物圈”中。邓恩经常换位互置，将自己非人格化为自然界中的动植物，凭借大胆的智性想象和超前的生态意识，强调了自然作为独立于人类存在的价值与意义。

在玄学名篇《跳蚤》中，邓恩奇思妙想地使用跳蚤意象建构了看似毫不相关的动物与爱情之间的联系，消解了人与自然的二元对立，表达了人与动植物平等共生的合一生态思想。

你看看，你瞧瞧这跳蚤，

---

① 约翰·但恩著，傅浩译：《约翰·但恩诗集》(修订版)，上海译文出版社 2016 年版，第 80~81 页。

② John Seed. *Thinking Like A Mountain*. New Society Publishers，1998：10.

你否认我的成分能有多少?
它先咬了我，此刻又咬了你，
我俩的血已在它里边融为一体;
要承认，这件事不能被说成是羞耻
或罪过，也算不上你贞操的损失，
而它却未求婚就先得快意，
合我俩的血为一体，涨大它的肚腹，
唉，它做得远远超过我们自己。①

（李正栓　译）

“跳蚤”这一微小生物在大多数人看来是令人不悦，甚至是恶心的，很少有人将跳蚤的意象与代表积极、美好的事物相联系，但邓恩却一反常规，突破了普通人的思维局限，不但没有对它表示出厌恶之情，甚至以一种陌生化的思维方式把跳蚤比喻为自己神圣的婚床:

啊，住手，饶过这跳蚤里的三个生命。
在它体内，我们不止是结了婚，
它是你是我，是我们花烛温床，
是我们婚姻的殿堂;
尽管父母和你都不愿意，我们还是聚在一起。
同居于这乌黑的活墙里。
尽管习俗使你轻易杀我，
但不要把三个生命剥夺，

① 李正栓:《英国文艺复兴时期诗歌研究》，河北大学出版社2006年版，第43页。

不要再加上自杀和渎圣的罪过。①

（李正栓　译）

对大部分人而言，跳蚤非但不能给人带来浪漫的感受，反而让人作呕，但是邓恩却另辟蹊径地解构了人们的常规性认识，以大胆、赤裸的语言建构了跳蚤与神圣爱情之间的关联：跳蚤是“我们的花烛温床”，“是我们婚姻的殿堂”。在邓恩看来，任何生物都和人类一样具有生命的主体性和独立性，因为“自然界中没有令人唾弃的东西，就连最渺小的生物也有自己的神圣的价值”②，在自然界的秩序中有着属于自己的位置。

邓恩超越了自我中心的世界观，表现出了人与自然平等、合一共生的关系。“深层生态学的创始人内尔斯(Arne Naes)指出，生命平等意为生物圈中一切存在物都享有生存繁衍的权利和实现自我的权利，强调一切生命的平等。”③《跳蚤》这首诗正是体现了邓恩对动植物与人类一视同仁的生态道德关怀和包容多样性的生态精神。

二、“两个半圆”的合二为一

邓恩的生态思想不仅表现为对人与自然合一共生、相互依存的认知，还体现在对不同事物之间和同一事物内部不同组成部分整体合一关系的理解。17世纪航海大冒险、地理大发现以及科学技术的进步促进了人们认识自然、社会的能力不断提高，这样的时代语境培养了邓恩的生态思维和创新意识，他逐渐挣脱传统思维模式的枷锁，深入思考自己生存的宇宙空间，不断更新对整个生态系统的认识，并获得新的感悟和启示。

在《早安》中，邓恩把男女双方平等、和谐的爱情关系比喻为合二为一

① 李正栓：《英国文艺复兴时期诗歌研究》，河北大学出版社2006年版，第43页。

② 王诺：《欧美生态文学》(修订版)，北京大学出版社2011年版，第78页。

③ 李正栓，孙蔚：《邓恩诗歌中动植物与人类的和谐》，《外国文学研究》2012年第6期。

的“两个半圆”，将两个人的微观爱情世界与宏观的宇宙体系进行对比，这正是邓恩平等、和谐的生态思想的展露。

我的脸映在你眼中，我眼中映着你的脸，
真诚坦荡的心灵安歇在两张脸上；
更好的两个半球，哪儿能找见：
既无寒冷的北方，又无日落的西方，
凡是消亡的东西都因混合得不谐和；
如果两个爱合成一个，或者你和我
爱得一样，那就谁也不会死，只要爱不减弱。①

（胡家峦　译）

在与爱人默默相觑的眼神交流中，邓恩感受到的不仅仅是彼此相亲相爱的“小我”情爱，也从中获得了新的宏观启示。邓恩认识到，“两个半圆”的合一远远胜过一个世界的力量，这体现了他对女性地位的肯定和男女平等关系的认识，也是邓恩从主客二分过渡到有机整体的生态思想的标志。整体、和谐、多样化、相互依存是生态思想的基本原则，男女“两个半圆”的隐喻展现了邓恩崇尚整体，对和谐、平等、相互依存的两性关系的追求。邓恩肯定了女性半边天的地位，解构了男权中心的传统思想，这与后来的生态女性主义批评家所倡导的男女平等观点具有共通的精神内涵。

生态女性主义批评家在对自然和女性之间的关联性方面存在共同认知，他们认为，“人类对自然的统治来自一种父权制的世界观，也正是这样的世界观确立了统治妇女的合法地位”②。父权制、二元论是人类压迫、控制自然和女性的共同根源，而“邓恩作为一位倡导整体内部各部分平等

① 胡家峦：《英国名诗详注》，外语教学与研究出版社2003年版，第88~89页。

② 韦清琦：《绿袖子舞起来：对生态批评的阐发研究》，南京师范大学出版社2010年版，第181~182页。

的先驱”①，在这个问题的认知上显然超越了时代的局限，在17世纪生态文学并不繁荣、生态意识比较淡薄的时代语境下，邓恩以前瞻性的眼光强调男女两性和谐、平等的整体观与合一性，正如彼得·马歇尔所说：“从根本上说，自然既不单是雄性的也不单是雌性的，它是包含两性的、复杂的、神秘的和多方面的统一体。”②从人与自然的关系过渡到男性与女性之间的关系，邓恩肯定女性的主体价值，宣扬男女平等，解构传统男权制的主客二分，倡导和谐、平等、均衡的生态整体观，他虽未明确提出系统的生态理论，也不懂后来批评家们所谈论的生态主义，但意义重大，促进了英国文艺复兴晚期人们思维模式的转变和生态意识的提高，推动了英国生态诗学的进一步发展。

邓恩作为17世纪英国玄学诗歌的先锋，是一位能够敏锐捕捉时代文化精神和敢于创新的诗人，他在英国诗歌史甚至在英国文学史上的地位不可动摇的原因不仅仅在于他的诗歌具有玄学奇思妙喻的艺术特点，更是因为他的诗歌中蕴含着深邃的思想内涵，既传递了一种艺术价值，又具有重要的启示意义。在众多经久流传的奇思妙喻中，圆形是邓恩特别钟爱的意象，圆形本身蕴含很强的象征意义，既彰显了玄学诗歌的艺术特点，又传递了整体合一的生态思想。

在《早安》中，邓恩以“两个半圆”来描绘恋人间平等、和谐的关系，表达了合二为一的生态整体主义思想，在《告别词：莫伤悲》中，这种整体内部协调一致的生态思想通过动态的“圆规画圆”运动得到了深化。

我们的灵魂即使是两个，
　　那也和圆规的两只脚相同，
你的灵魂是圆心脚，没有任何

① 李正栓，孙蔚：《约翰·邓恩〈早安〉的生态主义解读》，《外语学刊》2017年第3期。

② 王诺：《欧美生态文学》(修订版)，北京大学出版社2011年版，第128页。

动的迹象，另只脚移了，它才动。

这只脚虽然在中心坐定，
如果另只脚渐渐远离，
它便倾斜着身子侧耳倾听，
待到另只脚归返，它就直立。

对于我，你就是这样；我像另只脚，
必须倾斜着身子转圈，
你坚定，我的圆才能画得好，
我才能终止在出发的地点。①

（胡家峦　译）

邓恩将夫妻双方的灵魂比喻为圆规的两只脚，妻子是圆心脚，丈夫是圆周脚，圆规画圆是一个和谐的运动过程，代表着夫妻和谐的婚姻关系，邓恩此处表面在描绘丈夫如圆周脚奔走四方、妻子如圆心脚坐定家中的传统婚姻日常，但实则暗示相爱的双方只有共同努力、忠贞坚定才能画成一个圆满的圆形、成就美好的人生。圆规画圆正如人生的圆形生命运动轨迹，生死最终合一，这体现了邓恩生态整体观的进步思想。“非中心化”（decentralization 或 no centralization）是生态整体观的基本前提，其核心特征是对整体及其内部联系的强调，绝不把整体内部的某一部分看作整体的中心。在邓恩看来，圆规的两只脚代表一个事物整体的两个不同部分，只有两只脚的配合才能画成一个完满的圆形。邓恩并没有强调男性的主导地位，而是强调整体内部不同组成部分的作用与价值，这正是“非中心化”生态思想的表现，是对人类中心主义的超越。邓恩尊重女性地位，把女性放

① 胡家峦：《英国名诗详注》，外语教学与研究出版社 2003 年版，第 95~96 页。

在人类整体关系内部一个不可忽视的重要位置，因为一旦女性圆心脚的位置发生了移动，那么圆周脚也会偏离原来的运行轨道而导致最终无法画成一个完满的圆形。

三、灵魂与肉体的合一

灵魂与肉体的关系历来是宗教发展史上的一个永恒主题。基督教倡导灵魂之美，强调灵魂的圣洁，而肉体的享乐是被压制和禁止的。这种灵肉二元的思想源于古希腊的奥尔弗斯教和柏拉图。根据奥尔弗斯教的教义，肉体是灵魂的坟墓；柏拉图则认为肉体是灵魂的对立面，是灵魂的桎梏，只要肉体存在，灵魂就很容易受到肉体的沾染而丧失其纯洁性，更无法去获取真知。这种灵肉二元论思想在中世纪可谓一统天下，在文艺复兴和启蒙运动时期依然盛行，制约着人们的思考和行为方式。

埃里克·史密斯认为在西方认识论发展史上二元对立有多种表现形式，主要包括以下几种：自我与他者、主体与客体、灵魂与肉体。① 在这种背景下，邓恩的灵肉观也不可避免地受到传统文化思想的影响，在诗作中表现出了复杂的灵魂和肉体关系的论点：一方面，邓恩认为灵魂与肉体构成一对张力，是二元对立的，灵魂只有脱离肉体才能实现净化；另一方面，邓恩超越了二元论的思想束缚，认为灵魂与肉体是不可分割的，是紧密联系的合一整体。肉体是灵魂的载体和基石，灵魂无法剥离肉体而单独存在。

首先，在以爱情为主题的诗歌中，从其反映的男女两性关系的观点来看，邓恩主张灵与肉的合一，认为只有精神与肉体紧密结合的爱情才是真正完满的爱情。这种灵肉合一的生态爱情观在《告别词：莫伤悲》中久负盛名的“圆规”意象里得到了形象生动的描绘：

---

① EricTodd Smith. “Dropping the Subject: Reflectings on the Motives for an Ecological Criticism”. Branch, Johnson, Patterson and Slovic(ed.). *Reading the Earth: New Directions in the Study of Literature and Environment*. University of Idaho Press, 1998: 30.

我们的灵魂是一体浑然，
　虽然我人必须走，灵魂却
并不分裂，而只是延展，
　像黄金槌打成透明薄叶。

即使是一分为二，也如同
　僵硬的圆规双脚一般；
你的灵魂，那定脚，不动，
　倘若另一脚移动，才动弹。①

（傅浩　译）

这是邓恩在1611年随同罗伯特·特鲁里爵士一家出访法国前写给妻子的一首爱情诗。诗中邓恩将自己与妻子的灵魂比喻为圆规的两只脚，无论是在一起还是分开都将处于一个整体之内，有一个共同的支撑点。在人生这一漫长的圆形征途中，丈夫与妻子的灵魂呼应对照，共同构成一个息息相关的生命整体。在高度赞扬邓恩奇思妙喻的玄学智慧的同时，我们更应该认识到此处邓恩生态意识的流露和生态思想的进步。邓恩肯定了婚姻中女性的地位，表达了女性是理想爱情不可或缺的必要组成部分的理念，打破了婚姻中男性一元主导地位的思想，这与生态批评，特别是生态女性主义者所要解构的男权中心论不谋而合。

在诗作《空气与天使》中，邓恩再次描绘了一种灵肉合一的完美爱情，指出不寄托于形体的爱情根本无法存活：

　但既然我的灵魂——爱是其子——

① 约翰·但恩著，傅浩译：《约翰·但恩诗集》(修订版)，上海译文出版社2016年版，第136~137页。

采用了肉体，否则什么也不能做，
　那么，爱比其生母更精微，
若不也寄托于形体，必无法存活。
　所以，你是何许人，叫什么，
　　我教爱来问；爱既已
选中你的身体，那我就允许，
且把爱固定在你嘴唇、眼睛和眉宇。①

（傅浩　译）

此处，邓恩想象了一种灵肉合一的理想爱情，并为灵魂之爱找到了载体。在诗歌的开头，邓恩就表达了肉体之于灵魂的重要性，对脱离了肉体的灵魂之爱表达了遗憾之情，因为离开了肉体，灵魂将因失去载体而无法存活，爱情也就失去了它自身的价值。对于个体来说，四肢躯体是灵魂的物质承载，完美的爱情也应该“寄托于形体”，是灵与肉的合一，因此，我“把爱固定在你嘴唇、眼睛和眉宇”，让圣洁、纯粹的灵魂之爱有了寄托。

其次，在以宗教为主题的诗歌中，邓恩主张灵肉合一的宗教观，表达了联系、平等的生态整体主义观念。《出神》是邓恩的另一首阐释灵肉合一观的抒情诗作。邓恩认为，一个真正意义上的、具有完整人格的人应该是肉体与精神同在的。

“出神”是基督教关于祈祷的著作中常被述及的一种超常体验。基督徒在沉思、祈祷的过程中精神被无限地提升和净化，仿佛脱离了肉体，感受到了与上帝的同在。威姆斯在《论四个堕落的儿子》(1636)中写道：“当上帝的仆人们在精神上被提升起来，仿佛摆脱了肉体，出离了肉体时，他们

① 约翰·但恩著，傅浩译：《约翰·但恩诗集》(修订版)，上海译文出版社 2016 年版，第 93 页。

就可能看见某些上天的神秘向他们显现。"①此外，根据亚里士多德的宇宙论，每个天体中都有一个具有统治地位的神灵坐镇，天体与神明合一而存，缺之则化为虚幻。由于在中世纪时期禁欲和苦行观念盛行，肉体常被看作有缺陷的，甚至是邪恶的存在，也沦为了人类的堕落之源。于是，在基督教的思想中，人类的身体其实已经被逐渐转化成了肉体观念，进而，唯有摆脱肉体的牵绊，心向上帝的灵魂才能获得拯救，避免堕落，并最终得到上帝的恩典。

作为一名宗教信徒，邓恩并不否定精神和灵魂的作用，甚至高度夸赞精神、灵魂的作用，但同时，邓恩也在反思与内省中表达了灵肉合一的宗教观：

上天的影响不直接触及人，
　而首先在空中留下印记，
同样，灵魂可流入灵魂，
　虽然它首先去依附肉体。②

（傅浩　译）

在邓恩看来，灵魂与肉体是相互依存、不可分割的，如果不"去依附肉体"，不在肉体的结合中发生作用，那么灵魂也丧失了自身的意义和功能。邓恩表达了对灵魂与肉体、整体与部分关系的科学认识，这种灵肉合一的整体观与生态整体主义所倡导的整体的、联系的、平等和谐的基本观点相一致，表现出了超越时代的进步意义。

① 约翰·但恩著，傅浩译：《约翰·但恩诗集》(修订版)，上海译文出版社 2016 年版，第 142 页。

② 约翰·但恩著，傅浩译：《约翰·但恩诗集》(修订版)，上海译文出版社 2016 年版，第 141 页。

四、生存与死亡的合一

生与死是人类始终要面临的重要人生问题，也是一个永恒的哲学命题。中世纪基督教神学的死亡观带有浓厚的宗教色彩，认为人生的终极目标就是肉体死亡后灵魂的永生及灵魂的回归天堂。到了文艺复兴时期，哲学家们批判中世纪基督教的死亡哲学，把死亡看作人生必须面对的终极阶段，倡导生活在当下、追求现世幸福的人生观。生存与死亡构成一对矛盾，有生必有死。关于“死亡”的哲学思辨也成为邓恩诗歌中经常探讨的一个主题。邓恩的死亡观既打上了中世纪深刻的宗教烙印，又受到文艺复兴时期人文主义思想的影响，面对死亡，邓恩表现出了复杂的态度。

在古希腊的奥尔弗斯教的教义中有这样关于生死关系的明确描述：“肉体是灵魂的坟墓。……只有通过死亡，灵魂才能从它的禁锢之中解脱出来，才能从它身体的罪恶之中得到解放。生就是死，死就是生。”①这种宗教观点一方面表述了肉体与灵魂的关系，认为肉体是灵魂的禁锢、是灵魂沾染污秽的根源；另一方面，它也在不自觉中阐明了生与死的辩证合一，生与死这看似矛盾的两个极端也可以在对立中实现合一。

在一些以死亡—复活为主题的诗歌中，邓恩也表现了系统、联系的生态思想，阐述了整体、合一的生死观。《封圣》中“不死鸟”代表的凤凰意象就是生死相连的合一整体：

任你们怎么骂，我们被爱造就：
　　骂她是一飞蛾，骂我是另一只；
我们也是蜡烛，自付代价而死；
　　并且在自身发现鹰隼与鸽鸠；
　　　不死鸟之谜因我们有更多

① 王建华，张再林：《肉体里隐匿着灵魂自身的秘密——灵肉二元论之身体维度探析》，《中南大学学报》（社会科学版）2014年第6期。

　　含义；我们俩合一，就是它。
对一个中性的事物两性都适合，
　我们同样死复生，且以
　这份爱证明神秘。①

（傅浩　译）

在古埃及神话传说中凤凰是雌雄同体的鸟类，具有不死之身，灵魂不熄不灭，最终涅槃，在火中死亡又在火中重生，是一个完美的生命整体，生与死共同构成了一个完满的圆形，延续不断，在凤凰身上实现了轮回合一。雌雄同体本是一个生物学概念，指雄性与雌性共存于同一个体当中。雌雄同体也是生态女性主义所推崇的一种思想，其倡导的男女两性平等对话模式本身也是对男性中心主义的一种解构。邓恩将自己与爱人的“合一”比作具有两性特征的“不死鸟”，表达了整体合一的生态生死观。

在《病中赞上帝，我的上帝》一诗中，邓恩使用了“地图”“西方”等意象来描写自己濒临死亡时的情景。沃尔顿在《邓恩传》中引用了此诗，称该诗是邓恩于 1631 年在辞世前八天在病榻上所作的最后一篇诗作，标志着他文学生涯的结束。但也有学者认为该诗可能创作于 1623 年，当时邓恩身患重病，濒临死亡。无论哪种解释，无非集中于年代的争议，其中无可争辩的一点是邓恩在写这首诗时因身患重疾已然濒临死亡，这种身体状况促进了邓恩当时对死亡的反思，因此，该诗是邓恩身患重病、卧床不起时的心理状态和自我冥想的书写。

在诗歌的开头，邓恩就描写了一个特定的、近乎真实的场景：身患重病、处于弥留之际的邓恩卧床不起，一群医生围在病榻前，忙于诊断病人的疾病，商讨治疗方案。而诗人此时感受到的不是对死亡的恐惧，而是一种反思，甚至是对死亡的憧憬，诗人在想象他即将进入的神圣殿堂——

① 约翰·但恩著，傅浩译：《约翰·但恩诗集》(修订版)，上海译文出版社 2016 年版，第 80~81 页。

天堂：

我即将来到这神圣的寓所，
　　同你的天使歌唱队永在一起，
我将成为你的音乐；我来时，
　　在这门口把我的乐器谐调，
我必须在这里作事前的思考。①

（胡家峦　译）

邓恩意识到自己即将到达生命的终点，开始想象死亡时的场景：仿佛就要来到那神圣的天堂，将要加入上帝圣徒唱诗班的行列，自己也将成为天堂音乐的一部分。在天堂的大门口诗人欲调好乐器的丝弦，时刻准备为上帝奏响心灵的乐章。在死亡面前，邓恩毫无畏惧之感，反而显得非常淡然，因为他认为步入天国的神圣殿堂意味着他将洗涤掉尘世的一切污秽，即将与上帝生活在一起，因此，哪怕是死于热病的关隘，他也将泰然处之：

医生们由于他们的爱而变成
　　宇宙志学者，我是他们的地图，
平躺在这张床上；他们向我表明
　　这是我西南的发现，
　　穿过发烧海峡，将死在海峡旁边。
我欣喜，在那些海峡中看到了我的西方；
　　虽然激流从没送任何人归来，

① 胡家峦：《第三种类型的“亚当”——读约翰·邓恩〈病中赞上帝〉》，《名作欣赏》1994年第6期。

但西方会给我什么伤害？正如西和东
　　在平面地图(我就是一幅)上结合，
　　死亡也触及复活。①

（胡家峦　译）

邓恩将自己比作一张世界平面“地图”，而医生们则成为宇宙志学者，他平躺在病榻上，医生们出于仁爱仔细诊断他的病情，似乎已经预见到了病人正渐向“西南”：“西”为日落之处，象征死亡；“南”为地球之南部，是酷热之地，象征热病。“西南”意即诗人很快会因为热病而死亡，这也就是“西南的发现”。

正如葡萄牙航海家麦哲伦穿过南美大陆与火地岛之间波涛汹涌的海峡一直向西探险航行，最后死于菲律宾一样，诗人也即将“穿过发烧海峡”，“死在海峡旁边”，走向他的西方。从“西方会给我什么伤害”这一反问中我们可以看出邓恩对死亡的漠视与傲慢，他认为西方对自己毫无害处可言，表达了对死亡无所畏惧的态度。诗人把死亡仅仅看作他穿过海峡前往复活之地的必然途径。“东方”与“西方”相对，“西方”象征死亡，而“东方”是日出的地方，象征新生、复活与希望，因此，“东方”具有浓郁的基督教意味，与基督复活并获得永生这一基督教事件紧密相关。诗人并不畏惧死亡，尽管意识到肉体将死，但他深信死亡与复活也彼此衔接，死亡与永生看似相距遥远，就像一幅平面地图上的西方和东方一样遥不可及，但从另外一个角度思考，如果将平面地图置于球体环境当中，那么东西方必然会在地图的某处重合，死亡必“触及复活”。对人类而言，生死是循环反复的、是一个完整过程中的两个衔接联系的阶段，也正是这周而复始的过程促进了人类的繁衍与生息。

邓恩通过一张“平面地图”的形象比喻阐明了其生死合一观，根据这一

① 胡家峦：《第三种类型的“亚当”——读约翰·邓恩〈病中赞上帝〉》，《名作欣赏》1994年第6期。

比喻，“西方”(死亡)与“东方”(复活或永生)是每个个体在整个人生历程中必经的发展阶段，二者不可分割，并且最终会重叠合一。死亡的归宿是天国，死亡即得永生，这便是邓恩生死合一的生态生死观。

邓恩具有回归古朴大自然的生态情怀，他的玄学诗歌不仅蕴含了他本人的复杂生活经历，体现了自身的人格性情，也反映了他对人与自然、灵魂与肉体、生存与死亡等辩证关系的思考。尽管邓恩的生态思想还远不够成熟和完善，也并未形成系统的生态理论框架，甚至因为受到人类中心主义的禁锢表现得还不彻底，但无可否认的是邓恩已经以自己独特的方式，突破了传统思维模式的局限，在不自觉中运用了整体合一的世界观去看待宇宙中的万事万物，在转变人类对于自然的态度、抛弃人类中心主义与二元论思想、建立人与自然的共同体等思想方面邓恩经历了一系列的发展转变，并最终在思想的矛盾与挣扎中逐渐萌芽了整体合一的生态意识，为英国生态文学的创作提供了启示。

第二节　乔治·赫伯特的自然观、环境意识和生态思想

乔治·赫伯特以宗教抒情诗的创作闻名于英国文学史，其代表作宗教诗集《圣殿》奠定了他在英国17世纪玄学派诗歌中杰出代表的重要地位，“被普遍认为是英国属灵诗人中的翘楚”①。赫伯特诗歌中所蕴含的虔诚的宗教思想赢得了各界人士的广泛赞誉，实际上，赫伯特在抒发自身种种宗教体验的同时，并没有受到所处时代的束缚和创作主题的限制，他的宗教诗表现出了有别于中世纪宗教诗的独特之处。一方面，赫伯特沿袭了中世纪时期上帝的传统形象，书写正统的基督教体验，传达了坚定而不动摇的基督教信仰；另一方面，他以更加开放的态度，继承了文艺复兴的人文主义精神，超越了历史局限，为宗教诗歌增添了新的内容，不仅展现了虔诚

① 麦格拉斯著，苏欲晓等译：《基督教文学经典选读》(上册)，北京大学出版社2004年版，第488页。

的宗教信仰和神学观念，而且面对17世纪这样一个充满变革的时代，赫伯特在书写人神关系的同时，积极思考人与自然、人与世界等多维关系，巧妙地把虔诚基督教思想与自然观、环境意识、生态思想融合在一起，达到了世俗与神圣、物质与精神的有机统一。

一、虔诚宗教情愫中的自然乐园

17世纪是英国社会、政治大动荡的年代，历经了资产阶级革命与王政复辟等重大历史变革，充满了尖锐激烈的政治和宗教斗争，面对这样的历史境况，很多诗人退隐乡间，自我沉思，以求寻找灵魂的慰藉。这种把现实花园作为逃离政治动荡的退隐之地的思想文化背景促进了英国文艺复兴时期园林诗歌的创作，使得园林诗歌获得了强劲的发展动力，涌现了很多园林诗人。他们以园林为创作主题，在诗歌中描绘的园林可以分为两类，一类是有形的现实园林(或称为世俗的爱情园林)，另一类是无形的精神园林(或称为基督教乐园)。

英国玄学诗人以不同的方式，在不同主题的诗歌中通过各种丰富多彩的园林意象表达自己对自然的热爱、对社会的沉思、对爱情的观点。“爱情既有世俗之爱又有神圣之爱，两者形成对照。不过，描写世俗之爱的诗歌远远多于描写神圣之爱的诗歌。在文艺复兴时期英国园林诗歌中，与爱情相联系的园林意象几乎俯拾即是。”①据此推理，第一种园林诗歌(即描写有形的现实园林的诗歌)要多于第二种园林诗歌(即描写无形的精神园林的诗歌)。第二种园林诗歌多见于宗教诗人的作品中。赫伯特的园林诗歌多以描写精神园林为主。

实际上，在赏析赫伯特的诗歌时，大部分读者感受到的是他诗歌中蕴含的虔诚的宗教情感，很少有人意识到赫伯特的宗教抒情诗集《圣殿》中的很多宗教诗歌同时也是园林诗歌，充满了各种园林意象。园林意象常与爱

① 胡家峦:《文艺复兴时期英国诗歌与园林传统》，北京大学出版社2008年版，第40页。

情主题联系在一起，诗人通过树木、花草、果实等自然园林意象抒发内心与自然生命相共鸣的感受。但与很多其他园林诗人不同的是，赫伯特在园林诗歌中并没有描绘世俗园林带给人们的爱情体验，而是通过走进自然，置身于大自然当中，使用园林意象表达了他对上帝虔诚的感恩之情。在园林诗歌中他并不指责花园的感官愉悦，相反，他赞赏这种生活，认为现实园林带给人的愉快感官生活是通向上帝的阶梯，拉近了人与上帝之间的距离。

赫伯特诗歌中描绘的园林是一个理想的自然世界，在这里，赫伯特不仅感受到了自然景物带给他的快乐与慰藉，而且在自然界这个大花园中赫伯特沉思上帝，感受上帝的荣光与恩典。“花园是园林诗歌的一个典型意象。一方面，花园是一个可以让人得到感官愉悦的地方，但是，另一方面，在文艺复兴时期英国诗人们看来，花园也是一个学习的地方，更是一个对人生、社会、自然、宇宙和造物主等诸多方面进行沉思的地方。”①花园在园林诗歌主题意义的表达上起着至关重要的作用，在花园里面我们通常能够看见花、草、树木等自然意象，它们是构成大自然的元素，也是诗人与外界进行互动的媒介。

赫伯特笔下的园林具有持久与再生的性质，一方面人受到自然的限制，另一方面，人可以走进并拥有自然。赫伯特的图形诗《乐园》就是一首非常典型的园林诗歌，更具体地说，是一首宗教园林诗歌，因为它具有感官和精神的双重含义，既带给人们世俗花园的愉快感官感受，同时又蕴含了深刻的基督教思想与精神，在虔诚而又真挚的宗教情愫中赫伯特描绘了一个休憩身心、沉思上帝的理想乐园。

《乐园》全诗共五个诗节，每节三行，诗人从内容和形式两个方面把他对上帝虔诚的宗教思想融入自然园林意象中，以表现神恩的伟大、人与自然的和谐。下面我们以第一和第二诗节为例来分析赫伯特诗歌中园林意象

---

① 胡家峦：《文艺复兴时期英国诗歌与园林传统》，北京大学出版社 2008 年版，第 59 页。

运用的独特表现手法，以及由此展现的赫伯特的自然观、生态思想和宗教情感的多维融合。

Paradise

I bless thee, Lord, because I GROW
Among thy trees, which in a ROW
To thee both fruit and order OW.

What open force, or hidden CHARM
Can blast my fruit, or bring me HARM
While the inclosure is thine ARM?

我祝福你，主啊，因为我　　生长
在你的树木间，这些树木排列　成行
并长出果子和秩序，感谢你的　荣光。

有什么隐秘的魔力或公开的　　力量
能使我的果子干枯，或把我　　损伤?
那圈起的篱墙是你的　　　　　臂膀。①

（胡家峦　译）

首先，这首诗从形式上表现了乐园中的对称和秩序，从寓意上流露了对上帝作为宇宙秩序的缔造者和维护者的敬仰。每个诗节中每一诗行末尾

① 胡家峦：《文艺复兴时期英国诗歌与园林传统》，北京大学出版社 2008 年版，第 177 页。

押韵的单词字母数量依次递减，从 GROW（生长）到 ROW（成行），再到 OW（荣光），从 CHARM（力量）到 HARM（损伤）再到 ARM（臂膀），这种字母数量有规律地递减是诗人刻意安排的，用来“暗示作为园丁的上帝为园中的树木（基督徒）‘整枝’的恩典”①，从而象征性地体现了作为园丁的上帝对园中的树木（基督徒）做了必要的“剪枝”，以便在诗人和所有其他基督徒身上结出更好的“果子”。

其次，从内容方面，该诗充满了诸如“树木、果子、篱墙”等园林意象。通过“乐园—教堂”这一类比，诗人实际暗示着基督徒们的灵魂和精神都受到了教会和上帝的保护。上帝的“臂膀”犹如乐园的“篱墙”一样将诗人围在墙内，与外界的一切相隔绝。花园与旷野形成鲜明的对照，篱墙把园内的树木、花草与旷野上的野草分开，野草在旷野上因为受到自然界各种力量的攻击终将枯萎，而园内的树木和花草则因为得到了神恩的保护而不会遭受任何损伤。在这里，“乐园”就是教堂的象征，而圈起乐园的“篱墙”或上帝的“臂膀”则暗指教堂的围墙。基督教徒们受到上帝的庇护，在乐园里过着一种秩序井然的和谐生活。

这首诗歌的内容与形式相互作用，相得益彰，和谐统一，内容通过形式表现，同时，形式也加强了内容的表达效果。诗人赫伯特巧妙地使用园林意象，利用诗歌形式与内容的紧密结合和相互作用，把他对上帝虔诚的基督教思想和对上帝恩典的感激之情表现得淋漓尽致。

《乐园》这首诗中的“上帝—园丁；基督徒—树木”这一隐喻其实来源于《圣经》，以上帝创造伊甸园的故事为基础，在伊甸园中亚当修剪和维护树木和花草，但同时他也是花园的一部分，也是上帝作为造物主进行修剪的对象。在包括赫伯特在内的文艺复兴时期英国作家看来，一切花园都是对伊甸园的模仿，伊甸园是花园的原型。在这样的一种境界中，赫伯特既置身于一个长满树木、果实累累的自然乐园当中，也通过心灵的沉思，以一

① 胡家峦：《文艺复兴时期英国诗歌与园林传统》，北京大学出版社 2008 年版，第 159 页。

种谦卑的态度感知上帝，融入一个与上帝和谐共处的想象乐园当中。

在这首诗中，赫伯特对“篱墙”这一园林意象的运用也可谓独具匠心。乐园的“篱墙”犹如上帝的“臂膀”一样将诗人围在墙内，保护着诗人，使他与外界的一切危险相隔绝。作为一个基督教徒，此处赫伯特把自己物化，比喻成自然界中具有植物属性的树木，把上帝比作园丁。赫伯特所渴盼的这一“植物属性”正恰到好处地表明了他对自然的关注，对人与自然、宗教之间关系的思考。

宗教是赫伯特诗歌的最重要主题，然而，他对基督教复杂而又丰富的情感体验与对自然的认知交织在一起，这体现了在17世纪英国资本主义萌芽与发展的过程中，面对物质需求、财富欲望，赫伯特内心始终保持着虔诚的宗教情愫，作为一名虔诚的基督徒，他坚信人类与自然是上帝的造物，但同时也在思考大自然的内在价值，凸显了自然、人类、宗教在同一生存体系内共存、共生的艺术审美旨趣。

在《乐园》这首诗中，最能体现诗歌宗教主旨的园林意象就是“乐园—教堂”。通过这一类比我们可以看出赫伯特服侍上帝的人生选择和毕生虔诚从事宗教诗歌创作的深刻原因。在赫伯特看来，“上帝之爱比女性之爱更可敬”，他坚定了作为一个基督徒服务上帝的决心。“他在诗中说他要把自己全部的爱献给上帝，用他的诗使神坛兴旺，同时指责众多世俗爱情诗的粗制滥造，并哀叹‘仰望上帝和天国的诗歌’寥寥无几”。① 1633年赫伯特的诗集《圣殿》出版，在几乎所有的诗歌中他都采用内心独白或者对话的形式探讨了“人神关系”，以表达他对上帝的虔诚之心。在服侍上帝的过程中，赫伯特的内心也经历过处于“园内”与“园外”的挣扎，他感到自己的生活受到种种义务和要求的束缚，因而牢骚满腹，甚至陷入绝望、发狂(《项圈》)。② 他的自我意志受到了上帝的约束，但是经历了长期绝望的挣扎之

① 胡家峦：《圣经、大自然与自我——简论十七世纪英国宗教抒情诗》，《国外文学》2000年第4期。

② George Herbert. “The Collar”. *The Poems of George Herbert*. Oxford University Press：157-158.

后，在某个特定的时刻赫伯特发现自己在“乐园”内得到了神恩的保护，上帝保护着他的灵魂的乐园。正如赫伯特自己所说：“‘那圈起的篱墙是你的臂膀’，任何‘公开的力量’或‘隐秘的魔力’都不能使他的果子枯萎；而一旦进入篱墙里面，他就能避开严寒酷暑，不受自然进程的影响，并超越季节的变化。”①

赫伯特在《雇佣(二)》中也运用了同样的隐喻：“上帝—园丁；基督徒—树木”，通过自然园林意象来表达他对上帝虔诚的基督教思想和感恩之情。在第五个诗节，诗人表达了他对橘子树的羡慕，甚至希望自己也能成为一棵橘子树，像它那样硕果累累，达到既开花又结果的理想状态，永不缺少果实，以献给为他“修剪枝条者”的上帝。这种对橘子树的植物生命的渴望既表明了赫伯特的虔诚宗教热情，又彰显了他对人与自然、宗教之间关系的沉思。一方面，结满果实的树具有人类灵魂提升的基督教象征寓意，暗示了赫伯特虔诚的宗教情愫；另一方面，这一植物意象也表达了赫伯特对植物生命自在、随意状态的追求，对自己的灵魂受到束缚的苦恼与挣扎。这种矛盾的思绪构成了赫伯特诗歌中的一种张力，时常流露在字里行间，表达了赫伯特内心深处复杂的宗教与世俗体验。也正是在这种富有张力的语境中，在这个由上帝创造、保护的乐园中，赫伯特仔细观察着大自然，将自己的宗教情愫、灵魂体验与对自然的感知融合在了一起。

二、人、神、自然和谐统一的生态整体意识

人们对赫伯特诗歌的高度评价更多地源自他的宗教抒情诗集《圣殿》所表达的对上帝虔诚的宗教思想和丰富的宗教意象，很少有人关注赫伯特突破传统宗教诗人的思维界限所展现的独特的诗歌见解和表现方式，领悟他传统宗教思想与前瞻性自然观、环境意识以及生态意识的和谐统一。

人神关系是赫伯特诗歌的永恒主题，也是宗教诗歌的一个根本要旨，

① 胡家峦：《文艺复兴时期英国诗歌与园林传统》，北京大学出版社 2008 年版，第 178 页。

赫伯特同时代的宗教诗人的作品都传递了上帝的威严、力量，甚至是愤怒，但是，在赫伯特的宗教诗歌中，这些仅仅是上帝形象的一部分，除了传统、主流的宗教体验外，赫伯特还切身感受并传达了上帝的仁爱、怜悯与和善，上帝的形象也因此更加立体和丰满，更具人性化的色彩。

在描写人神关系时，赫伯特抒发了传统的基督教信仰精神，表达了一名基督徒谦卑而自制的宗教体验，与此同时，也表现出了不同于传统宗教诗人的写作风格与特色。在感受、冥想上帝的过程中，赫伯特巧妙地融入了自然元素，甚至将自己植物化，“树木”“果子”等自然意象的使用让他的宗教诗显得更加生机盎然、趣味横生，在很大程度上摆脱了中世纪时期宗教诗歌留给人们的刻板印象。自然元素是赫伯特本人的精神投射，在赫伯特的笔下，上帝不仅是一个超自然的存在，是人类与“树木”“果子”“花朵”等自然万物的缔造者，同时，上帝也是无处不在的，存在于诗人的想象世界里，潜在于自然世界当中，把整个宇宙联结为一个和谐、有序的统一整体，并且随时随地可以与人进行精神的交流。

人、神和自然之间的关系可以追溯到基督教传统。“按照基督教传统，伊甸园是上帝为人类创造的美好的居住地，而在古典传统中，花园既是自然女神的女儿，又是自然本身的象征。因此，伊甸园与人类、上帝和自然都密切相关。”①弥尔顿在其长篇史诗巨著《失乐园》中也有很多关于三者关系的细节描述。作为一名虔诚的基督教诗人，赫伯特沉思上帝和世间一切造物，以一种整体联系的生态意识表现了人、神和自然之间的和谐。

在赫伯特看来，自然的和谐反映宇宙的和谐，并最终反映和谐的神圣之源——上帝。宇宙的和谐是万物一致性的体现，也是上帝作为和谐的神圣源泉的昭示。上帝潜在于世界万物之中，因此，赫伯特在沉思世间万物的同时浸润了他虔诚的宗教情怀。“树木”“果子”“花朵”等自然生命的神采特质与诗人内心的情感、个性、精神相契合，并产生共鸣，他们是赫伯

① 胡家峦：《文艺复兴时期英国诗歌与园林传统》，北京大学出版社 2008 年版，第 260 页。

特内心灵动与自由的写照、虔诚宗教情感的表达，也是赫伯特对自然、人、神之间关系的感悟，对宇宙存在之链的思考。在与自然生命的亲和交融中，赫伯特将自己置身于一个完美融合的人神合一境界，感受与上帝在精神上的交流、共鸣，实现了人、神、自然的和谐统一。

赫伯特将自己植物化，在想象中建构了一个与上帝和谐共处的自然乐园，进而，赫伯特更加大胆地发挥创造性思维，突破了人类中心主义的枷锁，不仅流露了自己想变成一棵橘子树的热望，甚至也赋予上帝植物化的属性，使人与上帝在看似平行而不相交的关系中具有了内在的相似属性。在这里，人与人、人与自然、人与上帝都处于一种和谐的状态，象征诗人幸福的理想境界。

根据中世纪以来盛行的存在之链理论，自然界中的植物属于无理性但有生命的低级存在，只有生长功能但无感知功能。但在赫伯特看来，花草树木仿佛都有了人的情感，人，甚至是上帝也具备了植物的自然属性，实际上，这种情感是诗人主观情感的折射，把现实世界与象征世界融为了一体，也是诗人的一种主观愿望。

在诗作《花朵》中，赫伯特不仅表达了想要成为上帝的乐园中的一株植物的愿望，进而把上帝比作芬芳的"春天的花朵"，他不仅期望自己成为自然界的一部分，也把上帝理解为自然界中具有季节性生命的植物。春天是一个充满希望、能够治愈悲伤的美妙季节，万物复苏，生命循环；花朵的美丽、芬芳不仅给人带来欢乐，也可以慰藉人的心灵、抚慰人的伤痛。因此，花朵的生命具有循环性，其植物属性具有比人优越的生命品质，甚至具有与上帝相似的力量与特征，上帝如同"春天的花朵"一样能够复活。在此基础上，赫伯特建构了上帝与花朵之间的联系，把上帝比作自然界中随季节更替变化、具有植物生命的花朵："啊，上帝，您的复活多么新鲜、甜蜜、洁净！/就像是春天芬芳的花朵。"①

"花朵"是这首诗歌统领性的意象。自然界中的树木花草是循环生命的

① Helen Vendler. *The Poetry of George Herbert*. Harvard University Press, 1975: 49.

象征，正如人的一生，从出生到青壮年，再到老年和死亡的不同阶段，与花草的萌芽、成长、繁荣和枯萎相对应。赫伯特通过使用明喻、暗喻等多种修辞手法，借助自然元素，表达了对人、上帝、自然之间角色的思考，从第一个诗节中芬芳的“春天的花朵”的上帝形象到第二个诗节诗人把自己的心灵比喻为“凋零的花朵”，可以看出，上帝与人都具有花朵的意象，重复花朵的生命属性，但这两种花朵的生存状态截然不同，这暗示了赫伯特复杂的心境，上帝如春天的花朵般芬芳、鲜艳、美丽；而人类的花朵却因内心的苦恼而失去色彩。上帝的力量、威严与人类的堕落、无奈形成了鲜明的对比，在这无助的痛苦中，赫伯特想到了仁爱的上帝：

　　啊，过去，在您的天堂，
我迅速变化，在那儿，花儿不会枯萎！
　　多少个春天，我快速成长，
朝着天空，生长着，呻吟着：
　　我的花儿并不想要
　　春天的雨露，
我的罪与我系在一起。①

诗人一方面通过花朵的意象抒发了对生命与美的短暂性的感悟，另一方面，赋予了花朵很强的基督教神学象征寓意，借以表达对人类灵魂堕落的愧疚感和对上帝荣光与恩典的赞美之情。花朵朝着天空生长象征着人类灵魂的成长与心智的成熟，天堂是上帝的寓所，花朵生长指向天空，比喻人类灵魂向着上帝。只有怀着一颗谦卑和渴望救赎的虔诚之心，承受一切在上升过程中精神与肉体的痛苦和压力，上帝必然宽恕人类的罪恶，人类才能最终抵达天堂，与上帝重新在一起，再次居住在上帝的花园中，感受

① Helen Vendler. *The Poetry of George Herbert*. Harvard University Press, 1975: 51.

春天的雨露和上帝的“奇迹”：

　　爱之主，这一切皆是您的奇迹，
使我们看到自己只是转瞬即逝的花朵；
　　我们曾经找到并确实，
在您给我们的花园中居住，
　　我们因此而人数不断增多，
　　通过积累而变得膨胀，
由于傲慢而丧失天堂。①

人与花朵之间的共性是二者都要经历生长、繁茂和死亡的生命过程。当人在成长的过程中，如果像花朵一样“傲慢”，不顾一切地向上，那么就会如同花朵一样受到上帝的惩罚，“转瞬即逝”；如果人保持谦卑的态度，感恩并热爱上帝，那么，作为“爱之主”的上帝就会让人重返天国。上帝与花朵的共性之处在于上帝能够像花朵一样随着季节的更替具有循环性的生命，能够“复活”。通过“人—花朵—上帝”的类比，赫伯特构建了一个人、神、自然和谐、有序且相互联系的世界。这种整体、联系的观点正是生态文学的一个基本特征。

把人的生命与花草联系在一起的诗歌创作实践在文艺复兴时期比较盛行。培根曾在《树林》中阐释人与花草的异同；斯宾塞在长篇史诗《仙后》中把玫瑰比喻为人生的“影像”；赫里克在《给少女们的忠告》一诗中表达了“花开堪折直须折，莫待无花空折枝”的“及时行乐”主题。这种将人与花草进行类比的诗学理论与实践有着深厚的思想渊源。根据亚里士多德的灵魂之说，人的灵魂分为理性灵魂、动物灵魂和植物灵魂三个部分。② 其中的

① Helen Vendler. *The Poetry of George Herbert*. Harvard University Press, 1975: 53.

② 胡家峦：《文艺复兴时期英国诗歌与园林传统》，北京大学出版社 2008 年版，第 209 页。

植物灵魂解释了人与花草树木的植物性的相似属性。花草受自然力量的支配，正如很多宗教教义的宿命论中人受命运的支配一样，人的生老病死与花草的荣枯盛衰、生长繁衍相一致，因此，花草生长的意象常被用来形容和描绘人的心灵状况和生存状况。

中世纪盛行的“存在之链”理论在文艺复兴时期依然具有很强的影响力，它一方面阐释了宇宙的连续性和多元性，体现了宇宙的和谐、有序，另一方面也反映了宇宙中各种多元存在的不同等级划分，意味着不同形式存在的位置、身份及地位的差距。在宇宙生存之链上，自上而下依次排列着上帝、天使、人、动物、植物和金石，除金石外，其他都是有生命的存在。在有生命属性的存在中，人居于中间位置，是沟通物质世界与精神世界的纽带，人的位置与等级仅次于上帝和天使，而动植物则处于很低的不受重视的位置，这也反映了文艺复兴及中世纪以前人类对于动植物的轻视态度。

作为一名基督教诗人，赫伯特的宗教诗之所以经久流传的一个重要原因在于他的诗歌充满了艺术活力，而这种活力的源泉之一便是赫伯特虔诚宗教情愫与自然生命的逸动。赫伯特把丰富的基督精神与对自然的歌颂融合在一起，既继承了传统宇宙论的观点，认为上帝位居生存之链的首位，人类与动植物都是上帝的仆人，同时又不否认在生存之链上位于较低等级的动植物具有优于人类的生命特性和功能，读者在感受赫伯特丰富的宗教情感的同时，也置身于自然界的大花园中，感受真实的自然生命形象。

想要变成一棵橘子树或花朵的愿望表现出了赫伯特对自然的关注，特别是对植物优于人类生命品质的赞美。在诗歌《生命》中，赫伯特也传递了这种自然情感：

别了，亲爱的花儿，你已然度过了甜美的时光，
当你盛开时，散发芬芳、点缀装饰；
死亡之后，用作草药、治愈疾患。

我无怨、无痛地追随你，
如果我也拥有如你一样甜美的芬芳，哪怕生命
同你一样短暂，我也不介意。①

在赫伯特看来，人与自然并不是处于二元对立的状态，自然界中花草树木的美丽、芬芳不仅给人带来欢乐与慰藉，甚至自然生命消亡之后被用作草药，还在继续为人类服务，毫无保留地奉献自己的全部价值，因此，诗人愿意追随花朵，放弃存在之链的等级差异和优越感，哪怕生命短暂，也以心灵的提升和精神的美德为自身最大的价值和快乐。对于植物生命价值的赞颂表明了赫伯特对自然世界物质的肯定和对精神领域美德的赞美，他并没有低估存在之链上植物无理性只有生长功能的特性，而是肯定了植物的生命意义和精神美德，表达了人与自然和谐存在的美好愿望。

“17 世纪英国诗人兼评论家查尔斯·科顿在评价赫伯特的诗歌时，就曾经指出赫伯特拥有一个‘充满和谐思想的灵魂’。”②赫伯特相信宇宙秩序和存在之链的连续性，赞同古希腊毕达哥拉斯学派提出的传统的“和谐说”，但更重要的是，他将自己融入自然生命进程当中，以谦卑的态度表达了人与万物同源，与万物平等的生态观点。世间万物在给人类带来美的感受和愉悦的同时，它们都有自己的内在价值。赫伯特的朴素的生态思想正是集中体现在他对自然界动植物的关注与描写上。

赫伯特对自然充满了崇敬之情，他在诗歌中用一种具有生态意识的语言描述了人与自然和谐共处的画面。在诗作《人》中，赫伯特描写了自然与人类的亲善关系。人类在宇宙生存之链的等级虽然高于自然界中的动植物，可人类在“疾病缠身”时，却少不了来自自然界的草药对人的照顾：

① George Herbert. *George Herbert: The Complete English Poems*. Penguin Books, 2004: 87.

② 吴虹：《赫伯特宗教诗歌研究》，浙江大学 2014 年博士学位论文，第 45 页。

有这么多的仆人在精心照料，
受优待的人却并不知晓。
到处奔走，践踏那些同他亲善的小草，
当他疾病缠身时，可少不了这些草药。
啊！人虽自成一个世界，他却需要另一个世界的
关心照料。①

赫伯特采用的花草树木意象散发着英国本土田园式的芬芳，流露着内心涌动的丰富宗教情感和深邃的思想内涵，反映了赫伯特对自然植物生命存在地位的珍视，对人与上帝、自然之间和谐关系的思考。这种多元和谐统一的自然观、世界观虽然具有很强的基督教神学象征意义，但反映了赫伯特已经以一种前瞻性的整体合一的生态意识去理解宇宙秩序，体现了英国文艺复兴和动荡不安的 17 世纪时期人们对和谐生活状态的追求，对平等、有序宇宙秩序的渴望。

在赫伯特所描绘的生机盎然的自然图景中，他不仅表达了对植物生命的赞美，还描述了人与动物和谐共处的自然之音、生态之魂。“人类与动物都是伊甸园的生态环境中不可或缺的环节。”②在诗作《圣诞节》中，赫伯特写道：

我的灵魂也是牧人；他喂养
思想、言语和行为的群羊。
牧场是你的话语：溪流是你的恩典，

① George Herbert. *The Temple*. See George Herbert. *George Herbert: The Complete English Poems*. Penguin Books, 2004: 84. 同时参见[美]爱默生著，波尔泰编，赵一凡等译：《爱默生集(上)：论文与讲演录》，三联书店 1993 年版，第 52~53 页对赫伯特诗歌《人》的节选诗行的翻译。

② 南宫梅芳，魏文：《文学里的生态——英美生态文学赏读》，北京大学出版社 2015 年版，第 61 页。

使这里肥沃异常。
牧人和羊群将歌唱，我用全部力量
来歌唱，超出白日的时光。①

（胡家峦　译）

赫伯特将自己的灵魂比喻为"牧人"，忠诚地在牧场上放牧群羊；"牧场"暗示着代表上帝话语的基督教典籍《圣经》，赫伯特在上帝恩典的泽被下，心怀虔诚的感激之心，克服了文艺复习时期盛行的人本主义的大众骄傲情绪，甘愿做上帝的牧羊人，不为世俗利益所动，在尘世生活中忠诚值守，担当救赎世人灵魂的重任，以道德的力量约束自己的言行举止，修身养性，歌唱上帝、赞美上帝。可以看出，作为一名基督教诗人，赫伯特以诗为媒，以"群羊""牧场""溪流"等自然界万物为介，构筑了一个在上帝的保护之下人与自然和谐共处、物我合一的生动画面。

在上帝神恩的庇护下，"这里肥沃异常"，牧人和羊群都将歌唱上帝，颂扬上帝的光芒。正是在这样一个富有想象力的自然图景下，赫伯特在描绘自己作为一名牧师的精神生活的同时，抒发了内心虔诚的基督教思想，并流露了对自然元素的关注、对和谐宇宙的向往。赫伯特不仅强调传统宗教主题诗歌的道德寓意和对人的品德教诲，而且将这种深层次的宗教情感经历融入人对大自然的情感依附中，凸显了对人与自然、宗教之间关系的深层次思考。

"文艺复兴时期人们还认为，只有品德完美的艺术家才能察觉并摹仿神圣的和谐。"②赫伯特作为一名牧师，因其虔诚之心和仁善之举被誉为"圣赫伯特"，通过心灵的沉思与朝圣，纯洁的精神如同花朵一样向上生长，朝着阳光，摒弃罪恶。依靠道德的力量，人的精神实现了自我超越，

① 胡家峦：《文艺复兴时期英国诗歌与园林传统》，北京大学出版社 2008 年版，第 208~209 页。

② 胡家峦：《文艺复兴时期英国诗歌与园林传统》，北京大学出版社 2008 年版，第 132~133 页。

逐渐升腾于自然之上，并在宏大的宇宙框架内与上帝实现了和谐的人神合一。

赫伯特虽然是一名基督教诗人，但他在仔细观察着大自然中的一切，并将自己的宗教情感与对自然界的感知交融在一起。大自然是一个滋养精神、提升心灵的场所，也被赫伯特赋予了丰富的神学象征意义，为赫伯特提供了丰富多彩的意象，为他抒发灵魂深处的宗教体验提供了灵感和语境。诚然，赫伯特的自然观是在英国17世纪特定的历史文化背景下形成的，受当时自然科学发展水平的限制，并且与基督教神学有着千丝万缕的联系，与辩证唯物主义自然观相距甚远，但是，赫伯特在宗教诗歌中已然展现了对自然的关注，对人与自然、上帝之间相互关系的思考。大自然为赫伯特抒发内心的宗教情愫提供了载体，为他阐释丰富的精神体验提供了语境。

赫伯特以一种整体、联系的生态意识在诗作中描绘了自然、人、上帝之间的关系，并没有因为基督教的精神信仰而否认自然的存在，同时也并未否认自然界中动植物在生存之链上的地位及其带给人的感官愉悦，赫伯特表现出了一种前瞻性的生态思想，把自然看作一种沟通媒介，通过使用花草树木等自然意象，营造了一个充满神恩的和谐花园，将现实的自然世界与想象的象征世界融为一体，在神学想象世界中构筑了一幅和谐的画面，既有传统宗教诗歌的意蕴，与中世纪的宗教诗歌遥相呼应，又表现出了超前的环境意识和生态意义，体现了对自然界动植物的人文关怀。

赫伯特继承并吸收了古代和中世纪的传统，同时融合了文艺复兴时期的人文主义理念，将人与自然的关系与他的宗教体验和情感融合在一起，总体上说，基督教象征意义在赫伯特的诗歌中占有重要地位，在他的诗歌中，存在大量的花草树木、鸟兽等动植物意象，但归根结底，这些自然意象无疑与宗教有着千丝万缕的联系，这是一种艺术审美中的情感力量，自然与宗教在赫伯特内在的情感与想象力层面达到了统一。生活在17世纪的赫伯特所表现出的朴素的生态思想是难能可贵的，也为英国生态文学的发展产生了一定的影响。

第三节 马维尔的自然观、环境意识和生态思想

在17世纪英国玄学诗人当中，安德鲁·马维尔(Andrew Marvell，1621—1678)的名气虽比不上约翰·邓恩，但当属该流派中具有鲜明风格特色的诗人代表。马维尔将玄学派的奇思妙喻诗风与16世纪伊丽莎白时期爱情诗中的浪漫主义情调、18世纪古典主义的理性艺术相融合，他的诗歌跨越了两个时代，“标志着从文艺复兴后期向古典主义的过渡”①，因此，马维尔被一些评论家赞誉为是一位承前启后的伟大玄学诗人，在英国诗歌发展过程中起着重要的作用。

玄学诗歌在17世纪繁荣兴盛，在18世纪和19世纪备受忽视和冷落，马维尔的诗集在刚出版时并未引起人们的注意，随着20世纪玄学诗歌的复苏和玄学诗人从历史的尘封中重见天日，马维尔作为其中的一员才逐渐引起公众的关注，其诗歌独特的艺术魅力，才被人们所挖掘和赏识，特别是诗歌优美的意境及其散发的一股清新的自然气息，历久弥新，吸引了越来越多的读者。

马维尔具有良好的教育背景，毕业于英国剑桥大学，获文学学士学位。马维尔活跃于政坛，曾受雇于奥利弗·克伦威尔，并写诗歌颂这位清教徒“护国公”。1657年被任命为当时英国政府的拉丁文秘书、已经失明的弥尔顿的助手。1659年被选为议员，活跃于国会内外，直至去世。马维尔的政治生涯使他获得了对事物更加敏锐的观察力和深刻的洞察力，他利用自己的文学天赋，创作了许多政治讽刺诗和小品文，抨击政府的腐败和宗教的迫害。他还热衷于公益事业，备受人们的尊敬，颇具人格魅力。其诗作数量不多，一共六十首左右，此外还有十几首未署名的，大部分诗作是在他死后发表的，而其中脍炙人口的诗歌不过早期创作的三四首，《致他的娇羞的女友》和《花园》为其最著名的两首代表作。这两首诗歌无论从主

① 杨周翰：《十七世纪英国文学》，上海人民出版社2016年版，第176页。

题、内容，还是从结构、形式上，都体现了马维尔独特的艺术风格与玄学才智，是他跨越“抒情诗风”与“理性时代”两个诗歌潮流的伟大标志，直到今天，依然闪烁着耀眼的光芒。

一、花园境界——人的理想世界

马维尔“不但继承了伊丽莎白时代爱情诗中的浪漫主义传统，成为一位具有浪漫主义气质的诗人，而且开启了18世纪古典主义的‘理性时代’”①。他的诗歌诙谐、优美、浪漫，又不乏理性的哲理风格，为17世纪玄学诗歌注入了一股新鲜的活力和生机。

《花园》是马维尔的代表作，该诗意象生动、文字优美、音韵和谐，具有独特的艺术魅力。品读《花园》，犹如漫步在一幅充满田园气息的美丽的自然图景之中，读者身临其境地感受到诗人用沉思与智慧描绘的生动的心灵画卷，陶醉于那静谧优美、和谐融洽、纯真无邪的自然风光当中。诚然，这一花园境界是马维尔对现实花园的冥想而产生的，它代表了马维尔向往的理想世界，也是马维尔逃离现实和想象中的一个纯粹、美好的世界。

在诗歌的开篇，马维尔便表达了对现实社会的不满，婉转地谴责了世俗世界中人们的贪念与虚荣。他认为，世俗社会中人类的很多行为是忙碌而没有意义的，最终只会陷入迷途。很多沽名钓誉之人“不停地劳心劳力”，终日营营，只为获得高官、战功等所谓的胜利，却不懂得享受花园的美景与快乐。马维尔意在说明现实社会中人们为了追求各种功名利禄把大量时间花在狂热的努力上的行为是错误的、徒劳的，最终带来的只有身心的疲惫，美丽的花园境界才是人的理想世界，自然界中的草木是神圣的、美好的。

---

① 李正栓：《英国文艺复兴时期诗歌研究》，河北大学出版社2006年版，第246页。

人们为赢得棕榈、橡叶或月桂
使自己陷入迷途，何等的无谓，
他们不停地劳心劳力，以便
最终从一草一树取一顶胜利冠，
这顶冠遮荫既短，而且又狭窄，
无异是对他们的劳碌作无言的谴责；
与此同时，一切花，一切树，彼此相联，
正在编制一顶顶晏息的花环。①

（杨周翰 译）

马维尔在第一个诗节的第一行便使用了自然界中不同的植物名称来隐喻人类社会不同领域的荣誉，随之用“既短，而且又狭窄”来进一步说明这种功名利禄的徒劳和虚无。从传统意义来说，棕榈编织的“胜利冠”用来奖赏大无畏的勇士，橡叶的“胜利冠”属于杰出的政治家，月桂的“胜利冠”用来嘉奖优秀的诗人，这些世俗社会的“胜利冠”都取自大自然中的“一草一树”。“胜利冠”是现实社会人们为之追逐的荣誉和胜利的象征，此处具有更深层次的内涵，马维尔通过这些植物编织的“胜利冠”意象一方面表达了对大自然中植物生命的关注，另一方面也传递了“一切花，一切树，彼此相联”的整体联系的生态观念。

尽管马维尔并未提出任何的生态理论，在当时也并不懂得后人定义的生态主义，但在字里行间已经鲜明地流露了前瞻性的生态意识。在人与自然的关系中，马维尔肯定了自然的地位，把人与自然看成一个相互依赖的整体，“一切花，一切树，彼此相联”，又共同为人类营造一个休憩身心的自然花园。马维尔否定了人类的自我中心论，反对人类把自己摆在与自然相脱离或对立的地位，强调在整个生态系统内部，个体之间是相互联系且

① 杨周翰：《十七世纪英国文学》，上海人民出版社 2016 年版，第 189 页。

地位平等的，关注人与自然的和谐统一，这些思想在当时的年代无疑都是进步的、超前的、具有重要意义的，为后来英国生态诗学的进一步发展提供了启示。

对现实社会的不满让马维尔选择了逃避世俗，在诗歌的意境中创造了一个远离纷争与污浊的理想世界。现实与理想形成了一对张力，这也是清教思想与人文主义张力的体现，马维尔的诗歌不管采取何种形式，这一张力多贯穿诗歌的始终，这首《花园》也不例外。现实世界的腐朽、欲念与理想花园的天真、淳朴形成了鲜明的对比，这种对比与辩证关系强化了马维尔对人生理想世界的追求，从中我们也可以洞察马维尔的社会意识和政治危机感。据考证，《花园》这首诗可能创作于1650年至1652年期间或稍前，马维尔经历了1642年和1648年的两次内战，当时的英国正处于内忧外患的动荡时期，对内资产阶级与封建势力继续交锋，对外与荷兰、西班牙等外邦作战，在这一时代语境下，马维尔表现出了对政治现实的逃避和对自然理想世界的追求。

在接下来的第二个诗节，马维尔通过“幽独”与“人群”的对比，进一步抒发了对“天真无邪”的大自然的向往。在这里，马维尔发现了“美好的宁静”，一个远离人群的花园境界，仿佛是找到了寻觅已久的恋人，心中充满了无限的喜悦和崇拜之情。

美好的“宁静”，我终于在此找到了你，
还有“天真无邪”，你亲爱的女弟！
我久入迷途，一直在忙忙碌碌的
众人之中想和你们相遇。
你们的神圣的草木，在这世界上，
只有在草丛中才能生长；
和这甜美的“幽独”相比的话，

人群只可说是粗鄙、不开化。①

（杨周翰　译）

马维尔使用了“美好的、宁静、天真无邪、神圣的、甜美的”等一系列形容词来描绘他所发现的这一花园境界的“幽独”之美。大自然的圣洁属性与现实社会的“忙忙碌碌、粗鄙、不开化”形成了一对张力，更加突显了马维尔对城市与自然传统认识的颠覆。一般来说，城市是文明的象征，而未开发的自然尚处在“幽独”的状态当中，而马维尔反其道而视“幽独”的自然比喧嚣的人群更开化、文明，认为这种花园境界才是理想的世界。

杨周翰教授认为，《花园》一诗属于所谓“牧歌”（pastoral）传统②。牧歌近似田园诗，在西方有着悠久的传统，从公元前3世纪希腊牧歌诗人忒俄克利特斯（Theocritus）和罗马诗人维吉尔开始，经过文艺复兴和17世纪、18世纪的流行与发展，直到19世纪仍连绵不绝。有的评论家认为20世纪的文艺作品中很多也具有牧歌传统，诗歌、小说等不同文体的文学作品，甚至是不同形式的休闲生活设计和旅游宣传产品都包含牧歌精神，“这些评论家认为牧歌是一种精神的度假，或径称逃避主义”③。

马维尔写《花园》的真正目的似乎正是逃避当时的社会现实和政治环境，通过沉思，灵魂与自然相通而来到理想的花园境界，描绘想象中的理想世界。诗人认为，真正的沉思只有在花园里的绿荫下才能实现。花园给人以宁静和遐想；在这里，人们不仅可以享受感官的愉悦，还可以享受心灵的愉悦。在马维尔看来，现实花园带给人的感官愉悦并不是他真正所向往的，他更想得到的是一种心灵的愉悦，而这种愉悦只有通过沉思才能得到。在17世纪英国诗歌中，花园常常被用于人们沉思的地方，特别是诗人们常常通过花园境界来表达对复杂、矛盾、纷繁的社会现象的逃避心绪。

① 杨周翰：《十七世纪英国文学》，上海人民出版社2016年版，第189页。
② 杨周翰：《十七世纪英国文学》，上海人民出版社2016年版，第193页。
③ 杨周翰：《十七世纪英国文学》，上海人民出版社2016年版，第193页。

现实花园是人们沉思的地方，也是通往理想世界的媒介。在现实花园中，人们通过沉思表达他们对崇高理想世界的追求。只有从现实行动的世界退隐，规避世俗行为，才能穿越现实花园，走进退隐的自然花园，最后抵达精神的伊甸园，得到真正的快乐，这是诗人心目中理想生活的象征。对于沉思花园的描述，正是马维尔向往的生活状态和理想的世界，这与自然有着密切的联系。

二、“美丽的绿色”——女人与自然的对比

马维尔的诗作当中有很多属于爱情诗，例如《致他的娇羞的女友》，这种爱情诗在西方有着悠久的传统，基本是男方向女方求爱的诗歌。艾略特曾高度评价《致他的娇羞的女友》，称其以巧思见长，意象多样化、多层次，并且以逻辑的三段论法进行创作，融巧思和想象为一体。“回顾文艺复兴初期以来的情诗，好手如云，大多走甜美一路，只有在多恩(邓恩)和马韦尔(马维尔)手里才进入一个从内容到诗艺都不同的境新界。”①在这首诗中，马维尔假想抒情主人公坠入情网，向恋人求爱，表达了对她的无限赞美之情：

……

我的植物般的爱情可以发展，
发展得比那些帝国还寥廓，还缓慢。
我要用一百个年头来赞美
你的眼睛，凝视你的娥眉；
用二百年来膜拜你的酥胸，
其余部分要用三万个春冬。
每一部分至少要一个时代，

① 王佐良，何其莘：《英国文艺复兴时期文学史》，外语教学与研究出版社 2006 年版，第 255 页。

最后的时代才把你的心展开。
只有这样的气派，小姐，才配你，
我的爱的代价也不应比这还低。①

（杨周翰　译）

《致他的娇羞的女友》和《花园》是马维尔最著名的两首诗，前者属于爱情诗，后者属于田园诗。浪漫的爱情与纯美的花园哪个更重要呢？在《花园》的第三、四个诗节，马维尔给出了答案：

不论是白的，还是红的，看来
总不及这美丽的绿色那么可爱。
那些痴愚的情人，像欲火一样
残忍，把女友的名字刻在这些树上。
可叹他们并不知道，也不注意
女友的美岂能和美树相比！
美树啊！我如要伤害你们的树身，
我也只刻你们自己的芳名。

当我们炽热的情欲已经消去，
爱会在这里找到最好的憩息地。
那些追逐人间美女的诸神
最终在一棵树里结束征程。
阿婆罗之所以追逐达芙涅
只为了让她变成一棵月桂。

① 王佐良，何其莘：《英国文艺复兴时期文学史》，外语教学与研究出版社 2006 年版，第 253 页。

潘神在希壬克斯后面拼命追赶，
非因她是女仙，是要她变成箫管。①

（杨周翰　译）

马维尔引经据典，以理入诗，在《花园》的第五个诗节，通过引用两则希腊神话，意在说明当炽热的情爱消失，大自然才是最终的归属。树的美远远胜过女友的美，女友的凡脂俗色无法同美树的绿色相媲美。因此，《致他的娇羞的女友》末尾表现的那种狂热与激动的爱欲终于在大自然的《花园》中找到了"影息地"，在"苹果""葡萄""仙桃""群花"的簇拥下抒情主人公开始享受大自然的美妙：

我过的这种生活多美妙啊！
成熟的苹果在我头上落下；
一串串甜美的葡萄往我嘴上
挤出像那美酒一般的琼浆；
仙桃，还有那美妙无比的玉桃
自动伸到我手里，无反掌之劳；
走路的时候，我被瓜绊了一跤，
我陷进鲜花，在青草上摔倒。②

（杨周翰　译）

① 杨周翰：《十七世纪英国文学》，上海人民出版社 2016 年版，第 190 页。（希腊神话中，阿婆罗爱上河神的女儿达芙涅，她逃避追赶，向母亲呼救，母亲把她变成一棵月桂树，因此，月桂树成为文艺之神阿婆罗钟爱的树。羊神潘追赶女仙希壬克斯，她跳进河里变成芦苇，潘用芦苇制成排箫。这两则神话讲述了天上追逐美女的诸神，最终也眼睁睁地看她们化成了绿树。）

② 杨周翰：《十七世纪英国文学》，上海人民出版社 2016 年版，第 191 页。

此处，马维尔似乎沉浸于花园带给他的感官享受，流露出了古典的、人文主义的倾向，花园中的植物可以给人带来感官的愉悦，马维尔似乎也未能完全超越世俗的观念，感官享受仍是其追求的目标之一。很多评论家，如勒古伊就因为本节诗的感官享受描写而把马维尔与19世纪著名的浪漫主义诗人约翰·济慈联系到一起。

本节诗从结构上起着承上启下的作用，内容上则带有浓厚的基督教色彩。“苹果”—“落下”—“摔倒”暗示着基督教传统中人类的始祖亚当和夏娃偷吃了智慧树上的禁果遭到了上帝的惩罚，从天堂的伊甸园跌落到人间，这是人类堕落的开始。根据基督教经典《圣经》，青草象征肉体，在青草上摔倒意味着堕落。“一切肉体和草一样，一切人的光荣和草开的花一样。草要枯萎，草开的花要凋谢。主的话却永世长存。”(《圣经·新约》里的《彼得前书》1. 24-25)

马维尔似乎通过《圣经》的隐喻暗示自然界的花园是现实的花园，在自然界的花园中，人们可以获得感官的享受，但这只是表面和低层次的，人只有通过沉思，在冥想中灵魂与自然相通后才能飞向理想的“花园境界”，这才是真正幸福的境界，这种花园境界不是凭理性能到达的，更不是女性的美所能相比的，甚至“有的(评论家)除了认为此诗写幽独之外，强调它表达对女性的憎恨”①。

根据《圣经》创世纪的传说，上帝最先创造的人类是亚当，并安排他居住在美丽的伊甸园，为了不让亚当寂寞，上帝趁亚当熟睡时取了他的一根肋骨创造了夏娃，但是夏娃未能经得住撒旦的诱惑，偷食了禁果，最终造成了人类的堕落。马维尔此处似乎在谴责夏娃，将亚当的堕落归咎于夏娃，夏娃使亚当失去了伊甸园“幽独”的欢愉，失去了与上帝在一起深层次的精神交流。马维尔虽未直接表明对女性的态度，但从“苹果”—“落下”—“摔倒”以及“青草”等基督教的隐喻可以看出他对女性的批判和不满，对美

① 杨周翰：《十七世纪英国文学》，上海人民出版社2016年版，第195页。(弥尔顿在《失乐园》X. 888-893处责备上帝为什么不在乐园中只创造男人，也表达了一种恨女人的偏见，无女子即无堕落，即幸福。马维尔此诗也可能有这种想法。)

丽绿色的钟爱和颂扬。

三、绿色思想——至高的精神境界

马维尔在现实花园中享受感官愉悦的同时，理性的思考逐渐渗入他的直觉认识中，花园中的“苹果”“草”等自然意象也是寓意深刻的基督教意象，因此，马维尔从对自然的直觉感受慢慢过渡到有意识的深入思考，在接下来的第六个诗节，诗人发现了精神领域最重要的东西——绿色思想：

与此同时，头脑因乐事减少，
而退缩到自己的幸福中去了：
头脑是海洋，其中各种类族
都能立刻找到自己的相应物；①
然而它，超乎这些，还创造出来
远非如此的许多世界和大海；
把一切创造出来的，都化为虚妄，
变成绿荫中的一个绿色思想。②

（杨周翰　译）

来到乡间花园，尽管没有了都市的繁荣，少了很多“乐事”，但是头脑却因此得到了更多的休息，变得更加冷静和理智，因而感到幸福。在这远离喧嚣的花园境界中，诗人的身心得以放松，不断摒弃世俗杂念，静观花园中的绿色，精神进一步升华。

绿色是马维尔的常用词，它象征天真无邪，预示着希望与生机，是马维尔心目中理想的颜色，它代表的思想也是精神领域最崇高的思想。勃朗

---

① 据说陆地上所有的族类都能在海洋里找到相应的族类；把头脑比作海洋，是说头脑能包含世上的一切物。——译者注。

② 杨周翰：《十七世纪英国文学》，上海人民出版社 2016 年版，第 191 页。

在《居鲁士的花园》的序里曾说："万物的翠绿状态是复活的象征，要想繁荣茂盛，我们必须首先像种子那样被撒到腐败之中。"①摔倒促进了人自身的反省，挫败和逆境让人的头脑变得更加清醒了，这与乔治·赫伯特的宗教诗《复活节的翅膀》传递了相似的基督教精神寓意，人在违背了上帝的意愿犯了原罪后日益堕落，肉身随之变得极其消瘦，但当人类反省自身的行为，牢记上帝的仁爱和恩典，保持一颗虔诚、谦卑之心，最终必定会实现自我的救赎，精神重新与上帝在一起，恢复与上帝在一起时伊甸园的原始绿色。

"头脑是海洋"，能够"创造出来远非如此的世界和大海"，马维尔意在说明人的头脑不仅仅是理性的躯壳，更充满了无限的想象力，这种想象力能够创造一切，可以将物质转化为非物质或精神的东西，即所谓的"虚妄"，并升华至最高的精神境界——绿色思想。

绿色象征复活，代表繁荣、和平、宁静和快乐。"在这儿"——花园的绿荫下，马维尔通过沉思，"剥下"了"肉体的外衣"，精神不断升华，升腾到了理想的境界，并在为"更远的飞翔"作好准备：

在这儿，在滑动着的泉水的脚边，
或在果树的苔痕累累的根前，
把肉体的外衣剥下，投到一旁，
我的灵魂滑翔到果树的枝上：
它像一只鸟落在那里，高歌，
然后整理、梳拢它银白色的翎翮：
在作更远的飞翔尚未准备好，
在五色光芒中挥动着羽毛。②

（杨周翰　译）

① 杨周翰：《十七世纪英国文学》，上海人民出版社 2016 年版，第 197 页。
② 杨周翰：《十七世纪英国文学》，上海人民出版社 2016 年版，第 192 页。

这是《花园》一诗的第七个诗节，主要描写了马维尔在步入花园境界后感官上的愉悦不断升格，直至升华为了精神上的狂喜。马维尔将自己的灵魂比作一只鸟，在潺潺流动的泉水旁边，在果树的根前，肉体的束缚逐渐被挣脱，头脑的想象力和创造力让马维尔的精神超越了世俗的羁绊，获得了新的希望，灵魂如自由的鸟一样在五色光芒中舞动羽毛，朝着天堂的方向准备作更远的飞翔。

马维尔描绘的“感官自然—灵魂天堂”彰显了人类精神的成长历程，这是17世纪英国玄学诗人在宗教主题的诗歌中经常使用的一种“死亡—复活”模式，即肉体的死亡和精神的复活。抒情主人公在自然意象中获得感官愉悦，这种愉悦在丰富想象力的作用下逐渐从感官升华到灵魂，灵魂挣脱肉体，并获得狂喜。按照柏拉图主义的观点，灵魂与肉体是二元对立的，肉体是灵魂的藩篱，制约着灵魂的升华，只有当肉体死亡后人才能获得灵魂上的净化，与上帝重新在一起。这种灵魂的狂喜在邓恩和赫伯特等玄学诗人的作品中均有描述，赫伯特的《复活节的翅膀》、邓恩的《出神》都描绘了灵魂剥离了肉体的外衣、远离了世俗的污秽后达到了狂喜的状态。实际上，这种灵魂的狂喜暗示着人肉体的死亡，即朝着天堂的“更远的飞翔”，这与上个诗节中“都化为虚妄”前后呼应，预示着肉体的死去和灵魂的升天。

这就是幸福的“花园境界”的写照，
这时，人还没有伴侣，在此逍遥：
经历过如此纯洁甜美的去处，
还须什么更适合他的伴侣！
然而想要独自一个在此徜徉，
那是超出凡人的命分，是妄想：
想在乐园里独自一人生活，

无疑是把两个乐园合成一个。①

（杨周翰　译）

在这个“幸福的‘花园境界’”，马维尔陷入上帝创造夏娃之前的“伊甸园”的冥想当中，那时亚当并没有伴侣，独自一人在伊甸园享受着那种孤独的幸福。伊甸园是一个幸福的地方，任何人都不能妄想独享，因为这就是人类无法逃脱的“命分”。马维尔在对“纯洁甜美的”自然进行描述的同时，剖析了人生与自然的关系，向我们展示了他向往的理想世界，同时也揭示了一个深刻的宗教主题。

最终，在“幽独”与“人群”的张力中，马维尔找到了人生理想的归宿，一个“用碧草与鲜花来计算”时辰的想象的空间：

多才多艺的园丁用鲜花和碧草
把一座新日晷勾划得多美好；
在这儿，趋于温和的太阳从上空
沿着芬芳的黄道十二宫追奔；
还有那勤劳的蜜蜂，一面工作，
一面像我们一样计算它的时刻。
如此甜美健康的时辰，只除
用碧草与鲜花来计算，别无它途！②

（杨周翰　译）

王佐良教授曾分析过马维尔此处描绘的理想境界：“可以说这是一种介乎尘世与天堂的中间地带，在这里时间仍然有效，人也仍然要像‘勤劳

① 杨周翰：《十七世纪英国文学》，上海人民出版社 2016 年版，第 192 页。
② 杨周翰：《十七世纪英国文学》，上海人民出版社 2016 年版，第 192~193 页。

的蜜蜂'一样工作，只不过要用碧草与鲜花来作衡量标准，而不能用尘世的庸俗东西。"①历史上日晷、沙漏都曾被人们用来计时，可它们在马维尔看来似乎只是世俗庸俗的东西，与美丽的花园世界毫不匹配，更不能用来计算时间，在这里，花园境界中的一切都是神圣美好的，时间也是"甜美健康的"。此外，日晷是时间的象征，花园又是一个空间的场域，两者的结合意味着时空的合一，并暗示着灵魂与自然的相通，现实花园与沉思花园的相通。

《花园》一诗具有很强的象征意义，在马维尔看来，花园既是淳朴大自然的象征，也是理想精神境界的象征，它代表人类堕落前的伊甸园，充满着原始的纯洁和快乐，是一个人与自然和谐相处的美好乐园。但是，当夏娃被撒旦引诱偷吃了禁果后，和谐的人与自然的关系遭到了破坏，人与自然逐渐朝着二元对立的趋势疏离，并且随着工业文明的发展，人们的环境意识越来越淡薄，人与自然的关系渐行渐远。此外，花园或许还带有一定的政治色彩。马维尔有着丰富的人生阅历，经历了 17 世纪英国资产阶级革命与王政复辟的两个历史阶段，因此，《花园》一诗可能被赋予了比较强的政治象征意义，正如韦治伍德(C. V. Wedgwood)在她的《十七世纪英国文学》一书中指出："这首最可爱的花园诗是对英国失去了的和平的一首挽歌。"②

马维尔的诗歌围绕着两种类型进行创作，"一种是赞颂爱情的花园，另一种是赞颂沉思的花园"③，《花园》一诗属于后者。马维尔在这首诗中非但没有赞美爱情，甚至对夏娃引诱亚当偷食禁果导致人类疏离最美的伊甸乐园采取了批判的态度，流露了对女性的不满和对绿色大自然的向往。马维尔眼中的现实花园可以带给人感官上的享受与愉悦，但更有价值的是现实花园为人们提供了沉思的场所，是通往理想乐园的媒介，沉思的乐园

① 王佐良，何其莘：《英国文艺复兴时期文学史》，外语教学与研究出版社 2006 年版，第 151 页。

② 杨周翰：《十七世纪英国文学》，上海人民出版社 2016 年版，第 198 页。

③ J. B. Leishman. *The Art of Marvell's Poetry*. Minerva Press，1968：293.

不但能让人精神上得到满足，更可以达到一种心灵上的宁静，让思维纯净化，超越现实世界并达到至高的理想境界，无限接近绿色的伊甸园、接近最初始的淳朴自然，这便是“绿荫中的一个绿色的思想”。

在沉思的花园境界中，人与自然实现了深层次的沟通，人的精神与自然融为了一体，实现了合一，在随后的哲理式沉思中，人的精神不断升腾并超越了自然，达到了灵魂的狂喜，正如胡家峦教授所说，“把自然和头脑融为一体是走向灵魂狂喜的必要步骤”①，诗人从较为低级的现实感官愉悦升华为沉思状态中灵魂的狂喜，这是一种真正的幸福，这种幸福脱离了现实的束缚与肉体的羁绊，与柏拉图所宣扬的灵肉关系论相契合。柏拉图主义认为灵魂是对肉体的桎梏，只有死亡才能使人摆脱肉体，达到灵魂狂喜的至高境界。

《花园》这首经久流传的名诗具有丰富的内涵，承载着基督教和古希腊罗马神话等古典文化传统。在马维尔看来，花园既是淳朴大自然的象征，也是理想精神境界和纯美艺术的象征，它充满着原始的纯洁和快乐，是人与自然和谐相处的美好乐园。我们似乎可以得出一个结论，如果说现实花园是通往理想花园的媒介的话，那么沉思便是抵达这一理想境界的桥梁，人通过沉思，从现实跨越到理想，从感官上的低级愉悦升华到高层次的灵魂狂喜，这是人类成长的过程，是一种蜕变和升华，也是马维尔内心渴望的“绿荫中的一个绿色思想”。在17世纪英国政治、社会大动荡的历史时期，诗人在无邪、纯洁的大自然中寻找到了一种宁静与永恒的美，在这样一个精神可以净化、灵魂可以升华的地方，马维尔不仅获得了感官的快乐和满足，更是体验到了人与自然融合的新秩序和新意义。

在现实世界中，随着资本主义工业化的发展，人与自然的和谐关系遭到破坏，人与自然逐渐朝着二元对立的趋势疏离，并且随着工业文明的进展，人们的环境意识越来越淡薄，人与自然的关系渐行渐远。在这种背景

① 胡家峦：《文艺复兴时期英国诗歌与园林传统》，北京大学出版社2008年版，第279页。

下，马维尔表现出了对环境的某种担忧和朴素的生态思想。他超越了传统思维局限，融入了玄学诗歌独特的巧智与奇喻，使用了一系列叠加的花园意象，在沉思中构建了一个甜美、幽独的理想花园境界，在这里，诗人展现了灵魂与肉体、人与自然、艺术与自然的辩证关系，表露了自己追求的理想花园境界。全诗以摒弃世俗的欲念开始，以人与自然的合一结束，体现了马维尔对人生、社会、自然、艺术等的沉思。

马维尔有着丰富的人生阅历，经历了 17 世纪英国资产阶级革命与王政复辟两个历史阶段，他的诗歌在描写自然的同时，可能被赋予了比较强的政治象意义，更重要的是，马维尔超越了传统思维局限，融入了玄学诗歌独特的巧智与奇喻，使用了一系列叠加的自然意象，在沉思中构建了一个甜美、幽独的理想花园境界，展现了对人与自然、人与社会、艺术与自然辩证关系的思考，表露了自己追求的理想境界和艺术审美，其在花园的绿色探索中萌芽的生态思想对英国生态文学的发展具有不可忽视的启发意义。

第四节　沃恩的自然观、环境意识和生态思想

玄学派诗歌出现于英国文艺复兴晚期，既承袭了早期的人文主义思想，又添加了宗教冥想哲理的韵味。以邓恩为先锋的玄学派诗人引领了当时英国诗歌的主要潮流，既写世俗诗歌，又写宗教诗歌。在玄学诗人当中，亨利·沃恩(Henry Vaughan，1621—1695)的名气虽不如邓恩、马维尔、赫伯特，但无可否认的是，沃恩在玄学派中是一位颇有特色的诗人，他的文学声誉起伏最大，经历了从“最受蔑视”的诗人到“最令人惊讶地恢复了自己地位”①的诗人的重大转折。

沃恩出生在威尔士南部的布莱克诺克郡，非常热爱自己的家乡。沃恩

① 胡家峦：《建立在大自然中的巴别塔——亨利·沃恩的宗教冥想哲理诗》，《国外文学》1993 年第 2 期。

具有良好的教育背景，他曾在牛津大学学习，后又去伦敦学习法律，学识渊博。1642 年英国内战爆发后沃恩回到家乡威尔士定居，长期行医，直至 1695 年在家乡逝世。沃恩的故乡情结似乎对他本人的性情、品格及诗歌创作产生了深远的影响，他选择在家乡行医，把医生作为自己的职业，一是救死扶伤，二是沃恩从治病救人中可以找寻到一种心灵的平静，正如他在诗歌中所表现出来的安静与沉思的品格特点一样。

沃恩的早期诗作表现出了对本·琼森的摹仿，与骑士派诗人托马斯·卡鲁、威廉爵士等同被列为“本的儿子们”的成员。从 17 世纪四五十年代起，沃恩陆续创作、出版了诗集 *Silex Scintillans*(《燧石的火花》或《圣诗集》)，并在 1655 年再版该诗集，其创作风格明显地表现出了玄学倾向，沃恩因此跻身于玄学派诗人之列。

沃恩的代表作有两本诗集：《燧石的火花》(*Silex Scintillans*，1650)和《尤斯克河上的天鹅》(*The Swan of Usk*，1651)。前者是富有强烈个人色彩的优秀宗教诗集，充满了冥想哲理特点，奠定了沃恩作为一名重要玄学派诗人的基础；后者是世俗诗歌集，体裁广泛，包括爱情诗、友情诗、挽诗、英译拉丁文诗，以及赞美家乡尤斯克河的诗歌，该部诗集中有一些简洁、清新的描写自然之美的诗篇。此后，沃恩于 1678 年还出版了题为“Thalia Rediviva”的诗集，但他作为玄学派诗人的声誉主要还是取决于《燧石的火花》。在这部充满宗教哲理韵味又不乏自然抒情元素的诗集中，沃恩不仅以一颗虔诚之心保持了对上帝的坚定信仰，而且将对上帝的颂扬与古朴的自然情怀和生态意识融合在一起，深刻反映了 17 世纪上半叶英国的时代文化与精神风貌。

一、回首过去中的自然观念与宗教情怀

沃恩早期的诗歌创作主要受邓恩的影响，但这期间的作品并未引起人们的广泛关注，后期作品则显现出了赫伯特的广泛影响，“批评家们指出《燧石的火花》中约有二十六首诗的标题取自赫伯特的《圣殿》，有很多诗直接以赫伯特的诗句作为开头，有些诗采用赫伯特的格律，还有些则与赫伯

特的原诗雷同"①。可以看出，沃恩广泛借鉴了赫伯特的创作，在很多方面表现出了赫伯特的诗学观点。尽管如此，沃恩还是在模仿之中逐渐走出了一条独立创新的诗歌之路，表现出了个人独有的诗歌敏感性、艺术天赋和宗教情怀。在《燧石的火花》的自序中，沃恩赞许赫伯特是将肮脏、淫秽诗歌的创作潮流转变为圣洁之作的第一人。之后，在1655年再版的《燧石的火花》的序言中沃恩将赫伯特描述为"受上帝庇佑的人……他的圣洁生活和诗歌赢得了许多虔诚的皈依者(我只是其中最不起眼的一位)"，这足以看出沃恩对赫伯特的崇拜和敬仰之情。

总体来说，沃恩的诗歌融合了邓恩和赫伯特两位玄学派前辈的诗歌风格，在继承的基础上展现了独特的创新性风格特征，在一些方面甚至超越了邓恩与赫伯特，"优点在于一种亲切的带点沉思气氛的口语体，安静而有力"②。如果说邓恩和赫伯特的诗作强调人类现世的生存状况以及未来人类可能实现的救赎，将《圣经》隐喻指向人类在伊甸园的原罪，那么，沃恩的诗歌在增添了一层宗教神秘主义色彩的同时，着眼于过去亚当与夏娃在伊甸园生活时那种内在的平静与内心的纯洁，在对过往经历的回首中流露了对灵魂原初状态的赞美。在沃恩看来，对过去的重新思索是理解现在和未来的一把钥匙，过去才是最美好的存在，也正是在这种对过去的回首和思索中，在对灵魂初始状态的赞美中，沃恩把对上帝的颂扬与对自然的赞美和谐地融合在了一起，把物质世界和精神世界联系在了一起，沃恩就是以这样一种方式来体现诗歌的生态意识的。

1. 自然——回归童年的媒介与起点

沃恩把童年时代当作天使时期，认为童年是人类灵魂最纯真的阶段，也是与自然最接近的时期。沃恩向往天真无邪的童年，认为童年时期人的

① 胡家峦：《建立在大自然中的巴别塔——亨利·沃恩的宗教冥想哲理诗》，《国外文学》1993年第2期。

② 王佐良，何其莘：《英国文艺复兴时期文学史》，外语教学与研究出版社2006年版，第250页。

思想最健康，也最接近上帝和纯洁、美丽的大自然。但随着年龄的增长，在不断接触和参与社会实践的过程中人的欲望也随之增加，精神更加堕落，逐渐背弃了上帝的信仰，不再聆听上帝的教诲，远离了初始的纯真、质朴和美丽的大自然。因此，在经历了成年的堕落与痛苦之后，沃恩渴望后退：

有些人喜欢前进，
而我步步向后退行，
当这堆骨灰落入小瓮，
我回到原来的形态之中。①

（《退》，王佐良 译）

沃恩企盼灵魂能够再次回归伊甸园式的大自然，在自然景物中挖掘最纯真的美，因此，在他的人生旅程中，沃恩经常在回望过去中重返童年时代：

呵！我多么渴望登上归程，
重新踏上那古老的小径！
再次抵达我当初离别
荣耀天民的古老的原野，
从那里，这颗彻悟的灵魂
将看见棕榈荫中的圣城！②

（《回归》，胡家峦 译）

① 王佐良，何其莘：《英国文艺复兴时期文学史》，外语教学与研究出版社 2006 年版，第 250 页。

② 胡家峦：《建立在大自然中的巴别塔——亨利·沃恩的宗教冥想哲理诗》，《国外文学》1993 年第 2 期。

沃恩把自然看作人们返回童年时代，并最终到达理想天国之境的媒介与起点。他将自己对大自然的眷恋与宗教情怀结合起来，让读者在欣赏古朴纯净的自然风光的同时，强烈地感受到宗教哲理的意蕴。在这首《回归》中，沃恩以流畅的笔调，表达了灵魂回归的强烈渴望。抒情主人公“登上归程”，重新踏上“古老的小径”，重返“古老的原野”，这一切表明灵魂“回归”自然是沃恩重获天国快乐的唯一途径。“沃恩这种对大自然的情感和宗教冥想哲理的融合，给予他的最佳诗篇以‘浪漫主义色彩和现代精神’。”①胡家峦教授认为，沃恩和华兹华斯具有十分相近的世界观，他们都同样惋惜地回顾自己的童年，此外，两位诗人都认为世界体现了神的思想，他们转向大自然，不单单是由于对它的钦慕和热爱，更是为了去发现和理解它的象征和它蕴含的神意。② 在走进大自然的过程中，沃恩架构了内心世界与外部世界的联系，将自然界中的万物与人类在世俗社会中的处境相并置，由此及彼，在对自然的热爱与思考中感悟更深沉的象征意义，找寻更抽象、更深邃的事物。

沃恩诗歌的一个显著特点便是在安静的状态下表达内心的沉思，文字简洁，结构紧凑，善于思辨，具有明显的邓恩的辩论式写作风格。而沃恩的性格又一如赫伯特，沉稳而不浮躁，善于在平凡的事物表象下挖掘深层次的宗教意义和精神内涵。在《晨望》一诗中，沃恩便以这样的一种沉思描绘了灵魂回归自然，并与自然合一而歌的伟大颂歌：

……听！圣歌回旋，
音调多么响亮，活跃的世界
醒来，同声颂赞；
上涨的风，

① 胡家峦：《建立在大自然中的巴别塔——亨利·沃恩的宗教冥想哲理诗》，《国外文学》1993年第2期。

② 胡家峦：《建立在大自然中的巴别塔——亨利·沃恩的宗教冥想哲理诗》，《国外文学》1993年第2期。

下落的泉，
鸟兽与世间
万物都对他敬拜祝颂。
就这样，一切
投入了圣歌，与秩序，大自然
伟大谐和的乐声。祈祷是
和谐的世界，
灵魂的乐音，
有声的欢欣，
它的回声是天国的至福。①

（胡家峦　译）

这首《晨望》是沃恩借鉴赫伯特的诗作《祈祷(一)》创作而成的。在这节诗的前一部分，沃恩采用了赞美诗的形式，通过使用“风”“泉”“鸟兽”等自然意象描绘了一幅人与自然合一、为上帝而颂的宏大画面。沃恩认为，人类居住伊甸园时灵魂与上帝是最为接近的，因此，人不仅要从精神上祈祷、歌颂上帝，更应该从灵魂上恢复孩童时代的纯真，只有在回望过去中才能实现精神的救赎，这与邓恩、赫伯特等玄学诗人的“直线型”宗教救赎观②是不同的，沃恩的宗教救赎观是“环形”的，他认为从现在的生存状态向后退回到最纯真的孩童时代才是实现救赎的唯一路径。人生好比一个环形的旅程，起点与终点最终重合，在尘世间沾染污浊的、堕落的灵魂也将随着肉身的逝去而变得纯洁，恢复到天国时期的初始状态。

① 胡家峦：《建立在大自然中的巴别塔——亨利·沃恩的宗教冥想哲理诗》，《国外文学》1993年第2期。

② 指的是邓恩、赫伯特的宗教救赎的时间指向现在与未来，是一种轨迹向前的线性运动。如果人感恩上帝，怀有一颗虔诚之心，那么未来在肉体死后灵魂仍可实现救赎，重新回归上帝身边。

在这节诗的后一部分，沃恩给出了“祈祷”的定义。在他看来，祈祷是人类灵魂的表白，是充满了旋律的乐音，使人神关系变得更加和谐，人类也因为祈祷最终完成了灵魂回归的神圣之旅。

整首诗无论从内容还是从形式上都是一首对神吟唱的赞美诗，也是与大自然和谐一致的对神的祈祷。在这一宗教情感浓郁的抒情诗中，沃恩将内心对上帝的虔诚情愫与对纯美大自然的热爱和谐地融为一体。“如果说赫伯特在灵魂中建立了庄严的‘圣殿’，那么沃恩则把‘圣殿’建筑在大自然之中。”①大自然中的风、泉、鸟兽等世间万物都加入了祈祷上帝的行列，由此一来，人类便与大自然结合成为一个生命“共同体”，为上帝共唱同一首美的赞歌。

2. 自然冥想——灵魂回归天国的途径

沃恩对自然环境有着异于常人的艺术敏感，在他看来，“大自然中的事物是上帝真理的体现，也是神圣秩序的象征”②。自然界中的事物不仅是一种自然物质和客观存在，还具有深邃的象征意义。换句话说，除了感官上的愉悦，更重要的是，沃恩可以从大自然中获得教益和启发，而冥想是理解自然的神秘象征意义、灵魂回归天国的必然途径。日月星辰、鸟兽虫鱼、草木山泉都是沃恩赞美和倾慕的对象，尽管从存在之链的等级划分来看，它们是低于人类的上帝造物，但相比人类的堕落，大自然显得格外清纯和高尚，甚至显示出了优于人类的某些特性。因此，沃恩渴望通过冥想自然，深刻认识大自然中的一切事物，并通过挖掘自然的象征意义来感受上帝在大自然中的智慧和神圣。

在诗作《规则和教诲》中，沃恩说道：“每一株树，每一棵草，每一朵

---

① 胡家峦：《圣经、大自然与自我——简论 17 世纪英国宗教抒情诗》，《国外文学》2000 年第 4 期。

② 胡家峦：《建立在大自然中的巴别塔——亨利·沃恩的宗教冥想哲理诗》，《国外文学》1993 年第 2 期。

花，/都是他的智慧和力量的影子。”①在大自然中，沃恩看到的不仅是生机盎然、茁壮成长的树木花草，更重要的是，这些自然美景让他陷入精神上的冥想。沃恩认为花草树木的背后是神的意旨。在他看来，上帝不仅创造了世间万物，也让他们成为人类冥想的对象，并作为人与上帝沟通的中间媒介构建了人神合一的和谐关系。从对大自然的赞美和冥想中，沃恩感受到了上帝的智慧和力量，表达了坚定的宗教信仰和至诚的宗教情怀，领悟了自然的象征意义，并坚定了灵魂飞升到上帝身边的虔诚信念。

在沃恩眼里，自然界中的一切生命以及自然现象都具有超越物质属性的宗教象征意义。在《木材》中，一棵在风雨中摇摆的枯树被比喻为因罪恶而遭受痛苦的基督徒；在《虹》中，沃恩认为天边出现的彩虹象征着世界的堕落与毁灭、人类对人神约定的违背；在《棕榈树》中，承受繁茂枝叶重压的棕榈树象征着遭受罪恶与死亡压力的人类。通过自然冥想，沃恩建构了人、自然、宗教之间的内在联系。

沃恩不仅热爱自然界中的万事万物，也喜欢倾听大自然的声音。在《鸟》一诗中，他将鸟雀的鸣啭看作对上帝的赞美，它预示着夜间风暴过去之后光明白日即将到来，它代表着神的旨意。在诗作《鸡啼》中，沃恩听见清早雄鸡啼叫，便陷入冥想当中：“光明之父！是什么阳光的种子，/是什么白日的闪光，你密封在/这只家禽身上？”②雄鸡在日出前高啼，因为它渴望太阳，太阳对雄鸡具有巨大的吸引力。“诗人认为，雄鸡和太阳之间的关系意味着灵魂（上帝播在人体内的种子）和上帝（太阳）之间的关系。”③沃恩渴望灵魂回归天国与雄鸡向往太阳具有异曲同工之意。人类的灵魂要想回归天国，重返基督身边，必须要在大自然中接受洗礼，在冥想自然中挣

① 胡家峦：《建立在大自然中的巴别塔——亨利·沃恩的宗教冥想哲理诗》，《国外文学》1993年第2期。

② 胡家峦：《建立在大自然中的巴别塔——亨利·沃恩的宗教冥想哲理诗》，《国外文学》1993年第2期。

③ 胡家峦：《建立在大自然中的巴别塔——亨利·沃恩的宗教冥想哲理诗》，《国外文学》1993年第2期。

脱沾满尘世罪恶的肉体。在沃恩看来，肉体是灵魂的桎梏和屏障，它阻断了人与上帝的精神合一。因此，他企盼冲破肉体的藩篱，从对自然的冥想中实现人与自然的和谐统一，并最终使人的精神无限接近上帝，灵魂升华到圣洁的宗教境界。

二、基督徒精神历程："堕落—再生"的自然象征

沃恩从古典主义到玄学派诗风的转变既是其艺术审美的转向，又是他对当时英国政治状况所做的一种回应。随着英国内战的爆发，英国国教被宣布为非法，激进的清教处于地位上升之际，最终导致清教领导的英国资产阶级革命的爆发。沃恩通过创作诗集《燧石的火花》来回应赫伯特的著名宗教抒情诗集《圣殿》，以一颗虔诚之心保持了对上帝的坚定信仰，维护了一名虔诚的基督教信徒的精神忠贞。

"堕落—再生"是基督徒精神历程的基本模式，是玄学派宗教诗歌的一个常用模式，它作为一条主线，贯穿了沃恩代表作诗集《燧石的火花》的始终。《再生》是《燧石的火花》的开篇之作，它确立了整部诗集的基调和主旨。沃恩的独特之处在于他总是能以一种玄学奇智构建起自然与宗教之间的密切联系，在"堕落—再生"的基督徒精神历程中萦绕着一种厚重的自然情感和生态关切。

1. 自然——从"堕落"到"再生"的精神向导

沃恩把自然看作人类走出堕落、获得再生的精神向导。在他的诗歌中，抒情主人公经常处于一种冥想自然的狂喜中，但有时也会陷入一种莫名的伤感。沃恩认为，在光明与黑暗、天堂与地狱的不同选择之间，人类可能会面临第二次堕落，但人类如果以自然为向导，遵照它的启示，怀着一颗感恩之心，便能在自然的引领下，完成从"堕落"到"再生"的精神历程。

沃恩宗教抒情诗歌中的大部分意象直接取自自然界中的动植物或景物，这种对自然意象的选择偏好源自他对大自然的深厚情愫，沃恩的自然

情怀甚至对后来19世纪的浪漫主义诗人华兹华斯产生很大影响。此外，也有一些自然意象源于《圣经》，如《再生》中的花园、阵风、泉水等，这些自然意象都蕴含深邃的神学象征意义，抒发了沃恩对肉体消逝后灵魂不死并获得再生、步入天国之境的强烈渴望。在听到上帝的感召后，沃恩的精神从严霜寒雨的冬天迈进清新美丽的春天，步入了充满神恩的理想天国乐园。从“冬天”到“春天”的过渡具有丰富的宗教寓意，一年中冬去春来的更替与循环象征着人的精神也将获得再生，步入充满神恩的“春天”状态。

在诗作《瀑布》中，沃恩从瀑布的自然景象联想到人的命运。沃恩看到：激流落下峭壁，由最初的恐惧到勇敢面对即将到来的“死亡”，后又重新汇聚成更长更大、更波澜壮阔的溪流，每颗微小的水滴在经历了“堕落”之后最终都返回了原来的溪流，完成了“再生”的生命之旅。由此，沃恩获得了精神上的启迪，他相信，在自然现象的背后蕴藏着圣灵的启示。在肉体的堕落后，人的灵魂也将如这瀑布般迎来再生，重返天国的伊甸园。因此，人类应该通过冥想自然，按照自然的启示来领悟它的宗教象征意义。

在《暴风雨》一诗的开头，沃恩以一种忧郁的氛围展开全诗：在一片贫瘠的土地上，庄稼因为干旱而无法生长，树木枯萎，花朵凋零，土地俨然成为大自然的“坟墓”。随后，在第11行，诗人笔锋一转，这种毫无生机的自然景象有了根本性的改变。当自然母亲看到大地上自己孩子的命运被摧残，伤感至落泪，暴风雨随之降临。此处，自然被赋予了灵性，大自然因为看到世间的景象伤感而哭泣，雨水为大地带来了生命的希望，“树木、花草争相向上，朝着天空的方向，那是回家的归途”。自然犹如人类的拯救者，在普降甘露之后，大地恢复了生机，万物开始生长。植物的生长是一种向上的运动，它暗示着生命向更高层次的发展。与《瀑布》一诗相似，沃恩从自然现象当中获得了启示，领悟了自然的象征意义，人类自身可能面临二次堕落的危险，纯洁、神圣的大自然成为人类的精神向导。

“自然—人”的线性移位是沃恩经常使用的诗歌叙述模式。在这类诗歌中，沃恩以自然为抒情或叙述起点，由沉思自然景象逐渐过渡到思考人类整体的命运以及个人的归宿，正如瀑布中水滴的重生和大地的重返生机一样，如果人类理解并遵循自然的启示，感恩上帝，虔诚祈祷，并付诸拯救灵魂的实际行动，那么最终也将获得救赎。

2. 自然沉思与宗教冥想的合一

沃恩把对宗教的冥想与对自然的沉思融为一体，带有主观性和内视性的特点。对沃恩来说，自然景物带给人的喜悦与宗教冥想带给人的“至福”具有感受上的相通之处，大自然能带给他精神上的欢愉，宗教可以让他超越尘世羁绊，在沉思自然与宗教冥想中人的精神获得再生。

实际上，沃恩融宗教冥想哲理性与自然浪漫色彩于一体的诗歌创作风格具有深刻的政治社会背景和神学思想根源。英国17世纪，特别是前六十年，社会动荡不安，政治、宗教纷争此起彼伏，矛盾错综复杂，英国国教与清教之间冲突的激化最终导致了英国资产阶级革命的爆发，包括沃恩在内的很多英国人在当时无法理解这一历史性变革的重大意义，产生了消极避世的情绪，无法正视社会现实，精神上的失衡和痛苦一度成为一种普遍现象，因此，沃恩等诗人将目光聚焦于宗教和大自然，借助自然意象，企盼在自然冥想与宗教冥想中完成“堕落—再生”的基督徒精神历程，唯有如此，才能获得心灵的平静和精神的慰藉。此外，17世纪的英国清教传统居统治地位，加尔文教的观点影响深远。加尔文教倡导人们通过宇宙这面“镜子”去冥想、感知存在于万事万物中的上帝，和上帝进行精神上的交流。正是在这样一种神学思想的影响下，沃恩的诗歌表现出了深刻的宗教冥想意蕴，既反映了个人的思想，又折射了英国17世纪独特的时代文化特征。

沃恩相信超然灵性，他眼中的大自然渗透着圣灵的精神和意旨。“对沃恩来说，冥想乃是理解自然界神秘象征的渠道，也是飞升到上帝那里的途径”①。沃恩认为，只有通过冥想和沉思，在圣灵的指引下，人类才能更

---

① 胡家峦：《建立在大自然中的巴别塔——亨利·沃恩的宗教冥想哲理诗》，《国外文学》1993年第2期。

好地理解大自然中的万事万物，才能超越物质局限达到至高的无形精神之境，通过与上帝的精神交流而获得救赎。

在诗作《复活与不朽》中，沃恩以“蚕”的传统意象象征复活的基督教观念，以灵魂和肉体口语对话的形式探讨了复活与再生的基督教主题，沃恩意在说明大自然中的物质会沿着更美好的方向不断进化发展，昭示上帝的神恩与智慧，人类的灵魂最终也将在上帝的指引下回归天国，完成“堕落—再生”的精神历程。在《蜜蜂》一诗的开头，沃恩首先对人类的堕落表示惋惜，继而，在接下来的诗行中，沃恩热情地赞扬聪明、勤奋的蜜蜂，并祈求上帝赋予人类“蜜蜂的智慧”和“不知疲倦的勤劳”。与曾经堕落、无知的人类相比，勤劳忙碌的蜜蜂是可敬的，白天它们从大自然缤纷的花朵中采集花粉、花蜜，夜晚酿造美味的蜂蜜，这就是勤劳、奉献、不畏牺牲的蜜蜂精神。人类应该抛却自身的弱点，以蜜蜂为榜样。紧接着，沃恩表示，自然界中花草树木等生命的旺盛生长并不是人类的功劳，而是出于上帝的恩惠，是上帝的意志使然。因此，沃恩渴望透过自然，理解其背后潜藏的上帝的意旨，正如蜜蜂理解并实践自己在大自然中的神圣使命一样，人类也应该领悟自然的神秘象征，掌握人生的方向。最后，在诗歌的末尾，沃恩重述了自己想成为一只蜜蜂的希望，振翅飞往上帝的方向，那才是真正的精神家园。

“蜜蜂”是勤劳与智慧的象征，但在沃恩看来，蜜蜂还是上帝旨意的使者，它们日夜辛勤劳作，甘于奉献，这也是人类优秀品质的重要组成部分，是人类领悟上帝神恩并最终返回天国乐园的重要途径。在《鸡啼》一诗中，沃恩把雄鸡看作报晓的信使，能够驱逐黑暗、迎来光明。在沃恩眼里，大自然寓意丰富，动植物不仅具有与生俱来的自然属性，而且蕴含深刻的宗教象征意义，蜜蜂和公鸡虽然都是自然界中微不足道的弱小动物，但它们的神圣之处在于能够在自然界中稳定而有序地生活，并能感受上帝的存在并与之进行精神交流，从而找到回归天国的路。在动物与人的对比中，沃恩发现了动物优于人类的品质；通过沉思和冥想，沃恩将客观存在的自然与抽象概念的宗教密切结合起来，并在二者的合一中实现了精神的升华。

胡家峦教授认为，按照沉思对象的不同，沉思诗可以分为三类：《圣经》沉思诗、大自然沉思诗和自我沉思诗，并且，无论哪种类型的沉思诗，诗中都贯穿着“堕落—再生”的基本主题。① 沃恩的诗篇既有《圣经》沉思诗，也有大自然沉思诗，有的诗篇甚至是将这两种类型的沉思诗融合在了一起，实现了自然沉思与宗教冥想的合一，并最终指向诗人自我的沉思，既表达了沃恩对于大自然的热爱，流露了潜在的生态意识，也抒发了他内心虔诚的宗教情愫。

更为重要的是，从生态批评的视角来看，沃恩在对上帝虔诚宗教情感的抒发中传递了自己的自然观和朴素的生态思想，尽管这种进步的生态表达与沃恩的宗教热忱紧密联系在一起，更多地反映了沃恩的宗教神学观念，具有很大的思想局限性，但无可否认的是，这正体现了沃恩宗教抒情诗歌的艺术特色，是沃恩对玄学派诗歌的贡献、对17世纪上半叶英国宗教抒情诗歌的贡献。

作为一名重要的玄学宗教诗人，沃恩善于将表面上看似毫不相关的意象联系在一起，挖掘不同意象之间深层次的内在关联，把个人的宗教信仰与外部的自然景象联系在一起，以充分说明某个抽象概念或解释某种思想感情，最终阐释“堕落—再生”的宗教诗歌主题。“堕落—再生”象征着生命的复活、精神的再生和万物的复苏，它代表着一种希望、一种对理想境界的追求和对至高宗教信仰的渴望。

可以看出，沃恩在沉思宗教的同时，将目光投向了大自然，他运用玄学智性思维，试图寻求并建构一个人、自然和宗教和谐自由、共存共在的理想境界。除了语言具有生态特质外，沃恩的思想也明显带有朴素的生态主义色彩，这对生活在17世纪的宗教诗人沃恩来说是难能可贵的，也对后世生态诗歌的创作产生了不小的影响。

---

① 胡家峦：《圣经、大自然与自我——简论17世纪英国宗教抒情诗》，《国外文学》2000年第4期。

第五节 赫里克的自然观、环境意识和生态思想

日月星辰、江海湖泊、花草树木、鸟兽虫鱼等自然意象是人类赖以生存的大自然中必不可少的组成部分，同时也具有重要的文学寓意和文化价值。“英国玄学派诗人所喜欢使用的自然意象大致可以分为天文类自然意象、地理类自然意象、动物类自然意象和植物类自然意象四个类别。”①在使用这些自然意象描写世界、表现外部自然景物的同时，玄学诗人在探索与求知中巧妙地表达了自己内心的所感和所思，实现了内心主观世界与外在客观世界的交流。

17 世纪英国玄学派诗人表现出了对大自然的亲昵和对各类自然意象的青睐，在诗作中偏爱使用自然意象，将其作为自然喻体，并以此深化对宗教、爱情、死亡等各类主题诗歌的探究，在诠释时代文化精神的同时，表达了内心对自然、社会以及人生的体验与感悟，谱写了一幅生动、形象的人文主义画卷。

罗伯特·赫里克是一位多产的玄学诗人，“是 17 世纪抒写‘及时行乐’主题的最重要的诗人”②，他青睐自然意象，将自己包含 1200 多首诗歌的宏大且庞杂的诗集命名为《金苹果园》(*Hesperides*)。该诗集中很多诗作已经成为不朽的英国诗歌名篇，其中的《致水仙》(*To Daffodils*)、《咏花》(*To Flowers*)、《给少女们的忠告》(*To the Virgins*)等代表作都使用了自然意象。赫里克凭借新奇的艺术表现手法和玄学巧智在大自然中探索能够表达自己内在情感和思想的“客观对应物”，建构了人与自然的密切联系。

一、“鲜花精神”——“及时行乐”的生命意义

“及时行乐”的诗歌主题发展与人文主义精神等思潮密切相关。从来世

① 吴笛：《英国玄学派诗歌研究》，中国社会科学出版社 2013 年版，第 176 页。

② 吴笛：《英国玄学派诗歌研究》，中国社会科学出版社 2013 年版，第 36 页。

主义等宗教观念到强调人应该追求现世的幸福，人文主义者突出人在现实生活中对于爱情、自由、幸福等个人权利的追求，虽然这具有很大的局限性，并带有一定的悲观主义色彩，但同时具有重要的现实意义。“及时行乐”是17世纪英国玄学诗歌的重要主题内容之一，邓恩、马维尔、赫里克等玄学诗人继承和发扬了文艺复兴运动的人文主义精神，对这一主题内容表现出了浓厚的兴趣，并以独到的艺术手法表现出了玄学派诗歌的特性，具有反对中世纪以来的禁欲主义、蒙昧主义等宗教思想的进步意义，表现出了进步的人文主义思想。

赫里克在创作“及时行乐”主题的诗歌方面贡献突出，享有盛誉，他创作了以《给少女们的忠告》、《致一丛郁金香》(*To a Bed of Tulips*)等为代表的共约20首“及时行乐”主题的诗篇，“在英国玄学派诗人中，是抒写这一主题最多的诗人”①。在这类诗篇中，赫里克以典型的玄学派的诗歌艺术技巧，经常借用一些自然意象来表达内心对于爱情、人生、自然、社会的种种看法，书写人与自然的精神互动与情感交流，表露了赫里克前瞻性的自然观和初始的生态意识，抒发了内心对人与社会、人与自然等和谐关系的追求和美好愿景。

赫里克关注自然意象，使用自然意象来增强主题表现力，加深诗歌的哲理性，更有效地传递诗人深层次的情感和思想。通过挖掘各种自然意象，在诗作中以许许多多的自然意象来表现世界，赫里克逐渐认识到了人与自然的合一性，动植物不仅具有人类的情感，人类也存在着与自然相通和相似的属性。

《给少女们的忠告》是赫里克表现“及时行乐”主题的名篇，在这首经典诗歌中，诗人以清新、美丽的花朵意象表达了“花开堪折直须折，莫待无花空折枝”的“及时行乐”思想，传递了植物与人共通的生命意义。

含苞的玫瑰，采摘要趁年少，

① 吴笛：《英国玄学派诗歌研究》，中国社会科学出版社2013年版，第47页。

　时间老人一直在飞驰，
今天，这朵花儿还满含着微笑，
　明天它就会枯萎而死。

太阳，天庭的一盏灿烂的华灯，
　它越是朝着高处攀登，
距离路程的终点也就越近，
　不久呀，便要沉落西山。

人生最美便是那青春年华，
　意气风发，热血沸腾，
一旦虚度，往后便是每况愈下，
　逝去的韶光呀，永难重温。

那么，别含羞，抓住每一个时机，
　趁着年轻就嫁人，
因为，如果你把美妙的时光丢失，
　你一定会抱憾终身。①

（汪剑钊　译）

在这首诗中，赫里克使用了“玫瑰”“太阳”“西山”等自然意象，说明了“韶华易逝，珍惜光阴”的人生哲理。整首诗中，最突出的意象当属第一个诗节中“含苞的玫瑰”，它象征青春与美丽，既强化了自然之美，又突出了花朵生命的短暂，暗示着美好的事物转瞬即逝，因此，“采摘要趁年

① 飞白：《世界诗库》第2卷，花城出版社1994年版，第167页。

少”。赫里克意在说服自己心爱的姑娘克服羞怯的心理并接受他的求爱，趁着年轻“及时行乐”。接着，诗人以“太阳”作为喻体，将人的整个生命进程比喻为太阳在宇宙间的运行轨迹，从初升到如日中天，再到夕阳西下，人生之旅正如太阳抛物线式的运行轨迹，当它越升越高的时候，也意味着离终点越来越近。太阳最辉煌的时刻也是慢慢西沉、走向终点的开始，人生亦是如此，青春是人生最美好的时光，“意气风发，热血沸腾”，但是青春转瞬即逝，韶华过后便每况愈下。所以，人们应该珍惜美好的青春时代，勇敢地去爱和被爱，实现生命的价值和意义，如果虚度光阴，那么必将空留遗憾与懊悔。

该诗的意义在于赫里克以鲜花、太阳等自然意象作为喻体，特别是“含苞的玫瑰”这一意象最能突出诗歌的主旨。通过类比，诗人在鲜花的身上找到了值得人类学习的精神，那便是珍惜当下，享受现实生活的快乐。鲜花绽放的时间虽短，但在盛开时已经彰显了自己的生命价值和意义，将最美丽的一面展现在世人面前，因此，在凋零枯萎的时候也不留任何遗憾，这就是不负韶华的鲜花精神。

当然，这首诗也流露了赫里克的男权主义意识，他过于强调男性的中心与主导地位，却忽略了女性的主体地位，将女性看作男性的一种附属。整首诗从始至终抒情男主人公都在按照自己的意愿试图去说服恋人放下羞涩接受求爱，并没有考虑到女子的感受。

在《咏花》一诗中，赫里克再次以花朵为隐喻，通过感慨鲜花生命的短暂来表达珍惜时光、把握生命意义的道理，表现出了借用自然意象而进行的哲理思考：

结实累累果树的美丽保证，
为什么你们落得这样迅速？
你们的日子不能这样飞渡；
你们可以在这里停留一会，

羞羞答答，轻笑微微，
最后才走自己的道路。

什么！难道你们生来只为
一点钟或半点钟享乐，
于是说声晚安走脱？
可惜大自然使你们来到人世，
只是为显示显示你们的价值，
然后你们就完全没有下落。

但是你们是可爱的书页，
在那里可以读到，美丽的事物
怎样很快就会到了终途：
同你们完全一模一样，
它们闪耀过片刻荣光，
它们就滑进坟墓。①

（李霁野　译）

在这里，赫里克以细腻的笔触高度夸赞了鲜花漠视死亡、乐观绽放的生命观。盛开的鲜花预示着果树即将迎来的丰收，但这些鲜花还没来得及享受累累的硕果便迅速飞落消逝，这就是高贵的鲜花精神——珍惜当下，把握现在。

在赫里克看来，鲜花虽然没能分享到最终成果的喜悦，但它们已经彰显了生命的意义。在有限的生命之旅中，鲜花表现出了乐观、积极的生命态度，他们漠视死亡，快乐绽放，哪怕时间短暂，但是，生命的意义不在

① 飞白：《世界诗库》第2卷，花城出版社1994年版，第169~170页。

于朝朝暮暮，而在于“一点钟或半点钟享乐”，在于活在当下，乐观地绽放今日的美丽。歌咏鲜花，便是赞颂生命的价值与意义。从鲜花的身上，赫里克获得了生命的启示，人生短暂，生命的意义在于把握今朝，珍惜存在于当下的现实，而不是一味地哀叹或感慨。

《咏花》一诗反映了赫里克对人的现世生活意义的强调和对来世主义等宗教观念的否定。人作为一个物质实体，在生命消逝后“完全没有下落”，重新回归大自然，此处显示了赫里克科学的自然观和死亡观，他挣脱了中世纪盛行的宗教神学思想对人们思想的束缚，主张人没有来世，因此，人们应该珍惜当下，轻松潇洒、乐观豁达地把握今天。

在该诗的最后一个诗节，诗人以“荣光”和“坟墓”之间的张力来进一步表达美好事物的短暂和“终途”的残忍，突出珍惜光阴、把握当下的人生哲理，更加体现了赫里克这首诗作的主旨所在。诗人最后指出，尽管美丽的事物很快就到了终途，但是，“可爱的书页”会记录下曾经存在的美丽瞬间，让短暂的时光成为真实的永恒。因此，“荣光”和“坟墓”的强烈对照，深刻且充分地说明了生命的短暂以及珍惜时光、“及时行乐”的重要，体现了赫里克的自然意识和人文主义精神。

此外，赫里克还以《花朵》为题，创作了组诗，探讨鲜花的世界与人类世界的相似性。该类诗歌的一个共性特征在于赫里克强调人们应该珍惜光阴，不要错过青春韶华，以鲜花精神享受当下的快乐，以免遭遇“空折枝”的处境。

在《致水仙》中，赫里克同样用“晨露”(morning drew)等在世间不能久存的自然意象象征人生的短暂易逝。晨露晶莹剔透，本让人联想到清新、美丽的清晨和大自然，而诗人却发现晨露的这种美转瞬即逝，进而由晨露的命运转向人的命运，说明了“青春易逝，珍惜光阴”的人生哲理，进一步传达了该诗的主旨——及时行乐。

二、“帽子里的蜜蜂”——痴情“疯女”的情人

长期以来，动物之间的和谐以及人与动物的和谐相处都是人们关注的一个重要主题。动物意象历来是诗人们乐于在诗歌中使用的一类自然意

象，在英国诗歌发展史上层出不穷，令人回味，无论是浪漫主义诗人雪莱、济慈，还是现实主义诗人哈代，一直到现代派诗人叶芝，他们的笔下都描绘过许多生动的动物意象，并成为英国诗歌史上著名的意象，经久流传。动物意象不仅赋予了诗歌生机与活力，使诗歌更加贴近人们的生活，而且增添了诗歌的维度，扩大了诗歌的内涵。英国玄学派诗人也不例外，邓恩笔下的跳蚤、赫伯特笔下的云雀、赫里克笔下的蜜蜂，这些成为我们深入认识这些玄学诗人的艺术与情感的重要媒介。

“在文艺复兴时期英国最常见的意象是蜜蜂，这个意象可以追溯到维吉尔《农事诗》(第四卷)中有关蜜蜂在威严的法律下按照契约进行国事分工的故事。”①莎士比亚在戏剧《亨利五世》中使用蜜蜂的意象来隐喻形形色色的人类。“帽子里的蜜蜂”这一俚语出自英国民间故事，被用来比喻神经错乱或疯疯癫癫，与汉语俗话“脑子进水了”相似。早在6世纪，英国的民间传说里就有这样的说法：人之所以疯狂，是因为脑袋里进去了一只嗡嗡叫的蜜蜂。另一个说法认为蜜蜂是人的灵魂。因此，“帽子里的蜜蜂”就成了精神失常的代名词。在日常英语中，人们有时借用这个成语表示着迷、痴心妄想或稀奇古怪的思维方式，如 have a bee in one's bonnet(蜜蜂藏在帽子里)，get a bee in one's head(脑袋里钻进了蜜蜂)或 have one's head full of bees(脑袋里全是蜜蜂)，均可比喻满脑子的古怪主意、荒诞念头或痴心妄想。

在《疯女之歌》(*The Mad Maid's Song*)中，赫里克塑造了一个极度痴情的女子形象，他使用“honey”一词暗指痴情疯女的情人。一个浪游女子对情人的迷恋不可自拔，难以从失去情人的痛苦中解脱出来，她感慨自己身世坎坷，要去找回载走她情人的蜜蜂，她要在人们的眼中和帽子中找回失去的情人。赫里克巧妙地利用了“honey”这一双关语，该词既指“蜂蜜”也指“爱人”，蜜蜂离开时带走了“蜂蜜”(“爱人”)，因此，她疯狂追寻蜜蜂，执念于与爱人重逢。“蜜蜂”的意象一方面暗指疯女的情人，另一方面刻画

① 胡家峦：《文艺复兴时期英国诗歌与园林传统》，北京大学出版社2008年版，第210页。

了疯女痴心妄想、异想天开的精神状态。

在诗歌的开头，诗人写道：

对美妙的日子说声祝福，
对你，先生，也道声早安；
还得问候我自己的头发，
它已被露水浸得一片凌乱。

向樱草花也道上一声早安，
还对每一位少女致敬，
因为她们将一朵朵鲜花
撒在我的恋人所安息的墓茔。

啊！我多么悲伤，多么不幸！
哀哉，悲哉，如此悲痛！
行行好吧，先生，帮我找到
那只载走我恋人的蜜蜂。①

（吴笛　译）

赫里克通过“帽子里的蜜蜂”这一典故形象生动地刻画了痴情女子在失去爱人之后疯狂、复杂的心理状态。虽然在这首诗中，“蜜蜂”意象具有诙谐、讽刺的意味，但我们仍然可以看出，赫里克以这样的一种方式构建了人与自然之间的密切关联，表达了对生命价值的期许。蜜蜂在其短暂的生命之旅中不辞辛劳地工作，创造甜美的蜂蜜，最终完成了使命，实现了生命的意义。人也应该学习蜜蜂的精神，从事有价值的劳作、创造有意义的

① 吴笛：《英国玄学派诗歌研究》，中国社会科学出版社 2013 年版，第 119 页。

人生，实现自我价值。在细小的动物意象中赫里克深入挖掘了现实社会中人的精神状态和品质，特别是人们对于爱情、自由等的渴望和追求，体现了文艺复兴倡导的现世精神和人文主义思想。

尽管古典主义所倡导的理性原则在17世纪对人们的思想仍有一定的禁锢作用，但赫里克却在自然意象的使用方面作出了尝试和探索，并在很多不同主题的诗篇中展现了他的人文主义思想和现实主义观念，彰显了卓越的艺术天赋和才华。《疯女之歌》便是赫里克将自然意象运用于爱情主题诗歌创作的代表性诗作。中世纪禁欲主义、来世主义等宗教神学思想的残余与文艺复兴时期人文主义思想之间的矛盾在赫里克的头脑中发生了冲撞，通过建构“蜜蜂”与疯女的情人之间的密切关联，从痴情女子失去了爱情却又执着于寻找爱人这一情节我们可以透视赫里克对于爱情的思考，他认为，爱情不受束缚，既让人渴望，又让人捉摸不定。当然，赫里克的爱情世界是绚烂多彩的，他以玄学式的新奇艺术手法展现了自己对情感世界的独特认知，对《疯女之歌》中“蜜蜂”这一自然意象的探究旨在起到“窥其一斑”的效果。

三、“自然意识”——爱情与宗教的契合

爱情与宗教之间的关系颇为复杂，二者既对立又统一。在很多情况下，爱情与宗教以各种方式存在多种形式的契合。根据基督教传统，上帝为人类创造了美丽的居住地——伊甸园，而在古典传统中，花园象征着自然，因此，伊甸园成为人类、上帝和自然三者之间密切相关的媒介，将人、神、自然融合在一个和谐的统一体内。人和自然是相互作用的，人对自然作出反应，自然也对人类的行为作出反应。在这一过程中，人将意志、情感、宗教信仰等主观因素赋予自然景物当中，使自然获得了丰富的象征意义，促进了人、自然、宗教之间关系的进一步融合。

赫里克关注自然，同时也将自己对自然的热爱和对爱情的忠贞、宗教的虔诚情感融通起来，不拘泥于抒情诗歌具体的理论内容和形式，更多的是通过使用动植物等各种自然意象来表现对自然主题的关注和对自然意象

的青睐，体现了赫里克的自然意识，阐释了人与自然的互动关系以及人与自然的整体合一性，同时，赫里克将自己的爱情观、虔诚的宗教情愫融入对人与自然关系的探究当中，传达了主观情感与自然意识的强烈契合。

在《致可能支配他一切的安西亚》(*To Anthea, Wo May Command Him Anything*)一诗中，赫里克抒发了愿意为爱情而奉献一切，并将爱情与宗教结合起来阐释自己的爱情观，表现出了对自然、爱情、宗教完全契合的美好境界的追求，这与玄学宗教诗人乔治·赫伯特的人、神、宗教、爱情同一契合的观点具有很大的相似性。赫里克说道：

吩咐我生存，我就生存，
　　做你的一名新教成员；
吩咐我恋爱，我就恋爱，
　　炽热的心灵向你奉献。
……
吩咐我绝望，我就绝望，
　　独自伫立在柏树下面；
吩咐我死亡，我就死亡，
　　为你而敢于奔赴黄泉。

你是我的生命，爱情和心灵，
　　你也正是我的双眼，
你支配着我身体的任何部位
　　为你死亡或者活在人间。①

(吴笛　译)

① 吴笛：《英国玄学派诗歌研究》，中国社会科学出版社 2013 年版，第 96~97 页。

在该诗中，赫里克流露出了青睐自然意象的倾向，他借助“柏树”来烘托氛围，表达内心绝望、孤独的情感：“吩咐我绝望，我就绝望，/独自伫立在柏树下面”。“柏树”象征坚毅、高尚，多用来形容人坚强不屈的美好品格，它恰当地诠释了赫里克坚贞、虔诚的情感与信念，反映了赫里克的爱情观和宗教观。吴笛教授认为，诗中“Protestant”一词不仅包含“公开表明爱情的求婚者”之意，同时也具有“新教教徒”的内涵，这一词语展现了爱情的虔诚和圣洁，同时表达了诗人甘于为爱情献身的精神。① 无论是对宗教还是对爱情，赫里克的态度都像柏树一样坚毅而不动摇。“柏树”这一自然意象再次呼应了全诗中抒情主人公甘于奉献、忠贞虔诚的总体精神基调。正如《疯女之歌》中痴情女子对于情人的执念一样，虽然偏执、妄想，但也从另一方面表现出了痴情女对爱情的坚定和不动摇。尽管其中透露的赫里克关于自然的思想明显带有时代的精神以及局限性，这种局限性主要体现在该诗所表现的对于宗教的绝对忠诚，这种自然观忽略了人与自然的关系中自然独立于人的地位和属性，并且打上了深刻的宗教烙印。但不可争辩的是，赫里克通过自然意象的隐喻抒发了自己内心世界丰富且复杂的思想情感，传递了时代文化精神。

“文艺复兴时期英国诗人大多认为，自然是一种伟大的创造力量，但也由于人类的堕落而堕落。这就意味着自然的完善被人类的堕落所损害，但堕落的人可以运用理性来完善自我，并借助艺术在人类始祖的废墟上修复当初的乐园，或进行道德重建。”②可以看出，人与自然、宗教、艺术之间的密切关联。基督教尊崇道德的力量，倡导道德重建。对爱情的忠贞与对宗教的虔诚融会合一，并在艺术和自然的相互合作中产生了新的价值。

自伊丽莎白时代以来，英国诗人对于自然之美的憧憬促进了田园诗歌的萌芽，到了17世纪后半叶，赫里克等玄学诗人在作品中热衷于使用自然意象来描写自然景色，抒发内心对于爱情、社会、宗教等的看法，这种热

① 吴笛：《英国玄学派诗歌研究》，中国社会科学出版社2013年版，第97页。

② 胡家峦：《文艺复兴时期英国诗歌与园林传统》，北京大学出版社2008年版，第288页。

衷于自然的倾向为18世纪英国风景式园林的萌生奠定了基础。

综上所述，自然意象在赫里克的诗歌中具有十分重要的地位，自然意象和自然象征已经成为赫里克的一种创作手法，也是他的一种思维习惯，在巧妙使用自然意象的过程中，赫里克展示了他作为玄学诗人独到的智性。通过自然意象，我们可以将抽象的思想认知具象化、可感知化，更好地理解赫里克的自然观和价值取向，更准确地解读他的诗歌寓意。

第七章　英国玄学生态诗歌对中国传统文化的接受

17 世纪英国玄学诗歌蕴含丰富的生态文化思想，邓恩、赫伯特、沃恩、马维尔、赫里克等著名玄学诗人在诗作中用一种具有生态意识的语言描绘了人与自然、上帝和谐相处的美好画卷。在他们看来，人类与万物同源、与万物平等，同时，上帝作为万物的缔造者，位于存在之链的最顶端，但也与人类、动植物等其他等级的存在形成了一种亲密的内在联系，体现了生态整体主义所推崇的和谐、平衡、统一的观点，也表现出了与中国优秀传统文化所倡导的“天人合一”“物我合一”等思想精髓具有极大的契合与共鸣。

在世界文明的交响乐中，不同文化的交融始终是历史的主旋律。在 14 世纪之前欧亚大陆一些主要国家已经存在商贸和文化的交流，商人、使节、旅行家、学者、宗教徒频繁往来于古代丝绸之路，东西方陆路交通大开，马可·波罗东游、郑和下西洋、阿拉伯数字西传等东西方交往的史实促进了东西文明的交流，瑰丽迷人的古代中国文明随之传入西方世界。15—17 世纪西方的地理大发现促进了新航路的开辟，人类第一次建立起跨越大陆和海洋的全球性联系，各大洲之间相对独立的状态被打破，世界开始连为一个整体，东西方之间的贸易、文化交流大量增加。在这样的时代背景下，古代中国文明与西方文明不断交流、相互影响。中国古老的生态智慧对 17 世纪英国玄学诗人生态意识的形成方面具有一定潜移默化的影响，邓恩等玄学诗人具有异于常人的敏感力和洞察力，前瞻性接受了中国优秀传统文化中的生态思想，在“天人合一”“美德”“及时行乐”等思想上表现出了与中国优秀传统文化精神高度的契合与共鸣。

第一节　邓恩的“圆形”意象与“合一”宇宙意识

“圆形”诗歌意象是17世纪英国玄学诗人热衷于使用的一类意象。对于圆形意象的青睐反映了当时盛行的亚里士多德—托勒密宇宙论对邓恩等玄学诗人广泛而又深刻的影响。以天文学、地理学、哲学等多学科理论为知识背景，是17世纪英国玄学诗歌的一个鲜明特色。正是这种多学科的诗学理念与创作风格，赋予了玄学诗歌更加丰厚的意蕴和更加深广的意境。

根据亚里士多德—托勒密宇宙论，圆形是宇宙的主要特征。地球位于宇宙的中心，是静止不动的球体，位于地球外围的众星体和数重天都环绕地球在各自圆形的轨道上运转。可见，圆形是亚里士多德—托勒密传统宇宙论中占主导地位的形状和概念。“根据亚里士多德的观点，月下世界的万物都处于‘生成—腐朽’的变化过程之中。万物都由其对立物‘生成’，又‘腐朽’为其对立物。因此，这种‘生成—腐朽’的过程是一种持久的循环往复的过程，从而暗示世间万物的运动和变化都呈现为圆形。”①柏拉图也认为神以自身的形象创造了宇宙，圆形是所有几何图形中最完美的形状，也是与上帝形象最接近的形状，它代表着完美、统一、和谐与井然有序，是上帝的象征。

这些传统天文学理论为17世纪英国玄学诗歌提供了丰富的意象源泉，以邓恩为代表的玄学诗人将圆形融入玄学诗歌创作理念当中，以圆形的思维模式展开想象，思考人生，观察世界，创造了丰富的圆形意象，抒发了内心深刻的宇宙人生意识。

17世纪英国玄学诗歌先锋邓恩善用圆形意象来表达内心对外部世界的感悟与反思，无论是在爱情诗还是在宗教诗中，邓恩都表现出了对“圆形”

① 胡家峦：《历史的星空——英国文艺复兴时期诗歌与西方传统宇宙论》，北京大学出版社2001年版，第58页。

的青睐，倾诉了对整体、和谐宇宙的向往。这种对圆形的赞美与审美价值取向与中国传统文化中的“圆形”精神具有异曲同工之妙，也反映了中西文化在相异的同时也具有的共通共融属性。

一、邓恩爱情诗中的“圆形”意象与灵肉“合一”

邓恩不以大中见小，而是以小见大，从个人的生老病死去反思、审视整个世界的运动变化，在邓恩看来，人是一个小宇宙，具有与大宇宙对应的一切特质，他将人(小宇宙)与世界(大宇宙)并置，承袭了哥白尼和开普勒的宇宙观，并将其与基督教传统结合起来，以圆形作为思考方式和重要意象，模拟宇宙、模拟自然，这就是邓恩宏大、广博的宇宙人生意识。

在玄学诗歌众多的圆形意象中，最负盛名的莫过于约翰·邓恩在《告别词：莫伤悲》中描写男女之间真挚情爱的“圆规”意象了。“圆规”被公认为邓恩最负盛名的奇喻，其实它并非邓恩首创，圆规意象早已见于11世纪末波斯诗人奥马尔·哈亚姆的《鲁拜集》中，后流传至欧洲，但用圆规来比喻灵肉合一情侣关系的恐怕只有邓恩一人。“邓恩挖掘这一意象的各个方面，几乎榨干了它的全部内涵。”①圆规是圆心与圆周的合一，在传统文化中圆形代表着永恒与完美，同时，圆形也是对宇宙的一种摹拟，根据亚里士多德—托勒密的宇宙构成理论，有形宇宙的主要特征是圆形，圆形是最为典型的宇宙象征。

我们的灵魂是一体浑然，
　虽然我人必须走，灵魂却
并不分裂，而只是延展，
　像黄金槌打成透明薄叶。

① 胡家峦：《天体、黄金和圆规——读约翰·邓恩〈告别辞·莫伤悲〉》，《名作欣赏》1991年第1期。

即便是一分为二，也如同
　僵硬的圆规双脚一般；
你的灵魂，那定脚，不动，
　倘若另一脚移动，才动弹。

虽然定脚稳坐在中心，
　但是另一脚在外远游时，
也侧身倾听它的足音，
　等那位回家，就把腰挺直。

你对我就将如此，我不得
　不像另一脚，环形奔跑；
你的坚定使我的圆正确，
　使我回到起始处，终了。①

（傅浩　译）

这首诗写于1611年冬。当时，邓恩将随同恩主罗伯特·特鲁里爵士出使法国巴黎，而此时邓恩的妻子正有孕在身。邓恩不能违背恩主之意，又恋恋不舍家中的爱妻，因此，在临行前邓恩尽力克制内心的悲伤，以卓然脱俗的笔调创作了这首离别诗来抚慰妻子，表达对妻子的牵挂和爱恋。这首诗最初只在朋友间流传，直到邓恩去世两年后才公开发表。

圆规本是一种金属材质的物化几何工具，毫无生机和感情色彩可言。邓恩发挥自己独特的玄学思维，将圆规赋予了人格化的精神和感情，形象

① 约翰·但恩著，傅浩译：《约翰·但恩诗集》（修订版），上海译文出版社2016年版，第136~137页。

而又传神。诗人把自己比喻成圆周脚，在外奔波，为家忙碌；把妻子比作圆心脚，在圆心(家中)坐定，守望远行的丈夫。妻子和丈夫好似圆规的两只脚紧密相依、不离不弃，静则都静，动则都动，静不离，动不分。无论丈夫走多远，最后终归回到起点，与妻子一起共同画成一个完美无缺的圆形。诗人意在告诉我们，他与妻子之间的爱不同于世俗之爱，因为世俗之爱的“本质是肉感”，“不允许离别”，而诗人和他的爱人是永远合一的精神整体，因为他们的“灵魂溶成了一片”，这种精神之爱是“经过提炼的爱情”，更具不可分割的合一性。

邓恩在表达爱情时，惯于采用富于想象力的意象，从科学、自然、宇宙中探寻能够表达心里所感、意味深长的新奇意象，延长了读者的感官反应和认识过程，但是却引起了读者更加广阔的想象空间，激发了读者的阅读兴趣，刺激读者去探究看似毫不相关的两个事物之间的关联。在这首《告别词：莫伤悲》中，邓恩通过富有哲理的辨析，层层深入地揭示了一对恩爱的夫妻与“圆规”之间的相似之处。“圆规”的意象远远超过了传统爱情诗歌关于“玫瑰花”等意象与爱情之间的神似和形似，超越了两种事物之间的表层联系，探究了两种看似毫不相干的事物之间内在的、深层次的联系，因此更能打动读者，引起共鸣，产生一种更加令人惊讶的效果，创造一种耐人寻味的意境，这种阅读效果也正是邓恩玄学诗歌的永恒艺术魅力的体现。在中国文学史上，作家惯常以蝴蝶、鸳鸯等为意象，咏唱忠贞爱情，抒发内心深处炽热的情感。邓恩的奇思妙喻不仅让习惯了充满浪漫情怀的罗伯特·彭斯等爱情诗人使用“红红的玫瑰”等意象表达浓情蜜意的西方读者为之一惊，也让中国读者耳目一新，产生了一种陌生化的文学赏析效果。

“圆”象征圆满，代表和谐、永恒。“圆形”是邓恩最为青睐的诗歌意象之一，他运用巧妙的玄学构思，通过“圆形”的丰富联想意义，赋予读者无限的想象空间，激发读者进行创造性思维，这也得益于邓恩良好的教育背景和渊博的学识。邓恩曾在牛津和剑桥两所大学学习六年，虽未获得任何学位，却涉猎广泛，深谙科学、神学、医学、法律等诸多学科知识，这些知识无疑为邓恩的想象力插上了腾飞的双翼，让他不拘一格，突破传统思维局限，创造性地构思了“圆规”等一系列经久流传的奇思妙喻。

邓恩一生创作的诗歌当中很大一部分是以爱情为主题的，这类爱情诗歌当中描写了丰富的女性形象，主要可以分为两类，一类是忠贞、诚信的女性，另一类是善变、不忠的女性，两种截然对立的女性形象表达了邓恩复杂，甚至是矛盾的心绪和情感。在肯定女性的爱情诗歌中，邓恩喜用圆形意象来表达对美满、和谐爱情的赞美，对忠贞爱情的颂扬，《早安》便是其中的另外一例。在该诗中，邓恩将自己和爱人比喻成两个半球，它们合二为一，构成一个温暖、美满、和谐的世界。

你我的脸庞在彼此的眼中遨游，
真诚坦白的心停歇在脸面上；
哪里我们能找到更好的俩半球，
没有凛冽的北极、没落的西方？
凡是死亡者，都没有平衡相济；
我们若爱成一体，或者，我和你
爱得正相等，谁也不懈怠，谁都不会死。①

（傅浩　译）

一对恋人互相凝望着，视线的交织即心灵的相通。“脸庞”“眼睛”“心脏”形成了一系列圆形意象，象征着坦诚、完美、和谐的爱情。接着，诗人又将自己和爱人比喻为构成整个世界的两个半球，没有严寒的北极，也没有太阳西沉时的寂寥，充满了阳光和温暖。平等、圆满的爱情战胜了一切，甚至超越了死亡。通过一系列圆形意象，邓恩将自己灵肉合一的爱情观融入宏大的宇宙图景中，表达了独到的爱情感悟、人生境界和宇宙意

① 约翰·但恩著，傅浩译：《约翰·但恩诗集》(修订版)，上海译文出版社2016年版，第67页。

识。读者也可以从这些奇妙的圆形意象中领略、体会邓恩对爱情真谛的探索和对宇宙人生的思考。

如果从中西文化共通共融性的视角深入挖掘邓恩在爱情诗中描绘的圆形意象，就不难看出，邓恩的圆形意象与中国传统文化古典《易经》中关于男女关系的描述异曲同工。《易经》认为，动为阳、静为阴，代表一切积极、主动的事物均为阳的象征，而消极、被动的事物则为阴的象征。男为阳，女为阴，阴阳合一交融才构成完满、和谐的爱情。

圆形是 17 世纪英国玄学诗人思考世界、探索宇宙的方式，“根据基督教传统，神原来是用圆规设计宇宙，并完成创世这一壮举的”①。神以自身的形象创造了圆形的宇宙，并使之做圆形的运动，这是一切圆形象征的起源，也成为以邓恩为代表的英国玄学诗人思考世间万物的方式和诗歌创作的重要灵感源泉。邓恩诗作中的圆形系列意象可谓构思奇妙，意蕴丰富，耐人寻味，充满了玄学智慧和创造力。邓恩的诗歌具有经久不衰的艺术魅力，吸引着一代又一代的中外诗歌爱好者，成为他们生命中欢乐的源泉。

二、邓恩宗教诗中的“圆形”意象与生死“合一”

英国文艺复兴时期的诗人们倡导“摹仿自然”，而广义上的自然包括地球在内的整个宇宙，也就是说，自然即宇宙。宇宙则包括肉眼可见的有形宇宙和想象中的无形宇宙(或概念宇宙)。因此，诗人们对于自然的摹仿也存在两个维度，这种富于诗意的摹仿产生了两类意象，一种是具体、可感的，另一种是抽象、无形的，仅存在于想象和概念中。据此，邓恩诗歌中的圆形意象也可分为两类，一类是具体的、可感知的圆形，如《告别词：莫伤悲》和《早安》中的圆规、两个半球的意象，这类圆形意象取材广泛，来源于数学、科学等不同学科和领域；另一类是抽象的、基督教信念中的圆形，如《病中赞上帝，我的上帝》《死神，别得意》等诗篇中的隐性的、抽

① 胡家峦：《历史的星空——英国文艺复兴时期诗歌与西方传统宇宙论》，北京大学出版社 2001 年版，第 74 页。

象的圆形意象，这类圆形意象经常出现在邓恩的宗教诗歌中，并多以“死亡—复活”为创作主题。

在人生的前期阶段，邓恩诗歌主题以书写爱情为主，并且很多关于圆形意象爱情诗歌的创作都植根于邓恩对妻子的浓厚感情，用艺术化的“圆形”代表邓恩与妻子之间美满、和谐的爱情，以及对爱情的独特思考。邓恩的妻子安妮·莫尔于1617年去世，当时邓恩还未出任伦敦圣保罗教堂教长，生活穷困潦倒，患难之中邓恩与妻子结下了深厚、挚诚的感情，妻子的去世使邓恩备受打击。为了寻求出路，邓恩被迫改信国教，放弃了自幼信奉的罗马天主教，并投入反天主教的论战中，终于凭借自身的渊博学识博得了国王詹姆斯一世的赏识，并于1621年受命担任伦敦圣保罗教堂的教长一职，从此摆脱了生活的困窘。但前半生复杂、波折的经历促进了邓恩内心的自省和忏悔，于是，他将这种深厚的情感寄托于宗教，诗歌创作也因此出现了主题的转变，从爱情诗转向了宗教抒情诗，这一转变也是邓恩坎坷人生经历的映射，因此，诗歌中出现的圆形意象也随之具有了更多宗教化的抽象内涵。

据《邓恩传》的作者沃尔顿记载，《病中赞上帝，我的上帝》一诗写于1631年，是邓恩身患重病，在辞世前八天所写的最后一部诗作，标志着邓恩文学生涯的终结。但也有学者认为该诗可能创作于1623年，当时邓恩身患重病，濒临死亡。无论哪种解释，无非集中于年代的争议，其中无可争辩的一点是邓恩在写这首诗时因身患重疾已然濒临死亡，这种身体状况促进了邓恩当时对死亡的反思，因此，该诗是邓恩身患重病、卧床不起时的心理状态和自我冥想的书写。

在诗歌的开头，邓恩就描写了一个特定的、近乎真实的场景：身患重病、处于弥留之际的邓恩卧床不起，一群医生围在病榻前，忙于诊断病人的疾病，商讨治疗方案。而诗人此时感受到的不是对死亡的恐惧，而是一种反思，甚至是对死亡的憧憬，诗人在想象他即将进入的神圣殿堂——天堂：

我即将来到这神圣的寓所，
　　同你的天使歌唱队永在一起，
我将成为你的音乐；我来时，
　　在这门口把我的乐器谐调，
我必须在这里作事前的思考。①

（胡家峦　译）

邓恩意识到自己即将到达生命的终点，开始想象死亡时的场景：仿佛就要来到那神圣的天堂，将要加入上帝圣徒唱诗班的行列，自己也将成为天堂音乐的一部分。在天堂的大门口诗人欲调好乐器的丝弦，时刻准备为上帝奏响心灵的乐章。在死亡面前，邓恩毫无畏惧之感，反而显得非常淡然，因为他认为步入天国的神圣殿堂意味着他将洗涤掉尘世的一切污秽，即将与上帝生活在一起，因此，哪怕是死于热病的关隘，他也将泰然处之：

医生们由于他们的爱而变成
　　宇宙志学者，我是他们的地图，
平躺在这张床上；他们向我表明
　　这是我西南的发现，
　　穿过发烧海峡，将死在海峡旁边。
我欣喜，在那些海峡中看到了我的西方；
　　虽然激流从没送任何人归来，
但西方会给我什么伤害？正如西和东

① 胡家峦：《第三种类型的“亚当”——读约翰·邓恩〈病中赞上帝〉》，《名作欣赏》1994年第6期。

在平面地图(我就是一幅)上结合,
死亡也触及复活。①

(胡家峦　译)

邓恩将自己比作一张世界平面“地图”，而医生们则成为宇宙志学者，他平躺在病榻上，医生们出于仁爱仔细诊断他的病情，似乎已经预见到了病人正渐向“西南”：“西”为日落之处，象征死亡；“南”为地球之南部，是酷热之地，象征热病。“西南”意即诗人很快会因为热病而死亡，这也就是“西南的发现”。正如葡萄牙航海家麦哲伦穿过南美大陆与火地岛之间波涛汹涌的海峡一直向西探险航行，最后死于菲律宾一样，诗人也即将“穿过发烧海峡”，并“死在海峡旁边”，最终走向他的西方。从“西方会给我什么伤害”这一反问中我们可以看出邓恩对死亡的漠视与傲慢，他认为西方对自己毫无害处可言，表达了对死亡无所畏惧的态度。诗人把死亡仅仅看作他穿过海峡前往复活之地的必然途径。“东方”与“西方”相对，“西方”象征死亡，而“东方”是日出的地方，象征新生、复活与希望，因此，“东方”具有浓郁的基督教意味，与基督复活并获得永生这一基督教事件紧密相关。诗人并不畏惧死亡，尽管意识到肉体将死，但他深信死亡与复活也彼此衔接，死亡与永生看似相距遥远，就像一幅平面地图上的西方和东方一样遥不可及，但从另外一个角度思考，如果将平面地图置于宇宙球体当中，东西方必然会在某处重合，死亡必“触及复活”，这便是英国文艺复兴时期宗教诗歌经常述及的“活—死—活”的圆形运动模式，可见，“圆的意象不只是一种静止状态，它还暗示圆形的运动”②。对人类而言，生死是循环反复的，是一个完整过程中的两个联系的阶段，也正是这周而复始、无穷无尽的过程促进了人类的繁衍与生息。

① 胡家峦：《第三种类型的“亚当”——读约翰·邓恩〈病中赞上帝〉》，《名作欣赏》1994年第6期。

② 胡家峦：《历史的星空——英国文艺复兴时期诗歌与西方传统宇宙论》，北京大学出版社2001年版，第80页。

邓恩通过一张“平面地图”的比喻形象生动地阐明了其生死合一观，根据这一比喻，“西方”(死亡)与“东方”(复活或永生)是每个个体在整个人生历程中必经的发展阶段，西方是通过风急浪涌的海峡通往东方的必经之地，是探险家和基督徒的理想之地，它象征着复活与永生，东西方不可分割，并最终会像圆形的起点和终点一样重叠合一。死亡的归宿是天国，死亡即得永生，“死亡也触及复活”，这便是邓恩整体合一、循环的生死观和宇宙意识。

《封圣》是邓恩的另外一首以圆形的运动模式阐释“死亡—复活”为主题的诗歌，也表现了他系统、联系的宇宙意识，阐述了整体、合一的生死观。该诗中“不死鸟”代表的凤凰意象就是生死相连的合一整体：

> 任你们怎么骂，我们被爱造就：
> 　骂她是一飞蛾，骂我是另一只；
> 我们也是蜡烛，自付代价而死；
> 　并且在自身发现鹰隼与鸽鸠；
> 　　不死鸟之谜因我们有更多
> 　　含义；我们俩合一，就是它。
> 对一个中性的事物两性都适合，
> 　我们同样死复生，且以
> 　这份爱证明神秘。①

(傅浩　译)

在古埃及神话传说中凤凰是雌雄同体的鸟类，具有不死之身，灵魂不熄不灭，最终涅槃，在火中死亡又在火中重生，是一个完美的生命整体，

① 约翰·但恩著，傅浩译：《约翰·但恩诗集》(修订版)，上海译文出版社 2016 年版，第 80~81 页。

生与死共同构成了一个完满的圆形，延续不断，在凤凰身上实现了轮回合一。雌雄同体本是一个生物学概念，指雄性与雌性共存于同一个体当中，本身即含有合二为一的内涵。雌雄同体也是生态女性主义所推崇的一种思想，倡导男女两性平等。邓恩将自己与爱人的“合一”比作具有两性特征的“不死鸟”，以抽象的“活—死—活”的圆形运动模式表达了整体合一的生死观。

综上所述，可以看出，邓恩诗歌中多姿多彩、重叠交融的圆形意象不仅展露了邓恩的爱情观、人生观、生死观，同时也反映了他和谐、统一的宇宙意识。在邓恩看来，圆形不仅仅是一种数学图形，还象征着完满、美好的爱情，更具有丰富的宗教隐喻，更重要的是，圆形反映了宏大、磅礴的宇宙的运动模式，宇宙是一个井然有序的“合一”整体，宇宙中的一切事物也都遵循这一规律，无论是以一种内在的精神，还是以外在的可感形式，宇宙中的一切都以“圆形”的状态存在和运动着。

三、“圆形”意象与中国优秀传统文化

根据托勒密天文学传统宇宙论的观点，“天空是圆形的，并作圆形运动”①，而中国自古以来就有“天圆地方”的说法，“天圆地方”是中国传统文化思想的重要组成部分，尽管随着科技的发展，特别是天文学等自然科学的进步，人类对于宇宙有了科学的认知，但人们对于圆形的喜爱却成为一种民族审美理想和思维模式。中西文化对“圆形”的共识反映了人类以圆为范、以圆为贵，以“圆”为中心的文化共性特征。

前面通过分析邓恩诗作中的圆形意象，可以看出邓恩描绘的各种圆形意象及其蕴含的西方文化价值观念与中国传统文化中的圆形意象及其反映的思想精神具有跨越时空的共通共融之处，这表明了身处世界不同文明中的人们思维模式的普遍性和相似性，为中西文化的交流互鉴和共同发展提

① 胡家峦：《历史的星空——英国文艺复兴时期诗歌与西方传统宇宙论》，北京大学出版社 2001 年版，第 25 页。

供了借鉴与依据。

1. “圆”的内涵与中国传统文化渊源

“圆”的内涵丰富，含有“圆满、团圆、圆融、圆润”之意。在我国古代，华夏先民们就已经把圆看作完满、稳定、美好的象征，随着历史的发展，圆形不仅成为中国人对美好生活的一种愿望，也逐渐发展为一种审美价值理念，融入生活、艺术、文学等各个领域，并成为中国文化的一个重要特征和标志。圆形在中国具有深刻、悠久的历史传统，与哲学、宗教也有着渊远、密切的联系。

中国古人将天地未分、混沌初现之状谓为太极，认为太极是宇宙衍生的本原：太极生两端，分阴阳，天地遂产生。《周易正义》云：“太极谓天地未分之前，元气混而为一。”太极图由一个圆形环、一条S线及其分隔的阴阳两面小圆构成，表现了阴阳轮转、相反相成、交替变化的运动状态，也彰显了圆形统一和谐的形式之美。太极阴阳学说是华夏文明的结晶，代表了中国人古老的哲学思想，反映了先哲们认识世界的思维方式，具有朴素的辩证法色彩，“盖天论”便是这一学说的一个具体表现。“盖天论”认为，天犹如一个巨大的圆形盖子罩在一望无际的方形大地上，这一“天圆地方”思想逐渐成为中国传统文化思想的重要内容。后来尽管也出现了“浑天论”一说，认为宇宙起初混沌一片，盘古开天辟地，但“盖天论”仍广为流传，影响深远。作为中国传统“和文化”重要源头的《易经》《尚书》中的很多重要思想都以“天圆地方”为依据。

《易经》又云：“圆而神，方以智”。“圆”被尊为“天道”，崇“圆”也就是敬天、敬神。圆为天，八卦之中乾卦为阳之首，乃万物之初始。“圆”甚至是被赋予了神力，而皇帝以天之骄子而居，被尊为“天子”，甚至是被神化为“圣上”。《大戴礼记·曾子天圆》亦云：“天道之圆”，因此，“圆”“天”“帝”构成了一个内在统一体，对圆的敬重也就是对天的崇拜、对皇帝的尊崇。

圆的观念在华夏民族的意识中打下了深深的烙印，并成为一种审美习尚和思维模式，这种思维模式以对"圆"的崇拜、亲和为本原，以儒、道思想的圆道观和阴阳五行说为核心，既体现了宇宙万物及各种自然现象运动变化的规律，也反映了中国人自古以来对人与宇宙关系的思考。

2. "圆"的融合性与中国"合一"文化

"合一"思想是中国传统文化的重要组成部分，具有渊远且深厚的中国传统哲学基础。自古以来中华民族主张"知行合一""天人合一""物我合一"儒释道"三教合一"。这些"合一"思想深深地影响了中国人的思维方式和行为模式，从思想渊源来看，这种"合一"思想源于中国人对圆形的尊崇和喜好。在所有的数学图形中，圆形的起点与终点合一，无始无终，最具包容性、博大性，它兼容并蓄，是最能代表中国文化的一种数学图形。有人说，可以把中国文化浓缩到"圆形"这一几何图形中去理解。细细思量，以圆形去领悟博大精深的中国文化也不无道理，圆形是中国传统文化中的重要精神原型，与中国人的哲学思想、道德意蕴、审美情操、宇宙意识密不可分，中国的圆形文化不仅体现在精神观念上，还体现在生活、人文、艺术等多个学科领域。这种自古形成的思维模式和意识形态既合乎自然，又超越了自然，成为人们所追求的理想精神境界，这种境界也正反映了中华民族"天人合一"的宇宙意识和价值观念。

中国传统文化的"合一"精神体现在诸多方面，涉及人与自然、人与人、人与社会等不同领域以及人文、自然、艺术等不同学科。"合一"思想倡导"和而不同"，其重要的内涵之一便是包容不同文化的融合发展。这种融合既指中华民族内部不同民族的文化融合，也指中西不同种族文化的融合。从春秋战国时期的百家争鸣，到秦统一六国后关中文化与齐鲁文化、楚文化的融合，直至宋明时期的"三教合一"，这些表明了中国文化内部的包容性。在对待西方文化的态度上，中国文化也展现出了海纳百川、有容乃大的胸怀与境界。在任何历史发展时期，中国文化都未排斥过优秀的西方文化，无论是佛教在中国古代的传播，还是基督教、伊斯兰教在近代被中国文化所接受都体现了中国文化对西方文化的接受。中国文化以其博大的胸怀积极面对外国文化的成果，在保持中国文化的民族性与独特性的同时，借鉴、吸收外来文化的积极成果，丰富和发展了中国文化，使其具备了更加经久不衰的旺盛的生命力。《礼记·中庸》提倡的“万物并育而不相害，道并行而不相悖”，以及儒家经典《周易》宣扬的“地势坤，君子以厚德载物”都高度概括了中国文化的这种包容会通的基本精神。

3.“圆”的稳定性与中国“中和”文化

与其他几何图形相比，圆形因其稳定性而表现出了明显的优越性特质。正如圆形所展现的稳定性一样，中国文化也具有其他种族文化无可比拟的稳定性。中国人自古崇尚“中庸”、“和合”，提倡择中而用，讲求稳定、和谐、适度，这种“中和”文化在很大程度上保证了中华民族文化发展的稳定与持久。在历史上，中国历经朝代更替、社会变迁，但从根本上来说，中国文化的精神内核从未改变，反而随着历史的发展更加彰显了中国文化特有的自信性和稳定性，并且随着时代的进步，传统文化内涵不断延伸、丰富，得到了进一步的传承和发展。

中国是大陆国家，黄河中下游一带是华夏先民生存和繁衍之地，也是中华文化最重要的发祥地。中华文化发生并生长于内陆的中原环境，夏商周时期中国先民主要活动于北方中原和西北地区，这种相对封闭的地理生存环境使中华民族形成了一个自然、封闭的生存体系，中国古代文化也因此较长时间内处于一种自我保护和相对稳定的环境当中，同时为中国文化的发展与传承奠定了统一、稳定的基调，后来逐渐形成的以儒道为核心的文化传统也延续、保证了这种稳定性。在发展进程中，中国文化秉持谦逊、和合、中庸的基本精神，面对其他民族的优秀文化，既体现了强大的自我保护力量，也展现了兼容并蓄的博大胸襟，这种稳定、博涵的圆形特质使中国文化自古以来的基本精神绵延不绝，并表现出了于起伏跌宕间稳定发展的持续性。因此，在当今世界，面对全球经济一体化、文化多元化背景下文化同化、异化等多种文化现象，中国优秀传统文化强大的内聚力和稳定性依然使得“佛教没有把中国人变成印度人，西方科学也不会把中国人变成欧洲人”。

中国文化自古强调以和为贵、以圆为范，外表和顺、内心谦恭是中国人的为人之道，圆形构图不仅蕴含了传统的中式美学，标志着一种心理审美理想，反映了中国人的审美价值观、朴素的宇宙观，而且体现了中华民族的基本文化精神。儒家学说提倡的“过犹不及”、“不偏不倚”等“中庸”思想培养了中国人柔和、温润的“圆”的民族文化精神以及“对立而不对抗”的和谐民族心理共识和伦理诉求。作为世界上最古老的文化之一，从古至今中国文化的发展从未间断过，与很多西方文明相比，中国文化因其内在的“圆的精神”表现出了旺盛的生命力和强大的稳定性。

综上所述，西方亚里士多德—托勒密传统宇宙论将圆形看作神的象征，代表着完美、统一、和谐与永恒，这与中国传统文化中的圆形内涵及象征意义具有跨越时空的相似性和共通性，这也表明了在人类发展进化过程中对一些具有普遍意义问题的共识。在中西文学发展中，圆形是中外诗人青睐的意象。圆形意象已自然而然地积淀在不同文明的人们的内心深处，成为人类的集体无意识。圆为人类历史发展作出过不可磨灭的贡献，成为人类文明史上的一个代表性的文化特征。进一步认识圆的文化属性，挖掘圆形在中西文化中的共通性，对于促进中西文化交流，增强不同文明间的互鉴发展具有不可忽视的重要意义。

第二节　赫伯特的“美德”思想与人神合一

乔治·赫伯特是 17 世纪英国玄学派诗歌中的重要一员，被誉为“玄学派诗圣”。玄学派诗歌以冷峻、突兀、蕴含哲理思辨性和奇特的意象而享有盛誉。在玄学诗人中，赫伯特的独特之处在于他箴言般洗练、贴切的语言，丰富的格律，以及纯洁、真挚、具有说服力的宗教诗歌意蕴。赫伯特也因此被 17 世纪抒情诗人尊为楷模，与约翰·邓恩、本·琼森并称为 17 世纪英国三大抒情诗人。赫伯特与邓恩、马维尔等其他玄学诗人有所不同的是，他避开了世俗情诗，把内心深处虔诚而又炽热的爱毫无保留地奉献给了上帝。在赫伯特的眼里，上帝不再是中世纪时期手持利剑向人世播撒愤怒火焰的专制统治者的形象，而是与他朝夕生活在一起的父亲，与他身份、地位、精神平等的朋友，甚至是与他心心相印的爱人。

作为一位宗教诗人，赫伯特毕生只写虔诚宗教诗歌，其代表作是宗教抒情诗集《圣殿》(*The Temple*，1633)，该诗集共包括三个组成部分，分别是："教堂门廊""圣堂"以及"教堂斗士"。其中，"圣堂"是这部诗集的主体部分，共收录160多首宗教抒情诗歌。难能可贵的是，赫伯特并未受到写作主题和时代背景的局限，他的诗歌不仅受到基督教徒的喜爱，其巨大的艺术魅力也深深吸引着没有任何宗教信仰的读者。其原因在于，赫伯特在诗歌中融入的不仅仅是个人丰富的宗教体验和真挚情感，也是作为一个个体对自己心路成长历程的感悟和书写，这使得赫伯特的诗歌超越了时代束缚，在整个英国文学史都具有独特的思想魅力和艺术魅力。

一、"美德"——人神合一的链接点与相通处

基督教一直是文学中的一个动态的、富有生命力的主题。作为基督教经典的《圣经》是赫伯特诗歌创作的典范和灵感源泉，其代表作诗集《圣殿》中几乎所有的诗歌都是赫伯特沉思《圣经》的产物。《圣经》作为基督教的经典，在西方社会的发展中起到了不可估量的巨大作用。以基督教为准则的道德评价体系发展于中世纪，此后，它深入人们的生活，影响人们的思想，以致成为许多人寻求慰藉的精神支柱和待人处事的实践标杆。基督教提倡美德，如"爱""牺牲""善待他人"等，这些构成了赫伯特宗教诗歌的重要主题内容，表达了赫伯特独到的艺术审美观念和宗教体验，反映了赫伯特深邃的宗教思想内涵与价值取向。

"人神关系"是宗教诗歌经常涉及的一个普遍性主题，但在传统的宗教诗歌创作中，"神"的形象通常是神圣、遥不可及的，人对神永远是充满了敬畏之情。但是赫伯特突破了常规宗教诗人的思维界限，运用了"陌生化"的艺术手法，刻画了一种全新的人神关系，即上帝不仅是统治者和造物主，同时也是人类的朋友、父亲，甚至是爱人。赫伯特颠覆了传统宗教诗

歌中的上帝形象，对人神关系进行了全新的处理和陌生化表达，增添了其宗教抒情诗歌的魅力，实现了诗歌艺术审美的目的，让读者在欣赏诗歌的同时能够穿越时空，进行情感体验，切身感悟赫伯特所处的既彰显人文主义又重视宗教精神的时代精神风貌和文化特征，更深刻地领会赫伯特的独特诗歌艺术风格及其诗作所反映的对上帝虔诚、炽热的宗教情感。赫伯特宗教抒情诗歌的魅力不仅仅在于他高超的诗歌创作技巧，还在于读者在感受到阅读快乐的同时，也受到诗歌潜在教育意义的渲染，也许正是这种道德魅力更加持久，深深吸引了各类读者。

人神关系是赫伯特诗歌的一个永恒主题，几乎所有的诗歌都表达了这一主题，而探究赫伯特诗歌的美德内涵是理解赫伯特宗教诗歌的一个重要切入点和主线。“《圣殿》是赫伯特的基督教抒情诗集，同时也是他发表德行观点的阵地。”①“美德”(virtue 或 virtuous)作为一个关键词，在赫伯特的代表作诗集《圣殿》中多次出现，甚至直接以“美德”为题，创作了著名诗篇《美德》，在这首诗歌中，赫伯特还利用通感、隐喻等修辞手法，高频次地使用了“甜美的”(sweet)、“永生地”(chiefly)等修饰性词汇，来渲染“美德”的境界和价值。作为一名基督教诗人，赫伯特歌颂美德、践行美德、将美德作为审视人神关系的一个重要出发点。在赫伯特看来，一方面，上帝之子耶稣基督面对门徒的背叛和教徒的无知，没有放弃拯救人类的信心，牺牲自己帮助人类获得救赎，成为美德的化身，另一方面，面对上帝的宽容与慈爱，人类应该怀有一颗感恩的心，约束自己的行为，将“美德”作为道德标准和行为要求，让真善美从天国复归人间，使人类重新实现自己的价值，获得灵魂的拯救。

受到文艺复兴运动的影响，赫伯特在对上帝形象的理解上具有了浓重的人文主义色彩，他突破了中世纪基督教的束缚，摒弃了那种上帝居高临下而诗人垂耳恭听的自上而下的传统人神关系，对人神关系进行了全新的处理和表达，颠覆了以往人们对人神主仆关系的常规性认识，认为上帝不

① 吴虹：《赫伯特宗教诗歌研究》，浙江大学2014年博士学位论文，第130页。

再是那个高高在上的统治者，而是美德的化身，上帝具有了人的感情，是集权力与仁爱于一身的父亲、朋友和爱人。赫伯特这种人文主义的宗教观赋予了上帝更多人性化的真善美，使上帝的形象更加有血有肉，以"美德"为关联点，使人神关系在和谐中实现了"合一"。

二、"人神合一"——至善的父子之情

赫伯特生活的16世纪末至17世纪被一些学者称为欧洲艺术史上的巴罗克时代，以德国波恩大学莱森尼奇教授为代表的当代欧美文学史家倾向于将英国玄学派诗歌归类为欧洲巴罗克文学，并将之称为"英国巴罗克文学"。① 西南大学刘立辉教授认为巴罗克文化的两大特征是"内视性"和"主体性"②，"在诗歌创作方面，巴罗克诗人不遵守古典主义美学原则，力求最大限度地发挥主体创造性"③。赫伯特敏锐、准确地捕捉到了这一时代文化，偏离了古典主义的诗歌创作原则，突破了传统宗教诗歌创作理念的束缚，非常规性地感知上帝形象，在他的宗教抒情诗歌里大量运用陌生化思维，创造性地书写人神关系，把上帝刻画成生活在他身边的一个关系亲密的人，甚至是一个既威严又慈爱的父亲。

诗作《项圈》就形象地描绘了赫伯特创造性构想的与上帝之间的父子关系。但赫伯特对上帝(父亲)并不是毫无怨言、百依百顺的。赫伯特内心充满了激烈的冲突，他拍桌高声叫骂，感到自己的生活受到种种义务和要求的束缚，指责造物主造成了他的悲惨命运。"项圈"实际上象征基督教教义对赫伯特的精神束缚，以至于让他感觉到了一种负担，剥夺了他的自由，因此他牢骚满腹，甚至发狂。正如一个孩子向父亲发泄自己不满的情绪，

---

① 屈薇，刘立辉：《马维尔诗歌中的巴罗克时间主题》，《外国文学评论》2009年第3期。

② 刘立辉：《英国巴罗克时期诗歌的时间内在化构建》，《外国文学》2014年第3期。

③ 刘立辉：《巴罗克文化与17世纪英国诗歌的文体生成》，《西南大学学报》(社会科学版)2013年第6期。

诗中的赫伯特越说越气，反叛的情绪也变得越来越激烈。

正当赫伯特处于焦虑绝望之中，渴望挣脱束缚，然后他的生活就可以变得如想象般自由自在和无拘无束的时候，却忽然听到来自上帝的召唤：“孩子!”在这里，“孩子”暗指《圣经》中保罗的话：“我们是神的儿女。既然是儿女，当然有继承权了”。想到此，赫伯特内心愤怒的风暴立即平息了，因为他认识到上帝与他的关系远远超越了主仆的关系，赫伯特感受到了上帝父亲般的慈爱与关怀。上帝的召唤唤醒了诗人灵魂深处的道德意识和美德品格，因此，他“应声答到，我的主”。实际上，诗中的“我”(赫伯特)在不满与绝望中内心也一直期盼着上帝的眷顾。

如果说《项圈》这首诗表达了赫伯特对上帝的疑虑和他内心的矛盾的话，那么在另一首诗《教堂音乐》中，赫伯特向读者展现了他的这种精神斗争的最终结果——屈服于宗教情绪，放弃世俗的追求。这首诗刻画了赫伯特在上帝(父亲)的保护之下获得了精神上的宁静与慰藉。当赫伯特情绪低落时，上帝如一个父亲般地安慰他，不仅从肉体上抚慰他的伤痛，从物质上给他提供爱的居所，更从精神上对他进行鼓励与慰藉。《项圈》里世俗生活和宗教生活的冲突给赫伯特带来的精神矛盾最终得到了解决，诗人的困惑与疑虑消失，更加坚定了对上帝的信仰。

在基督教的《圣经》文化传统中，美德内涵和道德评价标准是一种与神学相结合的复杂体系。其中，信仰、希望、仁爱是核心的美德品质和德行规范。践行美德可以促使人的行为向善，灵魂净化和提升。上帝与人的关系也在“美德”这一纽带的作用下趋于合一，人类的灵魂最终将通向所追求的超自然的目的地——天国，与上帝重新生活在一起，复归理想的伊甸园。到了文艺复兴时期，这种中世纪盛行的与基督教神学相结合的美德传统受到人文主义精神的深刻影响，促进了人神关系中人的地位的提升，为赫伯特人神合一的人文宗教观奠定了思想文化基础和时代背景。

宗教抒情诗集《圣殿》彰显了赫伯特对美德的思考，表现了赫伯特在英国社会由中世纪向近代早期社会过渡的过程中极富洞察力与智慧，将传统基督教神学的美德概念与文艺复兴的人文主义主义精神建立连接，在科学精神与宗教信仰之间找到了关联点，以“美德”为核心，书写了对人神关系的新的体验和感悟。

三、“人神合一”——挚诚的朋友之交

赫伯特只歌颂上帝之爱或基督之爱，这种爱远远超出了基督徒对上帝的虔诚与敬畏的崇拜之情。事实上，赫伯特的这种思想源自他对《圣经》的感悟与冥想。在古代，上帝曾经与人类非常亲近，但因为赫伯特生活在17世纪，时间的遥远使他无法获得与上帝的这种亲密关系，此外，空间上的阻隔也让赫伯特无法实现与上帝的亲近，但在诗歌的理想王国里，赫伯特展开了想象的翅膀，流露出了与上帝近距离亲近的无限渴望与焦虑之情。正如赫伯特本人在诗中所说，“也许诗是无用的东西，但是诗是让人类和上帝生活在一起的方式”①。在赫伯特看来，“太阳光线、流星可以是连接他和上帝的桥梁……他梦想和天使手拉手飞向天堂，但他更想要的是与上帝进行没有中间人或媒介的直接交流”②。

赫伯特对上帝的体验与中世纪时期的基督教诗人有很大相异之处，他创造性地运用了“陌生化”的思维模式，打破了基督教传统的线性时间观，把上帝构想成了一个与他具有时空一致性的心有灵犀的亲密朋友。在这种平行的关系中，上帝的神圣之爱与人类的世俗之爱交叉并逐渐重合。“爱”这一美德品质成为一个关联点，让赫伯特和上帝不仅实现了精神上的交流，也拉近了他们彼此的距离，上帝作为赫伯特的一位密友，以基督的身份出现在他的宗教抒情诗歌中，甚至成为赫伯特理想自我形象的代表。

在其代表作诗集《圣殿》的很多诗歌中，赫伯特都以极其细腻的笔墨触及了基督与人之间的友情这一话题。诗作《鼓掌》表达了赫伯特与上帝之间的这种亲密如朋友的关系。穿越了时空的界限，上帝从天堂来到人间，作

① 《诗人与谁对话——海伦·文德勒的〈看不见的倾听者〉》，http://www.poemlife.com/libshow-1613.htm.

② 《诗人与谁对话——海伦·文德勒的〈看不见的倾听者〉》，http://www.poemlife.com/libshow-1613.htm.

为基督的化身，上帝犹如一个与赫伯特生活在同时代的朋友，他们和谐共处，相互沟通，彼此依赖，什么都不能干扰他们之间的友谊，什么都无法将他们分开。在这里，上帝成了赫伯特最好的朋友，没有上帝，赫伯特会迷失自己，在生活中失去向导，甚至无法生存。他们各自就如同一个半圆，只有联合在一起才能构成一个完整、合一的圆，你中有我，我中有你。

实际上，赫伯特的这种人神之间朋友关系的思想源自《圣经》。赫伯特诗歌以书写诗人的宗教经历与体验见长，整部诗集《圣殿》都是他沉思《圣经》的产物。“在整个《圣经》中，上帝与人的关系是一个基本问题。”①因此，人神关系也就相应成为赫伯特宗教抒情诗歌创作的永恒主题。并且，赫伯特对这一主题进行了淋漓尽致的发挥和创造性的运用。

在《无名的爱》中，上帝化身为基督来到人间，赫伯特在不知道他的真实身份的情况下，向基督倾诉了他内心的苦楚甚至是对上帝的不满。基督像一位朋友一样，认真、耐心地倾听着赫伯特的诉说，并向他解释上帝的所作所为是出于对他的爱。之后，赫伯特对他与上帝之间的关系进行了重新审视，通过一系列反思，他逐步意识到了自己的错误，并对人神关系有了新的认识，领会到只有上帝才能让他获得“重生、柔韧和睿智”。

在这一思想转化的过程中，赫伯特对基督教《圣经》文化进行了更深层次的阐释和发展。根据基督教的观点，上帝是三位一体的，是圣父、圣子和圣灵的统一体，圣父是万物之源的造物主，圣子是降世为人的耶稣基督，圣灵是圣父与圣子的精神复合体。赫伯特笔下的上帝超越了《圣经》中上帝的形象，不仅被赋予了世俗性，化身为耶稣基督从天堂降临到人世，而且与人类建立了诸如朋友等的亲密关系。

对赫伯特来说，上帝不再是一个遥远的超验概念，与上帝的交流也远超过了祈祷中的冥想，上帝成为一种固有的存在，内化为赫伯特心灵中的一部分。人神关系在“仁爱”“信仰”等美德品质的融会中由平行不可相交

① 梁工主编：《圣经与文学》，时代文艺出版社2006年版，第22页。

实现了朋友般的心心相印。

四、“人神合一”——忠贞的夫妻之爱

赫伯特创造性地运用陌生化的艺术技巧，对人神关系的刻画层层深入，他已不满足于把上帝刻画成自己的朋友、父母，最后赫伯特把他对上帝的爱进一步升华为了男女之爱，这种大胆的想法超越了以往所有的宗教抒情诗人，因此，也最具“陌生化”特色。在《渴望》和《爱(三)》中，赫伯特以温婉、抒情式的口吻抒发了他与上帝之间的“爱情”。

根据什克洛夫斯基的陌生化理论，人们通常对生活中大部分熟悉的事物已经出现感受的钝化，觉察不到其艺术性和独特性；诗歌的艺术手法就是要将熟悉的事物变得不熟悉，实现“陌生化”。赫伯特在以上这两首宗教抒情诗歌的创作上巧妙地运用了陌生化的手法，给读者带来了一种全新的、“陌生化”的感觉。

首先，这两首诗的陌生化表现在诗人对上帝的称谓上。赫伯特抛弃了以往宗教诗人对上帝垂直向上呼告的关系，从称呼上帝为“我的主”“我的神”到呼之为“我的爱”“我的甜爱”“爱人”“亲爱的”。此时此刻，读者已无法再将上帝与那个威严的统治者的形象联系在一起，她宛如一位触手可及、善解人意的爱人。赫伯特通过对上帝称谓的改变把他与上帝之间的关系无限地拉近，用一种全新的表达方式大胆地颠覆了人们心目中上帝的传统形象，从一个不同的角度去看待上帝，产生一种陌生感和新奇感，从而阻止了人们自动化的思维意识，增加了诗歌艺术的审美价值。

其次，口语化的语言是这两首诗歌陌生化的另一特色，特别是《爱(三)》中戏剧性的人神对话增强了诗歌的艺术表现力。赫伯特以其直白、简洁、箴言般洗练的语言而闻名，他反对世俗诗歌的浮夸，摒弃了伊丽莎白时代诗人甜腻的辞藻和空泛的文风，主张朴实无华的风格。这两首诗歌语言浅显易懂，毫不晦涩，充分体现了赫伯特口语化的语言特色，是对同时代舞台演出戏剧语言的一种革新和陌生化，读者能够轻而易举地理解诗中的“我”和“你”(人与上帝)之间的关系。

值得一提的是，赫伯特所构想的与上帝的理想亲密方式是抽象的、神圣的、非世俗化的，他拒斥了与上帝亲密关系中的性爱因素，完全是一种宗教化的精神之爱，因此，赫伯特的诗歌尽管把上帝刻画成一个爱人的形象，赫伯特本人也如世俗中坠入爱河的人一样忍受爱情的煎熬和折磨，但他在诗歌的叙述中丝毫没有性爱的幻想与表达，这也从另一个角度反映了赫伯特对上帝的虔诚与谦卑。在另外两首诗《阴郁》和《探求》中，赫伯特同样创造性地运用了陌生化的艺术手法，强烈表达了自己与上帝之间好似爱人的关系。他亲密地称呼上帝为"爱人"，在《阴郁》中他甚至直呼上帝为"美人"。赫伯特除放弃了对名誉、地位等世俗之物的追求外，还放弃了世俗的男女之爱，将之神圣化，升华为了对上帝的精神之爱。综观宗教诗歌发展史，宗教诗人沉思上帝，书写对上帝的冥想一直是宗教诗歌普遍涉及的一个主题，但从来没有一个宗教诗人如赫伯特这般把自己满腔的热忱全部倾注到上帝身上，把上帝视为自己的爱人，把上帝之爱看成自己的全部。

沃尔顿在评价赫伯特的生平时说道："他就这样如圣人般生活，如圣人般辞世，一点儿也没有被世俗社会玷污，他一生多行仁善之举，对上帝谦卑，是践行美德的榜样。"①亨利·沃恩是赫伯特忠实的追随者，他在1652年出版的《橄榄山》(*Mount of Olives*)中称赫伯特为"最光荣的、真正的圣徒"。赫伯特思想的圣洁性、行为的美德性由此可见。赫伯特坚信，作为一名牧师，他的职责是服从上帝，践行美德，改正错误，过着一种神圣的生活。除了克己自律外，牧师也应该使自己的言行成为他人的模范和榜样。由此可见，赫伯特的诗集《圣殿》中的诗歌多具有较强的教诲意味，这也是一个隐含的内在主旨，即从个体的行为实践出发，通过阐释道德原则，积极引导和带动社会群体及公众的行为实践，使美德概念成为人们的言行标准，最终人的灵魂逐渐复归到原始的纯洁状态，个体不断靠近上

① Izzak Walton. *The Life of Mr. George Herbert*. See George Herbert. *George Herbert: The Complete English Poems*. Penguin Books, 2004: 314.

帝，实现人神合一。

第三节　马维尔的"花园"境界与绿色探索

作为17世纪一名伟大的玄学派诗人，马维尔在受到玄学领军人物约翰·邓恩影响的同时，也受到了古典主义代表本·琼森的熏陶，其诗歌独特的艺术魅力不仅在于融合了16世纪英国文艺复兴时期爱情诗中的浪漫元素与18世纪的古典主义风格，表现出了独具特色的玄学色彩，还在于马维尔在诗歌中营造的清新、纯美的自然气息和生态文化意蕴。通过对人与自然、人与社会、艺术与自然等关系的辩证思考，马维尔构建了一个现实花园和沉思花园交汇融合的双重花园境界，表达了自己的艺术审美追求，在理想花园境界的绿色探索中萌发的自然观与生态思想为后来英国生态文学的发展与繁荣提供了启示。

《花园》是马维尔的代表诗作，学界对该诗有多种阐释，胡家峦教授认为马维尔的《花园》一诗属于园林诗歌类型，在诗歌中马维尔以花园为背景和主题，描绘了他心目中美好的"花园境界"，并指出园林诗歌与牧歌既相互联系又彼此不同。① 首先，二者都具有历史悠久的文学传统，都描绘春天、土地、果木以及无需劳苦的生活等。其次，二者也有一定的区别。牧歌与园林诗歌起源不同，描写主题和对象也有差异。牧歌与田园诗相似，以宽阔的田野为背景；而园林诗歌主要以篱墙封闭起来的花园为背景，多以表现爱情为主题，突出感官之美。基督教诗人则主要凭借理性思维，构建了现实花园与上帝及其造物之间的联系，通过沉思带来心灵上的快乐。

从生态批评的视角来讲，《花园》一诗反映了马维尔前瞻性的自然观和绿色生态意识。在诗中马维尔描绘了想象中的理想乐园，并将理想世界与现实世界平行并置，在17世纪英国政治、社会动荡不安的特殊年代，《花

① 胡家峦：《文艺复兴时期英国诗歌与园林传统》，北京大学出版社2008年版，第271页。

园》一诗通过建立人类与大自然之间的关联来突出自然花园的美丽以及人通过理性的沉思所获得的头脑及灵魂的无尽快乐。

一、走进“幽独”的绿色花园，远离喧嚣的尘世

《花园》一诗共九节，每节八行。全诗描写了精神层面的抽象花园和物质层面的现实花园，具体又可分为不同类型的花园，既有退隐花园，也有地上乐园；既有沉思花园，又有灵魂乐园；既有自然花园，也有伊甸园。该诗以“花园”为题，“花园”是最主要的意象，也是代表大自然的生态意象，因此，从生态的视角进行解读是全面理解该诗内涵、艺术价值以及马维尔生态思想的一个有效途径。

1. “幽独”与“人群”——自然与社会的对照

《花园》的前两个诗节主要描写退隐的花园，并以“幽独”和“人群”的强烈对比来突出自然之美。诗人远离城市的喧嚣，摒弃世俗的各种名誉和追求，走进“幽独”的绿色花园，与大自然建立了密切的联系。

在诗歌的一开始，马维尔便谴责了世俗社会中人们“为赢得棕榈、橡叶或月桂”所象征的战功、政绩和诗歌成就，“不停地劳心劳力”，最终却“使自己陷入迷途”，而费尽心思所取得的“胜利冠”“遮阴既短，而且又狭窄”，似乎是对人们辛勤劳碌所作的“无言的谴责”。在这里，马维尔以世俗功名利禄的“无谓”和花园的美好作为对比，旨在表达只有由“园外”进入“园内”的自然世界人们才能发现真正的快乐。花园是大自然的象征，马维尔强调园内生活优于园外世界，园内充满了静谧、纯净、和谐的自然之美，而园外则是行动与欲望的世界，二者形成了鲜明的对比，突出了退隐花园之美。马维尔表达了与新斯多葛主义鼻祖利普修斯(Justus Lipsius，1547—1606)类似的观点，他认为花园是人类逃离世俗的烦恼而退隐的健康之地，是获得内心宁静的退隐之地，在退隐的花园里人们可以获得内心的宁静，体验“幽独”的“甜美”。

在接下来的第二个诗节，马维尔继续发展并强化了“幽独”和“人群”的

对比，对自己过去的“久入迷途”加以反省，表达了逃离世俗野心的烦恼，走进甜美的“幽独”的强烈渴望，“和这甜美的‘幽独’相比的话，人群只可以说是粗鄙、不开化”。在马维尔看来，世俗社会中人们为了实现自己的野心“忙忙碌碌”，但最终是徒劳无益的，而自然界中的草木是“神圣的”、“天真无邪”的。马维尔颠覆了常人的普遍看法，认为人群“粗鄙、不开化”，唯有“幽独”的自然花园才最“甜美”。

马维尔将园内世界与园外世界、诗歌世界与现实世界并置，通过对比的艺术手法，以文学隐喻社会现实，对世俗的功名利禄加以谴责，转而对退隐和宁静的花园大加赞赏，以及由社会现实引发的对于自然优越性的思考，突出了马维尔前瞻性的自然观念和生态意识。

2. 花园与女子——神圣与世俗的对比

随后，在第三和第四个诗节，马维尔从描绘以情欲为主旨的爱神花园过渡到象征大自然的花园，旨在表达园林之爱胜于世俗之爱的观点。

在第三个诗节的开头，马维尔态度鲜明地表达了自然之美比女子之美更胜一筹的观点：“无论是白的，还是红的，看来/总不及这美丽的绿色那么可爱。”传统爱神花园诗歌常突出玫瑰作为花中女王的意象，既体现感官之美，又暗指古希腊神话中的爱神维纳斯或丘比特。爱神花园诗歌还常常将女子与花园联系起来，用花园中的红、白玫瑰来隐喻女子美丽的脸庞既红润又白皙。在这里，马维尔进一步发展了女子与花园之间的传统隐喻，将“女子—花园”倒置为“花园—女子”，并进一步指出拥有绿色的美树比女子更曼妙、美丽。因此，如果非要诗人在树身刻上名字的话，他就会只刻美树的绿色的芳名。绿色是大自然的主色调，象征大自然，也是诗人理想的神圣的花园，在这里，诗人发现了比对世俗女子之爱更珍贵的花园之美。通过花园与女子的对比，马维尔委婉斥责了世俗社会中“痴愚的情人”，他们的“欲火”既不理智，也不持久，突出了诗人对大自然的炽热之爱。

紧接着，在第四个诗节，诗人引经据典，以古希腊、罗马神话中的爱情故事为主题，说明当爱人间“炽热的情欲”消逝后，最终会像爱神一样回归神圣的大自然花园，在这里找到自己“最好的影息地”。诗人认为，神话中“那些追逐人间美女的诸神”，如阿波罗、潘神，最终在象征大自然的树木中“结束征程”。达佛涅和希壬克斯为逃脱阿波罗和潘神的爱情追逐最后变成“月桂”和“箫管”，也以回归大自然为最终归宿，或者说以世俗的情欲开始，以象征大自然的花园终结，这正表明了树木花草等自然象征相对于女子的优越性。这一诗节中神话爱情传说的引用使诗歌更具古典艺术气息，增加了文化底蕴，同时也平添了花园的神圣性，突出了代表自然之爱的花园与代表世俗之爱的女子的对比。

3. 人与大自然的合一

在“幽独”与“人群”、花园与女子的对比分析后，马维尔逐渐逃离了低级的“炽热的情欲”，上升到更高级别的精神的层次，灵魂获得了净化，开始感慨并享受自己在自然花园中的美妙生活：“我过的这种生活多美妙啊！/成熟的苹果在我头上落下；/一串串甜美的葡萄往我嘴上/挤出像那美酒一般的琼浆；/仙桃，还有那美妙无比的玉桃/自动伸到我手里，无反掌之劳”。可以看出，在人与自然关系的描绘中，马维尔跳出了传统的西方思维框架，突破了人类中心主义理论，不仅没有将自然看作人类的对立面，还将自然拟人化，苹果、葡萄、仙桃和玉桃等自然果实都迫切、主动地追逐诗人，渴望与人类建立亲密无间的关系。

在对待艺术与自然的关系上，马维尔曾多次谴责艺术对自然的破坏作用，认为人工花园毫无价值可言，称园林制造者为“有罪的人”，推崇不加任何修饰的天然花园之美，体现了马维尔对人与自然的关系中自然地位的肯定，而艺术创作无疑属于一种人类行为，使自然之美蒙上了一层世俗的阴影。

尽管相比世俗生活而言，“乐事减少”了，但山野乡间为诗人提供了更加宁静、美丽的自然环境，头脑也因更高的理性状态获得了更多的幸福和更大的快乐。在这里，诗人逐渐从感官转向灵魂，因为灵魂与自然的合一而获得了更高级别的愉悦。柏拉图主义者认为感官的快乐、头脑的幸福和灵魂的狂喜是一个递进的发展过程，在超越感官之后，人的头脑便进入了沉思的阶段，沉思这一具有创造性的活动可以创造出物质世界所没有的东西，也可以使物质世界非物质化，转变成抽象的事物："把一切创作出来的，都化为虚妄，/变成绿荫中的一个绿色思想"。绿色是花园的主要色彩，是大自然的象征；绿色思想可以理解为马维尔的生态思想。通过创造性沉思，马维尔超越了肉体与感官的限制，把"绿荫"的物质世界与头脑中的抽象思想融为一体，将物质世界转化成了"绿荫中的一个绿色思想"，实现了人头脑的理性活动与大自然的合一，并为灵魂狂喜、人的精神与自然的合一做了铺垫。

随后，在第七个诗节，马维尔以"灵魂化鸟"这一具有基督教色彩的隐喻来进一步搭建了大自然与人的灵魂之间的密切关联。只有"把肉体的外衣剥下"，诗人的灵魂才能"像一只鸟落在那里(果树枝上)，高歌"，并且为"更远的飞翔"做好准备。在这自然花园中，马维尔先是沉浸于花园的感官之美，之后超越了感官的束缚，灵魂沉浸于狂喜的状态当中，灵魂的终极目标是天堂的神圣之光。"灵魂化鸟"是16、17世纪诗人惯于采用的一种表达方式，玄学宗教诗人乔治·赫伯特在《复活节翅膀》中也以"大鸟"振翅高飞的意象来隐喻灵魂飞升到天国的历程；埃德蒙·斯宾塞也曾使用"翱翔的鹰隼"意象来象征人的灵魂。天国乐园是基督徒最终的理想归宿，只有灵魂脱离了肉体，离开"这个肉眼可见的卑贱尘世"，化为神圣大自然的一部分，与大自然融合为一，人的灵魂才能荣升天国，飞升到上帝的身边。

在接下来的第八个诗节，马维尔将前面诗节中的全部经历加以概括性总结，从远离尘世喧嚣到退隐进入自然花园，从沉溺于花园的感官之美到超越肉体的羁绊，从头脑的创造性活动到灵魂的狂喜，最终，人在与大自然的合一中达到了理想的精神境界。诗人推崇人类在堕落前的伊甸乐园，并认为亚当与伊甸园独居才是完美的生存状态："这时，人还没有伴侣，在此逍遥：/经历过如此纯洁甜美的去处，/还须什么更适合他的伴侣!"马维尔此处意在暗示女子是世俗社会的象征，站在自然花园的对立面，在这幽独花园中，男子无需女子的陪伴，“想在乐园里独自一人生活”，亲密接触大自然，并视之为“伴侣”。理想的幽独花园与伊甸园合成一个乐园，这便是人与自然的合一，也是诗人渴望的理想花园境界。

在诗歌的末尾，马维尔把宗教道德寓意融入自然意象当中，深化了人与自然合一的生态意义。“多才多艺的园丁”象征上帝，上帝是花园的缔造者，也是管理并维持花园秩序的“园丁”。“鲜花和碧草”是大自然的重要组成部分，象征大自然，在“新日晷”和花园所象征的时空合一的新世界中，“甜美健康的时辰”只配“用鲜花与碧草来计算”。在这里，“勤劳的蜜蜂，一面工作，/一面像我们一样计算着它的时刻”，蜜蜂在其有限的生命中，不辞劳苦地努力实现自己的生命价值，马维尔认为，人应该向蜜蜂学习，注重灵魂的提升，在沉思的花园中酿造精神之蜜，与自然融为一体，因为他确信，“人生的真正价值只能通过以花草为象征的大自然来体现”①。花园内的时空与花园外的时空形成对照，它们分别象征自然花园世界和世俗人类社会，“鲜花和碧草”体现了新的秩序和新的人生意义。马维尔通过沉思，逐步摒弃了世俗追求，在自然花园中经历了感官体验、头脑活动和灵魂提升这一系列过程后，最终在“鲜花和碧草”之美中体验了人与自然合一的快乐。

二、马维尔的“花园”思想与中国生态文化的契合

“花园”思想代表马维尔前瞻性的绿色生态意识，这种进步的自然观念和生态审美体现了他对人类中心主义排斥自然的否定。实际上，在马维尔生活的17世纪，英国社会正在经历政治、经济、科技、文化的转型，人们对旧的思维体系、知识体系提出了质疑，在新旧信仰的碰撞中，马维尔凭借玄学诗人敏锐的洞察力和开放包容的态度，超越了人类中心主义的审美

① 胡家峦：《文艺复兴时期英国诗歌与园林传统》，北京大学出版社2008年版，第284页。

观，从生态整体主义视角去重新审视人与自然的关系，从人类自我中心意识逐渐向生态意识转化，并且，在这一转化过程中，表现出了与中国优秀传统文化的高度契合，反映了中西文化在异质的同时也具有共通共融的基本属性，也表现了中西方人们思维意识的普遍性。

1. 马维尔的“花园”思想产生的时代文化语境

在《花园》这首诗中，马维尔以“花园”为统领全诗的主要意象，通过描写现实花园、沉思花园、伊甸园等不同类型的花园，向读者展示了一个清晰、质朴、和谐的生态自然存在，表达了马维尔对理想人生境界的追求。“花园”思想即绿色生态思想，该思想的产生既有外部文化语境的影响，也反映了马维尔对英国文艺复兴晚期经济、社会、文化发展所带来的一系列问题的深入思考，彰显了马维尔超越西方传统思维框架，以开放的态度接受新思想，在17世纪这一特殊历史语境下前瞻性地传递了时代文化精神。

在西方，文艺复兴时期以前人们普遍缺乏对自然的审美，特别在人与自然关系的认知方面存在很大误区。中世纪时期所崇尚的神权至上观念使人们把树木森林、山河湖泊等自然物质看成是不可探知的神秘力量，甚至是邪恶的象征，更谈不上对自然风景的关注、欣赏和审美，直到17—18世纪“Chinoiserie”(中国风)一词在欧洲广泛流传，当时中国的瓷器、刺绣、服装、建筑等在以英国和法国为代表的欧洲国家风靡一时，特别是中国的园林艺术深刻影响了欧洲的造园艺术与文化，当时在欧洲各国建造了不少中国风格的园林和建筑。以园林文化为代表的中国传统文化传入西方后，在一定程度上影响了西方的美学观念。中国传统文化中的审美观、自然观以及思维方式也随园林艺术传入西方，促使西方人重新发现和认识自然，在人与自然的关系认知方面有了突破性的进展。

与此同时，在欧洲本土，17—18世纪的自然神论者逐渐发展成一支庞大的队伍，倡导“自然之道”(order of nature)，“顺天而行”。他们崇尚自然、倡导理性自由思想。这种对自然主义的崇拜也为欧洲“自然美”的审美理念打下了坚实基础。自此，文艺复兴以来人们崇尚的“人至上”的观点开始受到挑战，人们逐渐重视自然在整个生态系统中的地位，关注人与自然的和谐。

总体来看，马维尔的自然观与生态思想的生发不是偶然的，是内外两股推动力共同作用的产物，内部推动力主要来自马维尔自身对文学生态性的关注。外部推动力主要包括两个方面：一是中国文化的西传。在以园林文化为代表的中国传统文化传入西方的过程中，中国传统文化蕴含的自然审美与生态智慧也随之传入并深刻影响了西方人的思维；二是17世纪英国本土自然神论者的自然观念对马维尔自然审美的影响与渗透。正是在这内外两种因素的作用下，马维尔开始重新审视人与自然的关系，并逐渐摆脱了西方传统人类中心主义的羁绊，表现出了艺术审美与生态道德的双重敏感性。

马维尔在诗作中并未援引任何有关中国传统文化的论述，但在《花园》一诗中，他表达了进步的自然观念和生态意识，表现出了与中国优秀传统文化精神的契合与共鸣。马维尔善于运用哲理思辨，以整体、联系的生态思维重构了人与自然的关系，将生态审美价值理念与自然花园书写融合起来，表现了马维尔在艺术与生态问题上观念的一致性，在花园的绿色探索中萌芽的生态思想对英国生态文学的发展以及生态诗学的建构具有不可忽视的启发意义。

2. 马维尔的远离“人群”与道家文化的“少私寡欲”

马维尔在《花园》一诗的开头便描写了一个退隐的花园。诗人摒弃了世俗社会的一切荣誉、名声和仕途野心，因为在他看来，作为荣誉代表的一顶顶“胜利冠”只是身外之物，是虚荣的符号代表，人们费尽心机，“不停地劳心劳力”，最终赢得的“胜利冠”“遮荫既短，而且又狭窄”，并且，这些荣誉仍然要用大自然中的树木(棕榈、橡树、月桂树)来作象征。诗人意在说明世间人们追逐功名利禄的种种行为是没有任何价值的，只有远离尘世的喧嚣，走进大自然，才能获得真正的快乐。这正体现了马维尔客观、科学对待自然的理念，他对富有生命气息的大自然怀有敬畏、热爱之心。

在对待世俗荣誉与名声的态度上，马维尔表现出了与中国道家文化精神的相似性。马维尔认为，人类只有减少世俗欲望，不贪念“胜利冠”，舍弃对物质利益的追求，才能恢复人与自然和谐、融洽的关系。在大自然中，“一切花，一切树，彼此相联，/正在编制一顶顶宴息的花环”，“宴息”与野心、欲望相对，它带给人们恬静的心态，使人修身养性，净化心灵，愉悦地享受自然之美，这正体现了道家“少私寡欲”的伦理精神。

根据中国传统道家文化，“为而不恃，功成而弗居”是形成和谐的人与自然关系的重要准则。在坚持人与自然平等共存的基础上，道家思想倡导人们应该淡泊名利、“少私寡欲”、甘于奉献、实践“无为”，“知足知止”，保持人的素朴本性，成就万物而不自恃其功，最终实现自身价值。道家文化反对私欲，更反对纵欲，认为对名与利等私欲的过度追求不仅会扭曲人类基本的价值观，导致对人身心的伤害，最终还会影响整个社会的道德风气，妨碍对国家的有效治理，因此，道家大力倡导“见素抱朴，少私寡欲”，认为寡欲修身是祛除人类贪念和私欲的最有效方式，并把修身观念置于君主治国理政和个人身心修养的首要前提。

马维尔所处的英国文艺复兴晚期，资本主义处于不断上升和发展的时期，以牺牲环境为代价换取经济发展带来了一系列生态弊端。在现实世界中，大自然不断遭受破坏，人与自然之间的关系逐渐失衡，人类失去了自然的乐园。马维尔的难能可贵之处在于他能够突破西方传统人类中心主义的思维局限，抛弃文艺复兴时期流行的“人至上”的主观认识，在人与自然关系的认知中表现出了与中国道家文化的契合与共鸣。马维尔的创作体现了对自然节奏的遵从，并通过自己敏锐地感受大自然的静谧、美丽、和谐，将这种生态审美传递给读者，艺术的生态性与美感进一步沟通了人与自然之间的关系。马维尔肯定了自然的作用，认为自然并不是被动的客体，而是具有亲切性并可以与人进行互动的独立存在，自然对人类保持身心健康具有重要作用。马维尔主张追求人的自然本性，认为人是自然界不可或缺的组成部分，因此，人应该远离喧嚣的“人群”，克制自己的欲望，不与人争名夺利，“少私寡欲”，主动亲近自然，崇尚人与自然和谐共生，形成平等、和谐的人与自然的关系。

3. 马维尔的“绿色思想”与中国文化的“天人合一”

绿色是马维尔钟爱的词汇之一，也是自然花园的主要色彩，它象征着充满生机、希望与和谐的大自然。在园中绿色的启迪下，马维尔沉思社会、人生、艺术。在静谧、天真无邪的大自然中，马维尔的精神逐渐超越了肉体感官的束缚，“创造出来/远非如此的许多世界和大海”，并最终将创造出来的一切“变成绿荫中的一个绿色思想”。“绿色思想”是马维尔头脑沉思的精神产物，也是对人与自然关系沉思的结果。经过一系列创造性的头脑活动，马维尔最终领悟到人是大自然的重要组成部分，人只有回归自然，精神与自然融为一体，才能达到至高的境界，这与中国传统文化的“天人合一”精神具有很高的契合度。“天人合一”是中国优秀传统文化精神的精华，体现了人与自然的科学、和谐的发展观。马维尔的“绿色思想”正是萌生于人与自然“合一”共生的境界之中。

在《花园》一诗的末尾，马维尔再次强调并意在表达人的精神与自然的合一。他将自己的灵魂比作一只鸟，在剥离了肉体的外衣后“滑翔到果树的枝上”，“在五色光芒中挥动着羽毛”。鸟(人的灵魂)、树、太阳融为一体，勾勒出了一幅生机盎然的自然生态图景。在马维尔看来，灵魂是高尚的，只有脱离肉体的束缚，灵魂才能飞向天堂，得到进一步的升华。美好的花园不仅要用肉眼去观赏，更要用心灵去感受，静心沉思才能体味并领悟其中蕴含的精神。马维尔认为，自然界中的花草树木是神圣的，只有人的精神沉浸其中，与之融为一体，成为自然的一部分，才能感受到最大的快乐，这种《花园》的“幽独”之境正体现了中国优秀传统文化的“天人合一”精神。马维尔不愿与世俗社会中的贪念之人为伍，在大自然的花园中沉思，勾勒出了理想的生存环境——自然“花园”，在这里，人与自然和谐共处，这与中国道家“天地与我并生，而万物与我为一”的文化精神内涵具有高度的契合性。

道家文化代表老子和庄子都认为人的一切源于自然，在自然所创造的环境中生存和繁衍，儒家代表孔子也认为人是自然的一部分，人应该对自然保持谦虚、尊重的态度，努力维持与自然环境的平衡，对自然给予关怀与尊重，实现人与自然关系的和谐。中国道家学派典籍《老子》主张自然生物与人地位平等，崇尚人与自然和谐共生，倡导“道法自然”，强调人类应该尊重自然界中的一切生命存在物，遵循自然发展的规律。

在《花园》一诗中，马维尔表现出了与中国传统文化，特别是道家文化精神高度的契合性。马维尔远离尘世喧嚣，走进自然，倾听自然的声音，用所有的感官体察自然花园的气息，以心灵所感和头脑所思撰写自然花园的美诗，其艺术价值直接或间接地取决于诗歌中蕴含的自然观念和生态思想。自英国文艺复兴以来，莎士比亚关于人类是“宇宙的精华，万物的灵长”的经典论述在很大程度上塑造了“人至上”的文化基调，在人与自然的关系中，自然被置于被剥削、被主宰、被掠夺的地位。人与自然的不平等、不和谐的关系随着社会、经济的发展而逐渐暴露弊端。在这种时代语境下，马维尔在诗作中抒发了人与自然融合为一的生态情怀，在与自然的精神交流中马维尔萌发的“绿色思想”对于引导人们重新认知自然，改变以人类为中心的思维模式具有重要启示，对于英国文艺复兴晚期一种新型人与自然关系的构建具有不可忽视的启迪意义。

马维尔以生态文化精神去重新审视人与自然之间的关系，超越了西方人类中心主义的思想弊端，以更加科学、理性化的思维追求个体的自然性及存在意义。“绿色思想”代表了马维尔对人与自然和谐统一关系的感悟，与中国优秀传统文化精髓“天人合一”思想具有高度的契合性，蕴含丰富的生态意义和价值，是对人与自然和谐共生关系的生动诠释。生态伦理学家罗尔斯顿认为中国道家崇尚自然的和谐自然观是独具东方特色的生态智慧，引领了生态哲学的科学发展。在人与自然关系日益紧张，环境污染、资源枯竭等问题日益恶化的21世纪，充分认识自然的重要性及其对整个生态系统的重要意义是构建人和自然和谐共处的生命共同体的前提。马维尔的“绿色思想”反映了他进步的自然观念与前瞻性的生态思想，体现了中国优秀传统文化对西方思想的滋养或者互动，在说明中西文化异质性的同时，也具有跨越时空的契合性。

第四节　沃恩的“天鹅”世界与自然冥想

17 世纪是英国历史上最动荡不安的时期之一，近现代英国历史始于 17 世纪中叶的英国资产阶级革命，这是英国资本主义制度确立和发展的时期。面对政治动荡、社会转型、宗教改革以及自然科学的迅速发展，沃恩等 17 世纪诗人感到前所未有的精神不安，因此，包括沃恩在内的这些诗人倾向于在艺术创作中诉之于各种自然意象，逃避诸多政治、社会问题，以求释放内心不安定的情感，在大自然中寻求精神上的宁静和安全感。

17 世纪英国玄学诗人具有独特的自然观和鲜明的宇宙意识，爱德华·赫伯特的自然神论(Deism)思想也对玄学诗歌的创作具有重要的启示作用。此外，15—17 世纪的地理大发现激发了人们的探索精神和发现意识，促使沃恩等玄学诗人在诗歌创作中关注人与自然的关系，善于从大自然中获取艺术灵感，通过使用自然意象来传递自己内在的思想感情以及对于世界的认知。由于英国玄学派诗人对自然意象的酷爱，邓恩、马维尔、赫里克、沃恩等诗人都是在一定意义上的名副其实的“自然诗人”。①

作为 17 世纪英国玄学派诗歌的晚期代表人物，沃恩既继承了邓恩、赫伯特等前辈玄学诗人的诗学理论，突出了奇思妙喻的玄学诗歌特色，也表现出了对宗教神秘主义的青睐以及对于新柏拉图主义世界观的发展，这不仅丰富了玄学诗歌的理论内涵，也赋予了沃恩诗歌以独树一帜的诗学特色。《尤斯克河上的天鹅》(*Olar Iscanus*)是沃恩的代表作之一，这是一部世俗诗歌集，体裁广泛，包括爱情诗、友情诗、挽诗、英译拉丁文诗，以及赞美家乡尤斯克河的诗歌。它与宗教冥想诗集《燧石的火花》共同构成了沃恩经久流传的代表诗集。沃恩将宗教情感与自然描写融为一体，在宗教诗歌的创作中，很多宗教意象被赋予了浓厚的自然气息；同时，自然诗歌也

① 吴笛：《英国玄学派诗歌研究》，中国社会科学出版社 2013 年版，第 174 页。

带有深沉的宗教意蕴。

一、“天鹅”——和谐、多元化大自然的象征

根据吴笛教授的观点，沃恩的诗歌主要创作于英国玄学派诗歌的第三个阶段，大致从17世纪50年代初到17世纪90年代，在这一时期，玄学派诗人的主要成就体现在自然诗篇以及对自然意象的关注。① 加拿大诗人罗伯茨(Charles G. D. Roberts)将自然诗篇分为两种类型：描述型诗篇和人与自然关系的探索型诗篇。② 吴笛教授认为，并不是所有的自然诗篇都蕴含着生态意识以及探索精神，描述型诗篇并不是真正意义上的自然诗篇。英国玄学诗人所创作的诗篇注重对人与自然关系进行探索，属于自然诗篇范畴。③

沃恩等玄学派诗人注重探究人的灵魂与自然之间的交流互动，在他们看来，自然不是被动、消极的客体，而是独立存在的个体；人与自然构成一个生命共同体，人类试图在自然意象中找寻自己的自然生命属性，展现人与自然的同一性，以获得内心强烈情感的抒发。沃恩是一位注重外部自然景物与人类内在灵魂交流的诗人，他从不浮躁，在安静中表达自己对自然、宗教、社会以及艺术的沉思。沃恩具有玄学诗人共有的时代精神与探索意识，通过深度思考人与自然的关系，以生态思维书写在自然母体中体验的精神世界观，是对传统人类中心主义思维模式的重新塑造。

沃恩的代表作诗集《燧石的火花》虽然是一部宗教诗集，但也不乏对自然的描写，甚至使用自然意象书写内心虔诚的宗教情感和宗教观念。世俗诗集《尤斯克河上的天鹅》则包含了很多清晰、简洁的自然诗篇。这两部诗集看似毫无关联，实则在思想情感上相互渗透。沃恩并不否认大自然意象带给人的感官愉悦，相反，他赞美天真、无邪的大自然，并将以“天鹅”为代表的大自然看作通向上帝神圣之爱的媒介与阶梯。

波那文都(1221—1274)认为《圣经》和大自然是显现上帝的两本书，并

---

① 吴笛：《英国玄学派诗歌研究》，中国社会科学出版社2013年版，第21页。

② William Caith. *The Poetry of Nature*. University of Toronto Press, 1980: 4.

③ 吴笛：《英国玄学派诗歌研究》，中国社会科学出版社2013年版，第175页。

倡导依靠《圣经》的启示来观察和沉思大自然。① 玄学诗人正是依靠《圣经》的指引，在纯美的大自然中通过沉思各种自然意象实现了与上帝的精神交流。约翰·邓恩既沉思《圣经》，也沉思大自然中的一切有生命的和无生命的存在，并将各级造物看作飞升天国、抵达上帝的神秘阶梯。赫伯特也关注宇宙的连续性，他认为，在自然界中，从无生命的岩石到有生命的动植物，直至最高等级的具有物质和精神双重属性的人的存在，无不体现了“存在之链”的秩序、等级与和谐。沃恩是赫伯特的忠实膜拜者，他“坚信，只有通过对各级造物的深刻认识，才能最好地了解神”②。沃恩关注大自然的一切存在，在他来，世间万物都存在上帝的影像与印记。因此，沃恩避开充满激烈的政治、宗教斗争的英国社会现实，将家乡尤斯克河视为思想的退隐之地，在诗歌的艺术之境实现了自然与人类的互动交融。沃恩诉之于动植物等自然意象，并赋予它们以宗教神学观念，尽管他的自然观打上了深深的宗教神学烙印，具有很大的局限性，但无疑具有一定的生态进步意义。

沃恩青睐自然意象，同时，对上帝怀有至高无上的虔诚。在他看来，世间并非所有人能够认识到自然界中动植物等生命形式的神学象征意义，能够感受到大自然当中隐藏的上帝的神圣存在，因此，沃恩似乎在尝试以艺术创作的形式来唤醒自己的灵魂以及世人对于自然的再认识。沃恩的“天鹅”世界不仅代表了家乡尤斯克河，它还是和谐、多元化大自然的象征。在沃恩看来，自然的和谐是宇宙和谐的反映，是神圣上帝的意志的体现，“上帝潜在于万物之中，把宇宙联结成一个和谐的整体，而宇宙和谐乃是万物获得一致性的证明”③。正是通过神圣的沉思，沃恩将内在的情感

① 胡家峦：《历史的星空——英国文艺复兴时期诗歌与西方传统宇宙论》，北京大学出版社 2001 年版，第 105 页。

② 胡家峦：《历史的星空——英国文艺复兴时期诗歌与西方传统宇宙论》，北京大学出版社 2001 年版，第 105 页。

③ 胡家峦：《文艺复兴时期英国诗歌与园林传统》，北京大学出版社 2008 年版，第 131 页。

转化为精神，不仅沉思大自然的感官之美，更重要的是沉思神圣的天堂之美，从自然界的感官愉悦升腾至更高的神圣境界。“天鹅”世界是自然之镜，是沃恩精神沉思的媒介，为他提供了超越自我的途径，最终，感官愉悦让位于神圣沉思。“天鹅”象征美丽、和谐的大自然，体现了沃恩对最高理想境界的追求。

意象是诗歌的重要内容和表现形式，通过意象，读者可以洞察诗人的情感、思想，感知诗人所处的社会境况和精神实质。在诗集《尤斯克河上的天鹅》中，沃恩使用一系列自然意象来表现自然之美，体现了对和谐、美丽大自然的向往，同时也抒发了沃恩对于大自然的热爱之情。

传统的亚里士多德—托勒密宇宙论在文艺复兴时期仍然盛行，当时的人们习惯于依据“存在之链”来思考问题、看待世界。从无生命的砂石，到有生命的动植物，再到有物质和精神双重属性的人类，最后到天使，宇宙万物构成了一个连续、有机的整体，任何一个层级上的事物与另一层级的某一事物形成一定的对应关系，它们共存于宇宙统一体系之内，这正是宇宙生态连续性与统一性的体现。沃恩的“天鹅”世界也具有这样的连续性和统一性，它不仅代表了整个自然界，同时也反映了自然界与外部社会的关联性与整体合一性。

二、自然冥想 ——“天人合一”的生态境界

“天人合一”思想是中国优秀传统文化的精髓，是中国文化的标志性思想之一，蕴含着丰富的生态智慧。文化的涵容性和广泛性决定了不同文化形态的相通性，中外文化在具有差异性和特殊性的同时，因为人类共通的价值理念与审美诉求，也表现出了极大的相似之处。“天人合一”思想在 17 世纪英国玄学诗歌中能够找到相通的文化精神内涵。以邓恩、马维尔、沃恩、赫伯特、赫里克等为代表的 17 世纪英国玄学诗人对“天人”关系进行了哲学思辨，智性地思考了人与自然、精神与物质的和谐互动，不仅谱写了英国 17 世纪辉煌的“自然诗歌”篇章，同时也表现出了与中国几千年来优秀传统文化精神的契合与共鸣，是中外文化交融的典范。

1.“天人合一”——中外文化的契合与共鸣

“天人合一”是中国优秀传统文化精神的精华，体现了人与自然的科学、和谐发展观与人文主义精神，不仅对中国人的思想观念和文学创作产生了巨大影响，同时也随着中国文化在16、17世纪的西传，很大程度上塑造了西方文学的内容及思想文化内涵。

17世纪英国玄学诗人受到文艺复兴时期“人本”观念的影响，思想不断解放，在诗作中歌颂“人”自身的价值与意义，这种对“人”的崭新认识与基督教传统文化相悖，体现了英国玄学诗人反西方传统思想观念的开放性价值观与善于接受新鲜事物的文化立场，反映了在17世纪地理大发现、科技、商业金融空前发展的时代背景下玄学诗人前瞻性接受新鲜事物的态度，体现了强烈的“现代的”自我意识与个体性。

在人与自然关系的认知上，沃恩等17世纪英国玄学诗人超越了西方传统哲学“主客二分”的思想，将人与自然看做一个整体，表现出了进步的生态意识以及与中国传统文化自然观的契合。西方传统哲学主张“主客二分”，认为人与自然是一种疏离甚至是对抗的关系，强调人具有征服自然和战胜自然的主体性力量，而自然处于弱势的、被动的客体地位。其进步性在于肯定人的主观能动性与创造精神，具有科学合理的积极因素，与文艺复兴倡导的“人本主义”理念相一致，但是忽略了自然作为物质客体的独立性以及对于人类生存环境的重要性。沃恩等17世纪英国玄学诗人一方面发扬人的个性精神，继承了文艺复兴时期的人本主义理念，肯定人的主体性与创造性，即承认“天人不同”；另一方面也赞同人无法脱离自然而存在，坚持“共同体”的理念，把“人”和“天”合起来看，强调人与自然的和谐统一。尽管这种自然观具有很大的局限性，并且打上了深深的宗教印记，但无疑具有超越时代的进步意义，在关注自然与人的统一关系上彰显了中外文化的共通性，与中国优秀传统文化“天人合一”思想表现出了跨越时空的契合与共鸣。

在17世纪英国玄学诗作中，“天”有两种基本内涵：自然和上帝，“天人合一”即意味着人与自然的合一或人与上帝的合一。在沃恩的诗作中，自然与上帝是相通相联的，自然并不仅仅是客观物质存在，它还具有丰富的象征意义，蕴含着上帝的意旨，渗透着上帝的精神。沃恩走进大自然、赞美大自然，将对自然的由衷热爱与内心虔诚的宗教情愫融合起来，内心世界与外部世界合而为一，表达了内在自我与外部世界的联系，这与中国优秀传统文化的“天人合一”精神相契合，体现了沃恩进步的自然观念和生态意识。

中国传统文化，特别是传统哲学，特别注重“万物生生”的自然观和世界观，在中国古代哲学家看来，自然不仅仅是客观存在的物质世界，也是“万物生生”的生命世界，充满生机与活力。人与自然相通相联，互惠共生，“天人合一”，是一个协同进化的生态整体。自然与人类构成一个生命共同体，共生共荣，相互促进，保护生态环境就是保护人类赖以生存和发展的基础，因此，保护自然最终就是保护人类，这也正体现了“以人为本”，与英国文艺复兴倡导的人本主义理念形成共鸣，彰显了中西文化的共通共融属性。

2. “存在之链”——生态之链的本源

自古希腊到19世纪中叶的西方传统文化中，自然界被认为是上帝的创世之作，自然万物被固定排列在一个等级秩序上，从最低级的岩石等无生命的自然物到植物、动物，再到人类、天使和上帝，这一“存在之链”将宇宙万物连接为一个有机整体，从物质到精神、从无理性到理性、从低级到高级，存在之链上没有任何的断层或缺口，展现了宇宙的连续性和整体合一性。根据亚里士多德的观点，人的灵魂分为三重：植物灵魂、动物灵魂与理性灵魂。据此，可以看出，人与自然界动植物之间存在着密不可分的联系，与动植物相通相融。在存在之链上，人与动植物处于一个宇宙生存共同体内，人的位置居于天使和动物之间，人与自然界的动物之间没有绝对明确的分界线，人既可以降格为动物，也可以升格为天使。沃恩正是以这样一种连续、整体的视角看待整个世界以及世间万物，构建了人与自然之间“天人合一”的生态联系。

沃恩钦慕和热爱自然，观察并沉思自然，在他看来，走进自然，可以重新获取儿时对大自然的神秘直觉。自然充满象征意义，走进自然，感受上帝的存在，能够获得伊甸园式的快乐。因此，沃恩不仅描绘自然界中的动植物，表达了人与自然合一而生的生态意识，而且认为动植物具有优于人类的属性。根据生存之链理论，蜜蜂、鸟禽等动物处于存在之链的底部，地位卑微，但在《复活与不巧》一诗中，沃恩高度夸赞了蜜蜂和鸟禽有秩序而充满节奏的生活，但人类却为了世俗的利益而奔波，生活状态混乱。通过人类社会与自然的强烈对比，沃恩意在表达大自然的圣洁性，人类只有与自然融为一个“生命共同体”，才能不断臻于完善，因为“自然界中物质向越来越优美的形态转化(《复活与不巧》)”①。这种自然“进化”观念为人类提供了启示，人类只有放弃世俗欲念，走进自然，亲近自然，与自然建立起和谐、统一的关系，才能获得心灵的净化，像大自然的物质一样朝着“越来越优美的形态转化”。可以看出，尽管沃恩受到传统存在之链理论的影响，认为上帝是自然万物的缔造者，但他同时受到达尔文式进步的自然观的影响。

诺夫乔伊在著作《存在巨链：对一个观念的历史的研究》中说道，“从中世纪直到 18 世纪，被许多哲学家和科学家完全接受的一个关于世界的设计与结构的观念———宇宙是一个‘巨大的存在之链’”，并且“存在之链是由无限量的、排列在一个层级性的序列中的环所构成的，这个序列由最不足道的、几乎可以忽略不计的非存在的那类存在者出发，经过‘每一种可能’的程度，一直上升到完满的存在”。② 1859 年达尔文的《物种起源》出版后，存在之链的静态、固定的等级秩序逐渐被瓦解，人类高于动植物的理念被推翻，人与自然界中的动植物被视为处于相同的位置，都需要遵守

① 胡家峦：《文艺复兴时期英国诗歌与园林传统》，北京大学出版社 2008 年版，第 203 页。

② 诺夫乔伊著，张传有、高秉江译：《存在巨链：对一个观念的历史的研究》，江西教育出版社 2002 年版，第 59、236 页。

自然法则。很显然，存在之链与达尔文的进化论所反映的自然观是截然不同的。在对自然的认知上，沃恩超越了时代的局限，提前一个多世纪认识到了自然万物与人类之间动态、合一的联系，表达了平等、和谐的进步自然观念。

沃恩赞美大自然中的动物，也赞美各种植物。在存在之链上，植物的位置低于动物，仅高于岩石等最低级的无生命存在，属于有生命但无运动的自然物质，沃恩不但没有贬低植物在自然界中的地位，反而构建了人与植物之间“合一”共生的关系。在诗作《木材》(*The Timber*)中，沃恩刻画了人与树木之间极为密切的联系，描写了二者的相似性。他将一个枯死的树桩拟人化，赋予它人类的记忆和情感，以此表达植物与人具有相通的生命属性，打破了人类优于动植物的传统理念，书写了人与植物“生命共同体”的生态意识，表达了与中国优秀传统文化“天人合一”精神的契合与共鸣。

3. 自然冥想与宗教情感的合一

根据约瑟夫·霍尔的观点，宗教冥想诗一般可分为两种类型，一种是“熟思的”(deliberate)，另一种是“应景的”(occasional)，沃恩的诗歌属于第二种，① 其主题大多源于自然，诗人常从沉思大自然开始，以神学宗教教义或《圣经》来诠释自然景象。在这类宗教冥想诗中，自然并不仅仅是人类消遣和愉悦身心的场所，自然景物或现象具有深刻的象征意义，人从大自然中可以获得道德教诲或感受上帝的神意。从这一角度来讲，沃恩的自然观与赫伯特、赫里克等玄学诗人的自然观有显著差异。沃恩强调自然景象中蕴含的宗教意义，自然在某种程度上充当一种中间媒介，是人类实现与上帝之间沟通必不可少的物质承载与客观存在。在对自然的描绘与冥想中，沃恩寄予了深厚而虔诚的宗教情感，表现出了“天人合一”的前瞻性生态理想。

① 胡家峦：《建立在大自然中的巴别塔——亨利·沃恩的宗教冥想哲理诗》，《国外文学》1993年第2期。

诚然，沃恩的自然描写带有很大的局限性，主观性和内倾性明显，尽管他承认人并非自然的主宰，人与自然是一个有机整体，但他认为自然的背后存在一个伟大的神，这使他的自然观显示出浓厚的宗教神秘主义色彩。在《探求》(*The Search*)一诗中，沃恩描绘了一个寻找"manna"①的漫游者，指出寻找精神食粮的过程就是一个精神游历的过程，暗示"吗哪"并不存在于现实物质的自然界当中，只有当人的精神与自然融为一体，探寻到自然界想象的神秘力量，进入"天人合一"之境，才能聆听到天堂的声音，感受上帝馈赠的"manna"，"这一天/太阳升起，指引我的方向"，最终在自然感知与冥想中，漫游者从黑暗走向光明，获得了内心的平静。

沃恩被一些评论家誉为"自然神秘主义者"(Nature-mystic)，他通过沉思自然、与自然合一、探寻自然的奥秘来寻求人生真理，并将内心虔诚的宗教情感与自然观念融合起来，认为沉思自然是人类返回美好过去、重获童真并实现救赎的路径。在《决心》(*The Resolve*)、《腐朽》(*Corruption*)、《探求》(*The Search*)等诗歌中，沃恩将自然看作客观存在的物质实体，认为人需要超越物质自然、在与自然的精神交流中实现灵魂的不朽。沃恩持有强烈的怀旧情绪，怀念灵魂未堕落前的纯真，在"前进"与"后退"之间，沃恩选择了后者。沃恩致力于精神的升华，他沉思自然，特别是对"光"的沉思多次出现在《决心》(*The Resolve*)、《腐朽》(*Corruption*)等诗歌中，他将太阳描绘为一个具有矛盾特质的天文学自然意象，认为它既产生光明也催生黑暗，正是在一种对立与统一的哲学思辨中，沃恩加深了对社会的认识，更加了解了人类的处境，在沃恩看来，自然似乎是一种经过编码的语言，人类需要凝心聚神，进入冥想之境，才能深刻理解自然的象征意义，最终返回纯洁的孩童阶段，进而抵达精神的天堂。

沃恩被一些评论家誉为"大自然的神秘诗人"(mystical poet of nature)，有的评论家对沃恩的自然诗歌持否定态度，认为其笼上了一层宗教神秘色彩，晦涩难懂，如 Henry C. White 声称"沃恩的诗歌几乎不具备自然性"，

---

① "吗哪"指《圣经》中古以色列人经过荒野所得的神赐食物；精神食粮。

诚然，沃恩对于自然的描绘远不及后来的浪漫主义诗人华兹华斯，尽管二者都被称为“自然诗人”，但沃恩对于物质自然的描绘比较有限，沃恩诗歌的哲理冥想性似乎湮没了其自然性，自然景物或现象总是充满了丰富的道德意蕴或宗教色彩。沃恩诗歌的自然性更多地体现在了精神上对自然的沉思超越了对自然景象的物质描绘。

沃恩经常思索人在宇宙中的时空位置，不仅关注个人的生存价值和意义，而且思考人类整体的命运，并将这种沉思寄寓自然景象的描写，建构了大自然、人类、宗教之间的整体联系。17 世纪的英国伊丽莎白时代，各种冒险活动活跃、地理大发现盛行，人类探索自然、认识世界的求知欲和热情不断得到激发。沃恩等 17 世纪玄学诗人正是在这一历史背景下充分发挥空间想象，利用丰富的地理知识，在诗歌创作实践中智慧地书写这一时代特征，抒发了独特的玄学艺术审美理念与“天人合一”的探索精神，表现出了与中国优秀传统文化精神的契合。通过对地理空间自然景物和景象的沉思，沃恩将对自然的热爱和内心虔诚的宗教情感融合起来，在 17 世纪这一特殊时代语境下，表达了对新世界独特的认知与感悟，反映了玄学诗人浓厚的自然意识以及对“天人合一”、人与自然“生命共同体”等和谐、美好意境的渴求。

沃恩等 17 世纪英国玄学诗人关注自然，创作了大量描写动植物类自然意象的园林诗歌，他们把欧洲古典想象文学、基督教文化园林传统与欧洲现实园林特点融合起来，兼收并蓄，发展了新的园林意象，拓展了园林诗歌的内涵，将丰富多彩的英国园林诗歌传统推向高峰。玄学园林诗歌的一个重要主题便是人与自然界动植物之间的和谐共生关系，这正体现了“天人合一”的自然生态意蕴，表现出了与中国优秀传统文化的契合与共鸣。沃恩擅长以动植物意象为隐喻，利用动植物的某些特性来表达人类内心相应的情感状态和对自然物质世界的看法，抒发对“天人合一”和谐理想的追求。

沃恩在大自然中架构起一座通往上帝的精神之桥。在《规则与教诲》中沃恩直言不讳地表露了这一思想：在他眼里，小到一根草、一朵花，大到一棵树，都是上帝意志与神恩的体现，都是上帝的智慧和力量的化身。在《棕榈树》一诗中，沃恩把背负沉重枝叶的棕榈树比喻为承受罪恶与救赎压力的人类，树木和人类一样都身处困境，但他们仍未放弃，内心充满希望：棕榈树挺拔茁壮，生机盎然，朝着上帝的方向不断生长；人类因罪恶而与上帝渐行渐远，但只要怀有一颗虔诚之心，最终会实现救赎，完成回归天国的愿望。在人与自然意象的类比中，沃恩以极大的宗教热忱谱写了一首首清新的园林诗歌，抒发了对上帝的赞美与感恩之情。沃恩对自然界的鸟兽、草木充满了热爱之情，凭借敏锐的艺术敏感性，沃恩直接从自然界中获取各种意象，在自然景物中寄托了虔诚的宗教冥想与道德教益，他笔下的大自然弥漫了一层浓郁的宗教气氛。

动植物意象历来都是诗歌世界不可或缺的重要成员，也是沃恩关注的诗歌意象，他借助动植物意象丰富的象征寓意，表达内心复杂的情感和对外部物质世界的主观认知，抒发人类对和谐、多元化大自然的向往，流露了前瞻性的生态意识和“天人合一”的文化思想内涵，表现出了与中国优秀传统文化的契合与共鸣。在沃恩看来，动植物不仅仅是人类生存的伙伴，是人类愉悦、抚慰等情感的供给者，同时也是有着自主权的独立存在和生命实体。动植物意象是沃恩借以表达自身复杂情感的重要媒介和手段，表现了他独到的艺术价值取向，彰显了人与自然和谐共处的生态意境，体现了“天人合一”的文化境界。

和谐是英国文艺复兴时期诗人追求的最高理想，人与自然的和谐也是他们追求的重要目标之一。伴随着航海探险、地理大发现、自然科学的进步，诗歌作品中的自然意象也不断发展变化。正是在这样的一种历史背景下，沃恩的自然诗歌创作彰显了时代精神，既继承了传统“存在之链”的生态联系观念，又前瞻性地书写了对人与自然之间关系的辩证认知。

第五节　赫里克的“玫瑰”寓意与及时行乐

在17世纪英国玄学派诗人当中，罗伯特·赫里克在“及时行乐”主题的诗歌创作方面不仅数量最多，书写风格也最具特色。除了享有盛誉的诗作《给少女们的忠告》外，他还创作了共计近20首“及时行乐”主题的诗歌，包括《享受时光》(*To Enjoy the Time*)、《致青春》(*To Youth*)、《致出嫁的西尔维亚》(*To Silvia to Wed*)等，丰富并发展了“及时行乐”主题的诗歌创作，为“及时行乐”这一具有世界普遍性意义的文学主题作出了卓越的艺术贡献。

赫里克的诗歌多以田园风光、自然景物为描写对象，通过以一种或几种“客观对应物”为烘托，将自然意象作为喻体，表达“及时行乐”的哲理性，抒发时光匆匆、莫要虚度年华的进步人文主义理念。“玫瑰”是赫里克在著名代表诗作《给少女们的忠告》中使用的表达“及时行乐”人生哲理的一个重要意象，自然妥帖，寓意深刻，生动真切地表现了“及时行乐”的主题思想，具有重要的象征意义。

赫里克歌咏鲜花、颂扬鲜花的生命精神，在花朵与人生之间发现了共性的内在关联，鲜花的生命短暂易逝，正如人的一生，因此，面对无法逃脱的命运，人们应该活在当下，像花朵一样绽放生命美丽的瞬间，拥有积极、乐观的生命观，把握现在，活在当下。

一、西方文学中“及时行乐”的内涵、发展与进步意义

“及时行乐”这一表述最早出现在古罗马诗人贺拉斯的诗作，其拉丁文为“carpe diem”，英文为“size the day”，中文多译为“及时行乐”，也有人译为“把握今天”“珍惜光阴”或“只争朝夕”。20世纪著名文论家T. S. 艾略特认为“及时行乐”这一主题是“欧洲文学最伟大的传统事物之一”①。也有学者提出：“该主题广泛流传于所有时代，确实是一个具有普遍意义的概念，反映了人类世界的一个重要的哲学焦点问题”。② 从字面含义上理解，“及时行乐”强调人生短暂，时光易逝，人应该珍惜现在，享受当下生活的

① T. S. Eliot. *Selected Essays*. Harcourt, Brace and World, Inc, 1960: 253.

② Diane Hartunian. *La Celestina: A Feminist Reading of the Carpe Diem*. Scripta Humanistica , 1992: 5.

乐趣，虽然表面上流露出消极、悲观的处世态度，带有贬义的成分，但实际并非如此，“及时行乐”这一词语具有较为浓郁的哲学意味和学理思想。作为一种具有普遍意义的文学创作主题，“及时行乐”思想其实早已出现，“我们现在无法考证究竟这一主题思想最早出现在什么时代，但我们可以肯定的是：在作为古罗马文学直接先驱的古希腊文学作品中，‘及时行乐’这一主题就已经出现”①。并且，“及时行乐”的文学主题与各个时期不同的文化思潮密切相关，在思想内容上也表现出了一定程度的差异。

文学作品是一面镜子，映射了作者所处时代的社会风貌与历史景象，同时与各个时期的文化思潮和社会发展密不可分。在古希腊罗马文学中，“及时行乐”的主题文学多局限于享受爱情、美酒，强调现实生活的快乐，仍缺乏深刻的哲理性，虽具有一定的进步性，但悲观主义色彩浓重，其基本含义在于“吃喝玩乐吧，因为你明天就会死去”。在接下来的中世纪时期，宗教神权的绝对统治成为时代的基本特征，来世主义、禁欲主义等思想占据绝对性地位，因此，“及时行乐”主题的文学创作也被蒙上了浓郁的宗教色彩，尽管普罗旺斯抒情诗等作品颂扬了为追求爱情而与教会神权的抗争等个性解放精神，但作品内容多局限于书写对女性的赞美和崇拜。

经过漫长的中世纪，斯宾塞、莎士比亚等英国文艺复兴时期的人文主义作家以令人耳目一新的文艺创作形式，丰富多彩的内容带给人们新的思想启迪，倡导人们追求现世的快乐，享受当下的爱情与生活，抛却天国的幻想。这种“及时行乐”的人文主义理念迎合了文艺复兴“以人为本”的核心思想，同时，“及时行乐”主题也被赋予了“以人为本”的思想内涵，它强调活在当下，珍惜光阴，追求现世的幸福，具有强烈的反封建、反教会、反禁欲主义、追求个人解放的色彩，不仅对文学的发展，而且对社会的发展和人类思想文化的进步具有非常重要的意义。

17 世纪处于英国文艺复兴的晚期，是一个动荡不安却伟大的时代，英国社会的剧烈变革、航海与地理大发现、天文学等自然科学的成就以及人

① 吴笛：《英国玄学派诗歌研究》，中国社会科学出版社 2013 年版，第 31 页。

文主义思想的深入人心都使“及时行乐”的诗歌主题具有了更深刻、宽广的文化思想内涵。古希腊、古罗马时期的“及时行乐”主题文学被赋予了崭新的时代文化精神，内容得到了更宽泛的发展，体现了对封建专制思想禁锢的反抗，反映了人们思想的解放和观念的进步，人文主义的理念得到了进一步强化，人们更加注重对个人情感的释放与追求。同时，在艺术表现手法上也有了新的突破，以赫里克、马维尔等为代表的英国玄学诗人通过使用“奇思妙喻”等富有玄学特色的艺术创作技巧，丰富了玄学诗歌的诗学内涵与主题意义，为17世纪英国诗坛的繁荣发展贡献了重要力量，丰富了英诗的创作主题和内涵，进而为英国文学的发展作出了一定的贡献，具有不可否认的时代进步意义。

二、“含苞的玫瑰”——人生最美好的妙龄韶华

赫里克是17世纪英国玄学派诗人的重要代表，也是英国古典主义诗人本·琼森的追随者之一。因此，在诗歌艺术上，赫里克表现出了与琼森相似的鲜明的古典主义写作风范，他以古希腊和罗马艺术为稿本，崇尚自然法则，讲究节制和典雅，并将这种诗风寓于“及时行乐”主题的诗歌创作当中。

赫里克的主要艺术成就在于世俗诗歌的创作，以田园抒情诗和爱情抒情诗著称，他的诗集《西方乐土》包括1130首诗歌，因其浓郁的抒情诗风和幽静闲适的田园生活而备受人们的推崇。赫里克发扬了古典主义的优雅，运用玄学诗人的巧智(wit)与奇喻(conceit)，构建了人与自然合一共生的联系。玄学派诗人尤其喜欢使用自然意象，赫里克也不例外。赫里克最杰出的代表作是《给少女们的忠告》。在这首诗中，赫里克发挥非凡的艺术想象力，师法古典而又追求奇思，通过“含苞的玫瑰、微笑的花朵、天庭的华灯”等一系列清新、鲜活的意象，尤其是作为青春、美丽与爱情象征的“含苞的玫瑰”的意象，将人生最美好的妙龄韶华生动形象地展示了出来。在自然意象的运用中，赫里克发掘了人与自然之间的共通属性，抒发了“青春易逝、珍惜光阴”的“及时行乐”的主题思想。

在《给少女们的忠告》一诗的开头，赫里克便以“含苞的玫瑰”的自然意

象作为喻体，抒发韶华易逝、珍惜青春的人生哲理：

含苞的玫瑰，采摘要趁年少，
　　时间老人一直在飞驰，
今天，这朵花儿还满含着微笑，
　　明天它就会枯萎而死。①

（汪剑钊　译）

“玫瑰”常被诗人们用来比喻“爱情”“青春”等人生中最美好的事物，该诗的主题在于强调青春韶华转瞬即逝，因而“含苞的玫瑰”更加强了“青春年少”的意蕴，同时，“玫瑰”花期短暂，绽放的时间有限，这暗示着青春与美丽转瞬即逝，突出了时光飞逝，人应该趁着年轻“及时行乐”的主题思想。“含苞的玫瑰”意象生动、具体妥帖，强调了青春年少的美好韶华，更加形象地表现了“采摘要趁年少”的人生道理。

在第二个诗节，诗人将太阳比喻为天庭的华灯，在最辉煌灿烂的时刻也是人生逐渐走下坡路的开始，这也意味着离终点越来越近：

太阳，天庭的一盏灿烂的华灯，
　它越是朝着高处登攀，
距离路程的终点也就越近，
　不久呀，便要沉落西山。②

（汪剑钊　译）

接着，在第三个诗节，赫里克意在说明青春是人一生中最美好的时

① 吴笛：《英国玄学派诗歌研究》，中国社会科学出版社2013年版，第41页。
② 吴笛：《英国玄学派诗歌研究》，中国社会科学出版社2013年版，第41页。

光："意气风发，热血沸腾"，并将其比喻为含苞的玫瑰和初升的太阳：

人生最美便是那青春年华，
　意气风发，热血沸腾，
一旦虚度，往后便是每况愈下，
　逝去的韶光呀，永难重温。①

（汪剑钊　译）

如果虚度了青春韶华，正如含苞的玫瑰凋零枯萎、朝阳沉落西山，那么美好韶华便永远逝去，留下的只有遗憾。因此，在诗歌的末尾，赫里克发出了由衷的感慨：

那么，别害羞，抓住每一个时机，
　趁着年轻就嫁人，
因为，如果你把美妙的时光丢失，
　你一定会抱憾终生。②

（汪剑钊　译）

该诗的重要意义在于以自然意象的运用为主要手段，通过以自然界的花朵，特别是"含苞的玫瑰"的意象作为喻体，建立大自然与人生之间的密切关联，突出"及时行乐"的文学主题思想。主旨在于强调人要像花朵一样活在当下，珍惜青春韶华，绽放生命美丽的瞬间，否则只会"抱憾终生"，遭遇"空折枝"的悲哀处境。

在玄学派诗人当中，赫里克是抒写"及时行乐"主题的最重要的诗

① 吴笛：《英国玄学派诗歌研究》，中国社会科学出版社 2013 年版，第 41 页。
② 吴笛：《英国玄学派诗歌研究》，中国社会科学出版社 2013 年版，第 41 页。

人,[1] 他继承并发展了文艺复兴运动的人文主义精神，以奇思妙喻的玄学派诗歌艺术技巧揭示了珍惜青春、活在当下的处世态度和人生哲理，对“及时行乐”的主题诗篇做出了独到的玄学阐释，对破除中世纪的现世主义与来世主义以及封建意识具有重要的现实意义。

在赫里克看来，鲜花是青春韶华的最好象征，它代表人生最美好的阶段，是最妥帖、形象的喻体，因此，赫里克的诗歌喜欢使用鲜花的意象来书写“及时行乐”主题。在《咏花》一诗中，从表面上看，赫里克在哀叹鲜花生命的短暂易逝，但真正的主旨在于说明生命的短暂并阐释珍惜当下的生命意义与价值。在赫里克看来，生命的意义在于像鲜花一样怒放在当下，美丽在瞬间，也就是把握现在，享受今朝。鲜花绽放的时间是短暂的，象征人的青春韶华是短暂易逝的，但其生命的价值不在于久长，而在于活在当下，不在于从始至终，而在于珍惜现在。

三、“及时行乐”与中国优秀传统文化

罗伯特·赫里克以“及时行乐”的诗歌主题创作而著称，但这并非他的独创，“及时行乐”不仅是古罗马希腊文学的一个重要内容，更重要的是，它是一个具有普遍意义的世界性文学主题，它超越了国度，存在于中外文学作品当中，具有集体无意识的思想普遍性和泛在性，在中国不同历史时期的诗作中也有不同形式的体现。“及时行乐”主题证明了中西方文学内在的密切关联，反映了中西文化在异质的同时也具有跨越时空的相似与相通性，表现出了中西方思维方式和思想上极大的契合与共鸣。

1.“及时行乐”文学主题与中国优秀传统文化渊源

中国古代诗歌中的“及时行乐”主题，源起于《诗经》，并在春秋时期形成了第一次创作高潮。在《诗经·唐风·蟋蟀》中，诗人听到蟋蟀的叫声，感慨年复一年的时光流转，产生了“及时行乐”的想法，说道：“蟋蟀在堂，

① 吴笛：《英国玄学派诗歌研究》，中国社会科学出版社 2013 年版，第 36 页。

岁聿其莫。今我不乐，日月其除。”诗人认为光阴似箭不可留，因此主张及时行乐。但与此同时，诗人也保持着一种积极而理智的处世态度，告诫人们要居安思危，自我警醒，不能荒淫无度和过度享乐，在行乐的同时不要耽误正事，不要忘记自己的社会责任，要兼顾个人的工作和国家的忧患，做到“好乐无荒，良士瞿瞿”。

在《诗经·唐风·山有枢》中，诗人以坦率、直白的语言表达了“及时行乐”的主题思想。在这首诗中，诗人和他的朋友持有不同的生活理念和生活方式，诗人的主张是人生短暂，要纵情享乐。因此，他用人生有限、及时行乐的道理开导他的一位拥有财富却不知享用的朋友去享受人生，以免死后把家产留给别人，落得为他人作嫁衣的凄凉下场。诗人说道：“子有酒食，何不日鼓瑟？且以喜乐，且以永日。宛其死矣，他人入室。”

由此可见，早在中国的春秋时代，人们就已经认识到时光飞逝难以驻留，主张在有限的光景中寻求欢乐，实现生命的意义。当然，这种以“及时行乐”为主题的诗作具有一定的思想局限性，主要以“食色”的生理行乐为价值指向，但其无疑也具有重要的进步意义，表现了个性解放、追求自由等人文主义的理念，同时，“无以大康，职思其忧。好乐无荒，良士休休”等诗句警示世人在享乐的同时不要荒废了自己的工作，要想着国家忧患，不要过度享乐，这正体现了诗中主人公对于公职和行乐二者之间关系的理智与健康的态度与原则，奠定了集体利益高于个人利益的中国优秀传统文化的精神基调，并为以后“及时行乐”主题的文学创作高峰奠定了一定的思想文化基础。

在中国的汉末魏晋时代，“及时行乐”主题的诗歌被再次推向创作高峰。汉末魏晋时期是中国历史上最动荡不安的时期之一，为避开政治迫害，文人仕士从社会、政治转向大自然，推崇老子、庄子的道家思想，寄情于田野山林、溪水湖泊，在静谧、纯净的自然景象中寻求一种清静无为的生活。艰危的现实处境激发了人们生命的危机感，在感慨时间无法久持，仕途前景渺茫的同时，人们发出了“今日不作乐，当待何时”（出自两汉佚名的《西门行》）的感慨之问。东汉末年的《古诗十九首》以一种唯美的方式书写了面对时光流逝诗人感慨而发的年华易老、世事无常的情怀，诗人勉励人们珍惜时间，及时行乐：“生年不满百，常怀千岁忧。昼短苦夜长，何不秉烛游。”此后，在寂静的夜晚秉烛夜游成为一种文人雅事，一种对于时光流逝的抗拒。正是基于这种对于生命短暂的哀婉，“及时行乐”主题的诗歌在这一时期呈现出更加悲怆的情绪，并逐渐发展成为一种具有普遍性的民族文化心理和时代精神特征。在随后的魏晋时期诗人们纷纷嗟叹：“人生居天壤间，忽如飞鸟栖枯枝”（曹巫：《大墙上蒿行》）“嗟人生之短期，孰长年之能执”（陆机：《叹逝赋》）。仕途坎坷，命运多舛，仁人志士忧国忧民的情怀与生命有限的感慨在相互撞击中形成一种心理自觉意识，加之春秋时期以来积淀的生命忧患意识，“及时行乐”主题的诗篇被推向了创作的第二次高潮。

中国唐代以后，随着儒佛道出现三教合流的融合性发展态势，在思想文化上，“及时行乐”的文学主题呈现出了复杂性和多样性的演进趋向。唐代诗人李白经常通过人生哲理的探索在诗作中表达生命短暂、功名虚浮的感慨：“君不见裴尚书，土坟三尺篙棘居。少年早欲五湖去，见此弥将钟鼎疏。”（出自《答王十二寒夜独酌有怀》），彰显了李白襟怀磊落、放言无忌的广博情怀。面对年华飞逝，李白深入内心世界，重新审视人生、人的价值，并进行内省性探索，悟出了把握现在，活在当下的处世哲学：“人生飘忽百年内，且须酣畅万古情”（出自《答王十二寒夜独酌有怀》），抒发了人生苦短，要以畅饮的方式来寄托万古不灭情怀的及时行乐思想。李白继承了《诗经·唐风·蟋蟀》中享乐的同时不忘国家忧患的进步理念，他没有在流连歌酒、放纵享乐中迷失自我，他的及时行乐思想带有厚重的历史使命感和深邃的个体价值观。

在宋、元、明清时代，“及时行乐”的文学主题也因时代语境和文学价值观的变迁呈现出更加多元化和复杂化的发展态势。宋代苏轼在《超然台记》中说道：“凡物皆有可观，苟有可观，皆有可乐，非必怪奇伟丽者也。”可见，苏轼以一种宽宏豁达的人生态度诠释了“及时行乐”的文学主题，通过欢乐多姿的大自然来消解仕途生涯中的挫败感，超越了人与自然、现实与追求之间的矛盾，更多地表现出了主体在精神层面对快乐的追求。元代的文人们常因仕途无门而以诙谐之笔感叹生命之无常；明代时期“及时行乐”主题由诗歌扩展到小说和戏剧，形成了中国古代文学中此主题发展的第三个高峰①，世俗生活价值被进一步肯定，此时的“及时行乐”主题经常偏离精神层面，特别是晚明的文学作品带有较为浓郁的庸俗物欲气息，《金瓶梅》便是这一时期的典型代表诗作。明代李贽、唐寅等文人代表宣扬个性解放，重视感官愉悦，庸俗享乐之风在当时日盛，精神层面的自省与沉思较少，从而导致了该时期文学作品缺乏一定的思想深邃性和精神自省性。

总之，“及时行乐”文学主题是中国优秀传统文化的重要组成部分，在中国古代文学，特别是诗歌发展的各个时期呈现出了一定的个性化差异，但无论表现形式如何，创作主体都传递出了共性的心理特征，表现出了对于死亡的忧患意识与超越有限生命的强烈诉求，闪烁着人文主义的思想光辉。同时，博大精深的中国哲学以及特定历史文化语境下的时代文化价值观都深深影响着“及时行乐”主题诗歌的内容和审美特征。

2.《给少女们的忠告》与《金缕衣》的比较分析

赫里克的杰作《给少女们的忠告》与中国唐诗《金缕衣》分别创作于不同的国度、不同的年代、不同的文化背景，但这两首诗在主题思想、意象特征、表现形式等方面却有着诸多跨越时空的异曲同工之处，体现了中西方思维的普遍性、审美价值以及文化观念的共通性。

首先，在主题思想上。《给少女们的忠告》和《金缕衣》的作者均采用了开门见山的方式，在诗歌的开头便点明了“及时行乐”的主题内涵。在《给少女们的忠告》的第一个诗节，赫里克以“含苞的玫瑰”这一美丽的自然意象作为统领，直截了当地表达了“采摘要趁年少”的及时行乐主题。作者借玫瑰花苞来比喻人的青春韶华，青春年少之时正如鲜花盛开之季，是人生

---

① 陈斌：《论中国古代诗歌中的“及时行乐”主题》，《宁夏社会科学》1999 年第 1 期。

最美好的时光，但鲜花盛开时间有限，今天“还满含着微笑”，但“明天它就会枯萎而死”，如花的青春短暂易逝，因此，人生须尽欢，“能得乐时及时乐”。在玫瑰花这一自然意象中赫里克发掘了人与自然物相似的生命属性。因此，人也应该学习玫瑰花乐观、积极的生命观，让有限的生命绽放异彩。通过审视、思考自然意象，赫里克倡导人们拥有“鲜花精神”，这种人与自然契合融会的思想也为英国现代自然文化的萌芽奠定了基础。

“及时行乐”是17世纪很多英国诗人乐于表达的一个主题，也是能够突出表现赫里克艺术特色和诗学风格的主题。赫里克歌咏鲜花，赞颂生命之花绽放的美丽，虽然短暂易逝，但从鲜花高贵的品格中赫里克悟出了人生的价值。换言之，生命的价值不在于“长长久久”“朝朝暮暮”，而在于“一朝一夕”“曾经拥有”。

《金缕衣》是中国唐代的一首七言乐府诗，含义深刻，哲理性强。在诗歌的开头，诗人便直奔“及时行乐”的主题，劝诫人们不要爱惜荣华富贵，一定要珍惜青春时光：“劝君莫惜金缕衣，劝君惜取少年时。”诗人以“金缕衣”来比喻权贵，劝告人们不要追求荣华富贵与功名利禄，一定要珍惜青春韶华。在诗歌的后两句，诗人笔锋一转，以花朵作为隐喻，告诫人们要珍惜如花的青春时光，趁着年少及时采摘鲜花，不要等到春残花落时只能无奈地折取凋枯的花枝：“花开堪折直须折，莫待无花空折枝。”在诗人的笔下，人的生命和花朵的生命融为一体，在微小的自然生命中诗人努力找寻人的特性和品质，并发现了二者的相似之处。

《金缕衣》与《给少女们的忠告》在主题思想上表现出了中西方文学极大的契合与共通之处。在这两首诗中，诗人们在表现“及时行乐”主题，倡导人们活在当下、把握今朝的同时，更重要的是传递了当时作者所处时代的文化精神风貌。无论是17世纪的英国还是唐代的中国，人文主义都大大影响了当时人们的思想，现世生活的意义逐渐被人们所认识，来世主义的观念被淡化甚至否定。这些深刻的思想为中西方文化观念的发展注入了丰富的内涵。

其次，在诗歌意象的使用上。《给少女们的忠告》和《金缕衣》的作者都借助了花朵这一自然意象来表达诗歌的主题思想。意象是中外诗人特别青睐的一种艺术创作手段和表现方式，诗人在意象中融入自己的主观之意来表达内心之感，通过赋予客观事物以某种人的品格，抒发诗人个体的心情，表达对人生的感悟和世事的认知。自古以来，中外诗歌史上以花朵为意象的诗歌数不胜数，但《给少女们的忠告》和《金缕衣》这两首诗却在使用花朵意象作为喻体表达诗人内心的哲理感悟与“及时行乐”的主题思想方面表现出了中西方文化极大的契合与共鸣。也就是说，这两首诗不仅仅主要意象相同，更重要的是，花朵这一自然意象传递了相似和相通的中西文化精神内涵。这两首诗都描绘了一幅人与自然和谐交融的美丽图景，这不仅是一种美好的心灵愿景，也具有深刻的自然文化内涵。既然鲜花在短暂的盛开之后便无怨无悔地凋零，人们也应该拥有这种“鲜花精神”，以崭新的姿态积极地面对生活，哪怕是生命的终结。

在《给少女们的忠告》中，赫里克说道：“今天，这朵花儿还满含着微笑，/明天它就会枯萎而死。”在《金缕衣》中，诗人感慨：“花开堪折直须折，莫待无花空折枝。”青春的美好与韶华易逝的张力跃然纸上，通过相同的花朵意象，两首诗跨越时空和文化的差异描绘了极为相似的精神意境，表达了高度契合的主题思想，在意象的选择、构建与主题的表现上形成了共鸣。这不仅仅是一种文化现象，亦是人类共通情感的勃发。面对相似的情感体验，中外诗人形成了相同的思维模式，并构建了相同的意象，创造出了精神意境和主题思想高度相似的艺术作品。

再次，在艺术表现形式上。《给少女们的忠告》和《金缕衣》这两首诗都有优美、可以歌唱的韵律形式。在《给少女们的忠告》一诗中，赫里克借鉴了英国中世纪时期流行的民谣（ballad）的韵律模式，采用了四行一节、隔行押韵的模式，整首诗不仅节奏感强、韵律规则有序，同时具有民谣的可唱性。全诗共有四个诗节，每节包括四个诗行，其中每节诗的第一、三行为四音步抑扬格（iambic-tetrameter），第二、四行为三音步抑扬格（iambic-trimeter）。并且，每节诗的押韵模式（rhyme scheme）均为 ab ab（即第一、三行押韵，第二、四押韵）。此外，诗节之间采用了换韵，使得整首诗的韵律丰富、多样而又和谐、婉转、悠扬。

《金缕衣》是中国唐代的一首七言乐府诗。乐府诗本身具有可以入乐歌唱的属性。全诗共四句。前两句采用了相同的句式，均以“劝君”开始，并且都出现了“惜”字，第一句是“莫惜”，第二句是“惜取”，第一句是劝君不要过于珍惜贵重之物，第二句是劝君要珍惜青春韶华，这两句诗表达的意思相反，但意思融会贯通，相互映衬，并且通过对比强化了主题思想。反复劝说一方面是句式的重复，同时也是韵律的重复，重复而不单调。重旋律是这首诗的一大特色，因此，该诗具有很强的可唱性，传说杜秋娘曾多次弹唱此诗。诗歌的后两句以花朵作为隐喻，第三句的“花开”与第四句的“无花”再次形成对照，同时，“折”出现三次，从“堪折”到“直须折”，再到“空折”，构成递进、哲学推理式的劝说：“堪折”说明了青春韶华的美好；“须折”强调了珍惜光阴、莫负韶华的人生哲学；“空折”表达了虚度光阴，未折的懊悔与无奈。整首诗思想丰富而深刻，韵律婉转而优美。

可见，从韵律上看，《给少女们的忠告》和《金缕衣》这两首诗读起来都是郎朗上口，语语可歌。这也是这两首诗能够广为流传的重要原因之一。

此外，在主题思想的表现形式上，《给少女们的忠告》和《金缕衣》都采用了哲学说理论辩式的层层深入的艺术表现形式。在《给少女们的忠告》中，赫里克颇具邓恩的哲学思辨思维，从“玫瑰花苞”这一植物类自然意象逐渐延展到天文类自然意象“太阳”，以太阳“沉落西山”来隐喻人类生命的尽头，继而指明“意气风发，热血沸腾”的青春年华稍纵即逝，逝去了便“永难重温”，最后，在诗歌的末尾，赫里克以“那么”一词转向诗歌的主旨：“那么，别含羞，抓住每一个时机，/趁着年轻就嫁人”，否则，“你一定会抱憾终身”。① 此处，对于赫里克原文中“go marry”的译法学界颇有争议，李正栓等学者认为“go marry”并非“结婚、嫁人”之意，而应理解为“行乐”，换句话说，珍惜青春韶华不仅仅意味着趁着年轻早点儿结婚生子，

① 飞白主编，汪剑钊译：《世界诗库》第2卷，花城出版社1994年版，第167页。

繁衍后代，还可以通过文学创作来战胜时间，实现不朽，这是英国文艺复兴时期的一个具有普遍意义的文学主题。同时，中国唐诗《金缕衣》的主题思想表达也采用了逐层递进的艺术形式，诗歌的后两句“花开堪折直须折，莫待无花空折枝”明显是对前两个诗句思想内涵的深化，并为“劝君”提供了充分的理据。

此外，两首诗都采用了口语化、平易、纯朴的语言。重视语言的锤炼是这两首诗的共性，《给少女们的忠告》和《金缕衣》皆采用朴实的日常用语，避开晦涩、复杂的用典，从日常生活中提取意象，契合人类普遍的精神境界与情感体验，因此，传递的思想也更容易被人理解和接受。《给少女们的忠告》采用了短诗行的语言形式，每节诗最长的第一、三行是8个音节的四音步抑扬格，第二、四行是只有6个音节的三音步抑扬格。语言直接明快，意思清晰流畅，达到了劝诫少女们珍惜青春、活在当下的目的。中国乐府诗词多来自民间的口语，语言通俗平直、精练简洁，形象生动，让人容易明白诗人想要表达的道理而且受到震撼。

诚然，因为中西文化的差异，《给少女们的忠告》和《金缕衣》这两首诗在“及时行乐”主题的思想内涵上表现出一定的差异，二者强调的“行乐”的具体方式不尽相同，前者在强调青春韶华宝贵的同时，主张活在当下，通过结婚生子、文学创作等方式来战胜时间，而后者强调时间的破坏性，并且更具有道德启示力量，强调人的社会责任，主张建功立业，立德修身，具有深刻的中国优秀文化思想内涵。但毫无争议的是这两首诗在跨越时空与文化差异的前提下，在主题、意象、艺术表现形式等方面表现出高度的契合与共鸣，分别在两个民族的诗歌发展史上留下了浓墨重彩的一笔，为世界文学的繁荣作出了重要贡献。

第八章　结语：意义和价值

17 世纪英国玄学诗歌诞生于英国历史上一个经历巨大变化的重要历史时期，社会的变革、意识形态的分歧让玄学诗歌的内涵多了一份张力，新科学、新哲学的出现赋予了玄学诗歌更加广阔的主题内容。文艺复兴带来了人们思想的解放，17 世纪的英国以一种更加开放、更加包容的姿态迎接英国文化的发展新阶段。以邓恩为代表的 17 世纪英国玄学诗人正是凭借一颗敏锐的心灵，捕捉到了日新月异的历史变化，并以一种崭新的诗歌形式和内容进行诗歌创作，反映着英国社会发生的巨大变化。

英国玄学诗歌盛行于 17 世纪，但在 17 世纪后半叶的古典主义大家德莱顿和 18 世纪的约翰逊博士看来，“玄学”一词包含了诸多否定的意味，是奇异、突兀的代名词。这种看法似乎影响了人们对玄学诗歌的审美判断，以至于玄学诗歌在 18 世纪和 19 世纪的英国几乎是销声匿迹，在古典主义和浪漫主义的大潮中玄学诗歌被湮没了。直到 20 世纪 20 年代，格里尔逊(H. J. C. Grierson，1866—1960)重新编订玄学诗歌领军人物邓恩的诗集，出版了一本玄学派诗选，人们才开始再次关注玄学诗歌。在对浪漫主义晚期的抒情风格和格律范式感觉厌腻了之后，玄学诗歌采用的口头谈话式的语体风格和巧智奇特的诗歌内容迎合了 20 世纪人们的审美情趣，最终凭借其独特的艺术魅力和诗学价值在 20 世纪获得复兴，成为英国诗歌百花园中一朵不败的奇葩。因此，作为英国文学史上一个非常重要的诗歌流派，17 世纪英国玄学诗歌值得学者和文学爱好者从多维角度进行研究。

但是，在我国的外国文学研究中，在过去相当长的时间内，极少有学者涉及 17 世纪英国玄学诗歌的研究。进入 21 世纪之后，玄学诗歌的相关研究受到越来越多学者的关注，特别是近年来，玄学诗歌研究成果频出，涌现了很多新的著作和论文，研究的广度和深度也不断得到拓展和挖掘。但是，总体来说，国内对于英国玄学诗歌的研究仍有很大的不足，多局限于代表诗人邓恩的个案研究，而且研究视角较为单一，依据的理论也略显陈旧。

进入21世纪以来，由于自然生态环境问题越来越严峻，人类的生存忧患意识愈发强烈，这种对生态环境的危机感在文学作品中逐渐展现出来，生态批评应运而生并逐渐推向世界，成为一种跨学科的新型文艺理论研究方法，是文学和文化研究领域最前沿的跨学科研究之一。因此，在这种背景下，对17世纪英国玄学诗歌的研究应该突破单一的理论研究范式，研究重心也应由过去的单纯文本阐释深入到思想和文化，关注玄学诗歌中对后来生态批评的构建起到奠基作用的生态文化思想。

基于此，笔者以邓恩、赫伯特、马维尔、赫里克、沃恩为代表，对17世纪英国玄学诗歌的理论体系进行了较为系统的探索性研究和阐释，进而，以生态批评为理论依据，对英国玄学诗歌的生态文化思想进行了探索性研究。在此基础上，尝试从中西文化共通共融性的视角出发，分析英国玄学诗歌在生态文化思想方面与中国优秀传统文化的契合与共鸣之处。

笔者认为，首先，英国玄学诗歌的生态文化思想研究可以全面、客观地反映玄学诗歌的总体风格特征和诗学理论特色，深入拓展17世纪英国玄学诗歌的理论研究，帮助建构生态诗学的理论体系，丰富英国生态文学研究。其次，17世纪英国玄学诗歌是英国生态文学和世界生态文学的重要组成部分，包含丰富的生态思想和智慧，其研究可以丰富生态文学和生态文化研究，对生态批评的理论建设具有一定的促进作用。最后，通过英国玄学诗歌在生态思想方面对中国传统文化接受情况的分析，在中西文化的比较研究中挖掘共通的精神文化内容，可以丰富中国古典文化研究，对尚处在初始阶段的中国生态批评理论的建构提供一定启迪。

更重要的是，当今人类面临着自然生态危机和精神生态危机两大危机问题，仅仅关注经济发展和消费水准势必会加剧这些危机。17世纪英国玄学诗歌的生态文化思想与现在生态主义者倡导的思想相吻合，其研究可以提高人们的生态危机意识，增强生态文化对人类生存意义的指导性。生态批评作为一种跨学科的新的文艺理论研究方法，是文化研究大范围中的一个新拓展的理论领域。运用生态批评理论对玄学诗歌文本进行生态视角解读，揭示人与自然、文学与自然、文化与自然的关系，为当代人们生态意识的提高和生态保护思想的培养提供精神启迪。

附录　英国玄学诗人小传

1. 约翰·邓恩(John Donne, 1572—1631)

约翰·邓恩出生于伦敦的一个信奉罗马天主教的富商家庭。1576 年，当邓恩年仅四岁的时候，他的父亲去世，母亲伊丽莎白独自抚养六个子女。伊丽莎白是著名的空想社会主义创始人、《乌托邦》一书的作者托马斯·莫尔的外甥女。1577 年，伊丽莎白去世。

邓恩自幼信奉罗马天主教，早年进入牛津大学、剑桥大学两所名校学习，但因为他的天主教宗教信仰，未能在任何一所学校获得学位。1591 年，邓恩进入一所法律学校学习。1596 年后，他曾参加埃塞克斯伯爵对西班牙的海上远征军。

在邓恩 25 岁时，他成为英国女王的掌玺大臣托马斯·伊格顿的私人秘书。不久后，邓恩爱上伊格顿年轻的外甥女安妮·莫尔，1601 年，邓恩不顾伊格顿和安妮父亲乔治·莫尔的强烈反对，与安妮私奔结婚。这不但使邓恩丧失了自己梦寐以求的大好仕途前景，还被关进监狱。获释后，邓恩的生活穷困潦倒。安妮在婚后的 16 年中生下了 12 个儿女，第 12 个孩子未能存活，安妮也在生产后的第五天离开人世。妻子去世后，邓恩没有再婚，独自承担抚养子女的重任。

迫于生活的压力和对仕途的执着追求，邓恩不得不在 1615 年改信英国国教。1618 年，邓恩获得剑桥大学神学博士学位。邓恩的才华受到国王詹姆斯一世的赏识，1621 年，被任命为伦敦圣保罗大教堂的教长，直至 1631 年逝世。

邓恩的一生富有传奇色彩，他的诗歌创作与他的人生经历密切相关，早年以爱情诗创作为主，晚年主要创作宗教抒情诗。

2. 乔治·赫伯特(George Herbert, 1593—1633)

乔治·赫伯特出生在英国威尔士的蒙哥马利。三岁时，父亲理查德·赫伯特去世，母亲玛格德琳·赫伯特内心虔诚，酷爱文艺，特别重视子女们的教育。赫伯特的哥哥爱德华·赫伯特是著名诗人、哲学家。玛格德琳是诗人约翰·邓恩的朋友和资助人。1627 年，玛格德琳去世，其葬礼上的布道文便由邓恩所作。

赫伯特先后就读于威斯敏斯特学校和剑桥大学三一学院。于 1613 年获得学士学位，1616 年获得硕士学位。曾在剑桥大学三一学院担任对外发言人等职位。1629 年，赫伯特与珍妮·丹佛丝结婚。自 1630 年起赫伯特担任索尔兹伯里附近的默顿的教长，他尽己所能帮助教区居民，自己出资重修教堂，因此有“圣赫伯特”的美誉。1633 年，赫伯特病逝。

赫伯特的一生是践行美德、虔诚信教的一生，他的诗集《圣殿》带有浓厚的宗教色彩，因而被称为“甜蜜的圣堂歌者”。

3. 安德鲁·马维尔(Andrew Marvell, 1621—1678)

安德鲁·马维尔出生于英国东部约克郡怀因斯特德村的一个清教徒家庭。在 12 岁时，马维尔进入剑桥大学三一学院学习，1639 年毕业并获得学士学位。

马维尔的父亲和母亲自 1638 年和 1640 年相继离世后，他离开了英国。1642—1647 年，马维尔游历了法国、意大利、荷兰、西班牙等国，其间他掌握了多门外语，甚至可以用希腊语和拉丁语进行诗歌创作。自 1650 年起，马维尔开始参与国内政治斗争。1650—1652 年，马维尔生活在费尔法克斯将军家中，给将军的女儿当家庭教师，这期间曾创作颂诗歌颂克伦威尔。1657 年，马维尔接任当时已经双目失明的弥尔顿，担任国务院拉丁文秘书，不久后又担任议员。王政复辟后，因政治态度温和马维尔未遭迫害，继续担任议员达十余年。

马维尔的诗歌兼具古典主义与玄学派的艺术风格，在拉丁文诗歌创作方面也是一名佼佼者。

4. 亨利·沃恩(Henry Vaughan, 1622—1695)

亨利·沃恩出生于威尔士布雷克诺克郡的一个村镇，他的双胞胎兄弟托马斯·沃恩是一位哲学家和炼金术士。1638 年沃恩进入牛津大学耶稣学院学习，未获得学位便离开了学校。1640 年到伦敦学习法律。1642 年回到家乡威尔士布雷克诺克郡，担任一名地方法官的秘书。英国内战爆发后，他参加了保皇党的军队。之后又回到故乡，开始行医。后与凯瑟琳结婚，育有一男三女。1655 年凯瑟琳去世后，沃恩再婚，并育有一男三女。

沃恩的主要诗集有《燧石的火花》和《尤斯克河上的天鹅》，前者是充满个人虔诚情感的优秀的宗教诗集，后者包含一些描写自然之美的世俗诗集。

5. 罗伯特·赫里克(Robert Herrick, 1591—1674)

罗伯特·赫里克出生于伦敦，父亲尼古拉·赫里克是一位杰出的金匠。赫里克年仅一岁时，父亲离世，赫里克便由叔父抚养长大，与叔父的子女一起接受教育。1607 年，赫里克成为叔父金器店的徒工。1613 年进入剑桥大学圣约翰学院学习，1617 年获得学士学位，1620 年获得硕士学位。之后赫里克追随本·琼森学习诗歌创作。1629 年，赫里克成为英国西部德文郡的一名牧师。英国资产阶级革命前夕，因为赫里克的保皇主义倾向，被清教徒撤销了牧师之职。之后，赫里克回到伦敦，生活窘困。

赫里克执着于诗歌创作，于 1648 年出版著名诗集《金苹果园》。王政复辟后，赫里克得以复职，于 1662 年回到德文郡担任牧师，直至去世。赫里克终身未婚，其诗作中对于爱情的描绘多属于虚构，来源于赫里克对美好生活的愿景。

6. 理查德·克拉肖(Richard Crashaw, 1613—1649)

理查德·克拉肖出生于伦敦，父亲威廉·克拉肖是一名博士，担任伦敦清教徒传教士一职。1631 年，理查德·克拉肖进入剑桥大学彭布罗克学院学习，1634 年获得学士学位。1636 年，克拉肖转入剑桥大学彼得豪斯学院攻读硕士学位。1638—1643 年，克拉肖在剑桥大学的一个教堂担任牧师。1644 年英国内战期间，克拉肖逃到法国，并于 1645 年左右从英国国教改信罗马天主教。

乔治·赫伯特的宗教抒情诗集《圣殿》对他诗歌的创作产生了很大影响。1634 年，克拉肖的拉丁文诗集《神圣警句集》出版。1646 年，诗集《通往圣殿的台阶》出版。朋友亚伯拉罕·考利发现克拉肖在巴黎生活境况窘迫，于是把他引荐给查理一世的王后亨利埃塔·玛利亚，之后，玛利亚将克拉肖推荐给罗马教皇，至此克拉肖谋得一份教职。1649 年病逝于意大利的洛雷托。在克拉肖去世的第三年，诗集《火焰般的心》在巴黎出版。

参考文献

一、英文论著

Abrams, M. H. *The Norton Anthology of English Literature*. W. W. Norton & Company, 1986.

Ashe, A. H. *George Herbert: Selected Poems*. York Press, 1984.

Austen, Frances. *The Language of the Metaphysical Poets*. St. Martin's Press, 1992.

Berleant Arnold. *The Aesthetics of Environment*. Temple University Press, 1992.

Bennett, Joan. *Five Metaphysical Poets*. Cambridge University Press, 1964.

Bloch, Chana. *Spelling the Word: George Herbert and the Bible*. University of California Press, 1985.

Bottrall, Margaret. *George Herbert*. John Murray, 1954.

Buell, Lawrence. *The Future of Environmental Criticism, Environmental Crisis and Literary Imagination*. Blackwell Publishing, 2005.

Carlson, Allen. *Aesthetics and the Environment: The Appreciation of Nature, Art and Architecture*. Routledge, 2000.

Cecil, David. *The Oxford Book of Christian Verse*. The Clarendon Press, 1940.

Cesare, Mario A. *George Herbert and the Seventeenth Century Religious Poets*. W. W. Norton & Company, 1978.

Charles, Amy. *A Life of George Herbert*. Cornell University Press, 1977.

Clarke, Elizabeth. *Theory and Theology in George Herbert's Poetry: Divinitie, and Poesie, Met*. Clarendon Press, 1977.

Coates, Peter. *Nature: Western Attitudes since Ancient Times*. University of California Press, 1998.

Corns, Thomas N. *The Cambridge Companion to English Poetry: Donne to Marvell*. Shanghai Foreign Language Education Press, 2001.

Eliot, T. S. *George Herbert*. Longmans, Green & Co, 1962.

Darwin, Charles. *On the Origin of Species*. A Facsimile of the First Edition. Harvard University Press, 1964.

Eliot, T. S. *Selected Essays* 1917-1932. Harcourt Brace & Co., 1964.

Fish, Stanley E. *Self-Consuming Artifacts: The Experience of Seventeenth-Century Literature*. University of California Press, 1972.

Fison, J. E. *Understanding the Old Testament: the Way of Holiness*. Oxford University Press, 1962.

Fromm. *The Ecocriticism Reader*. The University of Georgia Press, 1996.

Hareuveni, Nogah. *Ecology in the Bible*. Neot Kedumim Ltd., 1974.

Hessel & Ruether(ed.). *Christianity and Ecology: Seeking the Well-Being of Earth and Humans*. Harvard University Press, 2000.

Hughes, Donald. *Ecology in Ancient Civilization*. University of New Mexico Press, 1975.

Gardner, Helen. *Religion and Literature*. Faber and Faber, 1971.

Gardener, Helen. *The Poems of George Herbert*. Oxford University Press, 1972.

Glotfelty, Cheryll & Harold Fromm. *The Ecocriticism Reader*. The University of Georgia Press, 1996.

Gottlieb, Sidney. *Approaches to Teaching the Metaphysical Poets*. The Modern Language Association of America, 1990.

Grierson, Herbert J. C. *Metaphysical Lyrics and Poems of the Seventeenth Century. Clarendon Press*, 1921.

Grierson, Herbert J. C. *The Poems of John Donne*. Clarendon Press, 1912.

Hammond, Gerald. *The Metaphysical Poets*. Macmillan Press, 1974.

Herbert, George. *The English Poems of George Herbert*. J. M. Dent & Sons Ltd., 1991.

Hunter, John C. *Renaissance Literature: An Anthology of Poetry and Prose*. Blackwell, 2010.

Hutchinson, F. E. *The Works of George Herbert*. Clarendon Press, 1941.

Keast, William R. *Seventeenth-Century English Poetry, Modern Essays in Criticism*. Oxford University Press, 1962.

King, Bruce. *Seventeenth Century English Literature*. Macmillan Education Company, Ltd., 1982.

Kroeber, Karl. *Ecological Literary Criticism: Romantic Imaging and the Biology of Mind*. Columbia University Press, 1994.

Leishman, J. B. *The Art of Marvell's Poetry*. Minerva Press, 1968.

Leiss, William. *The Domination of Nature*. Beacon Press, 1974.

Lever, J. W. *The Elizabethan Love Sonnet*. Methuen, 1966.

Lewalski, Barbara Kiefer. *Protestant Poetics and the Seventeenth-Century Religious Lyric*. Princeton University Press, 1979.

Low, Anthony. *Love's Architecture: Devotional Modes in Seventeenth-Century English Poetry*. New York University Press, 1978.

Marshall, Peter. *Nature's Web: An Exploration of Ecological Thinking*. Simon & Schuster Ltd., 1992.

Martin Elsky. *George Herbert's Pattern Poems and the Materiality of Language: A New Approach to Renaissance Hieroglyphics*. ELH, 1983(2): 245-260.

Martz, Louis L. *George Herbert: The Oxford Poetry Library*. Oxford University Press, 1994.

Martz, Louis L. *The Poetry of Meditation: A Study in English Religious Literature of the Seventeenth- Century*. Yale University Press, 1954.

Matthews, W. R. *The Christian Faith*. Eyre and Spottiswoode, 1936.

Milton, John. *Paradise Lost*. Oxford University Press, 2005.

Murphy, Patrick D. (ed.). *Literature of Nature: An International Sourcebook*. Fitzroy Dearborn Publishers, 1998.

Palmer, George Herbert. *The English Works of George Herbert*. Houghton Mifflin, 1905.

Passmore, John. *Man's Responsibility for Nature: Ecological Problems and Western Traditions*. Gerald Duckworth & Co. Ltd., 1980.

Patrides, C. A. *The English Poems of George Herbert*. Dent, 1974.

Patrides, C. A. *George Herbert: The Critical Heritage*. Routledge, 1983.

Parfitt, George. *English Poetry of the Seventeenth Century*. Longman, 1992.

Rivers, Isabel. *Classical and Christian Ideas in English Renaissance Poetry*. Routledge, 1994.

Seed, John. *Thinking Like A Mountain*. New Society Publishers, 1988.

Stewart, Stanley. *George Herbert*. Twayne, 1986.

Skrine, Peter N. *The Baroque Literature & Culture in Seventeenth-Century Europe*. New York Home & Meier Publishers Inc, 1978.

Stewart, Stanley. *The Enclosed Garden: The Tradition and The Image in Seventeenth-Century Poetry*. University of Wisconsin Press, 1966.

Summers, Joseph H. *George Herbert: His Religion and Art*. Harvard University Press, 1968.

Tayler, Edward William. *Nature and Art in Renaissance Literature*. Columbia University Press, 1964.

Taylor, Paul W. *Respect for Nature, A Theory of Environmental Ethics*. Princeton University Press, 1986.

Tuve, Rosemond. *Elizabethan and Metaphysical Imagery*. The University of

Chicago Press, 1963.

Vendler, Helen. *Invisible Listeners*. Princeton University Press, 2005.

Vendler, Helen. *The Poetry of George Herbert*. Harvard University Press, 1975.

Walton, Izaak. *The Lives of John Donne, Sir Henry Wotton, Richard Hoolder, George Herbert & Robert Sanderson*. Humphrey Milford, 1927.

Walton, Izzak. *The Life of Mr. George Herbert*. Penguin Books, 2004.

Waugh, Arthur. *The Poems of George Herbert*. Oxford University Press, 1913.

White, Helen Constance. *The Metaphysical Poets: A Study in Religious Experience*. The Macmillan Company, 1936.

White, Lynn. "The Historical Roots of Our Ecologic Crisis". *The Ecocriticism Reader; Landmarks in Literary Ecology*. The University of Georgia Press, 1996.

Willey, Basil. *The Seventeenth-Century Background: Studies in the Thought of the Age in Relation to Poetry and Religion*. Columbia University Press, 1952.

Willey, Basil. *The Eighteenth-Century Background: Studies in the Idea of Nature in the Thought of the Period*. Chatto and Windus, 1940.

Willmott, Richard. *Metaphysical Poetry*. Cambridge University Press, 2002.

Worster, Donald. *Nature's Economy: A History of Ecological Ideas*. Cambridge University Press, 1994: 149.

二、中文论著

阿尼克斯特著，戴镏龄等译:《英国文学史纲》，人民文学出版社 1980 年版。

爱默生著，博凡译:《自然沉思录》，上海社会科学院出版社 1993 年版。

柴文华:《论儒家的道德人类学思想》，《河南师范大学学报》(哲学社会科学版)2002 年第 6 期。

陈来:《论语的德行伦理体系》,《清华大学学报》(哲学社会科学版)2011 年第 2 期。

《十三经注疏》,中华书局 1980 年版。

代金平、戴明玺:《和谐:儒释道三宗的共同理念》,《理论月刊》2006 年第 4 期。

狄特富尔特等编,周美琪译:《人与自然》,三联书店 1993 年版。

杜一鸣,李瑾:《对乔治·赫伯特诗歌中人神关系的解析》,《河北青年管理干部学院学报》2006 年第 2 期。

恩格斯:《自然辩证法》,人民出版社 1984 年版。

樊东光:《浅谈孔子的道德观》,《长春理工大学学报》(社会科学版)2011 年第 3 期。

飞白:《世界诗库》第 2 卷,花城出版社 1994 年版。

海伦·加德纳著,沈弘等译:《宗教与文学》,四川人民出版社 1989 年版。

何光沪:《基督宗教与中华文化》,《甘肃理论学刊》2013 年第 5 期。

何怀宏:《生态伦理——精神资源与哲学基础》,河北大学出版社 2002 年版。

衡孝军:《试论玄学派诗歌在英国文学发展中的历史地位》,《外国文学评论》1991 年第 1 期。

洪修平:《论儒学的人文精神及其现代意义》,《中国社会科学》2000 年第 6 期。

胡家峦:《文艺复兴时期英国诗歌与园林传统》,北京大学出版社 2008 年版。

胡家峦:《历史的星空——英国文艺复兴时期诗歌与西方传统宇宙论》,北京大学出版社 2001 年版。

胡家峦:《英国名诗详著》,外语教学与研究出版社 2001 年版。

胡家峦:《英语诗歌精品》,北京大学出版社 1995 年版。

胡家峦：《圆规：终止在出发的地点——文艺复兴时期英国诗人宇宙观管窥》，《国外文学》1997年第3期。

胡家峦：《建立在大自然中的巴别塔——亨利·沃恩的宗教冥想哲理诗》，《国外文学》1993年第2期。

胡家峦：《圣经，大自然与自我——简论17世纪英国宗教抒情诗》，《国外文学》2000年第4期。

黄杲炘：《从英语“象形诗”的翻译谈格律诗的图形美问题》，《外国语》1991年第6期。

季羡林：《“天人合一”方能拯救人类》，《哲学动态》1994年第2期。

江畅：《中华民族精神的道德意蕴及其弘扬与创新》，《武汉科技大学学报》(社会科学版)2017年第4期。

杰弗里·乔叟著，黄杲炘译：《坎特伯雷故事》，译林出版社1999年版。

杰里·布罗顿著，赵国新译：《文艺复兴简史》，外语教学与研究出版社2015年版。

克林斯·布鲁克斯著，郭乙瑶等译：《精致的翁》，上海人民出版社2008年版。

李美华：《英国生态文学》，学林出版社2008年版。

李正栓：《英国文艺复兴时期诗歌研究》，河北大学出版社2006年版。

李正栓，吴晓梅：《英美诗歌教程》，清华大学出版社2004年版。

李正栓，孙蔚：《邓恩诗歌中动植物与人类的和谐》，《外国文学研究》2012年第6期。

雷内·韦勒克著，张今言译：《批评的概念》，中国美术学院出版社1999年版。

梁工：《西方圣经批评引论》，商务印书馆2006年版。

梁工主编：《圣经与文学》，时代文艺出版社2006年版。

刘凤珍：《国学经典大讲堂》，中国华侨出版社2018年版。

刘节：《中国思想史上的“天人关系”问题》，《学术研究》1962年第1

期。

刘立辉：《英国巴罗克时期诗歌的时间内在化构建》，《外国文学》2014年第3期。

刘立辉：《巴罗克文化与17世纪英国诗歌的文体生成》，《西南大学学报》(社会科学版)2013年第6期。

刘立辉：《艾略特与英国文学巴罗克传统》，《英语研究》2011年第1期。

刘意青：《〈圣经〉的文学阐释：理论与实践》，北京大学出版社2004年版。

罗伯特·金·默顿著，范岱年等译：《十七世纪英格兰的科学、技术与社会》，商务印书馆2018年版。

罗尔斯顿著，杨通进译：《环境伦理学》，中国社会科学出版社2000年版。

罗良功：《英诗概论》，武汉大学出版社2005年版。

罗素著，何兆武等译：《西方哲学史》上卷，商务印书馆1963年版。

马克斯·韦伯著，王容芬译：《儒教与道教——世界宗教的经济伦理》，中央编译出版社2018年版。

麦格拉思著，苏欲晓等译：《基督教文学经典选读》上，北京大学出版社2004年版。

麦茜特著，吴国盛等译：《自然之死》，吉林人民出版社1999年版。

莫尔特曼著，隗仁莲等译：《创造中的上帝，生态的创造论》，三联书店2002年版。

牟洪明：《先秦儒道思想中修身文化的传承与思考》，《人文天下》2017年第3期。

南方，龙丽伟：《约翰·邓恩诗歌中的自然世界》，《名作欣赏》2010年第11期。

纳什著，杨通进译：《大自然的权利》，青岛出版社1999年版。

钱穆：《中国文化对人类未来可有的贡献》，《中国文化》1991年第4

期。

屈薇，刘立辉：《马维尔诗歌中的巴罗克时间主题》，《外国文学评论》2009年第3期。

苏军帅：《孔子道德思想的价值观探微》，《湖北经济学院学报》(人文社会科学版)2016年第6期。

孙丽娜，彭肖建：《〈论语〉与〈圣经〉伦理思想比较研究》，《河北北方学院学报》(社会科学版)2017年第2期。

孙欣：《以仁为美，以和为贵——传统家训中的互助伦理》，《河北师范大学学报》(教育科学版)2017年第4期。

童庆炳：《漫议绿色文学》，《森林与人类》1999年第3期。

王光东，丁琪：《新世纪以来中国生态小说的价值》，《中国社会科学》2020年第1期。

王建华，张再林：《肉体里隐匿着灵魂自身的秘密——灵肉二元论之身体维度探析》，《中南大学学报》(社会科学版)2014年第6期。

王卓：《"陌生化"与西方宗教诗歌的文化性——以乔治·赫伯特诗歌为例》，《河南社会科学》2016年第11期。

王卓：《论乔治·赫伯特宗教诗歌中的园林意象》，《淮海工学院学报》(人文社会科学版)2013年第9期。

王佐良：《英国诗选》，上海译文出版社1988年版。

王佐良：《英国文学史》，商务印书馆1996年版。

王佐良：《英国诗史》，译林出版社1997年版。

王佐良，何其莘：《英国文艺复兴时期文学史》，外语教学与研究出版社2006年版。

吴笛：《英国玄学派诗歌研究》，中国社会科学出版社2013年版。

吴笛：《自然科学的发展与玄学诗歌的生成》，《外国文学研究》2011年第5期。

吴笛，吴斯佳：《外国诗歌鉴赏辞典·古代卷》，上海辞书出版社2009年版。

吴虹：《论赫伯特宗教诗的美德主题》，《外语学刊》2014 年第 2 期。

吴虹：《赫伯特宗教诗歌研究》，浙江大学 2014 年博士学位论文。

谢天振，杨彬：《中国文学文化读本》，外语教学与研究出版社 2016 年版。

晏奎：《论多恩的宇宙人生意识》，《云南师范大学学报》2001 年第 3 期。

杨建营，王家宏：《中国文化的基本精神"自强不息，厚德载物"及其现实价值》，《苏州大学学报》(哲学社会科学版)2015 年第 2 期。

杨周翰：《十七世纪英国文学》，北京大学出版社 1985 年版。

叶朗，朱良志：《中国文化读本》(第 2 版)，外语教学与研究出版社 2016 年版。

殷企平：《文化观念萌芽时期的英国文学典籍研究》，上海外语教育出版社 2020 年版。

约翰·但恩著，傅浩译：《约翰·但恩诗集》，上海译文出版社 2016 年版。

曾繁仁：《生态存在论美学论稿》，吉林人民出版社 2003 年版。

张岱年：《中国文化的基本精神》，《齐鲁学刊》2003 年第 5 期。

张岱年：《中国文化优秀传统内容的核心》，《北京师范大学学报》(社会科学版)1994 年第 4 期。

张岱年：《中国文化优秀传统的生命力》，《中国文化研究》1993 年第 1 期。

张岱年：《中国哲学中"天人合一"思想的剖析》，《北京大学学报》(哲学社会科学版)1985 年第 1 期。

张岱年：《试论中国文化的新统》，《中国文化研究》1994 年第 4 期。

张岱年：《天人合一评议》，《社会科学战线》1998 年第 3 期。

张岱年：《论弘扬中国文化的优秀传统》，《中国社会科学院研究生院学报》1991 年第 2 期。

张岱年，程宜山：《中国文化精神》，北京大学出版社 2015 年版。

张德明:《玄学派诗人的男权意识与殖民话语》,《浙江大学学报》(人文社会科学版)2001年第5期。

张怀承:《简析天人合德的理论意蕴》,《伦理学研究》2004年第6期。

张怀承,贺韧:《简析天人合德的理论意蕴》,《伦理学研究》2014年第6期。

张敏:《自我的现代性书写——英国玄学派诗人乔治·赫伯特诗歌研究》,社会科学文献出版社2019年版。

张剑等编著:《英美诗歌选读》,外语教学与研究出版社2008年版。

张世英:《"天人合一"与"主客二分"》,《哲学研究》1991年第1期。

张中载,赵国新:《英国文论选》,外语教学与研究出版社2015年版。

赵毅衡:《"新批评"文集》,中国社会科学出版社1988年版。

郑克鲁:《外国文学史》(修订版),高等教育出版社2006年版。

朱光潜:《诗论》,安徽教育出版社2003年版。

朱良志,叶朗:《中国文化读本》,外语教学与研究出版社2016年版。

朱颖原:《论中国传统价值观的当代意义》,《山东社会科学》2012年第11期。